Newton Compton Editores

Este libro es una obra de ficción. Los nombres, personajes, lugares y sucesos son fruto de la imaginación del autor y se han utilizado con fines meramente ficticios. Cualquier parecido con personas reales, en vida o fallecidas, o sucesos es pura coincidencia.

Título original: *Please Tell Me*

© 2023, Michael Omer. Publicada gracias al acuerdo con Amazon Publishing, www.apub.com, en colaboración con Sandra Bruna Agencia Literaria.
© 2025, de la traducción por Genís Monrabà Bueno
© 2025, de esta edición por Antonio Vallardi Editore S.u.r.l., Milán

Todos los derechos reservados

Primera edición: abril de 2025

Newton Compton Editores es un sello de Antonio Vallardi Editore S.u.r.l.
Pl. Urquinaona, 11, 3.º 1.ª izq. Barcelona, 08010 (España)
www.newtoncomptoneditores.com

Gruppo editoriale Mauri Spagnol S.p.A.
www.maurispagnol.it

ISBN: 978-84-10359-90-1
Código IBIC: FA
DL: B 22.670-2024

Composición:
Grafime S. L.

Diseño de interiores:
David Pablo

Impreso en abril de 2025 en Puntoweb s.r.l., Ariccia (Roma), en Italia.

Mike Omer

En la casa
de muñecas

Traducción de Genís Monrabà Bueno

Newton Compton Editores

Barcelona, 2025

Capítulo 1

Kathy cojeaba junto a la carretera, en la oscuridad, apretando su muñeca contra el pecho. La muñeca estaba asustada por culpa de las sombras, por eso la abrazaba con tanta fuerza. En ocasiones, cuando tienes miedo, un abrazo es lo único que necesitas.

Había empezado a llover poco antes. Unas gotitas punzantes que le salpicaban la cara y empapaban su pijama hecho jirones. La muñeca estaba helada y empapada. Igual que Kathy.

A Kathy le dolían los pies. Iba descalza. Se acordó de que tiempo atrás solía tener zapatos; se los ponía cuando salía a jugar. Pero esos zapatos eran un recuerdo distante, borroso y confuso. También recordaba que en ocasiones no quería llevarlos, que discutía con mamá por ello. Ahora le parecía una estupidez. Kathy estaría encantada de tener unos zapatos.

Hacía tanto tiempo que no llevaba zapatos. Semanas… o meses… No estaba segura. Tal vez un año.

Era difícil decidir dónde pisar. Si caminaba por la carretera, el áspero asfalto le lastimaba las plantas de los pies. Andar por la hierba junto a la carretera era más llevadero, pero al hacerlo antes se había clavado una espina en el talón. Lloró y tuvo que detenerse para sacársela. Fue realmente doloroso. La muñeca besó el pie de Kathy, pero no resultó ser de gran ayuda.

Después de tanto caminar, tenía los pies en carne viva. Se sentó debajo de una farola, se miró la planta y descubrió que la piel se estaba desprendiendo. Había sangre.

Pero no podía quedarse quieta mucho tiempo, así que se levantó y siguió andando. Los hombres malos son capaces de seguir un rastro de sangre. Kathy era consciente de ello. Lo había visto en persona.

Se metió en la acequia que flanqueaba la carretera y dejó que el agua se arremolinara en los tobillos para limpiar la sangre. Le empezaron a castañetear los dientes. Tenía mucho frío.

A veces, cuando la gente tiene mucho frío, puede congelarse y morir.

Siguió andando.

Las casas de los alrededores eran grandes y rectangulares; daban miedo. No se parecían en nada a la suya. A pesar de que llevaba tanto tiempo fuera, todavía se acordaba de su casa. Tenía un jardín hermoso, una valla blanca y un tejado rojo. En Navidad papá instalaba lucecitas que parpadeaban por todas partes.

Quería contarle a su muñeca cómo era su casa, pero, cuando lo intentaba, las palabras no acudían a su boca. Se arremolinaban en su cabeza y luego se desvanecían. Siempre ocurría lo mismo. Así que apretó la muñeca contra su pecho y siguió caminando. Tenía que dejar atrás esos edificios tenebrosos.

A veces, cuando las niñas se pasean por lugares sombríos, ocurren cosas malas. Kathy lo sabía.

Hubo un ruido. Un fuerte estruendo. Kathy se puso tensa y se dio la vuelta. Tenía dificultades para respirar porque sabía qué era ese ruido. Lo había oído antes y ahora le despertaba imágenes en la cabeza: heridas abiertas, gritos de dolor y sangre, mucha sangre. Cerró los ojos y se agachó, tapándose los oídos, pero incluso así no podía desterrar esas imágenes de su cabeza. No podía moverse, no podía respirar, los chillidos…

El ruido desapareció.

Se quedó donde estaba, echa un ovillo. Podía oír su propia respiración entrecortada, el castañeteo de los dientes y la lluvia que empapaba la calle, pero nada más.

A lo mejor solo había sido el ruido de un camión circulando por algún lugar cercano. Pero a veces era tan difícil saber qué ruidos eran los realmente malos y cuáles no. Adelante. Necesitaba llegar a casa, donde estuviera… segura. Donde no hubiera hombres malos, y donde mamá y papá pudieran abrazarlas, a ella y a su muñeca.

Quería hablarle a la muñeca sobre papá y mamá, sobre los abrazos y la seguridad de un hogar, pero no lograba conjurar ninguna palabra. Cada vez le costaba más trabajo caminar. Tenía demasiado frío. Estaba cansada. Cerró los ojos y dio otro paso. Luego, otro más. El golpeteo constante de la lluvia se desvaneció. Ya no tenía tanto frío. Estaba entrando en calor. Quizá podría tumbarse un…

Un ruido agudo y repentino.

Abrió los ojos de golpe y al darse la vuelta vio dos luces brillantes justo detrás de ella. Y aquel ruido, aquel ruido agudo y furioso, casi como los aullidos de un tormento. Luego, las imágenes llenaron su mente. Sangre, dolor y miedo, y ella se tambaleaba hacia atrás y ahora gritaba, con la boca abierta, un chillido ronco que ni siquiera parecía suyo…

–¡Oye, oye!

Se abrió la puerta de un coche, un hombre salió a toda prisa y se acercó hacia ella. A veces los hombres hacían cosas terribles a las niñas que caminaban solas de noche. Kathy lo sabía. Se desplomó y acabó tumbada en el asfalto. Se golpeó la mandíbula y notó el sabor de la sangre en la boca.

–Oye, niña… ¿Estás bien? ¿Quieres que llame a alguien?

Se le había caído la muñeca, ya no podía verla. Tenía que escapar. Volvió a ponerse en pie sin dejar de mirar al hombre. Él se acercó aún más e intentó agarrarla. Ella volvió a chillar y se apartó con un empellón. Él retrocedió, con los ojos desorbitados. Sus gritos desembocaron en un ataque de tos y se quedó paralizada, tosía violentamente, apenas podía respirar. La sangre le llenaba la boca. Se había mordido la lengua.

–Tranquila –dijo el hombre levantando las manos y dando un paso atrás–. No voy a hacerte daño.

Poco a poco dejó de toser. Se sentó en la carretera, temblando, mirando a ambos lados para ver si podía escapar.

–¿Cómo te llamas? –preguntó, agachándose lentamente.

El temblor se agravó y de nuevo empezaron a rechinarle los dientes. Se llamaba Kathy. Pero no sabía cómo decírselo. Se le habían acabado las palabras.

–Soy Ian. ¿Quién eres tú?

No parecía un hombre malo. Sin embargo, a veces, los hombres malos tampoco lo parecen. Eso Kathy también lo sabía.

–¿Vives cerca?

Imposible de saber. No estaba segura. Solo intentaba llegar a su casa.

—¿Quieres subir a mi coche? Deberías protegerte de la lluvia.

Ella empezó a gatear hacia atrás, respirando con dificultad, con el corazón martilleándole en el pecho.

—No, no, de acuerdo. No… no hace falta que entres en el coche. Toma. —Se quitó el abrigo y se inclinó para entregárselo—. Ponte esto.

Ella se quedó mirando el abrigo. Quizá intentaba engañarla, acercarse lo suficiente para atraparla y…

—Te mantendrá caliente.

Dejó caer el abrigo en la carretera, al alcance de su mano.

Kathy una vez tuvo un abrigo. Le encantaba ese abrigo, era rosa y su interior era peludito. Ahora mismo, no deseaba otra cosa. Tal vez este abrigo también era peludito por dentro. Y le daría calor.

Cogió el abrigo y se apartó un poco, hasta que sintió que estaba lo bastante lejos del hombre. Entonces se puso el abrigo. Las mangas colgaban medio vacías. El interior no estaba forrado. Pero sentía un poco menos de frío.

—Está bien —dijo en voz baja—. No… no te muevas. Voy a llamar a alguien, ¿vale?

Ella lo miró mientras él sacaba un teléfono del bolsillo. Quizá lo mejor era salir corriendo. Pero se dio cuenta de que apenas podía mantenerse en pie. Vio su muñeca tirada en la carretera. Tenía que ir a buscarla.

—¿Hola? Sí. Mi nombre es Ian, y acabo de encontrar a una niña caminando sola en medio de la carretera… Es muy pequeña… No sé qué edad. ¿Seis, supongo, o siete?

Tenía nueve años. Quería decírselo. Pero no tenía las palabras.

Capítulo 2

Robin Hart miraba a la pequeña Laura mientras esta se entretenía con la cocina infantil. La cocina de plástico era uno de los juguetes más elaborados que Robin tenía en su sala de juegos. Contaba con un pequeño fregadero, un horno e incluso un frigorífico en un lateral. Ollas y sartenes colgaban sobre el horno en pequeños ganchos. Al pensar en la pila de platos y tazas que se acumulaban en el fregadero de su cocina real, Robin deseó que estuviera tan ordenada como la cocina con la que jugaban los niños.

Laura cogió un huevo de plástico y simuló que rompía la cáscara en el lateral de la sartén.

–¿Un huevo? –preguntó Robin–. ¿Cómo lo vas a cocinar?

–Frito –chistó Laura.

Dejó el huevo de plástico a un lado y removió la sartén.

–Mmm. Realmente, tiene muy buena pinta.

–Lo estoy cocinando para ti.

–¿Para mí? Muchas gracias. Es mi plato preferido.

Hoy Laura parecía muy calmada, como las últimas semanas. La primera vez que Robin la había visto, un año antes, se había mostrado nerviosa y retraída; una sombra de miedo la seguía en todo lo que hacía. Pero un año de terapia de juego con Robin le había sentado de maravilla. Beth, la madre de Laura, le había dicho que las habituales pesadillas habían desaparecido casi por completo. Robin pronto tendría que decirle a Beth que no era necesario seguir con las sesiones. Sintió una punzada de dolor. Disfrutaba mucho con las sesiones de terapia con Laura.

Laura le ofreció un plato de plástico y un tenedor.

–Aquí tienes. También he hecho patatas fritas.

–Qué bien. –Robin fingió que comía del plato–. Esto está muy rico.

Laura le devolvió una sonrisa y se alejó hacia la cocina. Una ventana con cortinas filtraba la luz de sol. Todo estaba dispuesto para que la estancia fuera acogedora, cálida. A un lado de la habitación, había cuatro estanterías con juguetes. En el otro lado, estaba la pequeña cocina de mentira, una mesa de médico de plástico y una sencilla casa de muñecas. Bajo la ventana había un arenero y una mesita amarilla, donde había algunos papeles, lápices de colores y acuarelas.

Laura se dirigió hacia el arenero.

–¿Podemos jugar un rato con la arena?

–Si eso es lo que quieres –respondió Robin.

Como siempre, intentaba que Laura fuera consiente de que en la sala de juegos ella tenía el control absoluto. Ese sentimiento de poder era crucial para el proceso de sanación.

Laura se arrodilló en el arenero.

–¿A qué podemos jugar?

–A ver… –dijo Robin acercándose al arenero–. ¿Quieres jugar al antes y después?

–¿Cómo se juega?

Robin tomó asiento junto a ella. Cuando ella estaba sentada y Laura de pie, tenían más o menos la misma altura. Al mirar a la niña de cerca, Robin recordó una foto suya que su madre había enmarcado y colocado en el salón. Era un retrato: la cara de Robin todavía redonda y rolliza, con sus grandes ojos color avellana y el pelo rojo por encima de los hombros. Hoy en día, por supuesto, ya no tenía la redondez de un bebé, aunque, significara lo que significara, su madre afirmaba que aún podía «trabajar en ello».

Laura miraba a Robin, expectante.

Robin trazó dos líneas en la arena, partiendo el arenero en tres partes.

–Bien, así es como se juega al antes y después –dijo, señalando la sección de la izquierda–. Eso es el antes. Quiero que elijas algunos juguetes y los coloques ahí para enseñarme cómo eras antes de que Kathy desapareciera.

Laura miró reflexivamente la arena. Luego, fue hacia los estantes de los juguetes y los contempló, pensativa. Robin la observaba mientras la niña elegía un juguete detrás de otro. El año pasado, Robin había recibido cuatro niños de Bethelville de resultas de la desaparición de Kathy Stone. Cinco, si incluía a su sobrina Amy, que era una de las mejores amigas de Kathy. Como el resto de Bethelville, los niños afrontaban el secuestro de la niña con miedo y consternación. Pero, a diferencia de los adultos, ellos solo tenían una somera idea de lo que había ocurrido. Un día Kathy estaba ahí y al siguiente había desaparecido. Los padres y los profesores se mostraban esquivos con el tema. Como no habían encontrado a la niña, cualquier explicación carecía de fundamentos. Algunos padres habían contado a sus hijos que había muerto; otros, que estaba de viaje o se había perdido. Pero entonces los niños empezaron a mezclar las versiones en la escuela y solo lograron añadir más incertidumbre y miedo. Como no habían identificado al secuestrador, lo habían convertido en una suerte de hombre del saco que podía regresar en cualquier momento, un monstruo que podía esconderse debajo de las camas o en los armarios de los niños.

Laura regresó al arenero con un montón de muñequitos y los colocó en la arena.

–Estos son los niños de la escuela –puntualizó la niña–. Esta soy yo y esta es Kathy.

Colocó dos figuras de plástico una al lado de la otra, haciendo todo lo posible para que se cogieran de la mano.

–Parece que estas dos niñas están muy contentas.

–Sí, son muy buenas amigas. Les gusta ir al parque y a veces una va a dormir a casa de la otra o al revés.

–Los otros niños también lo están pasando bien, ¿verdad? –dijo Robin mientras Laura colocaba los muñequitos alrededor.

Como Robin solo tenía figuritas, Laura completó el grupo con algunos juguetes más: Bob Esponja, el Pato Donald y Peter Pan se unieron al grupo.

–Están jugando a la pelota –dijo Laura–. Todos son felices porque todavía no saben nada.

–¿Qué es lo que no saben?

–Que a veces a los niños les ocurren cosas malas –dijo Laura en voz baja.

13

Colocó un bombero y una bailarina de ballet en el borde, uno al lado del otro.

–Esos son mis padres.

–También van cogidos de la mano.

–Sí. Nunca se pelean, y no se preocupan por los hombres malos, ni por el virus…

Como muchos de los pacientes de Robin, Laura pensaba que la pandemia mundial y el secuestro de Kathy estaban relacionados, aunque la pandemia había comenzado un año antes de la desaparición de la niña. Esas dos catástrofes habían arrasado la ciudad como un maremoto, dejando a todo el mundo desubicado.

Laura se quedó mirando las figuritas. Acercó a las dos niñas. Luego se echó hacia atrás.

–Ya está –anunció.

–De acuerdo –dijo Robin, señalando la parte central del arenero–. Aquí debemos colocar juguetes que muestren cómo te sentiste cuando Kathy desapareció.

Laura la miró de reojo.

–¿Puedo usar las figuras de la otra parte?

–Claro, si eso es lo que quieres.

Sacó de la arena las figuritas del bombero y la bailarina de ballet, que representaban a los padres. Luego dudó, mirando a las dos niñas.

–No quiero separarlas.

–¿Te pone triste? –preguntó Robin.

–Sí.

Al cabo de un segundo se levantó y rebuscó en las estanterías.

Esto era en gran parte para lo que servía la sala de juegos de Robin. Los adultos pueden hablar de situaciones difíciles o dolorosas, y procesarlas a través de la conversación. Pero los niños pequeños no son tan verbales. Decir «Mi amiga Kathy ha desaparecido y nadie sabe dónde está» no es suficiente para transmitir lo que sienten, esa sensación de pérdida. Por eso, muchos niños se quedaban tumbados en la cama, preguntándose si les podría pasar lo mismo. En realidad, se frustraban con sus padres porque no podían ofrecerles una respuesta clara.

Robin les brindaba un espacio donde podían compartir esos sentimientos de la forma más natural para ellos, es decir, con un juego imaginario o mediante dibujos. Y, mientras lo hacían, ella los dirigía delicadamente hacia los aspectos que creía más adecuados.

Laura regresó con un pequeño bebé de plástico y una valla que pertenecía a una granja de juguete. Colocó al bebé en medio de la arena y lo rodeó con la valla.

–¿El bebé está solo? –comentó Robin.

–Sí –respondió Laura, ajustando la valla–. Ella está sola y llora todo el tiempo.

–Tiene que dar miedo, estar allí sola –dijo Robin.

Laura colocó las muñecas de los padres fuera de la valla, en lados opuestos.

–Los padres la mantienen dentro –dijo Laura–. Es por su propio bien. Hay que mantenerla dentro porque hay hombres malos que la buscan. Y no puede jugar con los otros niños porque hay un virus.

–Sus padres quieren protegerla –dijo Robin.

–Sí.

–Pero ya no van de la mano.

–No. Ahora están tristes todo el día. No dejan de discutir. La mamá quiere irse a otro lugar. Y el papá dice que la niña debería tener permiso para ver a sus amigos. Pero la mamá no está de acuerdo. La mamá a veces llora. Y la niña echa de menos a sus amigos. No sabe lo que ocurre.

Laura se quedó en silencio. Robin estaba a punto de hablar cuando la pequeña se levantó y se dirigió a las estanterías. Cogió el juguete de Skeletor, de la serie He-Man, un esqueleto verde envuelto en una túnica morada. Robin tenía varios juguetes de aspecto aterrador en sus estanterías. Los niños también los necesitaban. Un padre maltratador podía convertirse en un ogro de plástico. Una hermana abusona podía encarnar una bruja verrugosa. Y esas figuras podían ser manipuladas, usadas e incluso castigadas. Podían otorgar a los niños el sentido de control del que carecían en sus propias vidas.

Laura colocó a Skeletor en la esquina de la sección media del arenero.

–Ese es el hombre malo –dijo Laura.

–La niña tiene miedo del hombre malo –observó Robin.

–Sí. También quiere llevársela.

Robin esperó. Laura levantó los ojos.

–Ya no quiero seguir con esta parte.

–De acuerdo –dijo Robin con una sonrisa.

El hecho de que Laura hubiera accedido a jugar era un gran paso adelante. Habían sido necesarias muchas sesiones antes de que accediera a hablar de Kathy, por no mencionar la desaparición de la chica. Incluso durante las últimas sesiones, Laura prefería evitar el tema. Pero hoy estaba inusualmente accesible.

Robin señaló la tercera sección.

–Probemos algo nuevo. Muéstrame cómo te sientes ahora. Después de que se hayan acabado las pesadillas y de que hayamos hablado de Kathy unas cuantas veces.

Laura movió las figuritas de los padres a la tercera sección y las colocó una cerca de la otra, aunque ahora no estaban tan cerca como para cogerse de la mano. Luego sacó otra figura de las estanterías: un juguete de plástico de la Mujer Maravilla. La colocó cerca de los padres y sonrió a Robin con picardía.

–Fíjate, la niña ha crecido –dijo Robin, devolviéndole la sonrisa.

–Ahora es más valiente. Sabe que el hombre malo no puede hacerle daño. Y vuelve a encontrarse con sus otros amigos.

Entonces, Laura sacó las figuritas de niños de la otra sección del arenero y las colocó alrededor de la Mujer Maravilla y sus padres.

–Y el papá y la mamá parecen más felices.

–Sí. No necesitan ir a su cama todas las noches, así que es mejor.

Laura cogió con cuidado la valla de la granja y la colocó entreabierta junto a la figura de la Mujer Maravilla.

–Todavía hay una valla junto a la niña –dijo Robin.

–Sí. A veces va allí. Cuando echa de menos a su amiga y se siente triste.

–Está bien –dijo Robin suavemente.

Skeletor, por fortuna, no hizo acto de presencia en la tercera escena de Laura.

Jugaron con las figuritas en la arena. Robin le pidió a Laura que eligiera un juguete para ella, y Laura eligió una figura de un trol morado y luego se echó a reír. Enseguida dijo que Robin en realidad no se parecía a eso y eligió en su lugar una Barbie. Barbie, la Mujer Maravilla y los dos padres almorzaron juntos.

Luego Robin sugirió que podían hacer otra cosa y Laura decidió hacer un dibujo de Kathy. Últimamente lo hacía muy a menudo: dibujaba a Kathy sonriendo en algún lugar agradable, con un par de alas de ángel en la espalda. Laura le había dicho varias veces a Robin que Kathy había muerto y ahora estaba en el cielo. Eso parecía tranquilizarla, y Robin se alegraba de que Laura encontrara paz en ello.

El timbre sonó unos minutos después de que Laura empezara a dibujar.

—Probablemente sea tu madre —dijo Robin.

—Pero todavía no he terminado —repuso Laura, coloreando el pelo de Kathy.

—Puedes quedarte unos minutos más. Iré a hablar con ella.

Robin abrió la puerta de la sala de juegos, y una mole peluda irrumpió en el interior, restregándose en sus piernas.

—¡Menny! —gritó Robin a su perro—. ¡Fuera!

El gran *bulldog* americano se acercó a Laura meneando la cola y la olisqueó. Laura soltó una risita y se apartó.

—Me hace cosquillas.

—Vamos.

Robin agarró el collar de Menny y lo arrastró fuera de la habitación. No le preocupaba dejarlo solo con Laura: su perro nunca haría daño a nadie. Estaba más preocupada por los juguetes. Menny tenía la manía de robar juguetes y masticarlos hasta hacerlos pedazos. Tenía una extraña fijación con el estetoscopio de plástico del médico: Robin había tenido que comprar uno nuevo tres veces.

Cerró la puerta de la sala de juegos y soltó a Menny. Luego abrió la puerta principal. Beth estaba en el umbral. La mujer se parecía mucho a la bailarina de ballet de plástico que Laura había elegido para representarla: delgada y enjuta, con el pelo negro recogido en un moño.

–Hola, Beth –dijo Robin–. Laura está en la sala de juegos. Quería terminar un dibujo.

–De acuerdo, no hay problema. –Beth dio un paso atrás mientras Menny le olisqueaba el tobillo–. ¿Cómo ha ido hoy?

–Bien –dijo Robin con una sonrisa en el rostro–. Parece que está mucho mejor.

–Así es –exhaló Beth–. No ha tenido ninguna pesadilla esta semana. Es un récord. Aunque estos últimos días ha estado hablando más de Kathy.

–Es una buena señal –apuntó Robin–. ¿Recuerdas que la primera vez que vino a verme ni siquiera pronunciaba el nombre de Kathy? Lo evitaba porque le provocaba ansiedad.

–Sí, créeme, lo recuerdo. Aun así, no me gusta hablar con ella de eso. No quiero que le dé vueltas a la muerte de Kathy. La semana pasada hicieron otro simulacro de tiroteo en la escuela y eso ya me parece bastante duro. Además, los niños siguen hablando de la COVID todo el tiempo.

–Forma parte de su vida –dijo Robin.

–Sí, pero a esta edad deberían estar hablando de dibujos animados y fiestas de cumpleaños. No deberían saber lo que es un tiroteo o un confinamiento. Por cierto, ¿te has enterado del vídeo que se ha difundido en el colegio?

–¿Qué vídeo? –preguntó Robin.

–Un chico tenía un vídeo en su teléfono sobre el asesinato de esa pobre chica, la que salió en las noticias. Haley… no me acuerdo del apellido.

–Ah, sí. Haley Parks.

Como muchos otros, Robin siguió el caso de cerca. Dos semanas antes, unos excursionistas habían encontrado el cadáver de Haley Parks, de veinte años, en el Clark State Forest, al sur de Indiana. La chica era una *influencer* relativamente popular en Instagram, con más de cuarenta mil seguidores, lo que bastó para que el crimen fuera noticia nacional. Había multitud de vídeos de ella de los días previos a su muerte. Haley había sido apuñalada y luego ahorcada. No podían ser menos morbosos. Robin había visto una foto inquietante y, aunque la habían pixelado, todavía la atormentaba.

—Eso es, Parks —dijo Beth—. El vídeo contenía imágenes delicadas, con unas cuantas fotos de la escena del crimen, con manchas de sangre y todo eso. Muchos niños lo vieron antes de que los profesores se dieran cuenta.

—Oh, no. ¿Lo vio Laura?

—No, pero oyó a los demás niños hablar de ello. Estaba muy asustada.

—Bueno, no ha salido en la sesión de hoy —dijo Robin.

—Bueno, si… ¡Hola, cariño! —La cara de Beth se transformó cuando Laura apareció detrás de Robin—. ¿Estás lista?

—Sí —dijo Laura y le entregó el dibujo a su madre—. Mira, mamá. He dibujado a Kathy.

Robin examinó el dibujo mientras Beth se deshacía en elogios. Como en todos los demás dibujos, Kathy tenía alas de ángel, y en este también tenía una aureola. Laura había dibujado unos zapatitos rosas para Kathy. Y un escalofrío recorrió la columna vertebral de Robin al pensar en esos zapatos y en dónde los habían encontrado.

Capítulo 3

El Jimmie's Café estaba casi lleno, con la mayoría de los clientes sentados en la terraza para disfrutar de la agradable tarde. Robin se aproximó a la cafetería, con Menny atado a la correa, y echó un vistazo a las mesas. Debería haber previsto que llegaría antes. Siempre que quedaba con Melody, lo mejor era llegar al menos media hora tarde, porque, de ese modo, solo tendría que esperar quince minutos hasta que su hermana se dignara a presentarse. Ahora tendría que sentarse sola, pedir un café…

Pero ¡menuda sorpresa! La mujer que hablaba por teléfono en la mesa de la izquierda no era otra que Melody.

—¡Mira quién está ahí! —le dijo a Menny.

Menny meneó la cola alegremente, mientras las babas le caían por la papada. Se relamió ruidosamente.

Robin se dirigió hacia la mesa. Melody reparó en ella y le hizo señas para que se acercara mientras seguía hablando por teléfono. Llevaba un vestido negro un poco holgado, y ocultaba sus ojos detrás de unas enormes gafas de sol. Tenía el pelo castaño, una media melena, hasta los hombros, y lo llevaba liso e inmaculado, como siempre. Cuando saludó, el sol se reflejó en los anillos que adornaban sus dedos.

—No, no está en el cesto de la ropa sucia, está en el armario de su habitación, en el tercer estante. El tercero. Desde arriba… Fred, ¿me estás escuchando? No me importa. Dile que se calle y escuche. El tercer estante. ¡No, no y no! Claro que no puede ir con su ropa de calle, ni hablar. Porque la Little League tiene sus propios uniformes. Sí, es tu problema, porque no quieres que el entrenador les eche la bronca solo porque no te has molestado en buscar bien. El tercer estante desde arriba. Y asegúrate de que Sheila haga los deberes antes de que llegue su amiga. ¿Qué es ese ruido? ¿Por qué están jugando con la aspiradora? Sí, el tercer estante desde arriba.

Robin se reclinó en la silla y contempló la calle mientras su hermana hablaba por teléfono. El Jimmie's estaba justo enfrente del Salón de Belleza Sunny. Cuando era pequeña, se llamaba Salón de Belleza de Ethel y su madre solía llevar a Melody y a Robin cada dos meses para que les cortaran el pelo. Luego, se acercaban al Jimmie's para tomar cacao caliente y tarta de chocolate. Ethel había muerto ocho años atrás, y Robin había oído a su madre lamentarse de la «falta de encanto» de la nueva peluquería más veces de las que podía contar. En ese momento, Robin vio a dos mujeres cortándose el pelo en el interior, y a ninguna de ellas parecía molestarles la falta de encanto del local.

—No, Sheila no puede salir aún con sus amigas, Fred. Dile que yo he dicho que no. Debe terminar el comentario de texto que le han mandado de deberes. Es para mañana. ¿Qué quieres decir con que es demasiado tarde? ¿Ya se ha ido? De acuerdo, no quiero hablar más, voy a colgar.

Melody lanzó el teléfono encima de la mesa disgustada.

—Los hombres no sirven para nada —dijo.

—Tienes razón —admitió Robin—. ¿Fred está en casa hoy?

—Sí, ahora puede trabajar dos días desde casa. Estamos probando una nueva rutina. Básicamente se trata de no molestar a mamá los martes. Y si no lo respeta, pediré el divorcio.

—Parece justo. Menny, suelta eso. Siéntate. ¿Y cómo funciona?

—Los martes Fred se queda en casa y se ocupa de los niños —dijo Melody, acariciando el cuello de Menny. El perro cerró los ojos completamente satisfecho—. Y yo tengo toda la tarde para mí.

—Suena genial.

Robin sacó el teléfono del bolso y lo colocó encima de la mesa.

—Empezamos la semana pasada y asumí que conseguiría echarme una siesta en casa, pero resultó imposible. Los niños no paraban de entrar en el dormitorio. Así que hoy pensé que podríamos quedar aquí. Aunque, por lo visto, eso no impide que me llamen.

—¿Por eso has llegado puntual?

—¿Qué quieres decir? Yo siempre llego puntual.

Melody apartó la mano de Menny después de que él la cubriera con una buena ración de babas.

—Qué asco.

Se sentaron una frente a la otra, disfrutando de un silencio momentáneo. A Robin le hubiera gustado seguir así, poder disfrutar de una mañana tranquila y sin roces con su hermana. Pero, por supuesto, no podía ser. En esta ocasión debían tratar algunos asuntos delicados.

—Escucha —dijo.

—No empieces —gimió Melody.

—¿Cómo? Ni siquiera sabes qué voy a decir.

—Claro que lo sé. Siempre que usas tu voz de terapeuta es para hablar de Diana.

—Yo no pongo voz de terapeuta —protestó Robin.

—Por supuesto que sí. Suena como si fueras un profesor de secundaria que quiere llamarme la atención sobre mi comportamiento.

—No es mi voz de terapeuta. Así no es como hablo a mis pacientes.

—Vaya, qué afortunada soy. Entonces, ¿solo la usas conmigo?

Robin se cruzó de brazos.

—Bueno, tienes razón, estaba a punto de hablar de mamá.

—¿Qué quiere? —preguntó Melody.

—Tienes que llamarla.

—¿Por qué lo dices? Hablé con Diana hace unos días.

Melody siempre insistía en llamar a su madre por su nombre; era un acto de rebeldía que había comenzado cuando eran adolescentes. Eso volvía loca a su madre. Pero la rebeldía no terminó con la madurez. Ahora los cuatro hijos de Melody la llamaban Diana en lugar de abuela. Y sorprendentemente, en el retorcido mundo de su madre, eso era culpa de Robin porque no tenía hijos propios que pudieran llamarla abuela.

—Eso no es suficiente. Cuando no llamas a mamá, se desquita conmigo. Lo sabes.

—Tú tampoco la llamas cada día.

—No, pero voy a verla.

—Bueno, es ella quien no quiere verme.

Robin cogió una servilleta de la mesa y empezó a despedazarla para tener los dedos entretenidos.

—No te atrevas a usar esa excusa conmigo. La única razón por la que no te deja verla es porque cree que no vacunaste a tus hijos.

—¿Y eso qué tiene que ver conmigo?

—¡Melody, vacunaste a tus hijos hace meses!

—Sí, pero ella no tiene ningún derecho a saberlo.

Melody se reclinó en la silla, sonriendo. Robin puso los ojos en blanco.

—¿Cuánto tiempo vas a seguir así?

—No mucho más —dijo Melody a la defensiva—. Mira, ahora mismo no puedo visitar a Diana, ¿vale? Tenemos una buena relación. Hablamos por teléfono cada semana. Realmente, todo funciona mejor cuando no tengo que verla cara a cara.

—Funciona mejor para ti —repuso Robin, apilando los restos de la servilleta sobre la mesa—. Llámala. Hoy mismo.

—Está bien.

Como había previsto Robin, la sensación de tranquilidad se había desvanecido por completo. La tranquilidad y mamá no podían coexistir en el mismo espacio.

Jimmie, el dueño del café, se acercó a la mesa.

—Vaya, qué sorpresa. Las dos hermanas Hart tomando algo juntas en mi propio café.

Robin levantó los ojos y sonrió. Jimmie era el dueño de la cafetería desde que tenía uso de razón. Cuando era niña, sus padres la llevaban allí para celebrar sus cumpleaños. Ella y sus amigas solían acercarse después del colegio. Hubo una época en la que estaba obsesionada con la tarta de chocolate de Jimmie, un postre típico de la zona que prácticamente todos los habitantes de Bethelville habían comido al menos una vez en la vida. Y últimamente el café de Jimmie era lo único que la ayudaba a sobrellevar el día.

Jimmie tenía un bigote tupido, las cejas despeinadas y una frondosa mata de pelo encanecida por los años. Esa combinación, junto con sus gafas, le otorgaba un parecido razonable con Gepetto, el personaje de Disney.

—¿Habéis mencionado a Diana? —preguntó Jimmie—. Deberíais invitarla algún día. Las tres mujeres Hart en mi establecimiento. Eso es algo que no he visto en mucho tiempo.

Robin mantuvo la sonrisa fija en su rostro, a pesar de su inoportuna sugerencia.

—Sí, deberíamos hacerlo alguna vez.

—Desde luego —añadió Melody sin alterar su tono de voz.

—Ambas tenéis la voz de vuestra madre, ¿lo sabíais? —dijo Jimmie.

—¿En serio? —preguntó Robin.

Jimmie ya se lo había dicho un millón de veces.

—Diana tiene la voz de un ruiseñor —dijo Jimmie con una sonrisa ensimismada—. Echo de menos escucharla.

—Todos lo echamos de menos —dijo Melody.

—Jimmie, estaba a punto de tomarles nota —dijo Ellie, la sobrina de Jimmie, mientras se acercaba.

Acababa de terminar la universidad y trabajaba en la cafetería de su tío a tiempo parcial. Era una chica alegre, casi siempre sonriente. Llevaba una túnica negra sobre una camisa de rayas horizontales. Cuando Robin tenía la edad de Ellie, era casi impensable que una chica regordeta como ella llevara rayas horizontales, porque, por aquel entonces, según todo el mundo, te hacían parecer gorda. Pero a Ellie no parecía importarle.

—No me lo parecía —gruñó Jimmie—. Robin lleva sentada aquí un rato. Y la taza de Melody está vacía.

—Estaba literalmente de camino, pero has aparecido de la nada.

—A mí me ha dado la sensación de que estabas ocupada con el teléfono. Los *millennials* estáis tan obsesionados con vuestros teléfonos que olvidáis lo que es un buen servicio.

Ellie puso los ojos en blanco.

—Por última vez, no soy *millennial*. Los *millennials* son como… viejos —repuso, desviando la mirada hacia Robin y Melody—. Sin ánimo de ofender.

—Descuida —dijo Robin riendo entre dientes.

—Así que ahora insultas a nuestros clientes —refunfuñó Jimmie.

Ellie hizo caso omiso del comentario.

—Robin, ¿qué te pongo?

–Solo un café, gracias.

–De acuerdo. Melody, ¿quieres otro capuchino?

–Sí, gracias.

–¿Con leche normal? –intervino Jimmie.

–Otra vez con lo mismo –protestó Ellie.

–¿Acaso tiene de otro tipo? –preguntó Melody.

–Si mi sobrina estuviera al mando, tendríamos todo tipo de leches –dijo Jimmie–. Tendríamos leche de almendras, de soja, de avena, de pollo.

–La leche de pollo no existe –señaló Ellie.

–Ellie quiere que sirva a mis clientes leche de mentira. ¿Te imaginas? ¿Cómo se ordeña una almendra? Debe de tener unas ubres muy pequeñas.

Robin no pudo reprimir una sonora carcajada.

–Todos los demás locales del país sirven alternativas a la leche, Jimmie –dijo Ellie–. Te crees muy gracioso, pero hay gente que no tolera la lactosa o que es vegana…

–Quizá eso es lo que te servían en esa universidad tuya mientras perdías el tiempo escribiendo guiones y rodando películas artísticas. Pero aquí, en el mundo real, se bebe leche de verdad. O, si no quieren, pueden beber café solo. ¡Fíjate en Robin! La leche es sana. Tiene calcio.

–Se ha demostrado científicamente que no es saludable. Y las alternativas a la leche también tienen calcio.

–Tu generación es la razón de que la industria láctea se esté desmoronando.

Ellie se masajeó el puente de la nariz.

–De acuerdo. Entonces un capuchino con leche de vaca para apoyar a la industria láctea americana. Y uno solo, ¿verdad?

–Sí, gracias –respondió Melody, con cara de estar pasándolo bien.

–¿Y qué quiere el caballero? –preguntó Jimmie, mirando a Menny. Menny le jadeó encantado.

–¿Un poco de agua en un platito? –añadió Ellie–. Enseguida, señor.

–Trae galletas para perros –dijo Jimmie, mientras se alejaba a grandes pasos–. Tenemos algunas en la parte de atrás, en el…

–En el armario de arriba, lo sé –cortó Ellie.

Ellie se agachó junto a Menny y le rascó la cabeza. Luego, miró a Robin.

–He oído ese chiste de las almendras y las ubres diecisiete veces en los últimos dos días.

–Creo que no fue muy buena idea sugerirle a Jimmie que cambiara algo del menú –dijo Melody.

–Solo se lo dije una vez. Le propuse que podríamos comprar leche de soja. Y ahora me suelta estos discursos todo el día.

La sonrisa de Melody se evaporó al ver algo detrás de Robin. Al levantar la mirada, Robin se dio cuenta inmediatamente de quién era.

Claire Stone se acercaba a la cafetería.

Claire siempre había sido bastante delgada, pero desde que desapareció su hija, quince meses atrás, la mujer se había quedado en los huesos. Sus atormentados ojos se hundían profundamente en su rostro pálido.

–Hola, Claire –dijeron Melody y Ellie a la vez.

–Hola –dijo Claire, asintiendo con la cabeza e intentando sonreír. Todos sus gestos eran los de una persona que recordaba cómo se interactúa en público, pero incapaz de hacerlo correctamente. Levantó la mano con timidez.

–Hola –dijo Robin, contribuyendo a la incómoda falta de conversación.

Robin se ahorró las preguntas de cortesía porque no le parecieron oportunas. No podía preguntarle cómo estaba. Era evidente que no estaba bien.

Las tres vacilaron, cada una compadeciéndola a su modo. La hija de Melody, Amy, era la mejor amiga de la hija de Claire, Kathy. Y, después de la desaparición, Melody había intentado hablar con Claire para ayudarla en todo lo que pudiera. La relación de Ellie y Robin con Claire era menos estrecha. Ellie había cuidado de Kathy unas cuantas veces y Robin había ido a la escuela con Claire. Además, el exmarido de Robin, Evan, era un buen amigo del marido de Claire.

En este pueblo de cinco mil habitantes, muchos se conocían

entre ellos. Pero desde el año pasado todos conocían a Claire. Y la conocían por lo que había pasado. La desaparición de Kathy acaparaba los debates locales, tanto los públicos como los chismorreos privados que circulaban detrás de cada puerta. Todo el mundo tenía sus horripilantes teorías o sentencias del tipo «Si yo fuera ella...» o «A mí no me podría haber pasado». Los cotilleos empeoraron cuando se hizo evidente que la policía sospechaba de familiares y amigos: no había signos de lucha. Kathy parecía haber desaparecido por voluntad propia.

Al principio, la desaparición de Kathy fue un trauma colectivo, algo que unió al pueblo. Todos los vecinos participaban en las búsquedas, compartían mensajes en las redes sociales, intentaban ayudar a Claire y Pete en lo que podían. Pero a medida que la esperanza de encontrar a Kathy se desvanecía, así como la esperanza de hallar los restos de la niña, Claire se transformó en un recordatorio andante de un oscuro suceso del pasado de Bethelville. A diferencia de su marido, que consiguió más o menos retomar su vida, Claire parecía estar atrapada en aquel horrible día, reviviéndolo todos los días. Por desgracia, aquellos que se cruzaban en su camino, también. Todo el mundo se acordaba perfectamente de lo que estaba haciendo el día que desapareció Kathy.

Claire les dedicó otra torpe sonrisa y entró en la cafetería.

—Casi nunca viene por aquí —dijo Ellie en voz baja.

—Probablemente, no soporta las miradas —apuntó Robin.

—Creo que Pete se fue el pasado fin de semana —murmuró Melody—. Se ha mudado a Indianápolis.

—Eso he oído —dijo Robin, sin perder de vista a su antigua compañera, que se inclinó en el mostrador y empezó a hablar con Jimmie.

—Le dijo a Fred que no podía soportarlo más —siguió Melody—. Que necesitaba empezar de nuevo. En un lugar que no le recordara constantemente a Kathy.

Pete jugaba al billar con Fred, el marido de Melody, y Evan, el exmarido de Robin. Sin duda era un pueblo pequeño. Al parecer, todos los maridos se conocían entre ellos.

—No puedo imaginarme por lo que estarán pasando —dijo Ellie.

Melody suspiró.

–Fred me dijo que Pete ya ni siquiera podía pasar en coche por el Bosque de la Treinta y Uno. Si tiene que ir en esa dirección, toma otra ruta.

El Bosque de la Treinta y Uno era el nombre popular del bosque situado en la parte occidental de la carretera 31 que salía de Bethelville. Robin estaba segura de que el bosque tenía un nombre real que todo el mundo había olvidado porque a nadie le importaba un comino. Por lo general, los habitantes de Bethelville habían ignorado el bosque, ya que los parques locales eran mucho más agradables de visitar. Sin embargo, el Bosque de la Treinta y Uno cobró nueva notoriedad poco después de la desaparición de Kathy. Fue allí donde la policía encontró sus zapatos.

A un kilómetro y medio al sur de Bethelville, había un pequeño camino de tierra que se adentraba en el Bosque de la Treinta y Uno. A menudo estaba cubierto por el follaje y era fácil pasarlo por alto si no sabías buscarlo. El camino llevaba a una granja abandonada y decrépita. Los adolescentes de Bethelville la habían frecuentado para beber alcohol que robaban a sus padres o fumar hierba sentados alrededor de una pequeña hoguera, disfrutando de su primer contacto con la independencia. De vez en cuando se encontraban jeringuillas y casquillos de bala, lo que indicaba que también se realizaban otras actividades menos inocentes.

Cuatro días después de la desaparición de Kathy, la policía encontró sus zapatos cubiertos de barro, tirados en aquella casa. Hubo algunos rumores sobre lo que también encontraron en el lugar: una revista porno pedófila, un cuchillo ensangrentado, una cuerda larga y gruesa. Robin había oído muchas versiones y teorías sobre lo que había ocurrido en aquella granja en ruinas. Pero lo único que todos sabían con certeza era que allí se habían encontrado los zapatos. Y esa era la última pista sobre el paradero de Kathy. La teoría más extendida sobre el paradero de Kathy era que estaba enterrada en algún lugar del Bosque de la Treinta y Uno, aunque la policía había registrado la zona con perros y no había encontrado nada.

–Probablemente, a Claire también le vendría bien empezar

de nuevo –dijo Ellie–. Me pregunto si se le habrá pasado por la cabeza irse con Pete.

Las tres se miraron en silencio. El sol de la tarde se ocultó detrás de una nube, el brillante día se volvió lúgubre, como si Claire hubiera infectado el clima con su desesperación.

–Ella nunca se iría –dijo Melody con voz hueca–. Sigue esperando que Kathy vuelva.

Capítulo 4

Para Claire, todo lo que tenía que hacer le exigía demasiado esfuerzo.

A veces le resultaba desconcertante la ceguera de la gente ante la enorme cantidad de tareas que sus vidas les exigían. Por ejemplo, si Pete le decía que iba al baño cuando ambos estaban sentados en el salón, Claire siempre quería decirle que no solo iba al baño. Primero tenía que levantarse y andar hasta el baño, unos dieciséis pasos si se encontraba en el salón. Luego, tenía que abrir la puerta, cerrarla y echar el pestillo. Después, sin entrar en muchos detalles, tendría que llevar a cabo un montón de acciones según lo que tuviera que hacer en el baño. Y, para terminar, debería tirar de la cadena, probablemente, lavarse las manos, quitar el pestillo, abrir la puerta, regresar al salón (es decir, dieciséis pasos más) y sentarse de nuevo. Y Pete lo llamaba «ir al baño».

Por supuesto, eso ocurría antes, cuando Pete todavía estaba allí. Con ella. Antes de que se marchara.

Claire ya no iba al baño con frecuencia. Normalmente, una vez al día era suficiente. Y, en realidad, se ahorraba algunas de las cosas que las demás personas hacían cuando iban porque realmente no le importaban.

Sin embargo, recordaba una época donde no resultaba tan complejo.

No solo ir al baño, sino todo lo demás. El número de acciones que debía realizar durante el día era asombroso. Incluso después de la desaparición de Kathy, Claire se pasaba el día imprimiendo folletos, llamando a la policía, contactando con detectives privados y con ese pariente lejano que tenía un amigo en el FBI. Y a medida que pasaba el tiempo, encontraba más gente con la que hablar: periodistas, psicólogos, expertos…

¿En qué estaba pensando? Había perdido el hilo de sus pensamientos. Eso era otra de las cosas que había perdido: la concentración. A veces caminaba por algún lado y se detenía sin saber adónde iba. Como ahora, que estaba de pie en la puerta de su dormitorio sin tener la menor idea de lo que pretendía hacer.

Se quedó mirando la mesilla de Pete, vacía salvo por un cargador de móvil que se olvidó. Pete siempre tenía docenas de ellos por todas partes, a menudo tres o cuatro enredados sin sentido. No tenía ni idea de para qué los necesitaba o de dónde habían salido. ¿Los había comprado? ¿Por qué iba a comprar más de uno? La sola idea la agotaba.

Después de la desaparición de Kathy, Claire había sufrido un torbellino de emociones. Culpa, tristeza, ira, esperanza (siempre seguida de una profunda decepción), valor…

¿Cuánto tiempo podría una persona soportar todo eso?

Claire aguantó siete meses.

Tal vez podría haber aguantado más si hubiera tenido más apoyo. Pero poco a poco se percató de que la gente había llegado a la conclusión de que Kathy estaba muerta. Primero, fue la gente del pueblo. Luego, la policía. Más adelante, la familia. Y finalmente, la mayor traición, Pete. Oía cada vez más a menudo la expresión «seguir adelante». Simplemente, tenía que «pasar página», renunciar a la esperanza de que su hija estaba viva para aceptar que su hija estaba muerta. No parecía tan difícil, en realidad. Todos los demás lo habían hecho. Pero ¿por qué ella era incapaz?

Porque sería una traición. Eso es lo que Pete no entendía. Si su hija estaba viva, entonces, necesitaba que alguien siguiera preocupándose por ella. Buscándola. En caso contrario, no cambiaba nada. Y mientras Claire pensara que había alguna posibilidad de que Kathy estuviera viva, no podía perder la fe.

Pero podía quedarse sin energía, que era lo que había ocurrido.

Cuando regresó a la cocina, sonó el teléfono fijo. Otra vez en la cocina. La habitación más alejada del dormitorio.

Tenía una reacción física cuando sonaba el teléfono. Una especie de apretón y repulsión fruto de las constantes llamadas que había recibido.

Pero siempre sentía lo mismo, esa pequeña esperanza de que tal vez esta vez sería alguien llamando con noticias sobre Kathy. Por mucho que intentara reprimir esas esperanzas, su mente seguía conjurándolas a traición. Y se dirigía al teléfono un poco demasiado rápido y contestaba con la respiración entrecortada. ¿Diga? Pero seguramente sería una llamada del banco. O de la madre de Pete o de alguien que había marcado mal el número. Y luego siempre emergía una decepción abrumadora.

Por eso, su cerebro ya relacionaba el timbre del teléfono con la sensación de desesperanza y pérdida. Se había reconfigurado para odiar el teléfono y su estridente timbre. Como si el teléfono fuera un depredador y su cerebro le advirtiera del peligro inminente.

Lo dejo sonar, sabiendo que cuando volviera a la cocina ya habrían colgado. Mientras lo escuchaba, se quedó mirando el armario, donde una semana antes Pete había hecho la maleta.

La había invitado a irse con él. Pero le dijo por enésima vez que no podía irse, que, si encontraban a Kathy, Claire tenía que estar allí, en casa. Kathy esperaría volver a su antigua habitación. Claire no quería que regresara a una casa diferente.

Discutieron una última vez, Pete le dijo que Kathy nunca volvería y Claire le respondió que no sabía cómo podía perder la esperanza.

–¿Esperanza? –resopló Pete–. ¿Es eso lo que sientes ahora, Claire? ¿Esperanza? Siento decirte que no lo parece.

Tenía razón. Esperanza no era la palabra adecuada. ¿Cuál era la palabra para describir la sensación de existir en una realidad a la que se le han arrebatado todos los colores? ¿De darse cuenta a veces de que pasaban cuatro horas sin un solo pensamiento coherente? Estaba segura de que los terapeutas lo llamarían depresión, pero eso no podía ser correcto. No estaba deprimida.

Solo necesitaba a su hija.

El teléfono dejó de sonar.

Soltó un largo suspiro, ligeramente aliviada por el silencio. Pensó en tumbarse y dormir. Ya era tarde.

Pero el teléfono volvió a sonar.

Apretó los dientes y dio media vuelta. Se arrastró hasta la cocina y cogió el teléfono. Sería el banco. O alguno de los pocos amigos que le quedaban, que la llamaba para preguntarle cómo estaba ahora que Pete se había marchado.

—¿Diga?

—Hola, ¿Claire Stone?

Era una voz masculina. Un poco formal. El banco, tal como ella había pensado.

—Sí, soy yo —dijo recostándose en la pared.

—¿Es usted la madre de Kathy Stone?

Ella parpadeó. Por un segundo, casi no supo qué contestar.

—Sí —dijo finalmente.

—Soy el agente Pérez, del Departamento de Policía de Jasper. Señora Stone, hemos encontrado a su hija.

Capítulo 5

Para Robin, entrar en casa de su madre era como meterse en una terrible máquina del tiempo. No se trataba de una máquina del tiempo útil que te permitiera viajar a la década de los ochenta para asistir a un concierto de Queen y apostar algo de dinero en eventos deportivos o comprar acciones de Microsoft para luego poder vivir a cuerpo de rey. No, era una máquina del tiempo que solo transportaba su psique hacia atrás en el tiempo y la convertía de nuevo en esa chica ansiosa de catorce años que apenas era capaz de articular palabra.

Todo era distinto cuando su padre estaba vivo. Él siempre le preguntaba por su trabajo y sus relaciones, como si quisiera reforzar la imagen de esa mujer adulta en la que se había convertido. Y, además, era su padre. Su padre siempre había sido la parte fácil de tener padres en la familia Hart.

—Hola, mamá. Soy yo —dijo, cerrando la puerta detrás de ella.

—Estoy en el salón —respondió su madre.

Robin recorrió el luminoso pasillo, dejando atrás dos jarrones con flores. Su madre siempre tenía flores recién compradas por toda la casa. Una vez Robin se preguntó en voz alta cómo podía permitirse tantas flores, y ella le había insinuado tímidamente que no era ella quien las compraba. Y luego le preguntó si estaba preocupada por su futura herencia.

Su madre estaba sentada en el sofá, hojeando un álbum de fotos. Robin reconoció al instante qué álbum era. Era el álbum de su boda.

Una parte irracional de su cerebro sospechó que no se trataba de una casualidad. Que su madre solo fingía mirar el álbum de su boda para herirla y empezar una pelea. Que ese era el castigo por la infracción que había cometido Robin: habían pasado cuatro días desde su última visita.

Pero, evidentemente, eso era una locura. Robin no había llamado antes de llegar, por lo que su madre, al oír el motor de su coche, habría tenido que salir a toda prisa del salón, rebuscar entre los álbumes hasta encontrar el que contenía las fotografías de su boda y, luego, regresar al salón, sentarse de nuevo y abrir el álbum por la mitad como si lo hubiera estado hojeando todo el rato. Nadie haría eso. Por eso, Robin experimentó cierta culpa por sospechar de ella. Solo estaba mirando un álbum de fotos, como solía hacer. Y el hecho de que fuera el álbum de bodas de Robin solo era una coincidencia.

—Hola, mamá. Hoy estás muy guapa —dijo, intentando mostrarse más amable debido a la repentina sensación de culpa.

—Se os veía tan felices juntos —dijo su madre con tristeza—. Es un hombre tan apuesto. Tuviste mucha suerte.

Se había abierto la veda. Con esa frase magistralmente elaborada, su madre había logrado retroceder y avanzar en el tiempo a su antojo. A diferencia de ahora, antes eran muy felices. Y, además, él todavía era un hombre guapo, es decir, que si Robin recuperaba el sentido común, podría volver a estar con él. Antes Robin era muy afortunada, pero, ahora, había decidido arrojar su vida por la borda.

Aunque tal vez era un comentario al azar. Con su madre, era imposible saberlo.

—Fue una boda muy bonita —dijo Robin sin inmutarse. Luego, intentando evitar cualquier disputa, añadió—: Estabas preciosa con ese vestido azul. ¿Todavía lo tienes?

Recibió una tenue sonrisa como respuesta. Quizá el cumplido había surtido efecto. ¿Había evitado la crisis?

—Creo que lo regalé —respondió su madre con un tono apesadumbrado—. Demasiados recuerdos.

—Vaya, qué lástima. Por cierto, he cogido el correo…

—Acabo de hablar con la madre de Evan, Glenda —dijo su madre, pasando una página del álbum—. Me ha dicho que aún no ha rehecho su vida, pero que está saliendo con otras chicas, claro.

—Eso es bueno para él.

—Ella cree que él todavía te está esperando. Creo que, si intentas enmendar las cosas, tal vez acepte darte otra oportunidad.

—Mamá, no voy a volver con Evan.

—Podríais ir a terapia. Evan lo haría por ti, es tan considerado…

—¡Eso nunca va a suceder!

Los labios de su madre temblaron ligeramente.

—No sé por qué me gritas. Solo quiero que seas feliz. Es lo que siempre he querido. Llevo una semana sin verte y te presentas aquí para gritarme —dijo con los ojos llorosos.

—No… no he gritado. Lo siento.

Robin se sentó al lado de su madre y la rodeó con el brazo.

—No quería disgustarte. Y no llevas una semana sin verme. El sábado estuve aquí.

—A mí me ha parecido una semana. La visita del sábado fue muy corta.

Robin apretó en balde la mandíbula intentando bloquear físicamente cualquier palabra que pudiera salir.

—Hoy te lo compensaré. Tengo toda la mañana libre.

—Es que Evan es un hombre encantador. Podría tener a cualquier chica que quisiera, Robin. A cualquiera. Y tiene mucho éxito. Si volvierais a estar juntos, no tendrías que preocuparte por tu falta de clientes.

—La verdad es que me va bastante bien —dijo Robin.

Era irónico. Cuando Evan empezaba como fotógrafo y Robin era la que tenía ingresos estables, su madre se deshacía en elogios sobre cómo Evan no renunciaba a sus sueños e intentaba ganarse la vida haciendo lo que más le gustaba. Y ahora que había logrado despegar profesionalmente, en la mente de su madre, eso significaba que Robin podía vivir con él y dejar de trabajar por completo. Nunca se le ocurrió que a Robin también le entusiasmaba su propio trabajo.

—¿De verdad te va bien? Porque Melody me ha dicho… No importa. Déjalo estar.

Era difícil, pero Robin logró no morder el anzuelo. Sabía de primera mano que las palabras de Melody, fueran las que fuesen, se convertirían en pullas fuera de contexto desprovistas de su significado original. Cuando eran adolescentes, su madre orquestaba peleas entre ella y Melody que podían durar días. Ahora que las dos habían crecido, todavía mantenía esa habilidad, pero no se salía con la suya tan a menudo.

Su madre pasó otra página del álbum y sonrió. Acarició con un dedo una gran foto en la que aparecían ella y el padre de Robin.

—Míralo. Parecía tan sano.

—Sí.

Robin miró la sonrisa de su padre. Parecía sano. Y feliz. Ella había bailado con él, y él había seguido bromeando con ella.

—Pero, entonces, un día, un ataque al corazón. Y se fue, sin avisar. —Su madre dejó escapar un suspiro estremecedor—. Y durante la pandemia.

Por alguna razón, esto siempre parecía molestar a su madre. Que mientras la gente de todo el mundo moría de COVID, su marido tuviera la osadía de morir de un ataque al corazón. Dejando a su esposa sola con esta viudez mundana.

—Al menos no sufrió —dijo Robin.

Qué extraño era. Había dicho esa frase mil veces y la había escuchado otras mil más en boca de los médicos, los amigos y la familia. Como si el hecho de que la muerte hubiera sido especialmente eficiente aquel día pudiera hacer que alguien se sintiera mejor.

—Eso es verdad —respondió su madre sin apartar los ojos de la fotografía—. Yo estaba muy guapa.

—Todavía eres guapa —respondió Robin de forma automática.

—Oh, déjalo ya. Sé que mientes para no herir mis sentimientos.

—Lo digo en serio. Estás fantástica. No sé cómo lo haces.

—¿Con estos trapos? Lo dudo.

—Nunca te había visto esta falda. Parece muy moderna. Creo que la he visto en alguna revista de moda.

Esta era la parte más perturbadora. La parte más majara. Estos falsos cumplidos que Robin soltaba eran una parte necesaria de hablar con su madre. Porque su madre necesitaba oír esas cosas una y otra vez. Y cuando se menospreciaba a sí misma, la única respuesta posible era estar en desacuerdo con ella y responder con un cumplido adicional.

Cualquier otra alternativa, es decir, cambiar de tema, intentar convencerla de que no necesitaba estar siempre perfecta o, incluso, decir que «para tener esa edad estaba realmente bien», daría lugar a una escena lacrimógena que podía prolongarse durante horas. En una ocasión, cuando Robin tenía ocho años, su madre le había preguntado a su padre si creía que sus zapatos le afeaban los tobillos. Él, iluso como era, respondió que no, pero que, si le molestaban, podía comprarse otro par. Su reacción fue quemar los zapatos y, accidentalmente, prender fuego a las cortinas. Luego, estuvo gritando a su padre toda una tarde mientras Robin y Melody se escondían en la habitación de Melody, debajo de la manta. Su madre no salió de la habitación durante tres días después de aquello, hasta se negó a comer. Robin aún recordaba a su padre suplicándole en la puerta. Disculpándose desconsoladamente.

Y la verdad es que estaba estupenda. Su cabello rubio caía en cascada sobre sus hombros. Su maquillaje la hacía parecer veinte años más joven. Vestía con clase, como siempre. Pero siempre necesitaba algún comentario que aderezara su ropa. Otra prenda hecha a medida a base de cumplidos y adoración.

Satisfecha, su madre pasó otra página y se quedó mirando la foto de Robin sonriendo vestida de novia.

–Tú también estabas muy guapa aquel día –dijo, ensimismada.

–Sí.

–Recuerdo que el tío Donald se emborrachó e intentó bailar con tus amigas más jóvenes. ¿Te acuerdas? –Su madre soltó una risita de niña–. Ese viejo verde.

Robin sonrió y se acercó más a su madre, mirando el álbum.

–Me acuerdo. La tía Hilda estuvo a punto de echarle un jarro de agua encima.

–¡Tienes razón! –dijo su madre rompiendo a reír–. Tenía mucho carácter. Qué pareja tan extraña. Sin duda, tu padre era el mejor de su familia.

–Sí.

La mujer tocó la foto de Robin.

–Mira esa sonrisa. ¿Recuerdas cómo me aseguraba de que te cepillaras los dientes durante cinco minutos por la noche? Y siempre procuraba que fueras al dentista. Gracias a mí, tus dientes eran tan blancos como la leche.

Robin se levantó.

–Voy a preparar té. ¿Quieres un poco?

–No, gracias.

Robin se dio la vuelta.

–El té puede manchar mucho los dientes –añadió su madre.

Robin salió de la habitación y se dirigió a la cocina, donde se apoyó en la pared y respiró profundamente. Se recordó a sí misma que su madre se sentía sola. Que desde que murió su padre había sido muy difícil para ella. Y que, debido a la pandemia, evitaba frecuentar lugares públicos, lo que significaba que sus pasatiempos favoritos (quedar con sus amigas para tomar un café o ir de compras) habían desaparecido.

Preparó el té sin ninguna prisa para reafirmar su fortaleza mental. Algunos días, los golpes de su madre no lograban traspasar sus defensas. Pero últimamente, con el regreso del insomnio, el agotamiento la hacía mucho más frágil.

Cuando regresaba al salón, se detuvo frente al dormitorio de su madre y echó un vistazo al interior. La obsesión de su infancia seguía allí, tan deslumbrante y tentadora como siempre. Se trataba de una casa de muñecas antigua, construida para parecerse a una mansión victoriana. Descansaba sobre una gran mesa y estaba abierta para revelar los tres pisos: tres dormitorios, una cocina, un salón y un cuarto de baño. Cada una de las diminutas habitaciones estaba decorada con muebles magistralmente elaborados. Todos los minúsculos armarios y cómodas podían abrirse e incluso contenían varias prendas de vestir y algunas sábanas a escala. El pequeño piano del salón en miniatura podía producir notas musicales.

Era como un fruto prohibido. Su madre siempre le decía que no era un juguete. Que era muy antigua y cara. Que si ella o Melody jugaban con ella, seguramente la romperían. Y por mucho que rogaran o suplicaran, siempre bajo la promesa de ser extremadamente cuidadosas, nunca les permitía tocarla.

De todas formas, Robin jugaba con ella, por supuesto, a escondidas, aterrorizada de que la descubriera. Una vez, mientras trasteaba con ella, oyó los pasos de su madre y se asustó tanto que, accidentalmente, rompió una de las pequeñas sillas de la cocina. Luego se desató un…

Su mente rehuyó el recuerdo.

Volvió al salón. Por suerte, su madre había dejado el álbum de fotos a un lado.

—Cuando hablaba con la madre de Evan…

—Por favor, mamá, no quiero hablar más de Evan, ¿de acuerdo?

—No iba a decir nada de Evan —dijo su madre, dolida—. No todo lo que quiero hablar es sobre ti o tu matrimonio roto, Robin.

—Está bien, lo siento —respondió Robin, sentándose a su lado—. ¿Qué querías decirme?

—No importa.

—De verdad, mamá, lo siento…

—No quiero que te enfades y vuelvas a gritarme. Esperaba que simplemente pasáramos una agradable mañana juntas. —Su madre cerró los ojos y se recostó en la silla, cansada—. Antes pasábamos ratos agradables. ¿Qué ha ocurrido?

Robin sabía exactamente lo que había ocurrido. Se había atormentado con esa misma pregunta durante años, después de cada mala visita a su madre, durante incontables noches en las que permaneció despierta y las numerosas sesiones de psicoterapia. Y ahora podía dibujar un diagrama preciso de lo que había ido mal. O quizá de lo que nunca había estado bien en primer lugar.

—No lo sé —dijo.

Su madre solía responder con su propia teoría: era culpa de Robin. Porque Robin era desagradecida, o Robin había tomado malas decisiones, o Robin no era una buena hija como Melody. Pero esta vez no dijo nada, solo se alisó la falda con mal humor.

Robin tardó un segundo en darse cuenta. Su madre quería contarle lo que había hablado con la madre de Evan. No porque fuera sobre Evan, sino porque era lo que más le gustaba. Los cotilleos.

Y si era lo bastante bueno como para evitar una discusión sobre los muchos defectos de Robin, entonces se trataba de un buen cotilleo. No un chismorreo de segunda sobre una mujer del club de lectura que había empezado una nueva dieta. O una pareja del pueblo que discutía tan fuerte que todos los vecinos la oían.

Era un cotilleo de primera. Como una infidelidad que había salido a la luz, con fotos. O quizá alguien iba a ir a la cárcel por fraude.

Robin se moría por saber de qué se trataba.

No porque le gustaran las habladurías. Por supuesto, le gustaban los cotilleos tanto como a cualquiera. Había un placer irresistible en enterarse de algo que no todo el mundo sabía y luego una sacudida adicional de placer al transmitirlo, como si fuera miembro de un club secreto. Pero no era eso, sino que los cotilleos eran un puente entre su madre y ella. Cuando cotilleaban, parecían estar tan unidas como cualquier madre puede estarlo con su hija.

Pero si se lo preguntaba directamente su madre nunca lo soltaría. La curiosidad le daba ventaja, y ella nunca le regalaba nada. Así que le dijo:

–He visto que tienes flores nuevas en el pasillo. Son realmente preciosas.

–Gracias. Son rosas y lirios.

–Pero he visto otras. ¿Cómo se llaman esas flores más carnosas?

–Cuando hablé con Glenda –dijo su madre, cambiando de tercio–, me contó algo más.

–¿Ah, sí? –dijo Robin despreocupadamente–. ¿Qué más te dijo?

–Nunca lo adivinarías. –A su madre le brillaron los ojos. Se acercó a Robin y bajó la voz, como si alguien pudiera estar escuchando–. Claire Stone ha recibido una gran noticia.

Robin sospechaba que se trataba de la marcha de Pete Stone, pero no dijo nada. En lugar de eso, sonrió y se acercó.

–Cuéntame.

–Al parecer recibió la llamada de un policía de Jasper. Al principio, pensó que era un error. Eso le dijo a Glenda. ¿Por qué iba a llamarla un policía de Jasper, al otro lado del estado?

–¿Y por qué la llamó? –preguntó Robin aguantando la respiración.

–¿Te has enterado de que Pete Stone se ha ido del pueblo? –dijo su madre con una ligera sonrisa para alargar la gran revelación.

–Sí, he oído algo al respecto.

Robin trató de ocultar su propia impaciencia.

–Pues va a volver –dijo su madre agarrándola de la mano–. Va a volver porque creen que han encontrado a Kathy Stone. Con vida.

Capítulo 6

El viaje de Bethelville a Jasper, según las pesquisas de Claire en internet, duraba unas cuatro horas. Pero tuvo que añadir otra más para esperar que Pete la pasara a buscar. Pete había insistido en que fueran juntos, que él la llevaría. Así que, en total, el trayecto se prolongó a unas cinco horas y media. Una eternidad.

Esa mañana, había decidido no tomarse la medicación porque la única razón para tomarla era que vivir sin Kathy, sin saber qué le había ocurrido, era insoportable. Pero ahora que Kathy había aparecido (¿sería ella?) no necesitaba medicación, ¿no? Además, cuando tuviera a Kathy en sus brazos (¿sería posible?), no quería que la medición interfiriera en sus sentimientos. Quería estar completamente lúcida.

Sin embargo, después de estar medicada durante seis meses, quizá no era la decisión correcta. Y tener que hacer el viaje con Pete, ese hombre que ahora apenas soportaba porque había arrojado la toalla con ella y con su hija, no mejoraba las cosas. Se pasó todo el viaje con los ojos pegados al teléfono, revisando las tres imágenes y el breve vídeo que la policía le había mandado (¿era realmente Kathy?), deslizando el dedo una y otra vez para no pasar por alto ningún detalle. Una imagen de Kathy dormida. Una imagen de Kathy comiendo. Una imagen de Kathy dibujando. Y un vídeo de Kathy coloreando.

Al principio, solo miraba las imágenes y el vídeo porque, en realidad, no tenía nada más. Hasta que no tuviera a Kathy en sus brazos (¿acaso estaba soñando?) tendría que conformarse con las fotos y el vídeo. Pero entonces apareció la ansiedad.

Había pasado los últimos quince meses atrapada en el infierno. Cada día, cuando se despertaba, Kathy no estaba allí, y, cuando se iba a dormir, seguía sin estar allí. Era simplemente una secuencia interminable de desesperación y anhelo y miedo…

Y por fin recibió la llamada. Y por primera vez experimentó alivio. En un primer momento, la sensación de alivio fue tan extraña que pensó que podía estar soñando, porque a menudo tenía esos sueños en los que Kathy había vuelto. Así que se mordió, se mordió literalmente, para asegurarse de que estaba despierta.

Luego llamó a Pete hecha un mar de lágrimas para contarle la noticia. Acababan de encontrar a Kathy. Estaba en Jasper y… sí, estaba viva, claro que estaba viva, y tenían que ir a buscarla porque la policía solo podía trasladarla mañana y Claire no tenía la intención de esperar ni un jodido segundo más. Acto seguido, se mordió otra vez para confirmar que todo aquello no era un sueño.

Pero más tarde, a medio camino de Jasper, un pensamiento insidioso se le metió en la cabeza. ¿Y si no era Kathy?

No había podido hablar con ella por teléfono. El agente de policía le había dicho que todavía estaba en estado de *shock* y no se mostraba muy comunicativa. Y en el vídeo tampoco decía nada. Sí, se parecía a Kathy, pero…, bueno, Kathy siempre había sido una niña muy alegre. Y esa niña de las fotos, tan pálida, tan delgada, no parecía alegre.

Es cierto que Claire sabía que todo por lo que Kathy había pasado en los últimos quince meses habría dejado huella. Y, como dijo el policía, estaba en *shock*. Pero ese alivio que sintió fue tan extraño, y el trayecto fue tan largo, deslizando las fotos ininterrumpidamente, que se preguntó si tal vez no era ella. Quizá era otra trampa del destino, como aquellas otras dos veces que alguien había llamado para informar que la habían visto en distintos lugares del país y al final había resultado ser otra niña.

Su grado de ansiedad llegó a tal punto que envió un mensaje de texto a ese policía, y luego lo llamó y le preguntó si podía enviarle otra foto. El agente así lo hizo, una foto en primer plano de Kathy (esa niña otra vez) durmiendo. Sí, era Kathy, o alguien que se le parecía mucho.

Y de repente ya estaban en la comisaría, y Pete estaba hablando con la mujer de la recepción, y esta tenía que hacer una llamada para comprobarlo. Y Claire quería gritar. ¿No le habían dicho a la estúpida recepcionista que iban a venir? ¿Cómo podía ser que estuviera en el mismo edificio que su hija (o una niña muy parecida) y no estuviera abrazándola? ¿Cuánto tiempo más…?

Pero ahora un policía les estaba indicando que lo siguieran. Les estaba diciendo que esto era realmente fantástico, que no tenía la oportunidad de dar buenas noticias a la gente tan a menudo, y que este era probablemente el mejor día de su trabajo, y abrió una puerta y…

Kathy.

Su hija estaba sentada en un sofá, con las manos en el regazo y la cabeza gacha.

–¿Kathy? –balbució Claire al borde del llanto.

Kathy levantó la mirada. Era ella; sí, realmente era ella. Incluso esbozó media sonrisa, tímida, de asombro.

Y entonces echó a correr y se hundió en los brazos de Claire. Claire la abrazó, pensando que nunca más la soltaría. Kathy se acurrucó en el cuerpo de Claire, temblando, llorando. Y Claire se apartó solo para volver a mirar a su hija.

–¿Estás bien? –preguntó Pete, arrodillándose frente a ellas.

Kathy no paraba de llorar, las lágrimas le corrían por las mejillas y le temblaba la barbilla.

–¿Estás bien, cariño? –volvió a preguntar Pete.

–No ha dicho nada desde que la encontraron anoche –dijo el policía–. La trabajadora social dijo que probablemente estaba en estado de *shock*. Pero, gracias a la base de datos nacional de personas desaparecidas, descubrimos quién era bastante rápido.

El agente siguió hablando, pero Claire no lo escuchaba. Llevaba quince meses pidiendo un sinfín de detalles sobre las investigaciones de su hija desaparecida. Pero ahora, con Kathy en sus brazos (era Kathy, no tenía la menor duda), ya no le importaba. Nada de eso importaba ya.

Capítulo 7

Robin fue corriendo hacia la casa, con el corazón desbocado, sabiendo que llegaba tarde. Llegaba muy tarde. ¿Se lo habría perdido? Si había terminado, estaba acabada. ¿Dónde estaba la radio? Necesitaba dar con ella. Tenía que estar en la cocina, pero, de alguna manera, Robin estaba perdida. Perdida en su casa... No, perdida en casa de su madre. ¿Qué estaba haciendo ahí? La radio, necesitaba encontrar la radio.

¡Por fin! La antigua radio. Estaba en la cocina. Inmediatamente la encendió, aterrorizada, pero lo único que emitía era ruido estático. ¡No! No podía fallar ahora. Giró el sintonizador, pero el ruido no hacía más que aumentar..., demasiado ruido..., despertaría a todo el mundo... Fuera brillaban las luces de las farolas..., su madre estaba en casa. El ruido era tan fuerte que Robin lo sentía en los dientes, en los huesos...

Se despertó sobresaltada, presa del pánico; el corazón se le salía por la boca y respiraba con dificultad. La oscura habitación empezó a definirse. No estaba en la habitación de su infancia. No, era su dormitorio, estaba en su casa. En realidad, no necesitaba despertarse en mitad de la noche. Todo lo contrario. Lo que realmente necesitaba era dormir. Pero su corazón seguía latiendo con fuerza, con el sabor amargo del miedo en la boca. Le costaba recobrar la calma. Su mente repasaba recuerdos, una secuencia de noches idénticas donde ella estaba sentada junto a la mesa, frotándose los ojos con cansancio y escuchando la radio con atención. Cada palabra era importante. Crucial.

Soltó un suave suspiro.

¿Qué hora era?

Robin cogió su teléfono móvil de la mesita de noche. La brillante pantalla rectangular se iluminó. Entornó los ojos, arrepintiéndose al instante de ese movimiento involuntario. Pasaban siete minutos de las dos de la madrugada. Había dormido menos de tres horas. Y, ahora, por culpa del resplandor del teléfono, su cerebro podía pensar que ya era de día. Además, para colmo de males, había una notificación en la pantalla: un nuevo correo electrónico. Quizá era un nuevo cliente. No podía ignorarlo. Si no respondía a tiempo, era posible que el potencial cliente decidiera buscar a otro terapeuta.

Cuando abrió la bandeja de entrada, emitió un gruñido. No se trataba de un nuevo cliente. Era un correo electrónico de Netflix que le sugería una serie que podía gustarle.

Con el teléfono desbloqueado en la mano, sus dedos cobraron vida propia. La tentación del icono de Facebook que indicaba que tenía una notificación era irresistible. La pulsó sin pensar.

Melody había publicado un mensaje en un grupo de amantes de los perros en el que ambas estaban. Solo Dios y Mark Zuckerberg sabían por qué debía recibir una notificación sobre eso. A veces, no recibía notificaciones sobre gente que le enviaba mensajes. Nunca recibía notificaciones de su mejor amiga de la universidad. Pero que Melody publicara una imagen en un grupo cualquiera, al parecer, bien merecía una notificación de Facebook.

De todas formas, era una bonita foto de perros: había un labrador grande y un labrador cachorro, y ambos tenían la nariz llena de barro, así que todo estaba perdonado. Pero ahora ya estaba en Facebook y sus dedos sabían perfectamente lo que tenían que hacer: deslizar hacia abajo.

Había muchas publicaciones de sus contactos sobre el regreso de Kathy. La gente comentaba abiertamente lo feliz que era de tenerla de vuelta. Cada mensaje iba acompañado de tantos emojis de corazones que parecía que San Valentín estaba a la vuelta de la esquina.

Siempre la desconcertaba que la gente se abriera en canal en las redes sociales para compartir sus sentimientos. Robin se había emocionado cuando su madre le dijo que habían encontrado a Kathy. Desde la desaparición, no había dejado de pensar en la niña y en sus pobres padres. Le costaba imaginar el terrible tormento por el que habían pasado Claire y Pete. La reaparición de la niña había sido casi un milagro. Pero nunca se le ocurrió publicarlo. Ella solo utilizaba las redes sociales para colgar fotos graciosas de Menny y compartir algún que otro meme. Casi nunca publicaba nada personal. Cuando murió su padre, se limitó a publicar un comunicado general y a dar las gracias a todos los que le habían dado el pésame.

Y ahora, otra vez, se sentía como un bicho raro porque, en lugar de publicar sus sentimientos en las redes sociales para que lo vieran sus casi novecientos amigos, incluido el chico que le había instalado el fregadero nuevo y un montón de gente de la universidad con la que no había hablado en años, prefería compartir sus pensamientos a través del ancestral arte de hablar en persona.

Ahí estaba Dennis, que vivía al final de la calle, diciendo «Kathy es una de mis alumnas favoritas». Y Therese, de yoga, que decía que la madre de Kathy era una amiga muy querida. Y había otro mensaje, de una tal Paula Robin que no tenía ni idea de quién era, que decía que conocía a Kathy desde el día en que nació. Todos parecían muy dispuestos a mencionar su propia conexión con Kathy. Robin imaginó lo que escribiría. Claire estaba en mi clase, pero nunca nos caímos especialmente bien de pequeñas. No, en las redes sociales tenía que decir la verdad de forma selectiva. Una vez, en tercer curso, Claire me prestó un lápiz. Claire y yo compartimos aula durante doce años y ella siempre estuvo a mi lado en los momentos difíciles.

Algunos mensajes pretendían ser una fuente de inspiración: «Esto demuestra que si te mantienes positivo…» o «Todos rezamos por su regreso y Dios respondió a nuestras plegarias». Otros parecían referirse sobre todo a la persona que los escribía: «Cuando me enteré de que la habían encontrado, lloré de alivio. Llevo un año pensando en esa pobre niña».

Robin procuró clicar «me gusta» en cada publicación, no quería que la gente pensara que no le gustaba que Kathy hubiera vuelto. Pero evitó hacer cualquier comentario. Comentar significaba meterse en la boca del lobo. Sin embargo, no podía evitar leer los comentarios de los demás. La mayoría de ellos eran elogios mutuos: «Me has hecho llorar» o «Eso ha sido precioso».

En el post que hablaba del regreso de Kathy un tipo había comentado: «Si la madre, en primer lugar, hubiera prestado atención a su hija, nada de esto habría sucedido».

Un fogonazo de rabia se apoderó de Robin. Deslizó rápidamente hacia abajo. No quería caer en la trampa. Seguramente era un trol de internet que solo pretendía ganar notoriedad. Si respondía a su provocación, solo le estaría haciendo un favor. Por eso todo el mundo decía que lo mejor era no contestar a los trols.

Ahora, de ninguna manera podría volver a dormirse. Tenía que calmarse de nuevo. Abrió Instagram.

Al parecer, Instagram también se había unido al festival de Kathy. Había fotos de Kathy de antes de la desaparición, tomadas de artículos en línea. Capturas de pantalla de las noticias que hablaban de su regreso. Gente fotografiándose a sí misma haciendo cabriolas con los dedos en forma de corazón, con el *hashtag* #KathyHaVuelto.

¿Se equivocaba Robin al no publicar nada sobre Kathy? Quizá era lo que la gente de una comunidad debía hacer. ¿Acaso era insensible a lo que ocurría a su alrededor?

Volvió a conectarse a Facebook e intentó escribir un post sobre ello. No demasiado largo. Un poco emotivo. Algo plagiado de otro post que había visto. Y añadió ocho emojis de corazón. Luego lo borró y escribió uno nuevo, menos emotivo, con un solo corazón. Luego lo borró y escribió un tercero en el que citaba a Nelson Mandela: «No puede haber una revelación más intensa del alma de una sociedad que la forma en que trata a sus niños». Luego lo borró también y se indignó consigo misma.

Pero seguía furiosa con ese tipo y, ahora, tenía la respuesta perfecta para él. Una respuesta bien elaborada que lo avergonzaría delante de todos y quizá se vería obligado a disculparse y admitir que se había equivocado. Se desplazó por su cuenta, buscando el comentario. ¿Dónde lo había visto? No lo recordaba. Comprobó los comentarios de cada entrada, pero no lo encontró. ¿Cómo se llamaba?

Esto era una estupidez. Sabía perfectamente que no se sentiría avergonzado. Todo lo contrario. Estaría encantado. Al fin y al cabo, no encontrar su comentario era una buena noticia.

Luego, sin poder evitarlo, pulsó el icono de búsqueda. Ni siquiera tuvo que escribir la consulta. Su búsqueda más reciente era «Evan Moore», su exmarido.

Había dejado de seguirlo en todas las redes sociales, lo que significaba que ahora tenía que buscarlo. Ni siquiera sabía lo que estaba buscando. ¿Una nueva novia? ¿Una mención a ella? Tal vez un post sobre lo desgraciado que era.

Pero eso no sería propio de Evan. Sus publicaciones siempre eran pretenciosas o autocomplacientes. A veces ambas cosas. Sí, se había unido al festival de Kathy. Estaba muy contento de que la hija de su querido amigo hubiera vuelto. La conocía desde que era un bebé. Al parecer, Kathy le llamaba tío Evan cuando era pequeña. Ella había estado en sus pensamientos constantemente durante los últimos meses. Ciento diecisiete «me gusta» y cincuenta y siete comentarios halagándolo.

El post anterior trataba del premio que había ganado recientemente por una de sus exposiciones: *Pobreza y pandemia*. Robin se desplazó un poco más hacia abajo, pero solo vio entradas que ya conocía. Odiaba conocer todas sus publicaciones recientes. Odiaba estar haciendo esto en mitad de la noche. Deslizó hacia atrás y volvió a su cuenta.

Había un mensaje de Claire. Daba las gracias a todo el mundo por sus amables mensajes y correos electrónicos. Decía que estaba agradecida por haber recuperado a su hija y que se estaban tomando su tiempo para recuperarse. El post tenía más de siete mil reacciones. A Robin le gustó y comentó: «Me alegro mucho».

Miró la hora: las tres de la madrugada. ¿Qué demonios estaba haciendo? ¿Por qué estaba pegada al teléfono?

Lo apartó con un gesto de repulsión, cerró los ojos y le dio la espalda a la mesilla de noche. Respiró hondo varias veces e intentó recuperar el sueño.

Y en ese momento su cerebro su hizo amo y señor de la situación. Porque ahora, excitada por cuarenta y cinco minutos de ruido blanco digital y la brillante luz de la pantalla del teléfono, su mente era como la de un niño de tres años que acaba de comerse un gran helado de chocolate. Saltaba de un pensamiento a otro, un miasma de imágenes, remordimientos, recuerdos, ansiedades y fantasías. No debería haber interrumpido a Laura en su última sesión; parecía que la niña estaba a punto de decir algo importante. La madre de Laura llevaba un bonito vestido: ¿dónde lo había comprado? Debería ir de compras. ¿Cuándo fue la última vez que lo hizo? Un repentino recuerdo de cuando iba de compras con su padre y una punzada de dolor, el dolor de su muerte aún fresco. No debería haber mirado el móvil. No debería haber dejado que el comentario de aquel tipo la afectara. A la mayoría de la gente le había encantado el post de Claire, pero a ella solo le había gustado. ¿Por qué se mostraba tan insensible? ¿Tenía algún problema con Claire? No es que se odiaran en el colegio; simplemente no se movían en los mismos círculos. Y Robin había ayudado cuando Kathy desapareció. Pensó en coger el teléfono, encontrar el correo y cambiar su reacción a los comentarios. Pero se obligó a no hacerlo.

Tenía que dormir.

Irónicamente, el hecho de que de verdad necesitara dormir no hacía más que empeorar la situación, porque ese frenesí de pensamientos se alimentaba de su concomitante preocupación. «Si no me voy a dormir ahora, mañana será un día duro. Esta es la tercera noche consecutiva que no duermo lo suficiente; si no consigo conciliar el sueño ahora mismo, mañana será una tortura. Seguro que son las cuatro de la mañana. Si no consigo conciliar el sueño ahora mismo, mañana será una pesadilla».

Cuando Menny la despertó, lamiéndole la cara, sintió que no había pegado ojo.

Capítulo 8

El día de la desaparición

Cuando Claire echó un vistazo por la ventana de la cocina y advirtió que Kathy no estaba, dio por sentado que su hija estaba jugando al escondite.

Las muñecas de Kathy estaban esparcidas por el jardín: una Barbie rubia, unas gemelas L.O.L. y una sirena que su tía le había regalado por su cumpleaños. Salvo la sirena, que se había caído hacia un lado con la cara medio oculta por la hierba, las muñecas estaban sentadas en círculo. Y algún detalle de la posición de la sirena levantó las sospechas de Claire. A Kathy le encantaba esa sirena y le extrañó que la dejara en esa posición.

Claire estaba limpiando con esmero un molde para repostería; se le había quemado un poco el pastel que había hecho esa misma mañana. La costra chamuscada se aferraba a las esquinas del molde y se resistía a sus esfuerzos por limpiarla. Cuando ladeó el molde para intentarlo desde otro ángulo, el agua con jabón se acumuló en el interior y se precipitó sobre su falda. Claire apretó la mandíbula llena de frustración. Quería terminar esa labor insignificante y regresar a sus asuntos: diseñar un nuevo collar. Últimamente, su negocio de joyas personalizadas iba viento en popa y quería lanzar nuevos artículos.

Seguía con la mirada en la ventana, algo inquieta, buscando a su hija. Su principal preocupación era la carretera. El tráfico en las afueras de Bethelville no era denso, pero a veces algún imbécil sobrepasaba los límites de velocidad. Y Kathy podía acercarse a la carretera. Pero no, su hija sabía muy bien que eso era peligroso.

Más adelante, al recordar repetidamente ese momento en su cabeza, Claire no podría perdonarse su siguiente movimiento.

Se inclinó hacia delante y fregó las esquinas con más fuerza.

Kathy tenía ocho años, así que Claire tenía ocho años de experiencia como madre. Y lo que había aprendido estos últimos años de todos esos cientos de veces que había perdido de vista a su hija era que, por lo general, Kathy no se metía en ningún lío. Siempre resultaba estar en la habitación contigua o en el baño o justo detrás de Claire o con Pete.

Entonces, empezó a sentir esa inquietud tan familiar. Esa ansiedad que va de la mano con la crianza. La vida le había entregado a esa niña que de pronto se había convertido en lo más importante del mundo, pero, al mismo tiempo y de forma cruel, la había dotado de voluntad propia. Eso quería decir que podía alejarse, jugar en la carretera, trepar por los árboles más altos, manosear trastos oxidados o comer barro. Y la única manera de asegurarse de que nada de eso ocurriera era vigilar a su hija cada segundo de cada día. Lo que, evidentemente, era imposible.

Claire era una de esas madres que suelen estar pendientes de sus hijos. Solía acercarse a su habitación por la noche para asegurarse de que respiraba. Preguntaba con frecuencia a sus profesores cómo había pasado el día para saber que todo iba bien, que Kathy comía de manera adecuada, jugaba con los demás niños y no sufría acoso escolar. Además, también hacía cuanto estaba en su mano para proteger a Kathy de esa nueva e invisible amenaza que azotaba el mundo, la COVID.

Pero, a pesar de eso, siguió frotando el molde. Estaba a media tarea y se había manchado la falda. Por supuesto, cuando terminara, saldría al jardín y llamaría a Kathy para decirle que se quedara donde pudiera verla.

A medida que iba frotando, la ansiedad crecía en su interior. No había oído el ruido de la puerta. Los goznes siempre crujían a pesar de que le había pedido a su marido que los engrasara. Así que, si estaba en casa, se habría dado cuenta. ¿Estaría en el jardín de atrás? No era probable. Como los rosales que flanqueaban la carretera estaban llenos de espinas, Kathy siempre iba al jardín trasero cruzando por dentro de casa. La niña tenía miedo de pincharse y de las abejas que a veces revoloteaban a su alrededor.

Y Pete estaba en el trabajo, en su empresa de contabilidad, por lo que Kathy, obviamente, no podía estar con él. En el jardín delantero había innumerables lugares que quedaban fuera del alcance de su vista desde la ventana de la cocina, por supuesto, y a Kathy le encantaba explorar y jugar al escondite ella sola... El problema era la sirena. Abandonada con el rostro tocando el suelo. Kathy no era una de esas niñas que dejaban sus juguetes tirados para que sus padres los recogieran. Y mucho menos su sirena favorita.

Así que Claire fregó con más fuerza porque quería acabar de una vez para poder salir y asegurarse de que Kathy estaba bien. Ya no le importaba la costra quemada; ahora le traía sin cuidado que se quedara en el molde. Cerró el grifo, puso el molde a secar y salió. Y aunque no lo hizo corriendo, porque había sido madre durante ocho años y sabía por experiencia que su hija estaría bien, caminó mucho más deprisa que de costumbre, con la respiración agitada e inestable.

Abrió la puerta, el desagradable y gélido aire invernal cortaba la piel. Kathy se había puesto un abrigo cuando salió a la calle, pero ahora Claire se arrepentía de haberla dejado jugar al aire libre.

−¿Kathy? −dijo−. Ven adentro, cariño. Hace demasiado frío aquí fuera.

En ese momento su hija debería haber respondido y los latidos de su corazón habrían vuelto a la normalidad, su respiración se estabilizaría y podría volver a la cocina y empezar a preparar el almuerzo.

Sin embargo, no obtuvo respuesta.

Pero eso no significaba nada, ¿verdad? Claire solía bromear diciendo que era la superheroína más lamentable de todas: la Mujer Inaudible. Como la Mujer Invisible de la película de Marvel. Podía emitir palabras y nadie las oía, en particular su marido y su hija. A veces podía llamar a Kathy a cenar cinco veces en balde, y cuando finalmente alzaba la voz, entonces Kathy se quejaba y le preguntaba por qué le gritaba. Claire le decía que la había llamado cinco veces, y Kathy le respondía que no la había oído.

La Mujer Inaudible.

Se dirigió hacia el patio trasero, ignorando las espinas de los rosales que le arañaban el brazo.

–¡Kathy! –dijo levantando la voz, algo irritada porque no era el momento de que Kathy pasara de ella.

Estaba preocupada. Asustada.

–¡Kathy!

Ahora había gritado y era impensable que Kathy no la hubiera oído, absolutamente imposible. Estaba casi chillando. Y le importaba un comino lo que pensaran los vecinos, quería saber dónde estaba su hija de inmediato, porque le costaba respirar y el corazón galopaba desbocado en su pecho. Intentó recordar dónde había visto a Kathy por última vez. ¿Hacía diez minutos? ¡Dónde se había metido!

Estaba corriendo por dentro de casa, sí, porque antes no había oído los goznes, pero era posible que no se hubiera dado cuenta y Kathy estuviera dentro. Si estaba en el baño, quizá, no había oído sus gritos. Normalmente, Kathy tarareaba en el baño, porque no le gustaba estar sola en una habitación pequeña y silenciosa, y si tarareaba muy alto…

La puerta del baño estaba abierta, y la luz apagada. No estaba ahí. Tampoco en el dormitorio de Pete y Claire. Ni en su habitación ni en ninguna otra estancia de la casa. Claire salió escopeteada al jardín gritando el nombre de su hija sin parar. Ahora el pánico se había apoderado completamente de ella. Tenía la voz entrecortada por el llanto. Cuando diera con ella, le pegaría cuatro gritos porque era mucho mejor estar enfadada que asustada, y quería sentir ese alivio alocado de saber dónde se encontraba su hija.

¿Y si había ido a casa de los vecinos? Hubo un tiempo, antes de la COVID, en que solía hacerlo. Los Miller tenían una hija un año menor que Kathy y las niñas jugaban juntas a menudo. Pero llegó ese maldito virus que obligó a los padres y a sus hijos a confinarse en casa. Ahora no se podía entrar en casa del vecino como si nada. Había que llamar primero, tantear el terreno con esas preguntas incómodas, asegurarse de que todo el mundo estaba bien, de que nadie estaba resfriado o si había coincidido con alguien unos días atrás y ahora resultaba que había dado positivo. Esa era otra de las cosas que la pandemia había aniquilado, junto con millones de personas. Había acabado con la espontaneidad.

Pero tal vez Kathy había ido allí de todos modos. Y ahora a Claire no le preocupaba el distanciamiento social. Quería llamar a la puerta de los Miller y averiguar si Kathy estaba en su casa.

No llamó a la puerta, sino que la aporreó con todas sus fuerzas. Entonces cayó en la cuenta de que podría haber llamado a Vera Miller en lugar de presentarse en su puerta histérica y sin aliento. Vera la habría tranquilizado por teléfono: «Sí, Kathy está aquí. ¿No te ha avisado?». Y ambas habrían compartido alguna broma sobre cómo los hijos pueden causar un infarto a sus padres. Pero, ahora mismo, no tenía la menor idea de dónde estaba su teléfono móvil, y, además, quería ver a Kathy con sus propios ojos e incluso castigarla, aunque nunca lo hiciera porque, en realidad, era una niña buena y los castigos no son efectivos…

–¿Claire? –dijo Vera al abrir la puerta y retroceder unos pasos.

Era uno de esos nuevos rituales que todo el mundo había desarrollado en el nuevo mundo del distanciamiento social.

–Hola, Vera –dijo, intentando mantener la calma, aunque le temblaba la voz y apenas podía respirar. En realidad, estaba llorando–. ¿Kathy está aquí?

–¿Kathy? No.

Por supuesto que no. Kathy sabía perfectamente que ya no podía acercarse a la casa de los vecinos. Nunca lo habría hecho sin pedir permiso.

Pero cualquier alternativa habría sido mucho peor. Y ahora que era consciente de que la improbable explicación de que Kathy estaba en casa de los vecinos no era la correcta, las otras posibilidades nublaron su mente como un enjambre de furiosas avispas. Kathy podía haberse escapado. Podía haberse caído. Podía haber ido detrás de un perrito o un gatito en la calle y haber sido arrollada por un coche.

Y apareció ese temor universal que todos los padres guardan en su seno. Esa imagen que aparece a menudo en los informativos. Podría haber subido al vehículo de un desconocido.

Una furgoneta negra, con los cristales tintados, una silueta sombría en el interior, la ventanilla bajada apenas una rendija para hablar con su hija. Su ingenua hija, que tal vez no recordaba aquella vez que Claire la advirtió de que no debía hablar con extraños y que bajo ningún concepto debía entrar en...

Vera estaba diciéndole algo.

—¿Cómo dices?

—¿Has mirado en el jardín?

Por supuesto que había mirado en el condenado jardín. Claire sintió ganas de abofetear a esa estúpida mujer. ¿Qué se había creído? ¿Acaso pensaba que habría ido hasta su puerta sin haber mirado en el jardín?

—Sí, la he buscado por el jardín, por la casa... No está en ningún...

Se le hizo un nudo en la garganta.

—Voy a echarte una mano —dijo Vera inmediatamente.

—Gracias —susurró Claire, porque estaba desesperada.

Desesperada. Quizá a Vera se le ocurría una explicación alternativa que reemplazara todos los pensamientos sombríos de Claire. O quizá tenía más suerte en la búsqueda. Pensaría en algún escondrijo que no se le hubiera ocurrido a Claire, y se asomaría allí, y allí estaría Kathy, y este día volvería a la normalidad, todo este episodio se quedaría en nada más que una experiencia desagradable que le contaría a Pete cuando volviera del trabajo.

Así que regresaron a casa de Claire juntas. Y llamaron a Kathy por el patio y por toda la casa. No parecía que Vera conociera ningún escondite en el que Claire no hubiera pensado. Y, además, Vera también parecía preocupada, su expresión no era nada tranquilizadora. De hecho, reflejaba una pequeña fracción de los propios temores de Claire.

Cuando mantuvo la charla sobre desconocidos y subir a coches de personas ajenas con Kathy, la niña tenía siete años. Y aunque Claire había sido muy categórica y diáfana, también había hecho todo lo posible por ser imprecisa sobre los porqués. No quería que Kathy supiera lo que eran los «hombres malos». No quería que supiera nada de pedófilos, violadores o asesinos. Y desde aquella charla, nunca había vuelto a sacar el tema, porque era un asunto espantoso, y no quería que Kathy se asustara.

Debería haber hablado con ella de eso todos los días. Antes de acostarse. Debería haber grabado ese miedo en la psique de su hija, una cicatriz mental de la que Kathy pudiera hablar con su terapeuta cuando fuera mayor.

–Debería llamar a Pete –dijo apenas sin voz.

Vera asintió, pálida como un fantasma. Y luego pronunció lo que Claire no quería escuchar. Las palabras que confirmaban que no se trataba solo de un episodio desagradable que olvidarían sin esfuerzo.

–Voy a llamar a la policía.

Capítulo 9

Bethelville tiene unos cinco mil quinientos habitantes. Eso quiere decir que, cuando Robin se acercó a la oficina de correos, las posibilidades de que conociera personalmente a alguien, digamos, por ejemplo, a su exmarido, eran escasas. Por eso, que Evan estuviera detrás de ella en la fila fue todavía más ultrajante.

–Hola, Robin –dijo, tocándole suavemente el hombro.

Evan era más alto que ella, le sacaba una cabeza. Y, como su madre y otras almas afines le habían recordado constantemente durante el último año, era increíblemente atractivo. Pelo negro abundante, espaldas anchas y esa cualidad difícil de encontrar en los hombres: buen gusto para la moda. Incluso su indumentaria cotidiana (vaqueros, camiseta blanca y chaqueta marrón) estaba bien conjuntada. Además, la gente decía que lucía una sonrisa amable. Sin embargo, Robin no podía apreciar esa sonrisa como los demás, al menos, ahora.

–¡Hola! –respondió con un tono de voz elevado, como si la hubiera pillado por sorpresa (que así era) y se alegrara de verlo (todo lo contrario).

La mujer de delante estaba discutiendo con el hombre de detrás del mostrador sobre el precio para enviar un paquete. Robin estaba atrapada.

–¿No es magnífico que Kathy haya aparecido? –dijo Evan–. Estoy muy feliz por ella.

–Yo también –contestó Robin–. Es un alivio.

–Hablé con Pete por teléfono. Me dijo que Kathy todavía no ha vuelto a la escuela.

Robin asintió. Alguien se lo había contado. Habían pasado diez días y parecía perfectamente comprensible.

—Yo creo que deberían mandarla a la escuela –dijo Evan–. Cuanto antes retome la rutina, más rápido dejará atrás su trauma.

Robin no daba crédito. Veinte segundos de conversación y Evan no había dejado pasar la oportunidad para hacer gala de su condescendencia machista y meter la pata opinando sobre la especialidad de ella.

—Depende de cada niño y del tipo de trauma –respondió, con una sonrisa conciliadora.

—Bueno, eso deberías saberlo tú –dijo, admitiendo lo obvio–. Aun así, creo que sería lo mejor para todos.

—Sí –dijo, mirando a la mujer enfadada que estaba al principio de la cola.

Ahora estaba pagando a regañadientes con monedas que sacaba de un pequeño monedero. «¡Dios, todavía queda una eternidad!».

—Así que… Vi tu entrevista la semana pasada. Sobre el premio de la exposición. Estuvo muy bien.

—Pensé que sonaba un poco pretencioso –respondió Evan riendo entre dientes.

Luego hizo una pausa y esperó.

Como había crecido al lado de su madre, Robin era capaz de detectar a la legua cualquier intento de arrancar halagos a los demás. Y, a pesar de que con su madre se mostraba complaciente, no tenía ninguna necesidad de hacer lo mismo con su exmarido. Le sonrió y no dijo nada.

Evan se aclaró la garganta.

—Pero sí, me alegro de haber aceptado la entrevista. Pensé que el tema de la pobreza y la pandemia merecía más tiempo en antena. Tuve que cancelar algunos compromisos para conseguirlo. Ya sabes cómo funciona.

—Siempre ocupado –dijo Robin secamente.

Cuando se casaron, Evan había intentado labrarse una carrera como fotógrafo. Hacía sobre todo bodas, aunque se quejaba constantemente de lo poco creativo y repetitivo que era su trabajo. Su gran oportunidad llegó con la cuarentena. Presintiendo una oportunidad, se fue de gira por todo el país, fotografiando parques de atracciones abandonados, calles de ciudades desiertas, estaciones de metro inactivas. También fotografió a personas que intentaban hacer frente a una situación anormal. Una de sus fotografías, tres personas peleándose por un paquete de papel higiénico, se había hecho viral. Por primera vez, logró alcanzar cierta visibilidad y eso lo impulsó hacia el éxito. Dejando a un lado sus problemas matrimoniales, Robin nunca dudó de su talento. Evan tenía buen ojo.

–¿Y cómo estás? –preguntó Evan dejando unos segundos de silencio–. Desde… ya sabes. La aparición de Kathy.

Ella frunció el ceño, sin entender.

–Eh…, bien, supongo. Me alegro por ellos y todo eso.

–Sí –dijo Evan–. Me refería a… ya sabes. Con lo nuestro de entonces. Debe de haberte hecho pensar.

Un maremoto de indignación inundó a Robin, dejándola sin habla durante varios segundos. ¿Cómo era capaz de relacionar esas dos cosas? Y él la miraba con esa expresión que quizá otros llamarían amable o cariñosa.

Apretó los puños con fuerza y controló sus cuerdas vocales.

–No –dijo tajantemente–. En absoluto.

Se dio la vuelta y pasó de él. Detrás de ella, Evan soltó un suspiro, exasperado. Robin trató de aparentar que no estaba hecha una furia. Como si las palabras de Evan no tuvieran ningún efecto sobre ella. Probablemente, él era capaz de advertir que estaba tensa. Evan siempre podía descifrar su estado de ánimo.

–Robin… –empezó a decir.

Entonces, el teléfono de Robin sonó. Salvada por la campana o, en este caso, por su tono de llamada, que era el estribillo de *Shake It Off* de Taylor Swift. Justo a tiempo. Miró su teléfono: en la pantalla apareció el nombre de Claire Stone.

Ni siquiera se acordaba de que tuviera a Claire en su lista de contactos. Tardó un par de segundos en recordar que, unos años antes, Claire y ella habían hablado dos veces por teléfono cuando Claire organizó una reunión del instituto.

–¿Hola? –dijo, respondiendo a la llamada e intentando borrar cualquier matiz de sorpresa en su voz.

–¿Robin? Hola, soy Claire. Claire Stone.

–Sí. ¡Hola! ¿Cómo estás?

–Bien. –Claire soltó una risa corta y nerviosa–. Ya sabes. Estoy muy feliz de que Kathy haya vuelto.

–Me lo imagino. No he tenido la oportunidad de decírtelo en persona, me alegro mucho por ti.

–Gracias. Robin, en realidad esa es la razón por la que te llamo. Trabajas con niños, ¿verdad?

Robin se apartó de la cola y salió del edificio. No quería que nadie allí dentro oyera esta conversación, menos aún Evan.

–Sí, así es.

–Me preguntaba si podrías hablar con Kathy. En tu clínica.

–¡Claro! Estaré encantada de verla.

–Ella… no está pasando por un buen momento. No habla desde que volvió. Ni una palabra.

Robin tragó saliva. Pobre niña. Todos estaban tan emocionados por que la niña estuviera viva que era fácil olvidar la tragedia de la que había salido: Kathy había sido secuestrada y había permanecido más de un año cautiva, lejos de sus padres y de su hogar. Solo Dios sabía por lo que había pasado.

–Bueno, eso es totalmente comprensible. ¿Escribe?

–No. Tampoco.

–Ya veo. ¿Es capaz de responder a las preguntas con la cabeza?

–Sí. Puede asentir o negar con la cabeza. Pero si le hacemos más de dos o tres preguntas seguidas, reacciona mal. Se pone muy nerviosa. Especialmente si le preguntamos sobre… lo que sea que haya pasado.

–De acuerdo. Tiene sentido.

–¿Lo tiene?

–Sí. Supongo que ha pasado por muchas cosas.

Robin sabía por las noticias y los cotilleos que la policía aún no tenía ni idea de dónde había estado Kathy durante los últimos quince meses.

–No es extraño que reaccione mal a las cosas que desencadenan ciertos recuerdos.

–¿Qué tipo de recuerdos?

–No sabría decirte. Solo separarse de ti ya debe de haber sido bastante traumático.

–Sí, supongo que tienes razón. Es muy difícil conseguir que salga de casa. A veces acepta salir al jardín conmigo, y fuimos al parque un par de veces, pero estaba muy ansiosa.

–¿Ansiosa?

–Se pone muy tensa y me agarra la mano con fuerza. Se niega a soltarme. Y cada pequeño ruido la sobresalta. Empieza a respirar muy rápido.

La voz de Claire se volvió ronca.

Robin se compadecía de Claire. Sin duda estaba sometida a un estrés inmenso, preocupándose constantemente por su hija, preguntándose qué le había pasado y cómo podía ayudarla.

–Ya veo. Podríamos trabajar en eso.

–Además, necesita estar en la misma habitación conmigo todo el tiempo. Todo el tiempo. Incluso cuando voy al baño. ¿Crees que ella…? ¿Es normal que una niña que pasó por lo que pasó Kathy se comporte así?

–Los niños afrontan los traumas de formas diferentes. Sin conocer los detalles de lo que ha pasado, no parece un comportamiento inusual.

–Pero ella… –Claire respiró entrecortadamente–. ¿Crees que mejorará? ¿Que volverá a hablar?

–En la mayoría de los casos, con tratamiento y ayuda, los niños que pasan por acontecimientos traumáticos mejoran mucho.

Robin procuró no ser demasiado precisa. No quería prometer nada concreto.

–Era una niña tan feliz… ¿Conociste a Kathy? Antes de que… ¿Cuando era más pequeña?

–Creo que la vi en casa de Melody una o dos veces, jugando con Amy.

–A veces le tenía que pedir que se callara…, hablaba sin parar. Y tenía una risa contagiosa…

Las palabras de Claire se volvieron casi ininteligibles por culpa de su llanto.

–Sí –dijo Robin en voz baja.

–Me alegro mucho de que haya vuelto, Robin. Realmente empecé a creer que Pete tenía razón, que ella se había… ido. Y ha vuelto a mi vida, y estoy muy agradecida. Pero no quiero que sea tan… infeliz.

—Creo que la terapia es una muy buena idea. Puedo verla mañana por la mañana, si quieres.

—¿Mañana? Eso sería fantástico —dijo Claire, inmensamente aliviada.

—También necesitaría tener alguna sesión con Pete y contigo. Sin Kathy.

—Sesiones con… ¿Por qué?

La voz de Claire cambió, se volvió cautelosa.

Robin estaba acostumbrada a esa reacción. Los padres a menudo esperaban que ella agitara una varita mágica y solucionara cualquier problema que tuvieran sus hijos con unas pocas sesiones de una hora.

—Para ofrecerle a Kathy la ayuda adecuada, debemos darle un apoyo constante. Estoy segura de que le estás brindando el amor y la seguridad que necesita, pero yo puedo darte algunas pautas profesionales para guiarte en las partes más difíciles de gestionar el trauma de tu hija.

—Oh…, vale. Sí. Estaremos encantados de recibir alguna orientación.

—Bien. Claire…, quiero que estés preparada. Llevará tiempo. Y paciencia.

—Estoy dispuesta. El tiempo que haga falta.

Capítulo 10

Robin estaba mirando por la ventana de la cocina justo cuando el coche de Claire se detuvo en la acera de enfrente. Apretó la taza que tenía entre las manos y se le aceleró el corazón. No debería estar tan nerviosa; había hecho esto durante años. Este caso no era diferente.

Aunque, en realidad, sí lo era.

No tenía la menor idea de por lo que había pasado Kathy en el último año y medio. La magnitud del trauma podía ser enorme. Robin solía estar muy segura de sus propias capacidades profesionales, pero en aquel momento le asaltaban las dudas. ¿Estaba a la altura de las circunstancias? ¿Podría ayudar a esta niña?

Si Robin hubiera dormido mejor, tal vez se habría sentido más segura. Pero la excitación y la ansiedad de tener una sesión con esa niña no le había permitido pegar ojo en toda la noche. Además, las tres tazas de café que se había tomado por la mañana no habían hecho más que incrementar su nerviosismo.

Pero todo eso no tenía ninguna importancia. No podía dejar que sus emociones salieran a la luz. Para Kathy y Claire, tenía que ser una roca. Un refugio seguro frente a los agitados acontecimientos del pasado. Y un lugar donde Kathy podría empezar a sanar.

Claire salió del coche y miró a su alrededor, algo indecisa. Robin estaba acostumbrada. No tenía una entrada independiente a su clínica, y los nuevos clientes solían mostrar cierta desorientación ante la idea de llamar a su puerta. Dio un último trago a su café, lo dejó en la mesa y salió a recibirlas.

–Hola, Claire –dijo, acercándose al coche–. La sala de juegos está dentro.

–Ah, está bien. Vamos –respondió Claire casi sin voz.

Tenía mejor aspecto que la última vez que la había visto, lo cual no era mucho decir. Había recuperado el color y había ganado algo de peso que suavizaba los ángulos de su rostro. Sin embargo, las manchas oscuras que rodeaban sus ojos no habían desaparecido. La nube de tristeza que solía acompañarla a todos lados había dejado paso a unos nubarrones de preocupación.

—Tengo que estar en la misma habitación que ella —dijo Claire—. ¿Eso supondrá algún problema?

—Para nada. Es bastante habitual —respondió Robin.

Luego, echó un rápido vistazo al interior del coche. Kathy estaba en el asiento de atrás, con la cabeza gacha, sujetando algo encima de su regazo.

—De momento, la policía no sabe quién se la llevó —dijo Claire—. No saben… nada, en realidad. No ha habido signos claros de… abuso. Tengo una copia del informe médico aquí si lo quieres.

—Puedo echarle un vistazo más tarde. ¿Qué le has contado hoy?

—Le he dicho que íbamos a ver a una buena amiga mía. —Claire se encogió de hombros—. Eso es todo. ¿Debería haberle dicho algo más?

—No pasa nada. Se lo explicaré dentro.

—Preferiría que no sacáramos el tema del año pasado —comentó Claire un poco nerviosa—. No reacciona bien.

—Tendremos que hacerlo —dijo Robin con delicadeza—. No podemos ocultarle el propósito de todo esto. Eso solo la confundiría. Se dará cuenta de que no le estamos contando algo. Los niños reconocen las mentiras enseguida.

—Vaya… —Claire no parecía estar muy segura de abrir la puerta del coche—. ¿Crees que podrás… averiguar qué le pasó?

Robin soltó un suspiro.

—Ese no es el objetivo de mis sesiones. Mi único propósito es ayudar a Kathy. Es posible que durante las sesiones nos cuente algo de lo que pasó, pero no es imprescindible. Y, desde luego, el objetivo de hoy no va a ser ese.

—Entonces, ¿cuál es?

—Intentaremos que se sienta segura en la sala de juegos y conmigo. Si no logra sentirse segura aquí, ni siquiera podremos empezar a trabajar en su trauma.

–Le comenté que eras una señora muy agradable y que no había nada por lo que preocuparse.

Robin sonrió.

–Muchas gracias. Pero eso solo son palabras. Y en el mundo de Kathy, que ahora mismo está patas arriba, las palabras carecen de valor. Incluso las de su madre. Empecemos por hacer que se sienta segura y trabajemos a partir de ahí.

Claire lo pensó y luego asintió.

–De acuerdo. –Abrió la puerta del coche–. Cariño, ya hemos llegado.

Kathy salió sin demasiado entusiasmo y levantó los ojos para mirar a Claire y luego a Robin.

Como le había dicho a Claire, Robin había visto a Kathy un par de años atrás, en casa de Melody. No le había prestado demasiada atención: la casa de Melody solía estar llena de niños correteando por las habitaciones, jugando y gritándose unos a otros. Kathy era una de las muchas niñas que estuvieron allí aquel día. Desde entonces, solo había visto fotografías de Kathy en las noticias y en las redes sociales. Y todas eran anteriores a la desaparición.

La niña que ahora tenía delante no se parecía en nada a esas imágenes.

Había crecido, por supuesto. Quince meses son mucho tiempo para una niña. Su pelo negro era mucho más largo y le llegaba casi hasta la cintura. En la mayoría de las fotografías, Kathy aparecía sonriendo, pero ahora en su rostro no había el menor recuerdo de una sonrisa. Y sus ojos eran grandes y conmovedores, como los de un ciervo que mira, paralizado, los faros que se acercan.

Llevaba una muñeca de trapo en la mano. En otro tiempo, habría sido una muñeca vistosa: una muñeca de pelo negro con un vestido de flores. Pero ahora estaba sucia y parte del relleno de lana se escurría por un agujero de la mejilla. Al parecer, ya había desaparecido gran parte del relleno, porque la cara de la muñeca se había hundido y la parte superior de la cabeza colgaba en un ángulo extraño.

Robin absorbió toda la información que pudo, sin dejar que ninguno de sus sentimientos aflorara a la superficie. En lugar de eso, mantuvo una expresión neutra y le dedicó a Kathy una cálida sonrisa.

–Hola, Kathy, soy Robin. Vamos dentro.

Las condujo adentro. La clínica estaba a la izquierda de la entrada, de modo que los visitantes de Robin solían echar un vistazo al resto de la casa, hacían una rápida instantánea del salón. La puerta de su dormitorio estaba siempre cerrada, esa era la frontera que nunca se cruzaba. Y Menny, como era habitual cuando venía un niño nuevo, estaba encerrado dentro. Después de unas cuantas sesiones, cuando los niños se habían familiarizado con ella y con la sala de juegos, dejaba que Menny se paseara libremente por la casa. Pero nunca al principio, cuando los niños todavía estaban en terreno pantanoso, en guardia, y recelosos.

Cuando entraron, Robin se dio la vuelta, con una sonrisa, y observó la reacción de Kathy ante todo aquello.

Algunos niños se precipitaban inmediatamente a la habitación para inspeccionar los juguetes o jugar en el arenero. Pero Kathy se quedó paralizada en la entrada, con los ojos mirando a derecha e izquierda. Se acercó a Claire y se agarró a su pierna.

Robin se acercó a la puerta y la cerró.

–Kathy, este es mi cuarto de juegos. Es un sitio muy seguro. Aquí puedes jugar con los juguetes y no tienes que hacer nada que no quieras.

Los ojos de Kathy recorrieron la habitación, pero permaneció absolutamente quieta.

–Tu madre sabe que te ha pasado algo malo –continuó Robin, con un tono tranquilo y amable–. Ella quiere que vengas para que te sientas mejor con lo que pasó.

Robin retrocedió unos pasos para dejar espacio a Claire y Kathy. Claire se aclaró la garganta.

–Kathy, ¿quieres jugar con algo?

Kathy se encogió y se aferró con más fuerza a la pierna de su madre. Claire lanzó una mirada desesperada a Robin. Ella la miró a los ojos y sonrió dulcemente, tratando de transmitirle seguridad. Caminó por la habitación, y enderezó el pequeño elefante de peluche que se había caído de lado, colgó el estetoscopio de plástico del médico en un gancho y recolocó la caja de lápices de colores encima de la mesa. Luego volvió a mirar a Kathy. La niña parecía algo más relajada, pero su rostro seguía alerta.

—A veces resulta abrumador elegir entre tantos juguetes —dijo Robin—. ¿Te gustaría jugar con tu madre en el arenero? ¿O prepararle algo en la cocina?

Le había presentado dos opciones. Así Kathy tenía el poder de elegir, pero eliminaba la parálisis que provocaba tener demasiadas opciones.

Los ojos de Kathy fueron del arenero a la cocina y durante unos segundos su mirada cambió de expresión. La niña perdida y asustada había desaparecido y, en su lugar, Robin pudo entrever a una niña que intentaba tomar una decisión.

Y entonces se movió y tiró de la mano de Claire. Condujo a su madre hasta el arenero y se arrodilló junto a él.

—Has decidido jugar en el arenero —dijo Robin.

Kathy pasó un dedo por la arena y dibujó un círculo. Luego dejó la muñeca a un lado y metió ambas manos en la arena, hundiéndolas hasta las muñecas.

—Has escondido las manos en la arena —observó Robin—. Ahora no podemos verlas. Pero aún puedes sentirlas. Solo tú sabes dónde están tus dedos.

¿Era eso una pequeña sonrisa en la cara de Kathy o solo un tic de los labios? El temblor de la arena indicaba que Kathy estaba moviendo los dedos. Respiró hondo. Luego se echó hacia atrás y sus manos emergieron a la superficie. Dejó que la arena se escurriera entre sus dedos, creando un pequeño montículo. Luego cogió otro puñado de arena y lo dejó caer encima.

—Quieres hacer una montaña en la arena —dijo Robin—. Una gran montaña.

Cada frase que Robin decía era completamente natural, con un tono firme y suave. Le estaba transmitiendo a Kathy que la estaba observando. Que le estaba prestando atención. Y que las acciones de Kathy eran importantes. Esa era una de las herramientas más potentes de la terapia de Robin. La reflexión verbal.

Durante un rato, Kathy se conformó con elevar el montículo.

Robin seguía verbalizando las acciones de Kathy con calma y paciencia.

Entonces, al cabo de unos minutos, la niña miró a Robin y sus ojos se encontraron. Cogió un puñado de arena, se puso de lado y la dejó caer lentamente sobre la alfombra.

–Kathy –exclamó Claire–. No, eso no…

–Estás dejando que la arena caiga sobre la alfombra –dijo Robin con calma, alzando ligeramente la voz para interrumpir a Claire–. Ahora la alfombra está llena de arena.

Kathy miró la alfombra con el ceño fruncido. Intentó recoger la arena y devolverla al arenero.

–Vuelves a poner la arena en el arenero, que es donde debe estar.

Esta vez sí que hubo una pequeña sonrisa. Kathy volvió al arenero y allanó el montículo.

–Has quitado el montículo del arenero. Ahora la arena está…

Una motocicleta pasó junto a la casa, con el motor rugiendo. Robin apenas le prestó atención; estaba completamente concentrada en la niña.

Pero Kathy se levantó de un salto y corrió hacia su madre, con la boca abierta, emitiendo un grito mudo. Abrazó a Claire y se agachó detrás de ella, con la respiración entrecortada, errática. Temblaba visiblemente.

Claire alzó la voz.

–Kathy, cariño, cálmate, solo es una moto.

Era fácil percibir la exasperación en el tono de Claire. Robin suponía que este tipo de incidentes ocurrían muchas veces al día. Era comprensible: Claire estaba agotada. Pero, por mucho que Claire se hubiera quedado sin fuerzas, no era nada comparado con el agotamiento absoluto que probablemente sentía Kathy. Aunque antes la niña estaba concentrada jugando con la arena, esa reacción al ruido de la motocicleta no dejaba lugar a dudas. Kathy estaba siempre alerta. Siempre escuchando, siempre vigilando, siempre atenta ante cualquier peligro. Esta hipervigilancia era un claro signo de un trauma agudo. Casi seguro que eso drenaba su energía, minaba su ánimo y la dejaba constantemente agotada. Debería ser uno de los primeros aspectos que trabajaran.

Robin se acercó a uno de los armarios y sacó un botellín azul para hacer pompas de jabón. Luego se volvió hacia Kathy, que seguía abrazada a su madre, muerta de miedo, mientras Claire intentaba calmarla. Robin desenroscó la varita y sopló en ella, esparciendo varias burbujas de jabón por la sala de juegos.

En el acto, los ojos de Kathy siguieron las burbujas que revoloteaban por la habitación y luego estallaban una detrás de otra. Su respiración seguía algo errática, pero las burbujas habían captado su atención.

—Puedo controlar la cantidad de burbujas según el aire que expulso —dijo Robin, agachándose junto a Kathy y Claire—. Si quiero muchas burbujas, solo tengo que soplar más fuerte.

Sopló fuerte en la varita y logró sacar dos pequeñas burbujas y un montón de espuma.

—Vaya, parece que no ha dado buenos resultados —observó Robin, metiendo la varita en el recipiente—. Tal vez si respiro hondo y soplo con menos intensidad…

Respiró hondo y soltó el aire poco a poco, liberando un montón de burbujas. Las contó rápidamente.

—¡Catorce! Creo que es un récord en la sala de juegos.

Después de enroscar la varita en el recipiente, se la tendió a Kathy.

La niña dudó y después tomó el recipiente de la mano de Robin. Desenroscó la varita, respiró hondo y sopló. Las burbujas centellearon bajo la suave luz que se filtraba por la ventana. Los ojos de Kathy se movieron de un lado a otro mientras parecía contar las burbujas ella misma.

—¡Muy bien! —dijo Robin sonriendo—. ¿Quieres probar otra vez?

Kathy asintió y repitió la misma operación.

En su tercer intento, consiguió una nube de burbujas que llenó la estancia.

—Dieciocho —dijo Robin—. ¡Has batido mi récord!

Las respiraciones profundas de Kathy habían logrado su auténtico propósito. La niña se había relajado. Ahora estaba reventando las pompas con la varilla.

—¿Sabes qué? —propuso Robin—. Quiero que te quedes con el pompero. Y deberías practicar todos los días. Respirar y soplar poco a poco. A ver si consigues batir tu propio récord. Tu madre puede ayudarte a llevar la cuenta de cuántas burbujas has hecho en cada intento. ¿Te parece bien?

Kathy miró la varilla y luego asintió. Robin se volvió hacia Claire.

–Deberíais hacerlo por la noche, justo antes de que se acueste. Y quizá una vez por la mañana, y otra hacia el mediodía. ¿De acuerdo?

Claire miraba a su hija maravillada mientras Kathy seguía haciendo pompas en el aire.

–Vale –susurró.

Con suerte, los ejercicios de respiración ayudarían a Kathy a relajarse antes de irse a dormir y durante todo el día. Eso podía ser un buen comienzo.

Kathy estaba tan ocupada haciendo pompas que Robin supuso que lo haría durante el resto de la sesión. Era bastante habitual que la primera sesión se centrara en que el niño se familiarizara con la sala de juegos y con ella. Cuanto más relajada estuviera Kathy en la sala de juegos, más la consideraría un lugar seguro. Como también sería ideal que considerara a Robin una persona de confianza, animó de vez en cuando a la niña mientras jugaba con las burbujas.

Sin embargo, al cabo de un rato, Kathy enroscó el tapón y le entregó el pompero a Claire. Luego, examinó la habitación. Ahora que se estaba familiarizando con el espacio, parecía que empezaba a contemplar las posibilidades que ofrecía.

Recogió la muñeca del suelo y la llevó hasta la mesa de plástico. Se sentó en la silla y colocó la muñeca sentada sobre la mesa, apoyada contra la pared. Una vez que estuvo satisfecha con la postura exacta de la muñeca, cogió un papel en blanco y lo miró, paralizada.

–En esta sala de juegos tú decides lo que quieres dibujar –señaló Robin–. También decides si luego quieres mostrarnos el resultado o no. Y con qué quieres dibujar también lo decides tú. Yo tengo ceras, pintura de dedos, lápices…

Kathy eligió un bote de pintura de dedos negra y lo abrió. Observó la superficie negra y brillante, y luego hundió los dedos en ella. Poco a poco, extendió la pintura negra sobre el papel.

Dibujó un monigote sonriente. Al principio, algo indecisa, aunque, según avanzaba el dibujo, empapaba dos dedos, luego tres, y sus movimientos se volvían más seguros, cargados de intención.

–Estás dibujando a un hombre –señaló Robin–. Está sonriendo. Parece feliz.

Kathy se detuvo para analizar el dibujo. Entonces, abrió el bote de pintura roja, hundió un solo dedo y, luego, hizo un corte rojo en la mano del monigote.

–Parece que el hombre tiene una herida en la mano –dijo Robin, en un tono natural, calmado.

Otro corte.

–Ahora tiene una herida en la otra mano.

Kathy entornó los ojos mientras sacaba una gran cantidad de pintura roja y la esparcía por la hoja de papel.

–Ahora se ha lastimado una pierna. Y parece que la otra también.

Claire dejó escapar un pequeño quejido y Robin la miró inmediatamente haciéndole un pequeño ademán con la cabeza. Era importante que Kathy no sintiera que su dibujo incomodaba a su madre o a Robin. Kathy no debía preocuparse por lo que pensara su madre. No debía sentirse culpable por dibujar esto o tener miedo de que su madre pudiera quererla menos por ello. Este dibujo solo debía ser una manifestación de los sentimientos de Kathy.

Claire estaba a punto de echarse a llorar, pero Robin le sostuvo la mirada hasta que Claire asintió y se limpió con la manga el exceso de humedad en los ojos. Dio dos pasos atrás, respiró hondo y apartó la mirada.

Después de evitar el llanto de Claire, Robin pudo prestar atención otra vez al dibujo de Kathy. Kathy estaba embadurnando de rojo la parte inferior del papel.

–La pintura roja cubre el suelo del dibujo –dijo Robin.

Kathy mojó un dedo en el bote de pintura negra y retocó la cara del hombre. Ahora sus ojos eran más grandes y su boca se había convertido en un enorme abismo negro.

–El hombre ya no es feliz –dijo Robin–. Siente dolor.

Más pintura roja. Mucha más. Kathy había vertido toda la pintura roja sobre el dibujo.

–El color rojo lo cubre todo.

Kathy extendió la pintura con movimientos circulares, creando un vórtice carmesí en cuyo vértice se encontraba el monigote. A medida que removía la pintura, el rojo y el negro se mezclaban, y el cuerpo del hombre desaparecía bajo la espiral roja, hasta que desapareció por completo y solo quedaron los ojos desorbitados en un rostro retorcido y manchado que apenas era reconocible. Luego, el vórtice lo engulló todo por completo. Kathy siguió desplazando la pintura roja sobre la página, manchando la mesa de plástico amarilla.

–La pintura roja ha hecho desaparecer al hombre –dijo Robin.

Kathy inspiró agitadamente y se miró las palmas de las manos.

–Tienes las manos cubiertas de pintura roja –dijo Robin–. Está por todas partes.

Kathy empezó a mirar a su alrededor. Intentó limpiarse las manos con un trozo de papel en blanco, pero, naturalmente, fue en balde.

–¿Quieres limpiarte la pintura roja de las manos? –preguntó Robin con delicadeza–. Allí, en el baño, hay un lavabo.

Kathy asintió. Robin la condujo hasta el baño y la ayudó a abrir el grifo. Kathy metió las manos bajo el chorro de agua y vio cómo la pintura roja se arremolinaba en el interior del lavabo.

–El agua quita la pintura roja y pegajosa de las manos –dijo Robin–. Volverás a estar limpia.

Le enseñó a Kathy cómo usar el dispensador de jabón y la niña se quedó ensimismada con la espuma rosa que surgía al frotar la pintura de sus manos. Claire no se había movido de la sala de juegos y observaba los juguetes de plástico de la estantería, seguramente, intentando relajar los nervios.

Pero había una buena noticia: Kathy no se había dado cuenta de que su madre no estaba en la misma habitación que ella o, tal vez, lo sabía y le parecía bien siempre que Robin estuviera con ella.

Kathy se lavó las manos durante más tiempo del necesario. Cuando por fin consideró que estaba lo bastante limpia, cerró el grifo y se secó las manos en la camiseta, pasando por alto la toalla que colgaba al lado del lavabo. Luego se detuvo y frunció el ceño al descubrir restos de pintura roja debajo de las uñas.

—Toma —dijo Robin, sacando una pequeña lima de uñas del armario. Se la dio a Kathy—. Puedes usarla para raspar los restos de pintura.

La observó de cerca, preparada para actuar en caso de que Kathy manipulara mal la lima de uñas. No estaba muy afilada y era bastante pequeña, pero podría lastimar a la niña si ejercía demasiada fuerza. Sin embargo, Kathy raspó con suavidad la pintura roja de debajo de las uñas hasta que se mostró satisfecha. Se la devolvió a Robin, que la guardó de nuevo en el armario.

Kathy regresó a la sala de juegos y se reunió con su madre frente a la estantería de los juguetes. Caminó de un lado a otro, mirando todos los muñecos, y luego se detuvo. Cogió uno de los muñecos de plástico, una mujer sonriente con un pastel en la mano. Lo examinó y luego se dirigió hacia la casa de muñecas. Puso a la mujer en la cocina de la casa de muñecas y después cogió su propia muñeca de la mesa de plástico e intentó meterla también en la cocina.

—La niña está en la cocina con la mujer —dijo Robin—. Ahora no hay mucho espacio en la cocina.

En realidad, no cabía ni un alfiler. La muñeca de trapo era demasiado grande para la casa de muñecas y la había embutido de cualquier manera. Al parecer, eso no fue del agrado de Kathy y la sacó. Entonces, volvió a las estanterías y encontró una figurita de una niña. Regresó a la casa de muñecas y la colocó en la cocina.

—La niña está en la cocina con la mujer —repitió Robin.

Kathy empezaba a soltarse. Se dirigió a las estanterías y cogió varios muñecos de plástico: la figurita de la Mujer Maravilla, un granjero… No los elegía al azar. Tomaba distintos juguetes y luego los volvía a colocar en su sitio. Y cuando encontraba uno que le gustaba, lo metía en la casa de muñecas. Una bailarina, el hombre del Monopoly, con su bigote y su sombrero… Se quedó mirando el grupo de figuras que estaban en la cocina, todas rodeando a la mujer con la tarta. Luego se volvió hacia las estanterías y cogió una última figura: el Joker.

Robin había comprado ese muñeco en un mercadillo. Era uno de los más escalofriantes que tenía: parecía un payaso diabólico, con unos ojos grandes e inyectados en sangre y una sonrisa exagerada.

Lo llevó hacia la casa de muñecas y, tras pensárselo dos veces, lo colocó en otra habitación, en el piso superior.

Después de eso, se dio la vuelta, miró a Claire y luego a Robin.

Estaba pálida y agotada. La tensión parecía evaporarse de su cuerpo y, por un momento, Robin pensó que estaba a punto de desmayarse. Sin embargo, se recostó en la pared y miró aletargada a su alrededor.

Robin consultó su reloj. Por lo general, las sesiones duraban una hora. Esta sesión se había alargado diez minutos más y Robin no se había dado cuenta. Había sido mucho más intensa de lo que esperaba que fuera una primera sesión con ella.

–Creo que por hoy es suficiente –dijo, examinando la casa de muñecas.

En la cocina, los muñecos parecían estar de fiesta. Pero, en el piso superior, el malvado payaso estaba de pie, con los brazos cruzados, y sonreía de forma siniestra.

Capítulo 11

Robin terminó de escribir el informe de la primera sesión con Kathy y se recostó en la silla, masajeándose la cabeza. Necesitaba descansar. Por desgracia, esa misma tarde tenía por delante otra sesión con Pete y Claire. Miró el reloj. Todavía le quedaba algo de tiempo.

De pronto, le vino a la mente aquel inquietante dibujo. No era la primera vez que un niño realizaba un dibujo morboso. Pero había algo en la forma en que Kathy había removido la pintura roja y en el agujero de la boca de la persona que había dibujado que no podía quitarse de la cabeza.

Por no hablar de los juguetes que Kathy había elegido para la casa de muñecas. Lo había hecho tan concentrada, con tanta intención… Parecía que quería plasmar algún recuerdo intenso, que pretendía encontrar una salida a su situación. En la próxima sesión, debería asegurarse de que Kathy volvía a jugar con la casa de muñecas.

Se preguntó por los meses en blanco en la vida de Kathy. ¿Qué le había pasado? ¿Su secuestrador la había mantenido encerrada en algún lugar todo ese tiempo? ¿Quizá, en Jasper, donde la encontraron? ¿Y qué relación tenía con eso todo lo que se había manifestado en la sesión?

Se levantó y sacó de su bolso el informe médico que Claire le había entregado. Se sentó frente al escritorio y lo abrió.

Los primeros folios contenían fotografías impresas. El corazón de Robin dio un vuelco al verlas. No había visto a Kathy cuando apareció ni durante los días posteriores. Cuando la encontraron, Kathy estaba mucho más delgada, con los ojos hundidos. Un primer plano de su espalda mostraba numerosos rasguños inflamados.

Pasó algunas páginas y hojeó el informe. Cuando la llevaron a comisaría, Kathy iba descalza y le sangraban las plantas de los pies por las heridas. Además, su camiseta y la parte superior de sus pantalones estaban manchados de sangre, que el médico conjeturó que procedía de las múltiples laceraciones en la parte inferior y superior de su espalda. Sus dientes mostraban claros signos de abandono. El resto era una lista de resultados negativos. Ningún hueso roto. Ni hematomas adicionales. Ningún signo de agresión sexual. Ninguna razón física para su falta de comunicación.

Consultó de nuevo el reloj. Pronto tendría que empezar la sesión con Claire y Pete. Como Kathy no era capaz de separarse de Claire, habían acordado tener una sesión telemática. A Robin le hubiera gustado que no fuera así. Por un lado, la sesión era a última hora de la tarde, y siempre procuraba evitar las pantallas dos horas antes de acostarse. Su cerebro interpretaría el resplandor de la pantalla como algo parecido a la luz del día, y eso le dificultaría conciliar el sueño. Y ya estaba suficientemente agotada.

Abrió la aplicación en el portátil y apareció una notificación informándola de que Claire Stone ya la estaba esperando. Se unió a la llamada. Pete y Claire aparecieron en pantalla. La cámara estaba orientada de modo que Claire aparecía en el centro, mientras que la cara de Pete estaba en la parte derecha, con la oreja recortada. Parecía animado y lleno de energía. En cambio, Claire estaba claramente cansada, con los hombros caídos. Ambos estaban sentados en el sofá de lo que parecía el salón de su casa, y Robin supuso que su ordenador portátil estaba en la mesita de café, frente a ellos.

—Hola —dijo Robin.

Desvió la mirada hacia la esquina de la pantalla para saber qué aspecto tenía. Hacía una hora que se había recogido el pelo y se había vuelto a pintar los labios, así que no parecía tan cansada como se sentía. Tenía décadas de experiencia ocultando su propio cansancio. También se había asegurado de que el espacio de detrás de ella no estuviera desordenado. Lo único que Pete y Claire podrían ver de la habitación era su estantería, con un montón de libros de psicología, y su lirio en una maceta. El escritorio desordenado estaba fuera del alcance visual de la cámara del portátil.

El propio salón de Claire y Pete parecía inmaculado. ¿El resto de la casa también estaría impecable? Las innumerables sesiones telemáticas habían enseñado a todo el mundo que no era necesario recoger y limpiar la casa cuando te conectabas a una reunión por internet. Solo era necesario limpiar una parte de la habitación.

–Hola –dijeron Claire y Pete al unísono.

–Me alegro de volver a verte, Robin –añadió Pete.

Robin coincidía a menudo con Pete cuando estaba casada con Evan. A su exmarido le encantaba celebrar noches de chicos con Pete y Fred en su casa. Bebían cerveza y engullían hamburguesas. Evan nunca le decía que no estaba invitada; nunca se hubiera humillado de ese modo. Pero cada vez que ella aparecía por allí la conversación se ralentizaba y sus sonrisas se volvían forzadas hasta que inevitablemente ella se marchaba a ver algo en Netflix en su dormitorio. Eso se convirtió en una de las muchas pequeñas cosas que llegó a odiar: oír la risa caballuna de Fred a través de la pared del dormitorio o la voz pedante de Pete sermoneando sobre política.

Una vez le preguntó a Evan por qué nunca se reunían en casa de sus amigos. Evan alegó que era el único que no tenía hijos y que eso simplificaba la logística. En realidad, la forma en que lo había dicho, tan beligerante, hizo que Robin se sintiera como si la estuviera culpando por eso.

Ahora, sin embargo, sonrió.

–Yo también, Pete. Merece la pena hablar de esto antes de empezar. Evidentemente, todos nos conocemos. Claire y yo fuimos juntas a la escuela, y Pete y Evan son muy buenos amigos, así que os he visto mucho durante toda la vida. Pero, para el tratamiento de Kathy, debemos dejar de lado esas conexiones previas. No permitiré que esas cosas interfieran en mi tiempo con Kathy ni en nuestras conversaciones.

–Por supuesto –dijo Claire.

Robin miró a Pete, que también asintió. Luego, una vez aclarada esa cuestión, preguntó:

–¿Cómo está Kathy?

–Se ha dormido –dijo Claire.

El alivio en su tono de voz era evidente.

–Perfecto. ¿Hiciste el ejercicio de las burbujas?

–Sí. Creo que fue de gran ayuda. Esta noche parecía más tranquila que las anteriores. Pero luego pasó una ambulancia a unas calles de distancia y se asustó. Así que tardó mucho en calmarse de nuevo. Igual que con la moto antes. Este tipo de incidentes ocurren a menudo.

–¿Son sobre todo los ruidos fuertes los que desencadenan ese tipo de reacciones? –preguntó Robin.

–Creo que sí. Pero no son lo único. Por ejemplo, cuando fuimos al parque, unos niños estaban jugando con una pelota y la lanzaron cerca de nosotras. Eso la asustó mucho. Además, encontrarse con extraños a veces la pone muy nerviosa. Hace dos días vino un detective y Kathy reaccionó muy mal.

–No solo con extraños –añadió Pete–. Mi hermano vino el otro día, y Kathy no quería estar en la misma habitación con él.

–Vaya. –Claire asintió–. Thomas es un tipo muy grande, es lógico que se asustara cuando él entró en la casa.

–Aun así, se conocen desde que ella era un bebé –repuso Pete–. Pensé que…, en fin, que era un poco frustrante.

–Ya veo –dijo Robin–. Seguro que para vosotros no es fácil gestionar este tipo de situaciones.

–Para Kathy tampoco –señaló Claire.

–Tienes razón –dijo Robin en voz baja–. Pero no hay nada de malo en reconocer que también resulta complicado para vosotros. ¿Cómo la tranquilizáis cuando reacciona de esa manera?

–Bueno, yo la abrazo –dijo Claire.

–Y le decimos que no hay nada de que preocuparse –dijo Pete.

–Que la mantendremos a salvo –añadió Claire.

Robin los analizó a ambos, y advirtió que Pete trataba de incluir a Claire en sus frases, mientras que Claire casi se esforzaba por distanciarse de él. Los enfoques de ambos para afrontar la ansiedad de Kathy eran clásicos: Claire intentaba proteger a Kathy y ofrecerle seguridad, mientras que Pete intentaba animarla con la típica charla paternal.

–De acuerdo. Trabajaremos algunos ejercicios adicionales para calmarla cuando ocurran estas situaciones estresantes –dijo Robin–. Y me encantaría que trabajarais en equipo.

–¿A qué te refieres? –contestó Pete con tono cortante–. Ya lo hacemos. Es decir…, yo tengo que ir a trabajar, no puedo estar aquí todo el día. De todas formas, hago cuanto está en mis manos para llegar pronto a casa y estar con Kathy antes de que se acueste.

–Entiendo –dijo Robin–. Pero no me refiero a eso. Lo que quiero decir es que vuestras formas de gestionar las reacciones de Kathy son distintas. Me gustaría que lo comentarais entre vosotros. Tener dos enfoques distintos puede ser útil: podrían sincronizarse y potenciarse mutuamente. Pero no servirá de nada si Kathy siente que no trabajáis de la mano.

–Nunca discutimos delante de ella –repuso Pete.

Robin asintió. Los niños eran mucho más sensibles de lo que pensaba Pete, sobre todo, aquellos que se relacionaban tan bien con el entorno como Kathy. Sin duda, la niña era capaz de percibir los puntos de tensión y desacuerdo entre sus padres con la misma facilidad que leía un libro.

–Está bien. Ahora quiero que intentéis poneros en el lugar del otro. ¿Cómo debe sentirse la otra parte de la pareja?

–¿No deberíamos hablar sobre cómo podemos ayudar a Kathy? –preguntó Claire.

–Por supuesto. Y creo que este ejercicio es una parte fundamental para ello. Para saber cómo podemos trabajar juntos, antes tenemos que entender mejor cómo se siente cada uno. Para mí sería mucho más sencillo saber cómo enfocar mis sesiones con Kathy si conozco vuestros puntos de vista y qué opináis de las herramientas que usa vuestra pareja.

Se hizo un largo silencio entre ellos. Entonces Pete se aclaró la garganta.

–Bueno, Claire piensa…

–Intenta hablar en primera persona. Como si estuvieras realmente en el lugar de Claire –sugirió Robin.

Pete se revolvió incómodo.

–Eh… Creo que Pete podría llamar durante el día para hablar con Kathy. No lo hace, porque no contesta cuando él habla, pero Claire…, es decir, creo que Kathy sí que lo escucha y que le reconforta oír su voz…

Robin pestañeó extrañada. No esperaba semejante introspección por parte de Pete, y menos tan pronto…

—Y Claire…, perdón…, además, creo que Pete podría mostrarse más comprensivo con lo que está pasando Kathy.

Pete se aclaró la garganta, todavía en tensión por el esfuerzo.

—De acuerdo —dijo Robin con una sonrisa—. Claire, ¿qué puedes contarme tú? ¿Cómo se siente Pete?

—Creo que Claire está mimando demasiado a Kathy —dijo Claire con la voz crispada—. No permite que crezca y eso la hace todavía más dependiente.

—Nunca he dicho… —rechistó Pete.

Robin intervino antes de que acabara.

—Dejemos que Claire termine de hablar —dijo con delicadeza.

—Cuando éramos niños, nuestros padres no estaban pendientes de nosotros todo el tiempo, aunque tuviéramos problemas. Dejaban que los resolviéramos nosotros mismos —dijo Claire, engolando la voz, en una descafeinada imitación burlona de Pete—. Y nosotros deberíamos hacer lo mismo con Kathy. Pero Claire no está de acuerdo.

Incluso en la pantalla de su ordenador portátil, Robin podía ver la ira latente en los ojos de Claire y sabía que era la primera vez que se permitía expresar abiertamente sus frustraciones. Desde luego, mejor fuera que dentro. Pero Robin ya se daba cuenta de que el enfado de Claire con Pete sería uno de los principales problemas que tendría que abordar durante sus sesiones de orientación.

—De acuerdo —dijo—. Por ahora dejemos este tema a un lado. Puedo encontrar ventajas en ambos enfoques. Ahora que entiendo vuestros sentimientos, creo que podré sacar más partido a las sesiones con Kathy. Seguiremos haciendo este tipo de ejercicios para que podáis trabajar en equipo y de forma sincronizada.

Ninguno de los dos pareció especialmente complacido por ello.

—Ahora hablemos de la sesión de hoy con Kathy —dijo Robin, cambiando de tema.

—Estuviste muy bien con ella hoy —dijo Claire.

—Me alegro de que te pareciera bien. —Robin sonrió—. Pete, no sé si Claire te ha contado algo sobre la sesión...

—Me ha dicho que Kathy hizo un dibujo espeluznante.

—Sí..., es cierto. Pero solo fue una pequeña parte de la sesión. En general, se desenvolvió estupendamente. Logramos que bajara la guardia y disfrutara en la sala de juegos. Además, se las arregló para expresar lo que sentía. No es muy habitual.

—Es incapaz de hablar —señaló Pete—. Supongo que hay mucho margen de mejora.

Claire apretó los dientes y se volvió hacia Pete para decirle algo, pero Robin intervino.

—Se expresa mediante dibujos y juegos. Los niños que han sufrido un trauma no suelen expresar sus emociones hablando de sus experiencias. Los juegos y el arte son un medio mucho mejor para gestionar los traumas.

—Está bien —dijo Pete—. Pero ¿cuánto tiempo necesitará para recuperar el habla?

—Es imposible saber cuándo podremos ver alguna mejora. Como le dije a Claire, hará falta mucha paciencia.

—Y quieres hacer una sesión semanal con ella, ¿verdad?

—Podemos empezar de ese modo y ver la evolución.

Pete asintió, frunciendo el ceño. Sus ojos no dejaban de mirar algo fuera de la pantalla, y Robin tuvo la sensación de que había un televisor encendido en la habitación, fuera del alcance de su visión. Eso era otra cosa que odiaba de las sesiones telemáticas. A menudo se daba cuenta de que la atención decaía durante las sesiones. A veces las personas empezaban a teclear o a mover el ratón, y se preguntaba si estarían en las redes sociales.

—Robin..., ese dibujo que hizo... —dijo Claire.

—¿Sí?

—¿Crees que es algo que le hizo la persona que la secuestró? ¿Le hizo cortes en las manos?

Pete devolvió la mirada a la pantalla, alerta.

—No tenemos que sacar conclusiones precipitadas. Su dibujo podría significar muchas cosas. Y por lo que he podido leer, el informe médico no menciona nada sobre este tipo de lesiones.

—Es cierto –dijo Claire–. No hay cicatrices ni nada parecido.

—Tenía arañazos por todo el cuerpo cuando la encontraron –señaló Pete–. A estas alturas la mayoría de esos arañazos ya se han curado.

—Pero no parecían cortes, ¿verdad? –le dijo Claire a Pete.

—No. Parecen más bien abrasiones –dijo Pete.

—Eso podría ser lo que nos estaba mostrando –sugirió Robin–. Que sangraba mucho por esos arañazos.

O quizá el secuestrador la amenazó con cortarla. Quizá vio cómo torturaba a otra persona. O quizá era algo totalmente distinto que interpretaron como una persona sangrando.

—¿Cuándo lo sabremos con seguridad? –preguntó Pete.

—No sé si llegaremos a saberlo. Entiendo que no saber qué ha ocurrido es tremendamente difícil para vosotros, pero ese no es el objetivo de estas sesiones.

—Entonces, ¿por qué hacemos todo esto? ¿Por qué tenemos que forzarla a recordar esos momentos si ni siquiera podremos averiguar qué pasó? –dijo Pete, alzando la voz, exasperado.

—No la estamos obligando a nada –dijo Robin delicadamente.

—Lo sé, es que… no entiendo lo que pretendes.

—Kathy ha experimentado algunos sucesos traumáticos, de eso no hay duda –explicó Robin–. Estos recuerdos están alojados en su cerebro, y son tan potentes que, cuando accidentalmente los recuerda, los revive otra vez. Esto podría ser lo que ocurre cuando oye un sonido fuerte.

—Entonces no deberíamos obligarla a recordarlos –dijo Claire, atónita.

—Eso no es posible. No puede evitar pensar en ellos y cualquier cosa puede desencadenarlos. Supongo que ella intenta evitar cualquier acción que desencadene esos recuerdos. Probablemente, por eso le cuesta tanto salir de casa.

—¿Y qué podemos hacer?

—La ayudaremos a procesar estos recuerdos en un entorno seguro, como la sala de juegos, donde ella sienta que tiene el control. Cuando procesa esos recuerdos jugando o dibujándolos, poco a poco se acostumbra a ellos. La ayudamos a desensibilizar esos recuerdos para que, cuando aparezcan sin previo aviso, no los experimente físicamente. Ese es mi principal objetivo. Ayudarla a convertir esos recuerdos viscerales en recuerdos desagradables, y nada más.

Claire se echó hacia atrás en el sofá.

–Oh. Ya veo.

–Pareces decepcionada.

–Tenía la esperanza de que consiguiéramos que dejara atrás esos recuerdos para siempre. No quiero que se acuerde de todos estos meses tan terribles.

–No hay nada que podamos hacer al respecto –dijo Robin con ternura–. Esos recuerdos ya son parte de ella.

Capítulo 12

El día de la desaparición

Melody llevaba buscando a Kathy más de dos horas junto con decenas de vecinos de Bethelville. Al principio, gritaba el nombre de Kathy cada treinta segundos, más o menos; un grito lleno de esperanza y desesperación. También oía a los demás gritar el nombre de la pequeña. Ahora, con la voz ronca, apenas gritaba su nombre, y, cuando lo hacía, su voz había perdido cualquier atisbo de esperanza. El miedo la había reemplazado.

El sol se había puesto y la oscuridad había tomado la ciudad. Los haces de luz de las linternas descubrían a las otras personas que rebuscaban entre los arbustos o detrás de las casas. Una de las hipótesis era que Kathy se había alejado andando y había sufrido algún percance. Quizá había perdido el conocimiento por un golpe fortuito o deshidratación. Por eso la gente buscaba en las zanjas o entre los arbustos.

Pero la intuición de Melody le decía que esa teoría era un disparate azucarado. Ella conocía a Kathy y la niña nunca habría abandonado el jardín sin pedirle permiso a su madre. Ni siquiera sus dos hijos, más traviesos, lo harían, y menos en este momento, durante la pandemia.

Sacó el teléfono móvil y volvió a llamar a Fred. No respondió, como la última vez. Fred había ido a buscar a la niña por el parque del sur de la ciudad, y no sabía nada de él desde hacía una hora. Apretó los dientes y llamó a Sheila, su hija mayor.

–¿La habéis encontrado? –respondió Sheila sin aliento.

–Todavía no –dijo Melody–. ¿Ha pasado tu padre por casa?

–No, pero el abuelo vino a vernos y se quedó un ratito.

–De acuerdo.

Gracias a Dios su padre había pasado por casa. Probablemente, había tranquilizado a sus hijos.

–Necesito que acuestes a los niños.

–¿No sería mejor que lo hicieras tú? Están muy nerviosos. Y deberías hablar con Amy.

Sheila también parecía nerviosa. A Melody se le retorcieron las tripas.

–No le has dicho nada, ¿verdad? Sobre Kathy.

–Por supuesto que no. Pero alguien debería hacerlo.

–Lo haremos, cuando sepamos qué ha ocurrido. Solo… acuéstalos, ¿de acuerdo? Asegúrate de que se laven los dientes, porque no lo harán si no se lo dices.

–Está bien.

–Gracias, cariño. Avísame si llama tu padre. Adiós.

Alguien pasó junto a Melody por el otro lado de la carretera, una silueta oscura, con una mascarilla que ocultaba la parte inferior de su rostro. Se saludaron con la cabeza, aunque ella no lo reconoció. Antes de la COVID, conocía a casi todas las personas que veía por la calle. Pero ahora, con la mitad de la cara oculta, era mucho más difícil. Y a oscuras, prácticamente imposible. Aquel hombre podía ser cualquiera. El *sheriff* les había dicho que se mantuvieran alerta ante cualquier desconocido. Pero la pandemia había convertido a todos en desconocidos. Esas mascarillas que ayudaban a mantenerlos a salvo también los alejaban y podían ocultar a extraños entre ellos.

–¡Kathy! –gritó.

Había oído hablar a Kathy y Amy ayer mismo. No se habían visto en casa, por supuesto. Las chicas ya casi no se veían en sus casas. Pero hablaban por internet todo el tiempo. Así que la voz de Kathy era un sonido frecuente en la vida de Melody. Intentó recordar la voz de la niña en balde. ¿Cuándo había sido la última vez? La pandemia había hecho que los días dejaran de ser unidades de tiempo claramente distinguibles para convertirse en borrones que se entremezclaban entre sí. Sí, Kathy había llamado ayer. Y su voz parecía normal, ¿no?

Melody no tenía ni idea de lo que le contaría a Amy si no encontraban a Kathy esta noche.

Capítulo 13

¿Cuánto tiempo hacía que Claire no quedaba con amigos? Para ella, era como si hubiera pasado más de un siglo. No lo había hecho desde la desaparición de Kathy, por supuesto. Pero incluso antes de eso, durante el primer año del confinamiento por la pandemia, quedar con amigos en casa parecía arriesgado. ¿Dos años? ¿Tres?

Y ahora se daba cuenta de que no recordaba cómo era exactamente. ¿Qué vestido era el adecuado para tomar un café con las amigas? ¿De qué hablarían? Tenía la sensación de que estaba atrapada en un sueño en el que se encontraba encima de un escenario y no recordaba su texto.

Desde que Kathy había vuelto, los habían invitado varias veces a cenas, aperitivos o almuerzos. Pero siempre se negaba porque la niña aún estaba recuperándose. En cambio, cuando Melody y Fred los invitaron, aceptó la propuesta sin darse cuenta.

En primer lugar, a diferencia de los demás, Melody se había mantenido en contacto con Claire durante todo el año, la llamaba con frecuencia e insistía en quedar con ella. Se había comportado como una verdadera amiga. Y, en segundo lugar, Melody había dicho que Amy tenía muchas ganas de ver a Kathy.

Antes de que desapareciera, Amy y Kathy habían sido prácticamente inseparables. Incluso cuando tuvieron que respetar el distanciamiento social, hablaban de manera constante por internet. Eran muy buenas amigas. Muy buenas amigas para siempre. O, en su caso, muy buenas amigas hasta que Kathy desapareció.

Y ahora estaban llamando a la puerta de la casa de Melody y Fred. Kathy iba con la ropa nueva que Claire le había comprado. Su hija había crecido cinco centímetros en los últimos quince meses, pero también había perdido mucho peso. Con su ropa vieja parecía un espantapájaros. Claire llevaba un vestido amarillo de manga corta que había encontrado escondido en el fondo del armario. Le preocupaba que oliera a rancio por la falta de uso, pero Pete le había dicho que se dejara de tonterías.

Kathy agarró la mano de Claire con los dedos agarrotados por los nervios. Claire podía imaginarse cómo se sentía. Su propio corazón galopaba a rienda suelta. No estaba segura de cómo reaccionaría Kathy al ver a Amy. Todavía se mostraba esquiva con Thomas, el hermano de Pete. ¿Su antigua relación de amistad seguiría intacta?

La puerta se abrió y Melody apareció en el umbral, con una sonrisa estampada en el rostro.

–¡Hola! –dijo.

–Hola –respondió Claire.

Las voces de ambas sonaron demasiado agudas, tensas.

–¡Amy! –dijo Melody por encima de su hombro–. ¡Mira quién está aquí!

Una vez, papá le había leído a Amy un cuento en el que la princesa del libro se sentía como si tuviera mariposas en el estómago. A Amy le había incomodado mucho esa descripción. En una ocasión, Liam había retado a Noah a comerse un gusano y, después de hacerlo, Noah dijo que podía sentir cómo se movía dentro de su estómago. Terminó vomitando. Pero papá le había explicado que la princesa del libro simplemente estaba emocionada y que por eso sentía mariposas en el estómago. No quería decir que se las hubiera comido. En fin, era una forma estúpida para decir que la princesa estaba emocionada.

Pero ahora entendía cómo se había sentido la princesa.

Porque volvería a ver a Kathy. Y ella había pensado que nunca más volvería a verla. Porque papá y mamá se lo habían dicho hacía mucho tiempo. Cuando Kathy se fue, papá y mamá se sentaron con ella y le explicaron que Kathy se había ido. Y ella quiso llamarla y preguntarle adónde se había ido, pero le dijeron que Kathy no tenía teléfono, que sus padres y la policía la estaban buscando. Que la policía era muy buena haciendo su trabajo, como el tío Dwayne, y que la encontrarían muy pronto.

Luego, Amy tuvo pesadillas en las que Kathy se perdía en el bosque y pedía ayuda, pero Amy no podía encontrarla. Y se despertaba y corría a la cama de papá y mamá todas las noches. Dos veces, incluso, llegó a mojar la cama, pero no le gustaba pensar en eso.

Pasaron muchos días, y cada día preguntaba a papá y mamá si la policía había encontrado a Kathy. Si habían intentado buscarla en París, porque una vez Kathy le dijo a Amy que, si su madre no le compraba la muñeca que quería, se escaparía a París. Y finalmente mamá y papá le dijeron que Kathy se había ido para siempre, que nunca volvería. Y le dijeron que eso nunca le ocurriría a ella, porque siempre estaban pendiente de ella y porque, además, Amy era muy lista y sabía que no debía subirse a coches de desconocidos. Entonces, Amy dijo que Kathy también era muy lista y que también lo sabía, y mamá y papá no supieron qué contestar.

Después siguió padeciendo pesadillas. Y la tía Robin la invitó a su sala de juegos y jugaron juntas muchas veces. Y, por fin, las pesadillas dejaron de visitarla cada noche.

Ahora Kathy había vuelto. Y Amy estaba muy emocionada, pero Kathy no había ido a la escuela, y cuando Amy pidió hablar con ella por teléfono, mamá le explicó que Kathy no quería hablar con nadie, ni siquiera con papá y mamá, lo cual era muy extraño, porque a Kathy le encantaba hablar. Amy siguió preguntando todos los días y, por fin, después de un millón de años, mamá invitó a Kathy y a sus padres a casa.

Por eso Amy sentía mariposas en el estómago, aunque no se las hubiera comido. Nunca lo haría, porque no era tan tonta como Noah.

Se acercó a la puerta y vio a Kathy, aunque parecía un poco diferente. Iba agarrada al vestido de su madre como una niña pequeña.

—Hola —dijo Amy en un susurro porque de repente se sentía extremadamente tímida.

Kathy sonrió ligeramente, pero no contestó.

Cuando Claire entró en casa de Melody, le pareció retroceder en el tiempo. De vuelta a los días en que charlaba con Melody tomando café y panecillos mientras sus hijas jugaban en el columpio.

Añoraba aquellos tiempos, no solo porque habían sido más felices, sino también porque ella había sido una persona diferente. Todo era sencillo y fácil entonces. Sus preocupaciones se limitaban a que el vecino se negaba a podar la rama que tocaba su tejado o si podían permitirse un viaje a California en verano.

El regreso de Kathy había sido una bendición, una segunda oportunidad. Literalmente, se levantaba cada mañana con una sonrisa en el rostro. Pero una de las dificultades a las que se enfrentaba era que no había recuperado su antigua vida. Tenía que construir una nueva para las dos.

—Me compraron una cama nueva el mes pasado —le dijo Amy a Kathy—. ¿Quieres verla?

Kathy miró a Amy y luego a Claire.

—Vamos a verla juntas —sugirió Claire.

Se fue con Kathy mientras Pete se dirigía hacia el salón con Melody y Fred. Pete sí parecía haber recuperado su antigua vida. Quedaba con los amigos e iba a trabajar, y por las tardes pasaba un rato jugando con Kathy, como solía hacer antes de su desaparición. Sin embargo, era Claire quien tranquilizaba a Kathy cuando sufría ataques de pánico o quien acudía a su dormitorio varias veces cada noche cuando la niña se despertaba llorando.

Al menos desde la primera sesión con Robin, unos días atrás, Kathy dejaba que Claire fuera al baño sola y cerrara la puerta. Se sentaba frente a la puerta y esperaba a que Claire terminara.

Amy las guio hasta su habitación y les mostró con orgullo su nueva cama, aclarándoles que ella había elegido las sábanas. Luego, se subió encima con una sonrisa de felicidad.

—Vamos —le dijo a Kathy—. Tienes que subirte. Es muy blandita, te lo prometo.

Kathy dudó. Claire estaba a punto de sugerir que se sentaran juntas en la cama, pero Kathy soltó el vestido de Claire, se subió a la cama y se acurrucó al lado de Amy.

Claire dejó escapar un largo suspiro. Amy no dejó de parlotear sobre la escuela. Todo el mundo había hecho una tarjeta para Kathy. ¿Las había recibido? Sí, Claire se las había dado a Kathy, aunque esta no mostró el más mínimo interés en ellas. Luego, dijo que le contaría a todo el mundo que Kathy había ido a su casa y que sabía cuándo volvería a la escuela.

Claire había pasado las últimas semanas aprendiendo a juzgar los nuevos y volubles estados de ánimo de su hija. Y ahora observaba maravillada cómo los músculos del cuerpo de Kathy se relajaban lentamente. Kathy parecía escuchar a Amy casi con asombro mientras esta saltaba de la cama y le enseñaba la ropa nueva que se había comprado y un kit de maquillaje de verdad y un collar que había hecho en el campamento de verano.

Al cabo de unos minutos, Claire preguntó sin mucha seguridad:

–Kathy, voy al salón a saludar a Melody. ¿Te parece bien?

Y su maravillosa y asombrosa hija la miró a los ojos y asintió con la cabeza.

En el pasado, cuando Kathy hablaba, Amy a veces se frustraba porque quería decir algo y ella seguía hablando. Y si intentaba interrumpirla, Kathy levantaba la voz y continuaba hablando. Para cuando Kathy terminaba su monólogo, Amy se había olvidado por completo de lo que quería decir. Y luego, al contárselo a su madre, esta le decía que si se le olvidaba era porque, probablemente, no era importante, lo cual no era cierto en absoluto.

Pero ahora que Kathy no hablaba, Amy deseaba que volviera a hacerlo, porque siempre tenía chistes divertidos e historias interesantes. Y después de que Amy le mostrara todas las cosas que le habían regalado desde que Kathy se había ido, se le acabaron las palabras.

Intentó pensar en lo que Kathy se había perdido y le contó las cosas importantes que habían pasado en la escuela. Como, por ejemplo, que Georgia había vomitado en clase de matemáticas, que en Halloween la señora Pearce se había disfrazado de bruja, lo cual era gracioso porque realmente era una bruja, y…, bueno, esas eran las dos cosas más importantes que se había perdido.

–¿Por qué no quieres hablar? –preguntó Amy.

Kathy frunció el ceño, como si estuviera confundida.

–Mi madre dijo que ni siquiera hablas con tu madre y tu padre. ¿Es cierto?

Kathy asintió.

–¿Adónde fuiste durante todo este tiempo? Mi mamá dijo que te encontraron al otro lado del estado.

Kathy se dio la vuelta y empezó a juguetear con la manta.

Mamá había dicho que Amy tendría que ser paciente con Kathy porque no hablaba y todavía estaba superando todo lo que le había pasado. Y cuando Amy preguntó qué le había pasado, mamá dijo que cosas malas, pero no dijo qué.

–¿Quieres dibujar? –sugirió Amy.

A Kathy le encantaba dibujar. Antes solían dibujar juntas y Kathy era muy buena. Sabía dibujar una cabeza de gato muy mona con unos ojos enormes, y hadas, y un arcoíris muy bonito.

Kathy asintió y Amy sacó folios y sus lápices de colores.

–Me los compraron en Pascua –dijo.

Se tumbó en el suelo boca abajo y Kathy la imitó y se tumbó delante de ella con las frentes casi tocándose, como solían hacer antes, cuando Kathy todavía hablaba. Empezaron a dibujar. Amy dibujó una sirena y un pez, y luego echó un vistazo a la página de Kathy.

–¿Qué es eso?

–Nunca pensé que me dejaría irme de su lado.

A Claire le costaba respirar por la emoción.

–¿Ves? –dijo Pete–. Te lo dije. Tenemos que dejar de mimarla. No le hace ningún bien –añadió con una sonrisa y levantando el botellín de cerveza como si estuviera brindando.

Claire se mordió la lengua para no contestar. Era la discusión recurrente que Pete y ella habían mantenido durante las dos últimas semanas. Pete decía que la única razón por la que Kathy no quería separarse de Claire era porque Claire se lo permitía. Él quería mandar a Kathy a la escuela. «Que los profesores se ocupen de ella si se porta mal», había dicho. Como si los ataques de pánico no fueran más que una rabieta.

Desvió la mirada, para intentar pasar un buen rato.

–Amy estaba muy emocionada de que viniera Kathy –dijo Melody, sonriendo–. Nos lo ha suplicado todos los días durante las dos últimas semanas.

93

–Estoy muy contenta de haber venido –dijo Claire.

–Y, Claire, ¡estás estupenda! –dijo Melody.

–Gracias –contestó–. Me siento bien. Y Kathy está mejorando. Robin es de gran ayuda.

–¿Robin? –preguntó Melody sorprendida–. ¿Mi hermana?

–Sí –dijo Claire–. Llevé a Kathy a su consulta. Es muy buena en su trabajo.

–Oh, eso es genial –dijo Fred–. Robin también ayudó a Amy con…, eh…, algunas pesadillas que tenía.

–Realmente, estoy impresionada –dijo Claire–. Está ayudando a Kathy a superar su trauma.

–Yo, al principio, no estaba muy convencido –intervino Pete–. Pero parece que su labor está dando resultados. Y tenemos una idea más concreta sobre lo que ha pasado Kathy, lo cual es importante.

–Vaya, ¿habla con Robin? –preguntó Fred.

–No –contestó Pete–. Pero Kathy es lista. Sabe cómo comunicarse sin abrir la boca.

–Yo no sé si es una imagen más concreta de lo que vivió –dijo Claire–. Además, ese no es el objetivo. El propósito es que aprenda a gestionar las experiencias difíciles…

–Bueno, cariño, dijiste que Kathy había logrado comunicaros ciertas situaciones, ¿verdad? –dijo Pete–. Como el dibujo y las muñecas. Está contándonos lo que le pasó. Espero que con el tiempo lo sepamos todo.

–Eso sería genial –dijo Fred–. ¿Te dijo Robin cuánto tardaría? Con Amy, logró que mejorara en un par de meses.

–En realidad no nos dio un plazo –dijo Claire.

–Robin es muy buena en su trabajo –dijo Melody–. Si alguien puede ayudar a Kathy, es ella.

A Amy no le gustaban demasiado los dibujos de Kathy. Había dibujado a una persona con unos ojos rojos muy grandes que sostenía un palo con la mano. Daba miedo y Amy tenía ganas de perderlo de vista.

–¿Quieres ir a la cocina a por unas galletas? –preguntó.

Tenía los ojos entornados, pero no quería cerrarlos del todo porque Kathy podría pensar que estaba asustada.

Kathy negó con la cabeza. Estaba empezando un tercer dibujo de la misma persona. En este tenía los dientes grandes.

Tal vez era el momento de asomarse al salón para ver qué estaba haciendo mamá. Y a lo mejor a ella se le ocurría un juego más divertido, porque ya no quería dibujar más. Se levantó del suelo, pero, entonces, Liam y Noah entraron sin permiso en la habitación. Por lo general, cuando irrumpían de ese modo solía gritarles que se fueran, pero esta vez estaba contenta de que se hubieran presentado inesperadamente, porque ellos siempre hacían mucho ruido y estar con Kathy resultaba demasiado silencioso.

–¡Hala! ¿Qué es esto? –dijo Liam, cogiendo uno de los dibujos de Kathy.

–Es un monstruo –respondió Noah, encaramándose a la cama y pegando un bote encima de ella–. ¡Un monstruo sanguinario! ¡Ruaaa!

–¡Deja de saltar en mi cama! ¡Mamá dice que se puede romper! –gritó Amy.

Kathy se arrastró lejos de los dibujos y se acurrucó abrazándose las rodillas. No dejaba de mirar a Noah y a Liam con los ojos demasiado abiertos.

–He leído una historia sobre un monstruo que arranca la cabeza a la gente –dijo Liam, agitando el dibujo de Kathy e imitando cómo le arrancaría la cabeza a mordiscos–. ¡Ñam, ñam!

–¡Basta! –gritó Amy apartando el dibujo con un manotazo.

–¿Puedes dibujarme un monstruo? –gritó Noah.

Kathy se encogió hacia atrás y empezó a emitir sonidos extraños, como si tuviera problemas para respirar.

–Liam, Noah, ¡fuera de aquí! –chilló Amy–. Estáis asustando a Kathy.

Ahora Kathy miraba a Amy como si también ella le causara terror. Y Amy lloró porque Kathy no era la misma Kathy que conocía, y su comportamiento hacía que se sintiera mal. ¿Por qué no hablaba? ¿Y por qué dibujaba esos extraños hombres de ojos rojos? ¿Y por qué gruñía de ese modo?

Liam estaba agitando dos de los dibujos, haciendo ruidos de monstruos, y Noah saltaba cada vez más alto en la cama, que soltaba crujidos intermitentes. Amy tenía miedo de que su nueva cama se rompiera.

—¡Fuera! —gritó.

Noah saltó de la cama, justo delante de Kathy.

El grito fue tan fuerte que todos se levantaron de su sitio al mismo tiempo. Claire ya estaba corriendo hacia la habitación de Amy, con el corazón desbocado. ¿Cómo había podido dejar sola a su hija? ¿Cómo había podido ser tan estúpida? Nunca debería…

Al llegar a la puerta, se quedó estupefacta.

Al principio, solo vio a Kathy, con la mano ensangrentada.

—¡Kathy! —jadeó—. ¿Estás bien?

Kathy chillaba mientras se balanceaba de un lado a otro, con la mirada perdida y sin pestañear.

—¡Dios mío! —dijo Melody detrás de ella—. ¡Noah! ¿Qué te ha pasado?

Claire apartó la mirada de Kathy y se dio cuenta de que Noah era el que chillaba, tumbado de lado en el suelo. Tenía la pierna manchada de sangre. Y cuando Melody se agachó para atenderlo, Claire vio que su pierna sangraba abundantemente.

Miró hacia Kathy. Un lápiz rosa afilado yacía a sus pies. La punta estaba manchada de rojo.

Capítulo 14

Robin oyó que su madre estaba hablando con alguien cuando entró en su casa. ¿Estaba hablando por teléfono? Se dirigió a la sala de estar y vio los cubiertos en la mesa. Tenía invitados. Por un segundo, se sintió aliviada. No tendría que quedarse mucho tiempo y su madre no sería tan despiadada como de costumbre.

Pero al llegar al salón sintió un nudo en el estómago. Se dio cuenta al instante de la trampa que le habían tendido.

Su madre estaba sentada en su sillón de siempre, sirviendo el té en las tazas pequeñas de su juego de porcelana. Sentados en el sofá frente a ella estaban el ex de Robin, Evan, y su madre, Glenda.

–Oh, Robin –dijo su madre sorprendida–. ¿Ya estás aquí? Pensé que vendrías mucho más tarde.

Robin sonrió por obligación.

–Te dije a qué hora iba a venir cuando hablamos.

–No, no me lo dijiste –dijo su madre, despreocupada. Luego se dirigió a Evan y Glenda–. Le pedí a Robin que viniera cuando tuviera tiempo para ayudarme con el teléfono. No funciona bien.

–Yo también tuve problemas con el mío –dijo Glenda–. Pero Evan me regaló un teléfono nuevo por mi cumpleaños.

Glenda había sido amiga de su madre desde que Robin tenía uso de razón. Su padre una vez le susurró a Robin en broma que los padres de Glenda querían llamarla Glinda, por la bruja buena de *El mago de Oz*, pero como habían escrito mal su nombre acabó siendo una bruja del montón. Y la verdad es que Glenda parecía una bruja. Tenía las uñas extralargas, una barbilla prominente y afilada, y una boca diminuta y ligeramente fruncida.

–Puedo volver más tarde –dijo Robin.

–No, no es necesario –dijo su madre–. No quiero causarte molestias, y a Glenda y a Evan no les importa. ¿Verdad?

—En absoluto —dijo Evan convencido.

Arreglaría el teléfono de su madre y se iría. Máximo diez minutos. Robin se acercó y se sentó junto a Glenda.

—Aquí tienes. —Su madre le sirvió té—. Prueba la tarta de manzana. La ha hecho Glenda. Está buenísima.

—Oh, es que… —empezó a decir Robin, pero Glenda ya estaba cortando un gran pedazo de tarta—. De acuerdo, gracias. Bueno, ¿qué le pasa al teléfono?

—Siempre me dice que tengo que borrar las fotos —dijo su madre, desesperada—. No quiero borrarlas. Si no, ¿cómo podré ver a mis nietos?

Le dio a Robin su maltrecho teléfono.

—¿Sigues sin poder verlos? —preguntó Glenda, con una voz cargada de compasión.

—Bueno, no puedo arriesgarme a dejarlos entrar. Hasta que Melody acceda a vacunarlos —dijo su madre—. Pero no cambiará de opinión sobre las vacunas. Y, lógicamente, no tendré nietos de parte de Robin en un futuro próximo.

Robin necesitó toda su fuerza de voluntad para mantener la boca cerrada. Melody le debía una bien gorda. Tocó con enojo la pantalla del teléfono de su madre. Era un aparato ridículamente anticuado que se había comprado diez años atrás, y en aquel momento ya era uno de los más baratos. Robin le había comprado teléfonos nuevos un par de veces, pero su madre se los había devuelto, argumentando que no funcionaban tan bien como esa reliquia.

—Por lo menos Robin viene a verte —dijo Glenda—. Somos afortunadas de tener unos hijos tan cariñosos. Mira, el otro día vi a Mildred y me dijo que tiene suerte si sus hijos se presentan en Navidad.

—Robin y yo siempre hemos tenido un vínculo especial —dijo su madre en voz baja.

Parte de la tensión del cuerpo de Robin se disipó. Le dedicó una breve sonrisa a su madre.

—Bueno —le dijo Glenda a Robin—, Diana me contó una vez que jamás te perdías ninguno de sus programas.

Robin se aclaró la garganta.

–Así es.

–Al terminar cada programa, siempre volvía directamente a casa –dijo su madre a Evan–. Robin me esperaba en la cocina, con la radio todavía a su lado. Y hablábamos sobre el programa y sobre cómo había ido.

–Mamá nos hacía un poco de té o una jarra de limonada –dijo Robin, casi saboreando el recuerdo de la limonada dulce en su boca–. Y comíamos galletas de jengibre y nos reíamos de las llamadas que recibía durante el programa y de las canciones que escogía. A veces me dejaba elegir una canción para el día siguiente.

–A Robin le encantaba –dijo su madre con una sonrisa–. Una cosa es que personas desconocidas disfruten de tu programa de radio y otra que a tu hija le encante lo que hagas. Eso sí que es especial.

–Yo también me ponía el programa de radio muchas veces cuando era pequeño –dijo Evan–. Era estupendo.

–Oh, eres un bienqueda –dijo su madre con una sonrisa–. Lo dices por decir.

–No, lo digo en serio –dijo Evan–. Cuando te escuchaba, el tiempo pasaba volando.

Robin intentó concentrarse en el teléfono. El maldito aparato era realmente lento. Borró la memoria caché de varias aplicaciones, sabiendo que aquello solo le serviría para un día. Aquel chisme necesitaba otro tipo de tratamiento, como, por ejemplo, golpearlo con una piedra enorme.

–Por cierto, Robin, Evan nos ha contado que estás tratando a Kathy Stone –dijo Glenda.

Robin levantó los ojos algo descolocada.

–Yo… ¿Cómo?

–Pete me lo contó –explicó Evan–. Me preguntó qué me parecía. Por supuesto, le dije que eras muy buena y que seguro que podrías ayudar a Kathy a superar todo esto.

Robin apretó la mandíbula. Evan debería haberlo tenido en cuenta. Glenda y su madre eran las cotillas más prolíficas del pueblo. Al día siguiente, la mitad del pueblo ya se habría enterado de que estaba tratando a Kathy.

—Tengo que decir que me ha dolido un poco saberlo por Evan y no por mi propia hija —dijo su madre con la voz temblorosa.

—En realidad, no puedo hablar de ello —dijo Robin.

—Hablé con Robin sobre Kathy hace una semana —dijo Evan—. Creo que lo que necesita esta niña es una rutina.

—¿Hablaste con Robin hace una semana? —murmuró su madre con admiración—. No me lo dijo.

—Nos encontramos por casualidad en la oficina de correos —dijo Robin, volviendo a prestar atención al teléfono.

Tenía que arreglar ese chisme cuanto antes y escapar de ahí.

—Qué interesante —dijo Glenda.

—En cualquier caso, en mi opinión, deberían enviar a Kathy de vuelta a la escuela —dijo Evan—. Hacerle sentir que ha recuperado su vida.

—El curso está a punto de terminar —dijo Robin con brusquedad—. Kathy no podría seguir el ritmo de las clases y eso supondría que se sintiera todavía más desubicada. Además, los niños la acosarían constantemente con preguntas sobre lo que sucedió.

—Los profesores podrían lidiar con eso —dijo Evan—. Pete me contó que la antigua profesora de Kathy se ofreció a darle clases particulares. Y podrían pedir a los otros niños que no la molestaran. No sería tan difícil. Pero Claire no quiere.

—Tal vez deberías sugerírselo en vuestra próxima sesión, Robin —dijo Glenda.

Robin sonrió educadamente. Se le ocurrieron una docena de comentarios mordaces y crueles, pero no dijo nada.

—Evan nos ha dicho que estás intentando que Kathy te cuente lo que le pasó —dijo su madre—. No sé si eso es una buena idea.

—¿Qué? Eso no es lo que… —Robin miró a su madre horrorizada, y luego a Evan. Se obligó a cerrar la boca—. De verdad, no puedo hablar sobre mis pacientes.

—La niña debería poner toda su energía en pasar página. Esa familia ya ha sufrido bastante —añadió Glenda.

—Peor aún, ahora la policía ha reabierto la investigación —dijo su madre—. He oído que intentaron enseñarle a la pobre niña fotos de sospechosos.

—Siempre pensé que se la había llevado alguien cercano a la familia —dijo Glenda—. Porque, como sabéis, dicen que no hubo forcejeo.

—No sé si eso es una prueba concluyente —señaló Evan—. Era una niña pequeña. Cualquiera podría habérsela llevado sin violencia.

—¿Con su madre en casa a pocos metros de distancia? —preguntó Glenda.

—A mí me llegó que Claire estaba al teléfono en el dormitorio, con la puerta cerrada —dijo su madre—. En fin, lo que quiero decir es que no es necesario añadir más estrés a la vida de la niña. La situación ya es horrible de por sí.

—Muy bien —dijo Robin con sequedad.

Daba por terminada la conversación. Y el día también.

—¿No me dijiste una vez que a algunos de tus pacientes la experiencia de afrontar el trauma les resultaba muy estresante? —comentó Evan—. Uno incluso llegó a dejar la terapia a medias.

A Robin se le encendió el ánimo.

—No dejó la terapia a medias; su madre interrumpió la terapia a pesar de mi recomendación. Y en parte fue porque su seguro no cubría más sesiones. Y reprimir el trauma es muy mala idea…

—No he dicho que tenga que reprimir sus recuerdos. Solo he comentado algo que tú me dijiste —dijo Evan, levantando las manos.

—Tal vez lo correcto sea ayudar a Kathy a pasar página de esa experiencia horrible —dijo su madre—. Siempre me he imaginado tu trabajo como el de un pastor de mentes, es decir, que arrea los pensamientos extraviados en la dirección correcta.

—Qué forma tan bonita de decirlo —dijo Glenda.

Su madre sonrió.

—Ahora que ya no estoy en la radio, solo tengo a los amigos y la familia para hablar. Así que supongo que vosotros habéis salido ganando y el resto se lo pierde.

—En cierto modo, Kathy y su familia no son los únicos que necesitan recuperarse y pasar página —dijo Evan—. Es toda la comunidad. Todo lo que ha pasado con Kathy ha sido muy doloroso para todo el mundo, y ahora, por fin, los habitantes de Bethelville pueden pasar página.

—Solo sé que yo también he sufrido —dijo su madre, golpeándose el pecho con la palma de la mano—. Pensaba en la pobre niña todos los días.

—Yo igual —dijo Evan—. Y sé que Robin se quedó destrozada cuando ocurrió.

Robin apretó los dientes, sabiendo hacia dónde iba la conversación.

—No estaba destrozada. Estaba muy angustiada. Todo el mundo lo estaba.

Evan levantó una ceja.

—Recuerdo que hablamos esa noche…

—¡Ni siquiera estabas en el pueblo esa noche! —espetó Robin—. Estabas en una de tus giras fotográficas.

Evan parecía dolido.

—Quiero decir que hablé contigo por teléfono. Y acorté el viaje para echar una mano en la búsqueda. En cualquier caso, cuando hablamos, estabas llorando muchísimo…

—Robin siempre ha sido muy sensible —dijo su madre—. Lo ha sacado de mí.

—No dejabas de hablar sobre cómo debía sentirse Claire —añadió Evan.

—La conversación no fue así —dijo Robin con los dientes apretados.

—Seguiste hablando de ello semanas después. Decías que era lo peor que podía pasarle a una madre. Y, bueno, creo que tuvo mucho que ver con lo que pasó más adelante.

—¿Qué pasó? Usa la palabra correcta —dijo Robin.

Estaba a punto de tirarle a Evan el teléfono de su madre a la cara.

—¿Qué?

—Siempre evitas decirlo. Di lo que pasó.

—Ya sabes lo que pasó, Robin. —Evan puso los ojos en blanco—. ¿Quieres que yo me enfrente a mi propio trauma? ¿Estamos en terapia?

—¿Tu trauma? —balbuceó Robin—. Fui yo quien tuvo un aborto, Evan, no tú. De hecho, tú no estabas cuando ocurrió. Nunca estabas. Estaba yo sola en el hospital cuando los médicos me dijeron…

Las lágrimas le obstruyeron la garganta. No pensaba llorar. No ante aquel maldito público. Se aclaró la garganta.

—El aborto no tuvo nada que ver con la desaparición de Kathy.

Evan suavizó la mirada.

—No dejabas de pensar en cómo se sentía Claire. Te asustaba. Y veías a todos esos niños hechos polvo en tus sesiones. Sin duda, tú mejor que nadie sabes hasta qué punto los pensamientos y la psicología pueden afectar al cuerpo. Lo que pasó podría haber sido tu propio cuerpo intentando evitar que tus miedos se hicieran realidad.

—Es posible, sin duda —dijo su madre—. Robin, ¿te acuerdas de cuando solías tener dolores de cabeza antes de los exámenes de matemáticas? Siempre di por hecho que era la reacción de tu cuerpo a…

—Te he arreglado el teléfono —espetó Robin, entregándoselo—. Ya tendría que funcionar. Aunque deberías comprarte uno nuevo. Tengo que irme.

—Ni siquiera te has comido la tarta —dijo Glenda—. Deberías probarla.

—Quédate un rato más —dijo su madre—. No seas maleducada. Te he enseñado mejores modales.

Robin se puso en pie de un salto, con los nervios a flor de piel.

—No. Ya veo lo que has hecho, mamá. Muy sutil, invitándome cuando Evan y Glenda estaban aquí. Lo siento, pero no puedo seguirte el juego, tengo otros planes.

Su madre se llevó una mano al pecho y las lágrimas le brotaron instantáneamente de los ojos.

—No sé de qué estás hablando. No he planificado nada. Invité a Evan y Glenda a principios de esta semana. Ni siquiera sabía que ibas a venir.

—Es verdad —dijo Glenda—. Nos llamó hace dos días.

—Y necesitaba ayuda con el teléfono. —A su madre le temblaba la voz—. Intenté arreglarlo yo sola, pero a mi edad no es fácil aprender estas cosas.

Los tres miraban a Robin con una mezcla de pena y acusación. Esto era lo que mejor sabía hacer su madre. Sabía cómo hacer que Robin sintiera que estaba loca, que había perdido la cabeza cuando la acusaba de conspirar contra ella.

–Muy bien –dijo Robin–. Aun así, tengo que irme. Adiós.

Se dio la vuelta y salió escopeteada, mientras la invadía una conocida mezcla de culpa y rabia. Al alejarse del salón, algo llamó su atención.

La casa de muñecas del dormitorio de su madre.

Detrás de ella, escuchó la voz amortiguada de su madre hablando sobre todo el tiempo y esfuerzo que había dedicado a criarla. Apretó los dientes y miró hacia atrás. Nadie la había seguido. Nadie estaba mirando. Entró en el dormitorio y lo cruzó rápidamente hasta llegar a la casa de muñecas.

Cogió la diminuta mesa de la cocina y las tres pequeñas sillas de madera, acordándose de cómo Kathy había colocado los muñecos en la cocina. Luego cogió la cama doble del dormitorio principal. Y, en el último momento, cogió también la cama de la niña del cuarto de los niños. Ahora tenía las manos llenas, pero no se atrevió a meter aquellos delicados muebles en el bolso.

Optó por caminar hacia atrás y se dirigió hacia la puerta principal, mirando furtivamente atrás, sintiéndose la peor hija del mundo.

Capítulo 15

Los medios de comunicación decían que Kathy había vuelto «a casa» después de haber sido «secuestrada». Decían que Kathy había sido retenida contra su voluntad durante más de un año. Decían que ahora se estaba recuperando.

El supuesto secuestrador de Kathy leyó otro artículo sobre la niña, apretando los dientes con furia. Los titulares eran todos iguales. «La hija desaparecida se reúne con su familia» o «La niña secuestrada de ocho años regresa milagrosamente a casa».

Pensó una sugerencia de titular: «La niña regresa con su negligente familia». «Y aquí tenéis otro, más sensacionalista, como os gusta a vosotros, magnates de la prensa: "Diez razones por las que la vida de Kathy Stone es mucho peor después de volver con sus padres biológicos"».

¿Qué sabían ellos? ¿Habían pasado el último año con Kathy, criándola como merecía? ¿Se habían ocupado de ella cuando estaba enferma? ¿Le habían leído cuentos para dormir o le habían preparado las comidas? ¿Le habían regalado muñecas hechas a mano como la que llevaba cuando la encontraron?

El camionero que la encontró se mostró muy bien dispuesto a hablar con los reporteros y explicarles cómo Kathy se aferraba a esa muñeca y no la soltaba. Claro que no la soltaba, porque le encantaba esa muñeca. La apreciaba porque era especial. Y probablemente echaba de menos la otra, la muñeca que dejó atrás. La muñeca que tenía aquí, en esta mesa. Esperándola.

«Aquí tenéis otro titular, desgraciados: "La niña se reúne con su segunda muñeca tras ser arrebatada de nuevo a sus indignos padres"».

Porque, efectivamente, Kathy no iba a permanecer con Claire y Pete Stone. Eran una pareja disfuncional que no aguantó ni un año sin su hija. Los niños no deberían ser el pegamento que mantiene unidos a sus padres.

Es cierto que había habido errores durante este año. Exponer a Kathy a tanta violencia no había sido buena idea. Y dejarla sola en aquel cobertizo… Bueno, esa fue, probablemente, la razón de que escapara. Sin duda fue una mala decisión.

La próxima vez, iría mejor.

Pero tendría que ser pronto. Si la niña volvía a hablar, lo arruinaría todo. Ese riesgo era ahora aún mayor, con Robin tratándola. Robin podía conseguir que hablara.

Habría que vigilar a Kathy y a Robin. Hasta que se presentara la oportunidad.

Y entonces secuestraría a Kathy de nuevo. La secuestraría alguien que la quería de verdad.

Capítulo 16

Robin no estaba segura de cuál de las dos parecía más cansada, si Kathy o Claire. Ambas tenían los ojos inyectados en sangre e hinchados, y el rostro pálido. A Kathy se la notaba nerviosa y recelosa; todo su cuerpo estaba tenso como un resorte. A Claire, en cambio, se la veía exhausta, con los hombros caídos.

–Pasad –dijo Robin sonriendo amablemente–. ¿Os apetece algo para beber? Hoy hace mucho calor.

Tanto Melody como Claire le habían contado lo ocurrido en casa de Melody. Como era de esperar, las versiones diferían, pero Robin supo leer entre líneas y descifrar la cadena de acontecimientos por ella misma. Kathy había reaccionado mal ante los ruidosos y enérgicos hijos de Melody. Esto la alteró y los percibió como una amenaza inmediata, lo que activó su impulso de lucha o huida. Y, posiblemente, al estar acorralada en la habitación de Amy, eligió luchar y se decantó por un lápiz afilado como arma.

Robin podía sentirse identificada. Los niños de Melody también despertaban su instinto de lucha o huida.

Conoció el resto de la historia por una llamada entre lágrimas con Claire la noche anterior. Pete le había gritado a Kathy y le había quitado el lápiz de un tirón, lo que provocó que Kathy se hiciera un ovillo y se negara a moverse. Tuvieron que llevarla en brazos hasta el coche. Ahora Kathy no quería volver a separarse de Claire y parecía encogerse cada vez que Pete estaba cerca. Apenas dormía por las noches.

Robin les dio agua bien fría y las llevó hasta la sala de juegos.

–Kathy, ¿cómo va el ejercicio con las burbujas? –preguntó Robin–. ¿Practicas todos los días?

Kathy se mostró dubitativa y luego asintió.

–¿Quieres enseñarme lo que sabes hacer?

—Se nos ha terminado el jabón de burbujas –dijo Claire–. Usé un quitagrasas mezclado con agua, pero no va tan bien.

—No te preocupes, tengo más de repuesto –dijo Robin–. Y te daré una botella más antes de que te vayas. El jabón de fregar no es para profesionales como Kathy –dijo levantándole una ceja.

Kathy le dedicó una diminuta sonrisa divertida.

Robin cogió la botella y llenó el bote de Kathy.

—Vale, veámoslo.

Kathy respiró hondo y sopló con suavidad durante unos segundos. Llenó la habitación de burbujas.

—¡Diecinueve! –dijo Robin–. Muy bien. ¿Quieres intentarlo otra vez?

Observó a Kathy atentamente mientras hacía burbujas dos veces más. La niña se relajó enseguida. Parecía sentirse bastante segura en la sala de juegos con Robin, y el ejercicio de respiración con las burbujas suavizó su actitud recelosa.

—Kathy, hoy he pensado que podemos dejar que tu mamá descanse en la sala de estar mientras nosotras jugamos aquí –dijo Robin–. ¿Te parece bien?

Kathy lo pensó y luego asintió. Robin miró a Claire.

—Puedes hacerte un té o un café en la cocina si te apetece.

—Gracias –dijo Claire.

Era evidente que estaba agradecida por algo más que el café. Salió de la habitación y Robin cerró la puerta detrás de ella. Kathy se desplazó inmediatamente por la habitación hacia la pequeña mesa de plástico. Se sentó y cogió el bote de pintura de dedos roja. Levantó la tapa, luego cogió una hoja de papel y derramó un poco de pintura roja.

—Estás vertiendo pintura roja en una hoja en blanco –dijo Robin.

Kathy dejó que la pintura se derramara hasta que quedó una gran mancha roja en la hoja. Guardó el bote y se quedó mirando la mancha mientras se le tensaban los hombros y la respiración se le aceleraba.

—En esta habitación, solo tú decides qué ocurre con la pintura roja –dijo Robin–. Tú tienes el control. Tú decides si quieres tocarla, dejarla ahí o simplemente tirarla.

Claire le había explicado a Robin que la pierna de Noah había sangrado después de que Kathy le clavara el lápiz. Melody le había dicho que aquello parecía un matadero. ¿Cómo lo recordaba Kathy? La niña miró fijamente la pintura durante un rato, luego la tocó con delicadeza con un dedo y la contempló. Se tocó el pulgar con el índice.

–Has tocado la pintura roja con los dedos –dijo Robin–. Has decidido untarte las yemas de los dedos.

Kathy procedió a tocarla un poco más, y, luego, como había hecho en la sesión anterior, la esparció por la página con las palmas de las manos en movimientos circulares hasta que un remolino rojo cubrió por completo la página.

Cuando terminó, Kathy se levantó de inmediato, fue al baño y se lavó la pintura. La resolución de sus acciones, tanto al empezar como ahora, hizo pensar a Robin que Kathy había planeado hacer esto de antemano. Untarse las manos de pintura. Quitarse la pintura, limpiarse. Robin se recordó mentalmente comprar otra remesa de pintura roja para dedos. Después de lavarse las manos, la pequeña miró hacia el armario. Robin lo abrió y le dio la lima de uñas. Kathy la usó para eliminar el exceso de pintura de debajo de las uñas, igual que la última vez.

Satisfecha, Kathy volvió a la sala de juegos y, sin vacilar, fue derecha a la casa de muñecas. Se detuvo delante de la casa y cogió con cuidado una de las diminutas sillas de cocina que Robin había hurtado. Mientras las examinaba, sus ojos se abrieron con asombro.

–Tengo muebles nuevos para la casa –dijo Robin desenfadada–. ¿Te gustan?

Kathy volvió a poner la silla de cocina en su lugar y luego inspeccionó el resto de la casa. Pasó un dedo por la cama de niña que Robin había colocado en una de las habitaciones.

A diferencia de la casa de muñecas de su madre, Robin no tenía suficientes habitaciones como para tener un dormitorio separado para los niños y un salón. Así que Robin terminó colocando la cama de niña en el salón, junto al pequeño televisor de plástico. Kathy dudó y entonces sacó la cama de la casa y la colocó a un lado. A continuación, examinó la cama doble que Robin había colocado en la habitación del piso superior de la casa y la volvió a colocar en su sitio.

Luego, Kathy se acercó al estante de los juguetes. Sus movimientos volvían a mostrar determinación. Eligió los muñecos uno a uno. La figura materna con la tarta, la niña pequeña, la bailarina, el granjero... Todas las figuras, excepto el payaso malvado. Los cogió y los puso en la cocina. Hizo todo lo posible por colocarlos en las sillas nuevas, e incluso sonrió de alegría cuando se dio cuenta de que la silla se ajustaba perfectamente a la figurita de plástico de la niña. Una vez hecho esto, se volvió hacia los estantes y cogió el payaso diabólico. Lo sujetó con el puño. ¿Le preocupaba que el villano pudiera escapar?

—En esta habitación, tú decides dónde van los muñecos y qué hacen. Tú decides lo que les pasa.

Kathy se detuvo un segundo. Miró la figura del payaso que tenía en la mano. Entonces se acercó y lo colocó en el salón de la casa de muñecas.

—El hombre payaso está solo en el salón —dijo Robin—. Todos los demás están juntos en la cocina.

Kathy movió los muñecos de la cocina, jugando con ellos. Intentó sentarlos en las distintas sillas y representó acciones con ellos como si comieran o prepararan algo para comer. Parecía relajarse al hacerlo, y la comisura de los labios se le curvaba con un atisbo de sonrisa. Como Robin había intuido, Kathy estaba claramente fascinada con la casa de muñecas, ahora todavía más porque estaba parcialmente amueblada con aquellos delicados muebles.

Esto le dio una idea a Robin.

—La casa sigue estando un poco vacía —dijo—. Quizá deberías traer algunos juguetes de casa la próxima vez que vengas, para que no esté tan vacía. ¿Qué te parece?

Kathy pareció tomarse mucho tiempo para pensar en esa sugerencia. Finalmente, asintió mirando a Robin.

Esta tarea haría que Kathy pensara en la casa de muñecas cuando estuviera en casa, manteniendo así un hilo invisible entre la sala de juegos y la niña. Ayudaría a reforzar el vínculo con la sala de juegos. Y, si en efecto traía algo la próxima vez, esto además podría arrojar un poco de luz sobre lo que le pasaba por la cabeza.

Al cabo de un rato, Kathy dio un paso atrás y examinó la casa de muñecas. Entonces volvió a coger la figura del payaso y lo hizo caminar hasta la cocina.

—El hombre payaso se une al resto de los juguetes en la cocina.

Kathy cogió la figura de plástico del granjero. Lo puso del revés y lo sujetó con la pierna tocando la mano del payaso, como si este estuviera cogiendo al granjero del tobillo. Luego hizo volver al payaso al salón, arrastrando al granjero detrás de él.

Robin lo observó diciendo que el payaso y el granjero caminaban juntos, intentando describir aquella escena con un matiz positivo. Pero claramente tenía poco que ver con lo que Kathy estaba representando. Robin quería, ante todo, que Kathy supiera que estaba prestando atención. Y que ella podía encajar cualquier cosa que Kathy le mostrara.

—El hombre payaso está llevando al granjero al salón.

Kathy colocó al payaso en el salón y al granjero tumbado, a sus pies. Pareció dudar por un segundo. Luego se dio la vuelta y echó un vistazo a la sala de juegos. Se paseó de un lado para otro por los estantes. Por fin se detuvo junto al arenero. ¿Había perdido el interés por la casa de muñecas? El arenero había captado su atención la última vez.

—¿Quieres jugar en el arenero?

Kathy miró a Robin, frunciendo el ceño. Luego se apartó del arenero. Había una colección de cubos y palas de colores cerca del arenero, junto a una caja de herramientas de juguete con útiles de plástico. Kathy se arrodilló junto a la caja y rebuscó en ella: sacó un pequeño taladro azul. Pulsó el gatillo del taladro y el voluminoso cabezal amarillo giró lentamente, emitiendo un ligero zumbido.

—El cabezal del taladro gira cuando aprietas el gatillo. Tú decides cuándo funciona.

Kathy volvió a la casa de muñecas y manipuló la figura del payaso para que su brazo quedara extendido. Luego sostuvo el taladro como si lo estuviera sujetando el payaso. El taladro era más grande incluso que la figura del payaso, pero eso no hacía que la escena que estaba representando fuera menos inquietante. Parecía como si sostuviera un arma enorme.

—El hombre payaso está sujetando el taladro azul.

Kathy inclinó el payaso y el taladro para que la punta del taladro tocara la cabeza del granjero. Para aquellas manos tan pequeñas, mantener un dedo en el gatillo del taladro era una maniobra compleja, pero tras un poco de esfuerzo, con la punta de la lengua asomando entre los labios, lo consiguió. Su concentración era absoluta.

—El hombre payaso está apuntando el taladro azul hacia la cabeza del granjero —dijo Robin, sin estar segura de que Kathy la hubiera oído.

Kathy apretó el gatillo y el cabezal del taladro empezó a girar, haciendo que el granjero se desplomara y se cayera de la mesa donde estaba la casa de muñecas.

—El hombre payaso le ha hecho daño al granjero con el taladro —dijo Robin—. El granjero debe de estar asustado.

Kathy miró al suelo, apretando la mandíbula. A continuación, con un movimiento repentino, levantó al granjero y lo volvió a dejar tumbado donde estaba antes. Luego repitió la maniobra con el payaso sin dejar de sostener el taladro apuntando a la cabeza del granjero, pero esta vez tuvo cuidado de no tocarlo. Entonces volvió a apretar el gatillo. El taladro zumbó en la mano del payaso, a menos de un centímetro de la cabeza del granjero.

—Pobre granjero, el payaso le está haciendo daño en la cabeza con el taladro —dijo Robin.

Kathy siguió apretando el gatillo. El taladro seguía zumbando. Al cabo de unos segundos, las manos de Kathy temblaban por el esfuerzo que exigía aquella posición incómoda, pero aun así seguía sujetando el taladro, respirando aceleradamente por la nariz.

Robin mantuvo la mirada fija en la niña, con una inquietud creciente en su interior. A lo largo de los años, había visto muchas cosas perturbadoras en la sala de juegos. Pero la actitud absorta de esta niña silenciosa representando aquella violencia entre los juguetes le produjo un escalofrío en el corazón. Sintió que se partía en dos. Una parte de ella tenía que mantener la calma, seguir mostrándole a la niña que todo estaba bien. Que Robin podía soportar cualquier cosa que Kathy le mostrara. Pero la otra parte miraba consternada mientras las aristas dentadas de aquel momento se le clavaban en la cabeza.

—El hombre payaso sigue haciéndole daño al granjero con el taladro.

Robin mantuvo un tono neutro, casi distante. Añadió un poco de tristeza y empatía por el granjero de plástico.

—Qué hombre payaso tan malo.

Esperaba que Kathy soltara pronto el taladro, pero Kathy seguía sosteniéndolo y el taladro seguía zumbando. Finalmente, el taladro se le inclinó y tocó al granjero, que volvió a caer al suelo.

Kathy se detuvo y luego lo recogió para colocarlo en la misma posición. Estaba a punto de repetir la misma escena por tercera vez. El corazón de Robin dio un vuelco.

—Intentemos pensar cómo podemos ayudar al granjero —dijo, forzándose a sonreír con afabilidad—. ¿Se te ocurre alguna forma de ayudar al granjero para que el hombre payaso deje de hacerle daño?

Kathy miró a Robin con cara de estar totalmente perdida.

—Quizá alguien podría ayudar al granjero a escapar —sugirió Robin.

Kathy miró indecisa los juguetes que quedaban en los estantes. Dejó el payaso y el taladro, y caminó hacia los estantes. Luego, como por impulso, cogió el juguete más grande de la estantería, un dragón de dos cabezas. Después uno de un luchador alto. Y un tanque. Y un gran tiburón de plástico.

Tenía las manos llenas de juguetes. Los llevó a la mesa donde estaba la casa de muñecas y los esparció por encima. Luego volvió a los estantes y eligió juguetes aún más grandes y amenazadores. Un hechicero. Un bárbaro con una espada enorme. Una larga serpiente de goma.

Los colocó en círculo, y luego puso al payaso y al granjero en medio.

—Han venido todos los juguetes grandes y fuertes —dijo Robin.

Lo que siguió fue un caos frenético. Kathy agarraba los juguetes y los aplastaba contra el payaso, amontonándolos sobre él. Algunos se cayeron de la mesa y quedaron olvidados.

–Los juguetes detienen al hombre payaso. Era un hombre payaso malo, porque intentaba hacerle daño al granjero. Y hay que detenerle.

Por fin, el payaso quedó completamente enterrado bajo el montón de juguetes. La cabeza del tiburón sobresalía por un lado y la mitad del dragón por el otro.

–Todos los juguetes grandes han detenido al hombre payaso –dijo Robin–. No podrá volver a hacerle daño al granjero.

Kathy soltó un largo y estremecedor suspiro y sonrió, con los labios temblorosos. Una lágrima resbaló por su mejilla.

–Si al granjero le apetece, ahora puede volver a la fiesta de la cocina –dijo Robin, con un nudo en la garganta–. Los juguetes grandes y fuertes no dejarán que el hombre payaso malo vuelva a hacerle daño.

Kathy cogió al granjero y contempló la casa de muñecas.

Se apartó de la casa y se acercó al arenero. Se arrodilló junto a él y enterró al granjero en la arena. Luego acumuló más arena encima del granjero, con lo que quedó enterrado bajo un pequeño montículo.

Era evidente que, para Kathy, el granjero de plástico nunca iba a volver.

Capítulo 17

El día de la desaparición

Ellie sostenía el teléfono en la mano, con el corazón latiéndole con fuerza en el pecho. Tenía que hacer la llamada. Hablarles de él. La escucharían, ¿verdad? Después de todo, la pequeña Kathy había desaparecido. Estarían desesperados por escuchar a cualquiera que tuviera información.

¿Cualquiera? ¿De verdad?

¿Incluso a ella?

Porque sabía lo que sus padres dirían de inmediato. Dirían que se lo estaba inventando. Que solo intentaba llamar la atención. Como habían hecho constantemente durante su niñez. Y en el pueblo otros hablarían de lo que había ocurrido aquella vez en el colegio, con el grafiti. Y quizá alguien mencionaría también a su expareja, Norman, que contaba historias mezquinas sobre ella. Había sido un alivio marcharse del pueblo, ir a la universidad y ver que había gente que podía apreciarla y cuidarla.

En Bethelville todo el mundo tenía ya una opinión formada sobre ella. ¿Y se estaba planteando de verdad señalarle a él con el dedo? ¿A don Perfecto? ¿El tipo a quien prácticamente todo el pueblo adoraba?

Jamás lo aceptarían. Y luego empezarían a preguntarse qué estaba haciendo ella allí. Desde luego, escucharían a cualquiera. Pero no necesariamente creerían a cualquiera. Y no había forma humana de que la creyeran a ella.

Aun así, tenía que decírselo a alguien. El tiempo apremiaba. Tal vez no a sus padres. Ni a la policía. Se planteó decírselo al tío Jimmie. Él la creería. Era el único en el pueblo que la escuchaba. Que creería en su palabra antes que en la de cualquier otra persona.

Pero él también se preguntaría qué hacía ella allí. Y no tenía una buena respuesta que darle. Solo tenía respuestas malas.

Se guardó el teléfono en el bolsillo. Tampoco cambiaría nada. Después de todo, no había sido don Perfecto quien se había llevado a Kathy. Aunque la policía investigara a partir de la información que ella les diera, se darían cuenta enseguida. Era mejor no hacer nada.

¿Qué se siente si tu hija desaparece así? ¿Y si encima es una niña perfecta, dulce y encantadora como Kathy? Ellie no podía ni imaginárselo. Cuando ella le hacía de canguro, jamás perdía de vista a la niña. Claire debería haber hecho lo mismo. ¿Cómo había podido dejar que le pasara algo a su hija?

El tío Jimmie le dijo una vez que no debía juzgar a sus padres hasta que ella fuera madre. Así que quizá tampoco debía juzgar a Claire. Ellie había cuidado de Kathy en varias ocasiones. Había visto cosas. Había oído cosas. Claire y Pete estaban lejos de ser los padres perfectos.

Capítulo 18

El sueño empezó de forma bastante inocente. Ella volvía a ser una niña y estaba en casa de sus padres. Observaba la casa de muñecas. Se maravillaba con sus minuciosos detalles, con aquellos preciosos muebles.

Finalmente, sin poder resistirse, empezó a jugar con ella. Colocaba figuras de su sala de juegos en la casa de muñecas. A una la sentó en la sala de estar y a otra la metió en la pequeña bañera. A la tercera la colocó en la camita… que se rompió. Era una grieta muy pequeña, quizá mamá no se daría cuenta… Pero había una mancha en la bañera. Y, sin saber cómo, había desaparecido la silla del salón. Ahora toda la casa se caía a pedazos: los pisos se hundían. El empapelado se pudría y los muebles se desconchaban. Solo por haber jugado con ella. ¿Por qué lo había hecho? No era un juguete. ¡No era un juguete!

Oyó pasos. Mamá entraría y Robin sabía qué haría cuando viera lo que había ocurrido. Le haría daño. La tiraría del pelo, le arañaría la cara, le pellizcaría el brazo y…

Se despertó con un vuelco en el corazón.

Fue perturbador. Su madre jamás le había hecho daño físico cuando era niña. Esta era una de las cosas en las que Melody y ella no se ponían de acuerdo. Melody afirmaba que solía hacerles daño cuando su padre no estaba. Decía que les daba patadas si hacían demasiado ruido o les tiraba del pelo con saña cuando la molestaban. Melody afirmaba que su madre lo hacía constantemente. Recordaba sobre todo una ocasión en la que le arrancó un mechón de pelo rojo a Robin.

Robin no recordaba nada remotamente parecido. Como terapeuta, sabía muy bien lo volubles que podían ser los recuerdos. Aun así, si su madre hubiera hecho esas cosas, Robin se acordaría de algo, ¿no? Miró el reloj y era la 1:42 h de la madrugada. Tenía que intentar volver a dormir.

No había podido conciliar el sueño en toda la noche.

Había dormido dos horas y diez minutos en total, ni siquiera lo que duraba una película entera. Bueno, tal vez sí, si era una película como las de antes. Robin trató de recordar la última película que había visto. La del actor ese... el guapo... Era incapaz de recordar el nombre de la película o el del actor. O la duración de la película, aunque duraba más de dos horas y diez minutos. De eso estaba segura.

Salió a comprar porque se había quedado sin comida para perros. También se había quedado sin comida para humanos, pero estaba allí, sobre todo, por la comida para perros.

El supermercado no era un lugar amable si una había dormido poco. La intensa iluminación fluorescente era despiadada y a Robin le costaba fijar la mirada. Su carro tenía tres ruedas que funcionaban correctamente y una que iba por libre, parecía que quería escapar y dar la vuelta al mundo. Las cajas registradoras emitían una interminable cacofonía de pitidos. Estos se entremezclaban con la rabieta de un niño en el pasillo de al lado.

Robin estaba a punto de echarse a llorar.

Había hecho una lista rápida de la compra. Luego la había dejado encima de la mesa y se había ido al supermercado. Y, aunque habían pasado menos de veinte minutos, era incapaz de recordar ninguno de los artículos que había en la lista, aparte de la comida para perros. ¿Leche, tal vez? ¿Papel higiénico? ¿Pasta?

El niño con la rabieta estaba en el pasillo de la pasta, así que decidió que comprar pasta no era una urgencia. Podría vivir un tiempo sin macarrones.

De hecho, no compraría nada más. La comida para perros y punto.

Tardó unos segundos en recordar dónde estaba la comida para perros. Pensaba con lentitud, como si su cerebro estuviera sumergido en melaza. Se arrastró hasta allí a paso de caracol. El cansancio hacía que se volviera paranoica. No dejaba de sentir que la gente la miraba cuando pasaba por su lado. Y luego hubo un atasco de carritos de la compra provocado por un hombre que había colocado el suyo en medio del pasillo mientras estudiaba las cajas de cereales. Los hombres deberían tener prohibida la entrada en el supermercado. Deberían ahuyentarlos a perdigonazos si osaban acercarse. Robin odiaba a todo el mundo.

Aquí estaba la comida para perros. ¿Cuál le gustaba más a Menny? ¿La de cordero o la de gambas? ¿La de pavo? Intentó leer las etiquetas. Era como si hubiera interferencias, las letras se entremezclaban, las cajas registradoras pitaban y había un olor a levadura que debería haber sido agradable, pero lo único que le producía eran náuseas.

Cogió la bolsa verde porque le sonaba que era la comida que tenía en casa y la metió en el carrito. De camino a las cajas vio el papel higiénico, así que cogió también un paquete, por si acaso.

Las colas para pasar por caja eran ridículas. Tenía la opción de ponerse detrás de una mujer con un carrito rebosante o detrás de tres personas cuyos carritos estaban medio llenos. ¿Qué debería elegir? La cola que eligiera sería sin duda la más lenta. Se puso detrás de las tres personas. Porque le parecía que la mujer del carrito rebosante era una de esas que, cuando estuvieran cobrando los artículos, se acordaría de seis productos que había olvidado añadir al carrito.

–¡Hola, Robin!

Mierda.

La mujer que tenía a su lado en la cola era Tara. Tara era simpática. A Robin le gustaba Tara. Habían hecho yoga juntas durante dos años. Y una vez habían estrechado lazos porque la mujer que tenían delante en clase se había tirado pedos durante toda la sesión y estuvieron a punto de morir asfixiadas. Pero Robin era incapaz de aguantar a nadie en ese momento.

–Hola –dijo, esculpiendo una sonrisa en su rostro–. ¿Cómo estás?

–Bien. ¿Y tú?

–Oh, genial.

–¿Comprando comida para Menny?

–Sí. –Robin se rio entre dientes–. Nada nuevo.

Eran palabras que no tenían sentido en el contexto de la conversación. Pero Tara parecía satisfecha.

–¿Cómo está Menny? ¿Cuántos años tiene?

–Siete.

–Es tan mono.

Robin asintió. Se dio cuenta de que seguía sonriendo desde el principio de la conversación.

Tara bajó la voz.

–He oído que estás tratando a Kathy Stone.

¿Había alguien a quien su madre no se lo hubiera contado? Robin miró su carrito. No había nada que la pudiera sacar del apuro.

–En realidad, no puedo hablar de ello.

–Confidencialidad médico-paciente, lo entiendo –dijo Tara–. Es estupendo que alguien le preste ayuda. Sobre todo después de lo que le pasó a tu sobrino.

¿Cómo se había enterado Tara de aquello? ¿Había sido Melody? ¿O Fred? No. Melody tenía cuatro hijos. Y habrían contado a sus amigos lo del apuñalamiento con el lápiz. No era una historia que pudiera mantenerse en secreto. Maldita sea.

–No fue para tanto. Solo un malentendido.

–Si yo fuera Claire…, querría empezar de cero. Pete tenía una oferta de trabajo en Indianápolis. Podrían volver a empezar. También sería bueno para la pequeña Kathy. Alejarse de los malos recuerdos.

–No sé si es la mejor solución. Y los recuerdos no los despierta necesariamente la geografía.

Robin vio que un hombre la miraba de reojo al entrar en el supermercado. El hombre desvió enseguida la vista hacia otro lado cuando Robin lo miró a los ojos.

Una revelación repentina floreció en su cabeza. No estaba paranoica. La gente sí la estaba mirando. Porque se había convertido en una de las protagonistas del tema de conversación por excelencia de Bethelville. Había pasado de no ser nadie a ser la terapeuta que trabajaba con Kathy Stone.

–Tara, ¿qué has oído sobre…?

–¡Hola, Tara! –dijo una voz detrás de ellas–. ¡Oh, y Robin! ¿Qué tal?

—Era Ellie, la camarera del Jimmie's Café. Estaba de pie detrás de ellas, sosteniendo un montón de productos entre los brazos.

—¡Hola, Ellie! —dijo Tara elevando el tono—. ¿Qué pasa, tía?

«¿Qué pasa, tía?». ¿Estaba intentando parecer más joven delante de Ellie? Robin sonrió a Ellie.

—Hola, Ellie, ¿cómo estás?

—Muy bien. Mmm…, qué tonta… Robin, ¿te importa si dejo mis cosas en tu carrito un momento? Pensé que podría arreglármelas sin carrito, pero al final he cogido demasiadas cosas.

—Claro —dijo Robin señalando el carrito—. Tú misma. Yo solo llevo el papel higiénico y la comida para Menny.

—Lo has dicho como si fuera el papel higiénico de Menny.

Ellie, agradecida, colocó sus cosas en el carrito. Macarrones con queso, helado, queso crema, huevos… ¡Huevos! Era una de las cosas que Robin había apuntado en la lista. Podía ir a buscar huevos ahora. O no.

—¿Sabes qué? —dijo Tara—, creo que no he comprado papel higiénico desde hace más de un año. Al inicio de la COVID compré miles de paquetes.

—Así que fuiste tú. —Ellie sonrió—. Durante un tiempo tuve que usar filtros de café en el baño porque no quedaba papel higiénico en las tiendas. Supongo que puedo culparte por ello.

Robin se rio y, de repente, horrorizada, se dio cuenta de que no podía parar. Era una risa histérica. Ni siquiera recordaba qué había dicho Ellie que fuera tan gracioso, pero ahora incluso le costaba respirar porque se quedaba sin aliento. Tara y Ellie la miraban como si estuviera loca.

—¿Y cómo está Jimmie? —preguntó Robin, secándose las lágrimas.

Ellie puso los ojos en blanco.

—Me vuelve loca. Me he hecho cargo de las redes sociales de la cafetería. Él me pidió que lo hiciera. Pero ahora, cada vez que saco una foto, empieza a quejarse de que mi generación no sabe disfrutar del momento sin colgarlo en Facebook.

—Bueno… —dijo Tara.

—Ni siquiera uso Facebook —farfulló Ellie.

Las puertas automáticas del supermercado se abrieron y entró una madre llevando de la mano a su hija. Robin tardó un segundo en percatarse de que eran Claire y Kathy.

Kathy tenía los ojos muy abiertos, vigilantes, y movía la cabeza de un lado a otro. Para los sentidos en alerta de Kathy, el supermercado sin duda era tan hostil y agotador como lo era en ese momento para Robin. Los ojos de la niña se fijaron en Robin y se quedó paralizada.

—Hola, Claire —dijo Tara.

—¡Oh! —Claire se dio la vuelta para mirarlas. Las miró a las tres y sonrió—. ¡Hola! ¿Cómo estáis?

—¡Bien! —dijo Tara en un tono alegre—. Sí, bien.

—De compras —añadió Ellie, ayudándola—. ¿Y cómo estáis vosotras?

—Estamos bien —dijo Claire.

Era una Claire muy distinta de la que estaba acostumbrada a ver en las sesiones con su hija en la sala de juegos. En las sesiones, Claire se mostraba natural, vulnerable, agotada. Pero esta Claire parecía alegre, llena de energía. Kathy, en cambio, era todo lo contrario. Desde que había visto a Robin, se había quedado paralizada. Su cuerpo estaba tenso y apretaba fuerte la mandíbula. Había abierto aún más los ojos, que lucían inquietos, como los de un animal buscando desesperadamente una salida. Robin podía imaginar cómo se sentía la niña. Kathy la relacionaba con la sala de juegos. Un lugar en el que abordaban temas delicados, pero donde Kathy tenía el control absoluto. Aquí, en el supermercado, es probable que Kathy se sintiera insegura de entrada. Ver a Robin debía de haberla confundido.

—Qué bien veros a las dos —dijo amablemente.

—Lo mismo digo —dijo Claire.

Intentó avanzar, pero Kathy no se movió, manteniéndola anclada donde estaban.

—Kathy, vamos —dijo Claire.

Kathy dio un paso atrás, hacia la salida.

—No, cariño, tenemos que comprar comida —dijo Claire.

Ahora Kathy tiraba de ella con más fuerza, respirando de forma errática.

–Kathy…

El rostro de Claire se hizo añicos y Robin vislumbró la ansiedad y la desesperación que la mujer había tratado de ocultar a las miradas indiscretas. Finalmente dio el brazo a torcer y dejó que Kathy la arrastrara hacia fuera.

–Me pregunto qué la habrá asustado así –dijo Tara.

Robin no podía hacer ningún comentario, pero Ellie ya se había dado cuenta del motivo.

–Creo que la ha confundido ver a Robin aquí.

Tara se aclaró la garganta.

–Tiene sentido. Una vez me encontré a mi terapeuta por la calle y fue muy raro. Para una niña pequeña tiene que ser todavía más confuso.

Tara y Ellie intercambiaron una mirada. Este incidente echaría más leña a los rumores que corrían por toda Bethelville. La gente hablaría del ataque que sufrió la niña al encontrarse con su terapeuta en el supermercado. Y de cómo Claire no supo controlarla y tuvo que marcharse de la tienda. Tal vez dirían que Pete sí hubiera sido capaz de controlar a Kathy, porque no la consentía como Claire. Y tal vez que era culpa de Robin, por tratar a una niña que vivía tan cerca de ella, ya que era imposible que no se encontraran por la calle.

Sabía que el enfado y la amargura que sentía se debían principalmente a su cansancio, pero conocer la causa no hacía que aquellos pensamientos resultaran menos frustrantes. Si su madre no le hubiera dicho a todo el mundo que estaba tratando a Kathy, esto no habría pasado. Una cosa era cotillear con ella, pero, cuando su madre cotilleaba sobre ella, la desquiciaba.

Ellie y Tara hablaron sobre un programa de televisión que ambas veían. Robin permaneció en silencio. Entonces Tara llegó a la caja.

–Robin, ¿quieres pasar antes que yo? –preguntó–. Solo tienes dos cosas.

–Claro, gracias –espetó Robin.

Lógicamente, sabía que Tara estaba siendo amable. Pero un pensamiento insidioso le susurró a la oreja que Tara la dejaba pasar solo porque ella y Ellie estaban conspirando para cotillear sobre ella una vez que se hubiera ido. Una buena regla de oro era que, si a su monólogo interior se le ocurría usar la palabra «conspirar», quizá significaba que estaba paranoica.

Necesitaba dormir.

Se dio prisa en pagar la comida para perros y el papel higiénico. Los artículos de Ellie seguían en su carrito, así que Robin lo dejó ahí y cargó los dos voluminosos paquetes con las manos mientras intentaba recordar desesperadamente dónde había aparcado el coche. Se le cayó el paquete de papel higiénico y tuvo que agacharse para recogerlo. Un hombre le preguntó si podía ayudarla y ella medio le gritó que estaba bien.

Llegó al coche hecha un manojo de nervios. Todo era culpa de su madre. Iría a verla y a decírselo ahora mismo.

Condujo hasta casa de su madre y salió del coche dando con satisfacción un sonoro portazo. Luego se dirigió a la puerta de entrada y la abrió con su llave.

Llena de furia, se detuvo en la entrada para escuchar. Se oía un sonido sordo de agua corriendo. Su madre estaba en la ducha. Tendría que esperar a que terminara. Sus duchas se alargaban como si el tiempo no existiera. Tardaría siglos.

A Robin se le ocurrió que podía tumbarse en la cama de su madre. Tal vez podría echar una cabezadita. Dios sabía que necesitaba dormir. Además, una vocecita sensata dentro de su cerebro le susurró que discutir con su madre en ese momento, cuando estaba agotada, no era la mejor idea del mundo.

Caminó a trompicones hasta el dormitorio. Estaba a punto de dejarse caer sobre la cama, pero la casa de muñecas llamó su atención.

Unos minutos más tarde, salió por la puerta principal con la enorme casa de muñecas en brazos, experimentando un sentimiento que era una mezcla de reivindicación y espanto en el estómago.

Capítulo 19

Cuando era niña, Robin se pasaba horas contemplando la preciosa casa de muñecas de su madre. Sus ojos acariciaban aquellos muebles tan elaborados y la cuidada colocación de cada pieza en cada pequeña habitación. A veces, su madre se pasaba días enteros buscando una alfombra tejida a mano para la casa de muñecas que combinara con unas cortinas nuevas que tenían el tamaño de un sello, o un nuevo escritorio tallado a mano para el estudio.

A Robin se le permitía mirar, pero nunca tocar. Era una forma especial de tortura: podía contemplar los detalles de aquella cosa hermosa, pero no podía jugar con ella.

Ahora, Kathy contemplaba la casa de muñecas de una forma muy similar. Como si no llegara a creerse que podía tocarla. Sujetaba con las manos una caja de zapatos cerrada que había traído a la sesión. Al parecer, la caja contenía artículos para la casa de muñecas, tal como Robin le había sugerido. Claire le había dicho a Robin que Kathy se había pasado los últimos días haciendo manualidades para las muñecas de la sala de juegos. Cuando Claire se dio cuenta de lo que Kathy intentaba hacer, la llevó a una tienda de manualidades y compraron material para su nuevo proyecto.

–Si quieres, puedes jugar con la casa de muñecas –dijo Robin con dulzura.

Había colocado la casa de muñecas sobre una mesa, al lado de la otra, por si Kathy prefería jugar con la que había usado anteriormente. Las dos casas lucían muy extrañas una al lado de la otra. Casi parecía un barrio pobre que había sufrido la gentrificación. La casa de muñecas de Robin era como una pocilga al lado de aquella mansión victoriana de madera tallada que le había robado a su madre.

Durante un rato, no estuvo segura de que Kathy le estuviera

prestando atención. La niña seguía mirando, absorbiendo cada pequeño detalle. No había figuritas en la casa de muñecas de su madre. Jamás había comprado muñecas para que vivieran en ella. De niña, a Robin esto la volvía loca. ¿Por qué se esforzaba tanto en crear una mansión perfecta para muñecas para luego tenerla deshabitada?

–¿Quieres elegir algunos muñecos para que vivan en la casa? –preguntó Robin.

Kathy la miró y luego bajó la vista hacia la caja de zapatos que tenía en las manos. La dejó encima de la mesa, entre las dos casas, y, después, para sorpresa de Robin, se dio la vuelta y se dirigió a la pequeña mesa de dibujo. Puso una hoja en blanco sobre la mesa y vertió sobre ella una gran cantidad de pintura roja. Repitiendo el ritual de las sesiones anteriores, untó toda la hoja con pintura roja con ambas manos y luego se las lavó en el lavabo del cuarto de baño. Era un ritual de limpieza.

Una vez hecho esto, Kathy se secó las manos minuciosamente y regresó a la casa de muñecas. Sacó con cuidado un reloj de pie en miniatura del salón y lo inspeccionó, pasando un dedo por los bordes tallados. Contuvo el aliento al darse cuenta de que podía abrir la puerta del péndulo. La abrió y la cerró varias veces, y volvió a colocarlo en el salón. Luego, posó suavemente los dedos sobre la cama de matrimonio en miniatura del dormitorio de los padres.

Robin había hecho cosas muy parecidas la noche anterior. Por fin, décadas después, podía jugar con la casa de muñecas sin el terror de pensar que su madre la podía pillar con las manos en la masa. Inspeccionó cada mueble, maravillada por la maestría en su elaboración y su belleza. Tardó un rato en ser consciente de que estaba llorando. Lloraba en parte por la niña que había deseado con desesperación hacer esto durante toda su infancia. Y, por otra, por la mujer adulta que se daba cuenta de que ya era demasiado tarde, que simplemente no era lo mismo. Podía apreciar aquellos juguetes maravillosos, pero lo cierto es que ya no podía jugar con ellos.

Para Kathy no era demasiado tarde.

Tras inspeccionar con cuidado la casa, la niña se dirigió decidida hacia los estantes y eligió los muñecos. La niña, la madre pastelera, la bailarina… Todas las figuras de antes. Excepto el granjero, que se quedó en el estante. Kathy se llevó las cinco figuras a la casa de muñecas y durante un rato pareció contentarse tan solo con jugar con ellas.

—La madre ha hecho una tarta para el policía y la niña pequeña —dedujo Robin—. Tiene una pinta deliciosa. Deben de estar muy contentos de poder probar una tarta tan sabrosa. La bailarina está durmiendo en la habitación. Vaya, ahora la niña se ha ido a dormir a la habitación de los niños. Quizá sea de noche. Parecen muy cansadas.

Una pequeña sonrisa se dibujó en los labios de la niña. Su rostro se suavizó y la tensión de su cuerpo se disipó. En un momento dado, quitó la tapa de la caja de zapatos, rebuscó en su interior y extrajo una pequeña manta cuadrada con la que cubrió a la niña que estaba tumbada en la cama.

—La niña tiene una manta nueva de flores —dijo Robin—. Debe de estar muy contenta.

Echó un vistazo a la caja de zapatos, preguntándose qué más había fabricado Kathy para los muñecos. Una pequeña almohada. Una caja de cerillas que parecía decorada para que fuera una cama. Algo de ropa: Robin pudo vislumbrar un vestido, una camisa, una corbata larga y unos pantalones. La atención y el cuidado que Kathy debía de haber puesto en estos pequeños objetos era impresionante.

También había traído unos cuantos objetos que no había hecho ella misma: unas canicas, un dedal que podía servir de taza grande, plastilina, una pulsera que quizá iba a ser un collar grande, un árbol de plástico y varias pegatinas. Kathy había llenado la caja de cosas que podría utilizar para la casa.

La niña se apartó de la casa de muñecas y echó un vistazo a la de Robin, más pequeña y rudimentaria. Rebuscó en ella y sacó el pequeño televisor de plástico. Lo colocó en el salón de la casa de muñecas grande. Aquel juguete de plástico tan feo y basto parecía fuera de lugar entre los muebles hechos a mano. A su madre le habría dado un vahído.

–Ahora tienen un televisor. Pueden verlo juntos.

Kathy miró a Robin. Su expresión de frustración y enfado cogió a Robin por sorpresa. ¿Estaba irritada por la discordancia entre el tosco televisor de plástico y el delicado mobiliario? Aunque así fuera, parecía que el televisor era importante para Kathy. En ese momento, Kathy se volvió hacia los estantes y cogió la figura del payaso malvado. Lo llevó a la casa de muñecas y lo ubicó dentro del salón. Era demasiado grande para aquellos muebles diminutos, pero Kathy se las arregló para recostarlo en el sofá.

–El payaso malvado está viendo la tele en el salón –dijo Robin.

Kathy sacó al hombre del Monopoly y a la Mujer Maravilla del salón y los puso en la cocina.

–Todo el mundo sale de la habitación donde está el payaso –dijo Robin–. Saben que deben tener cuidado con él.

Kathy rebuscó en la caja de zapatos y sacó la pequeña pulsera. Daba la sensación de que la tenía desde antes del secuestro. Era un delicado adorno de plata con un pequeño relicario en forma de delfín. Robin observó cómo Kathy cogía a la niña. La pulsera era demasiado grande para ser un collar para una figura tan pequeña.

Pero entonces enrolló un extremo de la pulsera en la pierna de la niña pequeña. El otro extremo lo enrolló en una pata de la mesita de café del salón. La pulsera no pretendía ser un collar. Era una cadena.

–El payaso malvado ha atado a la niña pequeña a la mesa –dijo Robin, controlando el temblor que amenazaba con apoderarse de su voz–. La niña debe de estar muy asustada.

Kathy cogió el payaso y lo hizo subir al segundo piso, donde dormía la bailarina. Como ya había hecho antes, inclinó al payaso. Puso la mano del muñeco sobre la pierna de la bailarina y luego hizo que el payaso se alejara de la cama, arrastrando a la bailarina detrás de él.

–El payaso malvado está arrastrando a la bailarina para sacarla de la cama –dijo Robin–. Le está haciendo daño.

Kathy acompañó al payaso y a la bailarina fuera de la casa. Luego se detuvo. Dejó las figuras y se asomó a la pequeña cocina. Con cuidado, cogió con dos dedos algo que había en la mesa y lo sacó. Robin tuvo que mirar más de cerca para ver qué sostenía Kathy.

La noche anterior, Robin había descubierto que uno de los cajones del armario de juguete de la cocina albergaba unos cubiertos minúsculos. Cada pieza era más pequeña que una uña suya. Había dispuesto algunos cubiertos sobre la mesa de la cocina. Le pareció una buena idea preparar una mesa para dos.

Ahora Kathy sostenía uno de aquellos cuchillos finos como palillos. Lo colocó en la mano del payaso, y empezó a subir y bajarle el brazo de forma despiadada, clavando repetidamente el cuchillo en la bailarina de ballet de plástico.

–¡Oh, no! –dijo Robin–. El payaso malvado está haciendo daño a la bailarina con el cuchillo. Eso es terrible.

Pensó en intervenir para intentar que Kathy representara una mejor versión de la historia. Pero no. La primera fase tenía que ser demostrarle a Kathy que Robin podía soportar lo que la niña le estaba enseñando. Esto era, en parte, lo que Robin tenía que ser para Kathy: un contenedor para las horribles imágenes que Kathy tenía grabadas en su cabeza.

Tras replicar el apuñalamiento media docena de veces, Kathy tiró el cuchillo diminuto sobre de la mesa.

–El payaso ha soltado el cuchillo –dijo Robin–. Muy bien. ¿Quieres…?

Pero Kathy ya estaba rebuscando en su caja de zapatos. Sacó la diminuta corbata que había hecho. No, ahora que Robin podía verla con claridad, no era una corbata, era…

No, no era posible. Se quedó helada.

Kathy siguió rebuscando en la caja y sacó el árbol de plástico. Se había enredado con unos pantalones en miniatura y Kathy tiró de él con impaciencia, por lo que cayó al suelo. Luego, anudó lo que inicialmente Robin había supuesto que era una corbata a una de las ramas verdes de plástico.

Era una soga.

Kathy colocó el árbol con la soga junto a la bailarina y acto seguido intentó reproducir cómo el payaso le ataba la soga en la cabeza a la bailarina. Era demasiado complicado. La soga se desataba todo el tiempo del árbol y la bailarina se le escurrió de las manos un par de veces. Finalmente, apartó al payaso y ató la soga alrededor de la cabeza de la bailarina.

Entonces la soltó.

La bailarina se balanceó de un lado a otro de la rama del árbol.

Apuñalada y luego ahorcada.

Exactamente igual que la *influencer* Haley Parks, cuyo cuerpo había sido encontrado en el bosque unas semanas antes.

Capítulo 20

Desde su coche, calle abajo, vio a la niña salir de casa de Robin Hart. Iba cogida de la mano de Claire Stone. Robin estaba en la puerta, despidiéndose de la niña con la mano. Le sonreía. Eso le gustó. Era una escena bonita. Se imaginó cómo sería aquella escena vista en la pantalla. La niña saliendo de la casa, mirando hacia atrás en dirección a la cámara. Un primer plano de sus dedos mientras agarraba con fuerza la mano de su madre. Y luego un plano de Robin de pie en la puerta, con aquella camisa fina con el botón de arriba desabrochado y el pelo ondeando al viento.

No hacía viento, pero a veces había que hacer concesiones al talento creativo del guionista.

Observó a Robin hasta que cerró la puerta. Claire y la niña se marcharon en coche. Anotó la hora en su cuaderno de espiral y lo dejó caer en el asiento del acompañante. Tenía pensado seguirlas con el coche, pero cambió de idea. Se quedó en su sitio, vigilando la casa de Robin.

Vio movimiento en una de las ventanas. Vio que estaba de pie en la cocina frente a la nevera. Sacó su teléfono, abrió el perfil de Robin en Facebook y se quedó mirando su foto de perfil. La cámara la adoraba, de eso no había duda. Se lamió los labios. Era perfecta para su próximo proyecto. Recostado en el asiento del coche, observó cómo Robin se movía por la casa, apagando las luces. ¿Iría a alguna parte?

La puerta se abrió de nuevo y Robin salió con el perro atado. Cerró la puerta y empezó a caminar calle abajo, hacia el parque.

El bolígrafo hizo un rasguño en la página de su cuaderno cuando añadía otra entrada, esta vez sobre Robin. Esta escena sería más tensa. La cámara seguiría a Robin mientras caminaba por la calle con su perro. La cámara la enfocaría desde atrás, con un ligero movimiento, dando al público la sensación de que eran ellos quienes seguían a Robin.

Ahora respiraba con dificultad y su letra se volvió descuidada. Se quedó mirando cómo entraba en el parque.

Capítulo 21

Robin paseaba a Menny entre los árboles del parque bajo un cielo despejado de color índigo. Si tuviera que ser honesta consigo misma, en realidad era más bien Menny quien la paseaba a ella. O, mejor dicho, la arrastraba. Menny tenía cosas que hacer. Árboles en los que mear. Ardillas que perseguir. Rocas sospechosas para olfatear. Era un perro ocupado. Y su dueña tendría que seguirle el ritmo. Tiró de ella con firme determinación y Robin casi tuvo que correr para no dislocarse la muñeca.

Apenas era consciente de hacia dónde iban. Tenía la mente perdida, concentrada en su sesión con Kathy.

Estaba bastante segura de que Kathy había representado el muy mediático asesinato de Haley Parks. Y el hecho de que hubiera llevado el árbol y la soga en la caja de zapatos dejaba claro que no había sido casualidad. Kathy no había estado simplemente jugando con los juguetes del cuarto de Robin. Tenía una clara intención en mente.

Después de representar el asesinato, Robin sugirió que pensaran en una forma de mejorar el final de la historia que Kathy le había contado. Y Kathy estuvo encantada de hacerlo. Esta vez encontró un pequeño cohete y lo hizo volar con el payaso hasta los estantes. La bailarina de ballet estaba a salvo del payaso asesino. Sin embargo, una vez hecho esto, Kathy cogió la pequeña figura de la bailarina y la enterró en el arenero, como había hecho anteriormente con el granjero.

Kathy había elegido una familia de muñecos en su primera sesión. Al parecer, el payaso asesino los estaba matando uno a uno. Al principio había seis; ahora cuatro. ¿Tenía Kathy la intención de que murieran todos? ¿Los enterraría a todos en el arenero, uno detrás de otro, hasta que solo quedara la niña pequeña? Quizá no se detendría ahí. Quizá el único superviviente sería el payaso malvado.

Menny llevó a Robin al camino que había en el parque. El sendero arbolado se estaba quedando oscuro y la luz anaranjada del sol parpadeaba entre las ramas a medida que Robin se adentraba en el bosque. Menny aminoró la marcha, parándose a marcar un árbol y a olisquear el siguiente.

Ahora que sabía lo del árbol y la soga en la caja de zapatos, los demás objetos que Kathy había traído adquirían un significado perverso. ¿Utilizaría las canicas de la caja para aplastar la cabeza de algún juguete? ¿El dedal sería una taza que contuviera un potente veneno? Kathy se había llevado la caja al marcharse. ¿Pensaba llevarla a la próxima sesión? ¿Querría seguir trabajando en el atrezo de los juguetes?

La terapia a través del juego estaba pensada para ayudar a los niños a trabajar temas difíciles. Si Kathy quería representar estas cosas, esa era su forma de asimilar su propio trauma. Y el trabajo de Robin consistía en guiarla en el proceso, ayudándola a encontrar un sentido a sus escabrosos recuerdos. Pero cuando se imaginaba a Kathy fabricando armas asesinas para un payaso violento en su casa, Robin tenía dudas. ¿Cómo debía enfocarlo?

El camino llevaba al río Tippecanoe. Robin se detuvo unos segundos para contemplar las vistas. El reflejo del sol poniente ondulaba en la superficie del río como una bola de oro fundido. Un trío de pájaros salió disparado de uno de los árboles de la orilla opuesta para surcar el cielo. A lo lejos, unos niños gritaban y reían.

Robin bajó por el sendero hasta la orilla del río, donde había una glorieta. Entró y se sentó en el banco de madera. Alguien había grabado los nombres de Jayden y Mia en la madera, con un corazón en medio. El corazón estaba mal hecho, parecía más bien la cabeza de un zorro sin ojos. Robin no recordaba haberlo visto el día anterior. ¿Había hecho Jayden hoy su mediocre declaración de amor? Le deseó lo mejor a la feliz pareja mientras buscaba los cigarrillos en el bolso. Se puso el cigarrillo entre los labios, lo encendió, le dio una larga calada y exhaló una columna de humo.

Menny se dio la vuelta para mirarla, fijando la vista en el cigarrillo que tenía en la mano.

–¿Qué? No me juzgues.

Dio otra calada al cigarrillo.

–Solo me fumo dos al día.

Menny dejó escapar un largo y trágico suspiro, y se acomodó a sus pies. Su rostro era una máscara de decepción.

–Dios, qué dramático eres –dijo Robin.

¿Qué relación había entre el asesinato de Haley Parks y lo que había vivido Kathy? Había encadenado la figurita de la niña en el salón, donde Kathy se había empeñado en colocar el televisor. ¿Habían obligado a Kathy a ver los reportajes del asesinato de Parks en las noticias? Era una forma retorcida pero concebible de abuso. Alguien obligando a una niña a mirar mientras se hablaba de un asesinato, tal vez insinuando que, si Kathy no se portaba bien, le ocurriría lo mismo. Si ese era el caso, ¿fue la sesión anterior, en la que el payaso había asesinado al granjero, también algo que le habían obligado a ver?

Robin podía imaginarse al hombre que secuestró a Kathy cambiando de canal hasta encontrar una noticia sobre alguien a quien le hubieran disparado. Entonces, tal vez le susurrara al oído a la niña que, si alguna vez intentaba escapar, le haría lo mismo.

Sacó su teléfono y buscó «asesinatos recientes» en las noticias.

Salieron resultados por todas partes, literalmente. Había noticias nacionales de todo Estados Unidos, algo en Gran Bretaña y un incidente en Francia. Decidió buscar en Google «asesinatos en Indiana» y limitó los resultados a los dos últimos años.

No tardó en descubrir una estadística incómoda. Solo el año pasado, había habido más de quinientos asesinatos en Indiana. Algunos, obviamente, tuvieron mucha más prensa que otros. El asesinato de Haley Parks, uno de los más destacados de 2022 hasta el momento, dominaba la primera página de los resultados de búsqueda. Muchos de los otros asesinatos habían sido por arma de fuego. Robin leyó por encima algunos titulares, cada vez más alterada. Si el secuestrador de Kathy la había obligado a ver noticias sobre asesinatos, tenía dónde elegir. Y nada le garantizaba siquiera que se centrara solo en noticias locales.

Algo llamó su atención mientras repasaba los resultados. ¿Había visto la palabra «taladro»?

Volvió atrás, pero no lo encontró. Un escalofrío desagradable le recorrió la nuca. Había dado por hecho que Kathy había utilizado el taladro que había encontrado en la sala de juegos porque era lo más parecido a un arma que había encontrado. Pero Robin tenía unos cuantos soldados de juguete con armas en la sala de juegos. Seguro que Kathy los había visto, y aun así eligió el taladro de gran tamaño. ¿Es posible que fuera intencionado?

Robin apagó el cigarrillo en el suelo. Menny irguió las orejas, suponiendo que estaban a punto de reanudar el camino.

–Un minuto, fiera –dijo Robin.

Buscó en Google «asesinato en Indiana con taladro».

Ahí estaba.

Era bastante reciente. El cuerpo de Gloria Basset, de veinticinco años, había sido encontrado flotando en el río Wabash. Al principio, la policía dio por hecho que la habían matado de un disparo, pero la autopsia reveló algunos hallazgos inusuales. Estos hallazgos no se detallaban en el artículo de prensa, pero se citaba a una fuente policial que afirmaba que «el orificio en el cráneo de la víctima era demasiado simétrico para ser el resultado de una herida de bala. Además, no se han recuperado fragmentos de bala». A la pregunta de qué pudo causarlo, la fuente sugirió un picahielos o un taladro.

¿Y si habían obligado a Kathy a ver también esta noticia? Robin sentía náuseas. No podía dejar de imaginar lo aterrorizada que habría estado la pequeña Kathy al ver la noticia mientras se describían los detalles. Y posiblemente su secuestrador lo adornara…

No, un momento, era imposible.

Según el artículo, habían recuperado el cuerpo de Gloria Basset el 11 de mayo. Ya había pasado una semana entera desde que Kathy había vuelto a casa. No podía estar relacionado. Robin sacudió la cabeza y volvió a mirar los resultados de la búsqueda. Pero todos los resultados relevantes estaban relacionados con la muerte de Gloria Basset. Robin emprendió una nueva búsqueda de Google, esta vez omitiendo la palabra «Indiana», y descubrió que había algo llamado «música *drill*», que aprovechaba sonidos similares a un taladro, y que un rapero de *drill* era el sospechoso de un asesinato en Londres. Pero aquello no podía tener ninguna relación con la escena del taladro de Kathy.

No, la suposición más lógica debía ser la primera: a Kathy le habían enseñado la noticia de una víctima de asesinato por disparo y había usado el taladro de plástico para emular una pistola.

Robin guardó el teléfono. Se encontraba mal. En los últimos veinte minutos, había estado expuesta a más asesinatos que en el último mes. Los numerosos retratos de víctimas que aparecían en los artículos que había leído se agolpaban en su cabeza. Deseaba no haberse metido en esa madriguera. Desde luego, a Robin le gustaba ver algún que otro programa policial en la televisión. Y, cuando empezó la pandemia, había hecho varias maratones de documentales de crímenes reales. Pero leer artículos recientes sobre noticias violentas no era lo mismo. Había sido caótico, inútil y doloroso, y no había sacado nada en claro. Todo lo contrario: sentía que su fe en la humanidad flaqueaba.

No obstante, tendría que seguir indagando en su teoría. Si a Kathy le habían hecho ver noticias, tendría que abordarlo en futuras sesiones.

Menny se levantó de un salto cuando Robin se puso en pie. Caminaron de regreso a casa. El parque estaba aún más oscuro que antes y Robin volvió a arrepentirse de su búsqueda. Caminar por aquel bosque sombrío resultaba muy perturbador después de haber leído sobre todas aquellas víctimas de asesinato, muchas de las cuales simplemente habían estado en el sitio equivocado en el momento equivocado. Como un parque apartado de noche.

No podía quitarse de la cabeza a Gloria Basset. Era una extraña coincidencia que Kathy hubiera representado un asesinato con un taladro después de que hubiera salido lo mismo en las noticias. Pero si la línea temporal no coincidía...

Había otra explicación sencilla.

Tenía previsto comentarlo con Claire y Pete durante la sesión de orientación, pero Claire le mandó un mensaje anulándola por alguna urgencia en el trabajo de Pete. Robin entonces cogió el teléfono y llamó a Claire.

–¿Sí? –contestó Claire, casi de inmediato.

–Hola, Claire, soy Robin.

–Sí, hola, Robin.

De fondo, Robin podía oír lo que parecía ruido de platos. Probablemente, Claire estaba poniendo la mesa para la cena.

–Siento no haber podido ir a la sesión.

–No pasa nada, la haremos la semana que viene. Quería preguntarte… ¿Hay alguna posibilidad de que Kathy haya visto las noticias en los últimos tiempos?

–¿Las noticias? No, imposible.

–Es que su forma de jugar hoy y la sesión anterior parecía estar relacionada con…

–Kathy no ve nunca la televisión –dijo Claire, bajando la voz–. Las pocas veces que se lo he sugerido, se ha puesto muy ansiosa, así que no he insistido. Y la semana pasada, una vez que Pete encendió la tele para verla, se puso como loca y la apagamos.

–De acuerdo –dijo Robin sorprendida–. No me lo habías dicho.

–No… No lo mencioné específicamente. Ya te he dicho que tiene miedo de muchas cosas. Se pone tensa cada vez que salimos de casa. O cuando hay un ruido fuerte. O cuando pongo en marcha la aspiradora…

–Entiendo –dijo Robin–. Entonces, no es posible que haya visto las noticias en televisión. ¿Tal vez haya visto algo en internet? ¿O el titular de algún periódico?

–¿Por qué lo dices? ¿Ha hecho algo que te haga pensar que ha visto las noticias?

Robin dudó. No quería asustar a Claire con sus sospechas. Hasta ese momento, había evitado hablar con Claire y Pete sobre los juegos imaginarios de Kathy con la casa de muñecas.

–Algunos de sus juegos imaginarios eran violentos… Parecidos al dibujo que hizo en nuestra primera sesión.

–Oh, Dios mío.

–No pasa nada. Como os expliqué, es su forma de procesar el trauma. Es un mecanismo de afrontamiento saludable. Pero algunas de las cosas que ha hecho parecían estar relacionadas con una historia que ha salido mucho en las noticias últimamente. La historia de Haley Parks.

—¿Haley Parks? —preguntó Claire, confundida—. ¿Quién es?

Aquello cogió a Robin por sorpresa. En Indiana, casi todo el mundo sabía lo de Haley Parks. Pero claro, antes de que Kathy volviera, sin duda Claire no había estado muy interesada en las noticias. Y, después de que Kathy volviera, había estado muy ocupada.

—Haley Parks era una joven que fue asesinada hace un tiempo. Toda la prensa habla de ello. Por eso pensé que lo habría visto en las noticias.

—Es posible que ojeara la portada de algún periódico cuando estábamos en el supermercado —dijo Claire—. Pero, aparte de eso, no lo creo. Está conmigo todo el tiempo. Y no quiero que vea nada en absoluto en internet, por si encuentra algo sobre ella.

—Bien hecho —coincidió Robin—. Vale, entonces probablemente no sea nada. Gracias, Claire.

—¿Ha ido todo bien en la sesión de hoy? La he visto bien cuando hemos llegado a casa. Más relajada de lo habitual.

—Sí, creo que estamos progresando. Si notas algo fuera de lo normal, no dudes en comentármelo.

Claire resopló.

—¿Hay algo que no esté fuera de lo normal últimamente?

—Tienes razón —dijo Robin sonriendo—. Algo fuera de lo normal en esta nueva normalidad.

—Lo haré. Gracias, Robin.

—Adiós.

Robin colgó.

Para su alivio, ella y Menny habían dejado atrás el bosque y ahora paseaban por su calle, que estaba mejor iluminada. Se guardó el teléfono en el bolsillo. Hasta aquí su teoría. De todos modos, tenía que habérselo imaginado. Los juegos de los niños solían ser una mezcla de imaginación y realidad. Después de todo, a Kathy tampoco la había secuestrado el Joker. La figura del payaso simplemente representaba a alguien de quien Kathy tenía miedo.

Posiblemente la persona que la había secuestrado. Y el taladro de plástico era una forma de representar la violencia de esa persona.

Pero, al llegar a casa, a Robin se le ocurrió otra explicación. Una explicación que la dejó helada hasta la médula.

Capítulo 22

El detective Nathaniel King no tenía un buen día.

Recordaba haber llegado al trabajo aquella mañana con cierto optimismo. El médico forense lo llamó para comentarle que el informe de la autopsia del asesinato de Basset estaba finalmente listo. En su cabeza, Nathaniel pensaba que ese sería el punto de inflexión en el caso Basset. Sabrían cuál había sido el arma homicida y eso les permitiría acotar la lista de sospechosos. Por fin, Nathaniel podría llevar a cabo alguna detención. A continuación, realizaría un intenso interrogatorio, luego obtendría una confesión y, por fin, podría pasar página. Puestos a soñar, el subcomisario tal vez le daría la mano personalmente, le diría que había hecho un gran trabajo y que, como recompensa, se tomara unas vacaciones en algún paraíso caribeño. Por supuesto, después del desfile que harían en su honor.

Sin embargo, los sueños raras veces se cumplen.

De hecho, el informe final de la autopsia no especificaba un arma homicida. Aunque el forense dejaba claro que el agujero en el cráneo de Gloria Basset no era fruto de una bala, no podía estar seguro de qué se había utilizado. Postuló que había sido un objeto afilado, cilíndrico y largo. «No me digas, doctor. ¿Por eso has tardado cuatro semanas en escribir el informe?».

Aquella descripción era demasiado ambigua para tomar ninguna decisión. Nathaniel suspiró y retomó lo que había estado haciendo los dos últimos días: revisar las grabaciones de las cámaras de tráfico.

Gloria Basset había sido vista por última vez en la calle Décima, prostituyéndose. La habían visto dos de sus amigas y socias que respondían a los nombres de Ginger y Brandy, pero cuyos nombres reales eran Adrienne y Betsy. No estaban seguras de la hora, pero ambas afirmaron que estaba ansiosa y desesperada por encontrar un cliente.

Por desgracia, no había cámaras de tráfico ni de seguridad en las inmediaciones, así que Nathaniel tuvo que buscar en las grabaciones de las calles aledañas, con la esperanza de observar algo fuera de lo normal.

Tenía, en total, ciento cuarenta y cuatro horas de grabaciones. Incluso a doble velocidad, eran setenta y cuatro horas… No, un momento. Setenta y dos horas. Dios mío, su cerebro se estaba disolviendo. Tenía los ojos secos e irritados, todo el cuerpo atrofiado y la espalda dolorida por la mala postura. Sí, debería haberse sentado más derecho. Pero nadie puede mirar imágenes de una cámara de tráfico durante un día entero sin encorvar un poco la espalda.

Investigar el asesinato de alguien como Gloria Basset conllevaba algunos problemas. En primer lugar, la lista de sospechosos. Era inabarcable. Otras víctimas de asesinato tenían una lista de sospechosos limitada. El cónyuge, por supuesto. Una expareja celosa. Un familiar. Con las prostitutas uno podía sospechar de los proxenetas, claro, y tal vez una expareja. Pero también estaba toda su clientela reciente y toda su clientela potencial. Y eso quería decir un sinfín de hombres.

El segundo problema con el asesinato de Basset era que a nadie le importaba de verdad.

Bueno, a sus padres sí les importaba. Y a sus amigas. Y a Nathaniel, que tuvo que darle la mala noticia a su madre y vio cómo se desplomaba en una silla, sollozando. Pero en cuanto al comisario jefe, al subcomisario, a su teniente, al alcalde o a la prensa… no, no les importaba en absoluto. Era prostituta, heroinómana, y murió. Fin de la historia.

El teniente ya se estaba quejando de la cantidad de tiempo que Nathaniel dedicaba al asesinato de Basset. Quería que trabajara en otros casos. Casi todos los días moría gente en Indianápolis. Si Nathaniel quería pasarse horas y horas investigando a una mujer que se había buscado su propia ruina, podía hacerlo en su condenado tiempo libre.

Ah, y si Nathaniel creía que este asesinato necesitaba dos detectives es que se había vuelto loco. Claro que los detectives de homicidios trabajaban en parejas, pero ¿para un caso como este? A Burke, el compañero de Nathaniel, lo habían apartado del caso al cabo de tres días y se le había pedido que ayudara en un caso de agresión con agravantes. Sí, no correspondía a homicidios, pero… ¡qué cosas!, agresión con agravantes y homicidios eran responsabilidad del mismo teniente, y el tipo agredido era el sobrino del teniente de alcalde, así que… blanco y en botella.

Observó cómo uno de los vehículos de las imágenes reducía la marcha. ¿Podía ser que el conductor quisiera pasar un buen rato? Sí, podía ser. Nathaniel rebobinó para asegurarse de que el conductor estaba solo en el coche y congeló la imagen en el momento en que se veía la matrícula. La comprobó, no encontró absolutamente nada y añadió el número de matrícula y la marca del coche a su creciente lista de posibles sospechosos. Esta lista no era una pista, pero si alguna vez tenía un sospechoso podía comprobarla y ver si el coche del sospechoso había estado allí esa noche.

Se recostó y se frotó los ojos. Necesitaba un descanso. Cogió el informe de la autopsia y volvió a leerlo. Habían encontrado el cuerpo flotando en el río y estaba en un avanzado estado de descomposición. Nathaniel tenía un vivo recuerdo del aspecto que tenía y del olor que desprendía cuando llegó a la escena del crimen. Así que, cuando el forense decía que el cuerpo estaba en un «avanzado estado de descomposición», Nathaniel sabía muy bien a qué se refería. En la escena del crimen, vio el agujero en la cabeza de la mujer. Por experiencia, aquello significaba que tendría un informe de balística con el que trabajar. Pero cuando el forense le dijo que no había ningún agujero de salida y ninguna bala se dio cuenta de que aquello era otro tipo de proyectil.

Y había otra cosa: el pelo que faltaba.

El informe de la autopsia lo mencionaba. Faltaba un mechón de pelo en el lado derecho del cráneo, en la parte opuesta al lugar del agujero. Esto no tenía por qué estar necesariamente relacionado con el asesinato. El mechón de pelo podría haberse enredado en una rama bajo el agua y esto lo habría arrancado. Además, Basset era adicta a la heroína, cosa que contribuía a la pérdida de cabello. Pero el pelo de Basset parecía bastante grueso, y el que faltaba parecía más bien que había sido cortado, no arrancado.

Seguía habiendo una infinidad de explicaciones posibles...

Sonó el teléfono, interrumpiendo sus pensamientos. Lo cogió.

—Detective King al habla.

—Hola —dijo una voz vacilante y femenina al otro lado de la línea—. El hombre con el que he hablado antes me ha dicho que usted es el detective que investiga el asesinato de Gloria Basset.

—Así es. ¿Con quién hablo?

—Me llamo Robin. Creo que... Es decir, es posible que haya oído algo que podría estar relacionado con el... asesinato.

Su instinto le dijo que no le preguntara el apellido. Esta tal Robin sonaba insegura y asustada. Si la presionaba, tal vez colgara de inmediato.

—De acuerdo, Robin. Te agradezco la llamada. ¿Qué has oído exactamente?

—Yo... ¿Es posible que el asesinato de Basset esté relacionado con la... la muerte de Haley Parks?

Eso sí que no se lo esperaba. Había oído hablar del asesinato de Haley Parks, por supuesto. ¿Quién no? No era el caso de su departamento, puesto que habían encontrado a Parks en un bosque, no en Indianápolis, y ni siquiera residía en la ciudad. Aun así, todos los policías de Indiana hablaban del asesinato de Haley Parks.

Y, desde luego, era casi imposible que estuviera relacionado con Basset. El *modus operandi* era claramente distinto: a una la habían apuñalado y colgado, mientras que a la otra le habían perforado la cabeza y, luego, arrojado al río. Los asesinatos habían tenido lugar en extremos opuestos del estado. Y las víctimas eran muy distintas: una era una *influencer* y modelo de éxito, mientras que la otra era prostituta.

—¿Qué te hace pensar que estos casos están relacionados? —preguntó.

—Es posible... que conozca a alguien que haya sido testigo..., es decir, alguien que conozco insinuó que había una conexión.

Ella…, esta persona podría haber visto algo relacionado con ambos asesinatos. Pero no es probable, ¿verdad?

–Todo es posible. ¿Qué te dijo esta persona?

–Ella no… En realidad, no puedo hablar de ello. No sin su permiso… ¿Sabe qué? Lo siento, debería haberlo consultado con… Necesito que me autoricen a hablar con usted. Haré la consulta y le volveré a llamar.

–Espere…

Demasiado tarde. Había colgado.

Nathaniel volvió a dejar el teléfono en el soporte y frunció el ceño. Cogió el bolígrafo y escribió «Robin», luego copió el número desde el que había llamado. ¿Podía existir una conexión entre Basset y Parks?

Era muy poco probable. Pero se le ocurrían algunas similitudes. La última localización conocida de ambas víctimas estaba extrañamente alejada del lugar donde se habían encontrado sus cuerpos. Era algo inusual.

Además (y no se trataba tanto de una evidencia como de una corazonada), ambos casos eran extraños. Por lo general, el arma homicida era obvia y común. Un cuchillo, una pistola o una pesada tubería de plomo. A veces la gente quitaba una vida con sus propias manos. En todos sus años como detective de homicidios, Nathaniel había visto dos casos que implicaban algo más complejo. Uno había sido un envenenamiento y el otro una sobredosis de heroína.

Y aquí tenía estos dos casos inusuales. En uno de ellos, el arma homicida era un picahielos o un taladro. Y en el otro, la víctima había sido ahorcada. Es cierto que también había sido apuñalada, pero la autopsia reveló que Haley Parks seguía viva cuando la ahorcaron. Su muerte fue por estrangulamiento.

Deseaba que ambos casos estuvieran relacionados. Esto significaría que Basset recibiría la misma atención y recursos que Haley Parks. Además, también tenía cierto anhelo de investigar el caso de Haley Parks.

Tuvo que hacer tres llamadas para conseguir una copia del informe de la autopsia de Haley Parks. Era cuatro veces más largo que el de Basset. El forense que había trabajado en el caso Parks había hecho su trabajo minuciosamente. Nathaniel lo leyó y encontró lo que buscaba en la tercera página.

Le faltaba un mechón de pelo.

Con el corazón palpitándole con fuerza en el pecho, marcó el número de Robin. No contestó. Lo intentó tres veces. Nada.

Su número estaba en el listín y ahora tenía su nombre completo: Robin Hart. Tras una rápida búsqueda en internet, descubrió que era terapeuta infantil. En su foto de perfil de Facebook salía muy guapa: una pelirroja sonriendo a cámara, con árboles al fondo. Vivía en Bethelville.

Nathaniel no tenía muy buena opinión de los terapeutas. Hacía tres años había ido a terapia con Imani, su novia de entonces. A lo largo de todas las sesiones, tuvo la sensación de que el terapeuta se ponía siempre de parte de ella. Imani decía que a él muchas veces le consumía su trabajo. Podía ausentarse durante días y estar distante cuando volvía a casa. Nathaniel le explicó que eso formaba parte de su trabajo como detective de homicidios. El doctor Ellis, un hombre delgado con un bigote irritante, sugirió que Nathaniel tenía que establecer límites claros entre su trabajo y su vida personal. Estos límites fueron un tema recurrente durante las sesiones. La terapia terminó cuando Imani lo abandonó. Nathaniel atribuyó la culpa al doctor Ellis. El hombre le había costado el amor de su vida.

Nathaniel ojeó el perfil de Facebook de Robin Hart. ¿Quién le había dicho que el asesinato de Basset estaba relacionado con el de Parks?

Ella había dicho que quería pedir permiso a quienquiera que fuera antes de hablar con Nathaniel. No, un momento: había dicho que no podía hablar con él sin su permiso.

Un paciente. Tenía que ser un paciente. Un niño.

Golpeó el bolígrafo sobre el escritorio con impaciencia. El pelo que faltaba no era suficiente para conectar los dos casos. Si hablaba con cualquier persona del departamento, se partiría de la risa y le diría que lo único que quería era meterse de pleno en la acción. Necesitaba saber lo que sabía Robin Hart.

Intentó llamarla de nuevo. Nada.

Hizo una búsqueda con las palabras «Robin Hart Bethelville» y obtuvo dos resultados: uno era su página web y el otro un directorio de psicólogos. Aparecieron algunos resultados con el nombre de Robin tachado, coincidencias para Bethelville. Todo eran noticias recientes.

Noticias que hablaban del secuestro de Kathy Stone. La niña había vuelto recientemente con sus padres, que vivían en Bethelville. Nadie sabía dónde había estado durante más de un año.

Nathaniel necesitaba hablar con la doctora Hart.

Capítulo 23

El día de la desaparición

Frank Hart entró en casa de Melody.

–¿Hola? ¿Hay alguien en casa? –gritó.

No obtuvo ninguna respuesta, pero la verdad es que no le sorprendió. Melody y Fred habían salido, lo cual quería decir que los niños sabían que podían enchufarse a sus pantallas con total impunidad, no pasaría nada. No había ningún progenitor que llevara la cuenta del tiempo que estaban frente a una pantalla para luego echarles en cara que se habían pasado horas con el móvil, la consola o lo que fuera. Naturalmente, los niños aprovecharon aquella rara oportunidad.

Sus nietos estaban ahí. Solo que ahora eran zombis momentáneos. Se encontró a Amy repantingada frente al televisor. Liam y Noah estaban en su habitación, apenas pestañeaban, con los dedos agitando los mandos y mirando fijamente la pequeña pantalla de la Nintendo. Sheila estaba en su habitación hablando por teléfono. Todos farfullaron algo parecido a un «hola» después de que él los saludara.

Comprobó su teléfono. Tenía un mensaje de Melody, diciéndole que no sabía cuándo volverían. Todavía no habían encontrado a la pequeña Kathy.

Frank no estaba excesivamente preocupado. Tenía la absoluta certeza de que acabarían encontrando a la niña. Durante sus numerosos años como padre, había recibido cientos de llamadas histéricas de Diana diciéndole que las niñas habían desaparecido, que estaban muy enfermas o alguna que otra calamidad. Y las cosas siempre acababan bien.

El vínculo entre una madre y su hijo es la fuerza más poderosa

148

conocida por el hombre. A veces, incluso podía ser demasiado poderosa. Sobre todo, para alguien con un corazón tan grande como su esposa. Y la madre de Kathy sin duda era igual. Seguro que la niña había ido a visitar a una amiga y olvidó decírselo a alguien. O se fue a jugar al parque y no se dio cuenta de que se le había hecho demasiado tarde.

Sheila salió dando tumbos de su habitación.

–Tengo hambre –gimió.

–Hola, señorita, ha llegado el abuelo –dijo Frank con una sonrisa de oreja a oreja.

Sheila puso los ojos en blanco. Él ya conocía ese gesto. Era igual que Diana. Dios, la adoraba.

–Estoy a punto de hacer la cena –dijo–. Puede que tus padres lleguen tarde.

Amy se levantó del sofá.

–¿Por qué? ¿Dónde están?

–Tienen un asunto de trabajo –dijo él con naturalidad.

No tenía por qué preocupar a Amy con los acontecimientos de las últimas horas. Kathy era su mejor amiga.

–¿Qué asunto?

–¿Qué quieres para cenar? –dijo Frank para salir de aquel inesperado embrollo.

–¿Podemos hacer tortitas con jarabe de arce?

Frank sabía que una cena a base de tortitas con jarabe de arce estaba absolutamente prohibida en casa de Melody.

–Claro –dijo con despreocupación.

Eso era otra cosa que había aprendido durante sus años con Diana. Las reglas de las madres podían romperse cuando ellas no estaban.

–Papá no coge el teléfono –dijo Sheila–. Necesito preguntarle algo.

–Puedes preguntármelo a mí –sugirió Frank.

–El wifi no funciona bien. ¿Puedes arreglarlo? –dijo Sheila.

–Quizá es mejor que hables con tu padre –rectificó Frank.

–Seguro que se ha olvidado otra vez el teléfono en el coche. Me pone de los nervios –refunfuñó Sheila.

Frank se encogió de hombros. A él también le ponía de los nervios. De hecho, cuando el chico empezó a salir con Melody, Frank estaba convencido de que no era de fiar. Durante años, se había comportado con Fred como un auténtico suegro, haciendo bromas sobre su escopeta y su pala. Dejó de hacerlo después de que Melody se lo reprochara con los ojos encendidos. Tenía el temperamento de Diana. No como su dulce Robin. Así pues, le dio un respiro a Fred. Para ser honestos, el tipo era un padre decente y sin duda un buen marido. Frank prefería al marido de Robin, Evan, pero uno no podía elegir por sus hijas, ¿verdad? Bueno, al menos ya no. En ese sentido, los padres lo tenían mucho mejor hace unos cientos de años.

Su teléfono sonó. Miró la pantalla y sonrió. Era Diana.

Hacía algunos meses, Robin le había preguntado si su madre lo sacaba alguna vez de quicio. Él era consciente de que sus hijas tenían una relación tensa con su madre. Le dijo a Robin que cada vez que Diana lo llamaba, el corazón seguía dándole un pequeño vuelco. Porque esto es lo que pasa cuando quieres de verdad a alguien.

Robin rompió a llorar cuando su padre dijo eso. Su pequeña podía ser muy emocional. Igual que su madre.

—Hola, cariño —dijo al responder la llamada.

Diana estaba sin aliento y muy nerviosa.

—Todavía no han encontrado a la niña.

—La encontrarán enseguida, mi amor.

—¿Y si la han secuestrado? ¿Y si sigue por aquí? La casa de Claire Stone no está lejos de la nuestra.

—Nadie la ha secuestrado, mi amor —dijo, bajando la voz mientras miraba a Amy de soslayo—. Ya verás que aparecerá en cualquier momento.

—Necesito que vengas a casa, Frank. Te prometo que ahora mismo no puedo estar sola.

Frank suspiró. Diana era una persona demasiado frágil para este mundo. Y su trabajo era mantenerla a salvo.

—De acuerdo, mi amor. Después de preparar la cena a los niños iré para allí.

—Date prisa.

Diana colgó.

Frank se guardó el móvil en el bolsillo y abrió la nevera para coger huevos. Tenía que hacer tortitas. Robin y Evan no tardarían en tener un hijo. Entonces, tendría otro nieto y podría hacerles tortitas a todos. Y la pequeña Kathy aparecería. Todo iría bien.

Capítulo 24

Robin estaba sentada en la alfombra de su sala de juegos frente a Daniel, un niño de diez años a quien había estado tratando desde hacía varios meses. Ella lo escuchaba mientras él hablaba sobre el día anterior. Daniel hablaba deprisa y, como solía hacer cuando estaba ansioso, se mordía repetidamente el labio.

–… y entonces la señora Mermenstein me preguntó a mí qué pensaba sobre la historia que habíamos leído en clase, y yo le dije que era interesante y que me gustaba el saltamontes, pero, entonces, Randy, que estaba detrás de mí, se rio porque había dicho una tontería y me quedé en silencio y la señora Mermenstein me preguntó por qué me había callado, pero yo solo hice así con los hombros y ella me dijo que tenía que mirarla cuando me hablaba, pero yo no la miré y entonces ella dijo que tendría que llamar a mi mamá. Y después lloré, porque estaba preocupado por si mamá me castigaba, y algunas niñas que no conocía me miraron porque lloraba como un bebé, y cuando fui a casa estaba muy enfadado y me pasé todo el día en la cama y fue el peor día de mi vida.

–Parece que fue un día muy desagradable –dijo Robin, dándole la razón.

–Fue el peor día de toda mi vida.

–Has dicho que Randy se rio de ti. ¿Dijo explícitamente que estuviera riéndose de ti?

–No. Pero yo sabía que estaba burlándose de mí porque había dicho una estupidez.

–¿Él dijo que habías dicho una estupidez?

–No, solo se rio.

–¿Y la señora Mermenstein dijo que habías dicho una estupidez?

–No.

–Entonces, ¿quién dijo que era una estupidez?

–Lo era. Porque esa fue la razón por la que Randy se rio de mí.

Daniel se tiraba del labio con saña.

–Entonces, es algo que tú pensaste, pero nadie dijo.

Daniel dejó escapar un largo suspiro.

–Sí.

Robin hizo una pequeña pausa para dejar que Daniel lo asimilara. Luego, añadió:

–Más tarde, cuando te echaste a llorar, ¿alguna de las chicas que se fijaron en ti dijo que llorabas como un bebé?

–No, pero no dejaban de mirarme y cuchicheaban entre ellas.

–Entonces, ¿quién dijo que llorabas como un bebé?

–Estaba llorando como un bebé.

–Pero ¿alguien dijo que llorabas como un bebé?

–No. No hacía falta que lo dijeran.

–No hacía falta que lo dijeran –repitió Robin–. Porque era algo que pensabas tú.

Daniel se soltó el labio y dejó caer las manos sobre su regazo.

–Sí.

–Vamos a jugar a un juego –dijo Robin–. Imagina que tu día se desarrolló del mismo modo, pero que, en lugar de pensar lo peor, te lo tomaste todo de otro modo. Es decir, pensaste de forma positiva. Por ejemplo, cuando la señora Mermenstein te preguntó qué pensabas sobre la historia, ¿qué podrías haber pensado?

–Podría haber pensado que la historia me gustaba.

–Muy bien, la historia te gustaba. ¿Y qué más?

–Podría haber pensado que ella quería preguntarme qué pensaba porque le interesaba mi opinión.

–¿Y qué podrías haber pensado cuando Randy se rio?

Eso provocó una pausa más larga y Daniel arrugó la frente en señal de concentración.

–Podría haber pensado que se reía porque estoy gordo.

–Imagina que Randy se rio por algo que no tenía nada que ver contigo –dijo Robin.

–Pero se echó a reír cuando empecé a hablar.

–Pero podría ser una coincidencia, ¿no?

–No, no lo creo.

Robin sonrió.

–Pero ¿podemos imaginar que fue una coincidencia?

Daniel puso los ojos en blanco.

–Claro.

–Entonces, en nuestro juego imaginario, ¿qué crees que podía causarle un ataque de risa?

–La broma de algún compañero de clase.

–Muy bien. Y entonces, ¿qué habría pasado si tú hubieras pensado que se reía de una broma?

Daniel lo pensó.

–Habría terminado mi respuesta y no me habría metido en problemas.

–Eso es. Y después, cuando lloraste...

–No habría llorado porque la señora Mermenstein no hubiera llamado a mi mamá.

–De acuerdo, pero, si hubieras llorado y esas niñas te hubieran mirado, ¿se te ocurre algún pensamiento positivo?

–Que a lo mejor me miraban porque querían preguntarme qué me pasaba.

–¿Y qué habría ocurrido si hubieras pensado eso?

–No me habría enfadado. Y no habría estado enfadado todo el día.

–Es decir, ¿puedes cambiar el peor día de tu vida si eliges otro tipo de pensamientos más positivos?

–A lo mejor sí –dijo Daniel dubitativo.

–Vale, vamos a hacer una cosa...

El timbre la interrumpió. Robin frunció el ceño y miró la hora. Todavía les quedaban veinte minutos.

–Espera un momento –dijo a Daniel–. Voy a ver quién es.

–¿Puedo jugar con los camiones?

–Claro –dijo Robin, levantándose–. Enseguida vuelvo.

Menny ya estaba arañando la puerta y meneando la cola. Podría haber un asesino en serie al otro lado de la puerta y su inocente perro no haría más que menear la cola. Miró a través de la mirilla. Al otro lado de la puerta había un hombre que no conocía de nada.

–¿Quién es? –dijo ella, espiándolo por la pequeña ranura.

—¿Doctora Robin Hart? —preguntó el hombre—. Soy el detective Nathaniel King, del Departamento de Policía de Indianápolis. Hablamos por teléfono ayer por la tarde.

Se sacó un carné del bolsillo y se lo mostró.

Mierda. Abrió la puerta.

—Hola. Lo siento, ahora mismo no puedo hablar, estoy con un paciente.

—No pasa nada —dijo—. No tengo prisa.

Era mucho más alto que Robin, tenía el pelo negro azabache y las mejillas bien afeitadas. Sus ojos marrones se le arrugaban cuando sonreía. Llevaba un traje gris algo desaliñado. Melody habría dicho que era guapo, porque tenía debilidad por los hombres altos. Su madre habría dicho sin dudarlo un segundo que no le gustaba. Por un lado, porque era policía, y, por el otro, porque no vestía de forma inmaculada. Además, para ser sincera, a su madre tampoco le habría gustado porque era afroamericano, y siempre había tenido una vena racista.

—Tal vez podemos hablar por teléfono más tarde —sugirió Robin.

—Preferiría hablar en persona —dijo Nathaniel sin dejar de son-reír—. No le robaré mucho tiempo.

Robin tenía que volver con Daniel.

—De acuerdo, en veinte minutos habré terminado.

—Perfecto —dijo Nathaniel, metiéndose las manos en los bolsillos—. Esperaré aquí fuera en el coche.

Robin volvió a la sala de juegos, con la ansiedad arañándole las entrañas. Daniel jugaba con varios camiones, concentrado. Lo miró mientras la cabeza analizaba la situación a toda prisa. ¿Por qué se había presentado en su casa el detective King? La había llamado «doctora Robin Hart», aunque, cuando hablaron por teléfono, ella se había presentado como Robin. ¿La había investigado?

Cuando Robin lo llamó la noche anterior, después de su inquie-tante investigación y su aterrador paseo por el parque a oscuras, se encontraba en un estado de ánimo extraño. Pero después de consultarlo con la almohada su teoría le pareció una estupidez. Kathy había jugado con sus muñecos representando actos que parecían violentos y Robin los había interpretado literalmente, sacando conclusiones precipitadas. Ahora, el policía se había presentado en su casa y querría saber quién se lo había contado.

Se obligó a concentrarse de nuevo en la sesión. Ya se ocuparía del detective más adelante. Daniel tenía trastornos de adaptación y necesitaba su ayuda para aprender a lidiar con ellos.

Cogió la silueta recortada de un hombre de jengibre. Luego, se sentó junto a Daniel.

–¿Te acuerdas de lo que hemos hablado antes? –preguntó.

–Hemos hablado de mis pensamientos –dijo Daniel mientras seguía jugando con el camión.

–Eso es –dijo Robin, acercándole un bolígrafo–. Me gustaría que escribieras…

–¿Puedo jugar un poco más con el camión?

–Por supuesto –dijo Robin de forma automática–. En esta sala solo hacemos lo que tú quieras hacer.

–Bien –dijo Daniel satisfecho mientras hacía correr el camión por el suelo.

La visita del policía había afectado a la sesión. Si no la hubiera interrumpido, Daniel no se habría distraído con el camión y esto no habría pasado.

–Creo que este juego que se me ha ocurrido también podría gustarte –dijo–. Y si lo probamos, puedo dejarte este camión el resto de la semana.

Convencerlo con un soborno no era la mejor estrategia. Tendría que ir con cuidado para que aquello no se convirtiera en un patrón.

Daniel pensó unos segundos.

–De acuerdo –dijo, soltando el camión y agarrando el bolígrafo y la silueta del hombre de jengibre de las manos de Robin–. ¿Qué tengo que hacer?

–Quiero que escribas pensamientos negativos en los brazos y las piernas del hombre de jengibre.

–¿Qué tipo de pensamientos negativos?

–Empieza con los que tuviste ayer –sugirió.

Mientras Daniel se encorvaba para escribir, Robin dejó que su mente regresara hacia el hombre que esperaba detrás de su puerta.

No quería que hablara con Claire y Pete. La situación ya era lo bastante delicada como para meterlos en otro apuro. La mejor manera de gestionar la situación sería fingir un ataque de estupidez. Pero, entonces, ¿intentaría sacarle información con amenazas? Se imaginó al policía golpeando la mesa, diciéndole que estaba obstruyendo a la justicia y que podría enviarla a prisión. Bueno, si lo intentaba, ella sabría manejarlo. Sabía cómo lidiar con los matones.

—Ya he terminado —dijo Daniel.

—Muy bien —dijo Robin mirando el hombre de jengibre. La letra de Daniel era casi ininteligible, pero pudo descifrar «estoy gordo» en un brazo y la palabra «bebé» en la pierna izquierda—. Ahora, dame el bolígrafo.

Daniel le entregó el bolígrafo y Robin le dibujó al hombre de jengibre una cara con el ceño fruncido.

—Muy bien —dijo Robin—. Ahora quiero que le arranques las piernas y los brazos. Y, cuando las arranques, puedes leer en voz alta lo que has escrito.

—Está bien —dijo Daniel poco convencido. Cogió la figurita del hombre de jengibre y le arrancó uno de los brazos—. Estoy gordo.

—Ahora el resto.

—No quiero leerlos en voz alta.

—No pasa nada, no tienes por qué hacerlo —dijo Robin con una sonrisa alentadora—. Simplemente arráncalos.

Daniel arrancó con vehemencia cada una de las extremidades y dejó que se esparcieran sobre la alfombra. Al final, solo quedó el torso del hombre de jengibre y también lo dejó caer sobre la alfombra. De inmediato, a Robin le vino una imagen a la cabeza. El dibujo que Kathy había hecho en su primera sesión, el hombre con los brazos y las piernas cortadas, sangrando a borbotones. Robin ahuyentó como pudo esa imagen de su cabeza.

—¿Qué crees que le han hecho al hombre de jengibre los pensamientos negativos? —preguntó a Daniel.

El niño se mordisqueaba el labio inferior.

—Le han cortado los brazos. Y las piernas.

—Así es. Lo han destrozado. Eso es lo que nos hacen estos pensamientos. Nos desgarran por dentro.

Robin les dio la vuelta a los miembros desgarrados.

–Ahora quiero que escribas buenos pensamientos sobre ti en este lado. ¿Qué se te da bien?

Durante unos segundos, Daniel pareció perdido. Luego, balbució:

–¿Soy bueno haciendo reír a mi hermana?

–Eso está muy bien. Escríbelo en uno de estos.

Robin le ayudó a escribir pensamientos positivos mientras planeaba lo que haría con el detective. No dejaría que la manipulara o intimidara. Si hacerse la tonta no funcionaba, le diría que no podía hablar con él por motivos de confidencialidad. Que no podía hablar con él sin una orden.

Cuando Daniel terminó de escribir sus pensamientos positivos, Robin lo animó a leerlos todos en voz alta. Mientras lo hacía, Robin volvió a pegar las extremidades del hombre de jengibre a su cuerpo con cinta adhesiva y finalmente le dibujó una cara sonriente. Daniel no parecía estar muy impresionado con el resultado. Quizá si Robin hubiera tenido la cabeza en el juego podría haber hecho que se implicara más. Pero, ahora, no había nada que hacer. El pensamiento positivo era un hábito que requería trabajo y se centrarían en ello en sesiones futuras. Era un comienzo.

En ese momento, la madre de Daniel vino a recogerlo. Robin los acompañó a la salida. El detective no estaba a la vista y se permitió fantasear con la esperanza de que se hubiera ido. Pero en cuanto Daniel y su madre se hubieron marchado el detective salió de un coche aparcado bajo un árbol.

–Adelante –dijo Robin con una gran sonrisa.

El truco de la pelirroja simpática con una sonrisa amplia e insustancial solía funcionar.

–Gracias –dijo Nathaniel, devolviéndole la sonrisa.

Robin tuvo que admitir que Melody no era la única persona a quien este tipo le resultaría atractivo.

–Siento que haya tenido que venir hasta aquí –dijo Robin mientras lo guiaba a la cocina–. De verdad, no era necesario. Vi la noticia sobre aquella pobre mujer y me hizo pensar. ¿Dos asesinatos en un mismo estado? Entonces, me pregunté si podían estar relacionados. ¿Quiere un poco de té?

–Solo agua, gracias.

Nathaniel se sentó de manera informal en una de las sillas de la cocina y la miró sin pestañear.

–Y cuando se lo comenté a mi hermana, ella me dijo que quizá tenía razón, que podía estar en lo cierto. Por eso lo llamé. Sin embargo, luego pensé que probablemente recibe un montón de llamadas de este tipo –dijo Robin mientras ponía un vaso de agua encima de la mesa delante del detective–. Siento mucho haberle hecho perder el tiempo.

Nathaniel cogió el vaso y dio un sorbo. Luego, volvió a dejarlo encima de la mesa, sin mediar palabra. Los segundos iban pasando.

Robin conocía ese truco. Ella lo usaba bastante a menudo. A la gente no le gusta el silencio, así que lo rellena con palabras. Se levantó, cogió una jarra, la llenó de agua y añadió un poco de hielo. Le llenó el vaso y volvió a sentarse.

–¿Cómo van las sesiones con Kathy Stone? –preguntó él.

Durante una milésima de segundo, perdió la compostura. De repente, estuvo segura de que el detective había estado preguntando por ella en la ciudad. Alguien se lo habría dicho, todo el mundo lo sabía…

Luego dejó que su expresión se relajara en una sonrisa insípida.

–¿Perdone?

Al detective se le iluminó la mirada y Robin supo que se había dado cuenta de aquel pequeño desliz en su rostro. Bueno, no tenía importancia. No iba a involucrar a Kathy y a sus padres en su estúpida investigación del día anterior.

–Kathy Stone. Está trabajando con ella –dijo extendiendo las manos–. Mire, doctora, no se lo tome a mal, pero usted no vio a Gloria Basset en las noticias por casualidad. Lamentablemente, las personas como Gloria no suelen recibir mucha atención mediática cuando mueren. Y usted no es el tipo de persona que llamaría a la policía por un impulso. Es demasiado lista para eso.

–Es usted muy amable, pero…

–Usted es terapeuta infantil y, a juzgar por los comentarios entusiastas que he encontrado en internet, es muy buena. Así que dejemos a un lado las apariencias. Kathy le contó algo sobre su secuestrador. Algo que le hizo pensar que tenía alguna relación con el asesinato de Basset y el de Parks. ¿Me equivoco?

–En realidad no puedo hablar de ello –dijo Robin, cruzándose de brazos.

Nathaniel tomó un sorbo de agua.

–Ayer hablé con el detective que investiga su secuestro. Me dijo que la niña todavía no habla con nadie. Pero está hablando con usted, ¿verdad?

–No.

–La persona que mató a Gloria Basset podría volver a matar. Si no me cuenta lo que sabe y alguien resulta herido, será su responsabilidad.

Robin empezaba a sentir aquella necesidad que le surgía cuando estaba ante una persona con autoridad o poder. La necesidad de apaciguarlo. Hacerlo feliz. Complacerlo. Igual que hacía siempre con su madre. Del mismo modo que había complacido a Evan durante años. Quería estar de acuerdo con él. Se lo imaginaba asintiendo satisfecho con la información que ella le proporcionaría. Una buena ciudadana que ayuda a las autoridades. Que siempre toma las decisiones correctas. Él le daría su aprobación. Casi podía imaginárselo escuchándola, ladeando la cabeza y enarcando las cejas complacido.

Pero había algo que ese entrometido detective no sabía. Robin estaba harta de complacer a los demás. Si estaba contento, enfadado o decepcionado con ella, le traía sin cuidado. Podía meterse esa supuesta responsabilidad donde le cupiera. Ella tenía una responsabilidad con Kathy que pasaba por encima de todo lo demás.

–Tal vez sea mi responsabilidad –dijo Robin–. Aunque también es posible que la responsabilidad recaiga en los agentes de policía por no hacer bien su trabajo.

Nathaniel sonrió.

–Me parece justo. Entonces, lo que está diciendo es que debería hablar directamente con Kathy en lugar de con usted.

–Sería mejor que no lo hiciera –dijo Robin–. Ha sufrido mucho.

160

—Pero usted no me está ayudando.

—No puedo hablar sobre mis sesiones —dijo Robin—. Le he dicho que anoche saqué unas conclusiones precipitadas. No fue profesional por mi parte y le he hecho perder el tiempo. No hay ninguna razón para empeorar la situación.

—¿Qué hace normalmente en estas sesiones?

—Tengo una sala de juegos. Los niños juegan con los juguetes, se inventan historias o dibujan, y a través de todas estas cosas podemos procesar los temas que les preocupan.

—¿Podría suponer, entonces, que Kathy estuvo aquí, jugó con algunos juguetes y usted sacó alguna conclusión precipitada? —dijo Nathaniel, levantando una ceja—. Sin duda, sería algún tipo de juego violento.

—A veces en los juegos aparece la violencia.

—Dudo que sea muy frecuente. Parece algo fuera de lo habitual.

—¿De verdad? —dijo Robin sin pestañear—. ¿Ha visto alguna vez a un niño recrear los abusos sexuales que ha sufrido utilizando una Barbie? ¿O a un niño jugando a un juego imaginario en el que un muñeco golpea a otro repetidamente por haber sacado una mala nota? ¿O a un niño haciendo un dibujo de su madre con todos los moratones que le dejó su padre? Le sorprendería saber con qué frecuencia ocurre eso aquí.

Eso le hizo perder a Nathaniel su sonrisa de sabelotodo. Dejó el vaso sobre la mesa.

—Disculpe, tiene razón. Suelo pensar que los policías tenemos el monopolio de lidiar con gente horrible. Pero supongo que para usted también es el pan de cada día.

—Sí. Y la razón por la que estos niños se abren conmigo es porque saben que pueden confiar en mí. Y no voy a romper esa confianza.

Nathaniel asintió con seriedad.

—¿Por qué me llamó ayer?

—Estaba un poco asustada. Eso es todo. Había tenido un día difícil y tomé una mala decisión. Como ya le he dicho, siento haberle hecho perder el tiempo.

—¿Por qué cree que me ha hecho perder el tiempo?

—Ha venido hasta aquí para hablar de una ridícula teoría que relaciona el asesinato de Gloria Basset con el de Parks. Es evidente que esto es un callejón sin salida. No sé mucho sobre investigaciones de homicidios, pero supongo que cada segundo es de vital importancia.

–Tiene razón –interrumpió Nathaniel–. Cada segundo cuenta. Entonces, ¿por qué cree que he conducido hasta aquí?

Robin extendió las manos en señal de impotencia. Quizá su investigación estaba atascada. O quizá tenía que comprobar todas las pistas, por descabelladas que fueran.

Nathaniel suspiró.

–Creo que podría tener razón. Es posible que estos dos asesinatos estén relacionados. Hay pruebas que podrían corroborarlo.

Robin lo miró, atónita. Si eso era cierto…, si ayer no se equivocó, eso significaba…

–Si estuvieran relacionados –prosiguió el detective– y Kathy Stone lo insinuó, es posible que ella fuera testigo de ambos asesinatos. Y, con toda probabilidad, que el asesino fuera su secuestrador.

Robin se aclaró la garganta.

–Si ese fuera el caso, no es conmigo con quien debería hablar. Debería hablar con los policías locales y el *sheriff*. Ellos llevaron a cabo la investigación. Ellos saben quiénes son los sospechosos y están trabajando con el Departamento de Policía de Jasper para localizar…

–Por supuesto que hablaré con el *sheriff* –interrumpió de nuevo Nathaniel–. Y con los policías locales. Y ya he hablado con dos agentes de la policía de Jasper. La persona responsable del secuestro de Kathy sigue en libertad. Lo que significa que estamos hablando de un individuo muy violento que sin duda volverá a actuar. Como psicóloga, usted está obligada a informar a la policía si cree que la vida de una persona puede estar en peligro…

–Permítame que lo interrumpa –dijo Robin, levantando la mano–. Estoy obligada a informar cuando creo que un paciente mío está a punto de hacerse daño a sí mismo o a otra persona. Este no es el caso. ¿Cree que el secuestrador de Kathy es el asesino de Gloria Basset y Haley Parks? Muy bien. Vaya a hablar con el *sheriff* y la policía local. Hable con los federales. Haga su trabajo. Y déjeme hacer el mío.

Nathaniel se levantó y se sacó una pequeña tarjeta de visita del bolsillo.

—Si hay algo más que quiera contarme sobre Kathy, no dude en llamarme.

—Lo tendré en cuenta.

—Tal vez vuelva más adelante, si tengo más preguntas.

—En ese caso, llame antes, por favor.

Capítulo 25

Claire se sentó junto a Kathy, observándola mientras se encorvaba sobre su hoja de ejercicios de matemáticas. Una atmósfera de tranquilidad las envolvía como una manta. Habían pasado un día muy agradable, relajadas. Por la mañana, Claire había empezado a leerle *Ana de las tejas verdes* a Kathy. Antes del secuestro, a Kathy no le interesaban especialmente los libros. Pero Claire nunca había intentado leerle nada que no fueran libros infantiles cortos, la mayoría del Dr. Seuss. Ahora Claire se daba cuenta de que Kathy estaba encantada de escucharla leer historias más adultas. *Ana de las tejas verdes* había sido el favorito de Claire cuando tenía la edad de Kathy. Así pues, habían pasado un par de horas tumbadas en la cama de Kathy, con la cabeza de esta recostada en el hombro de Claire, que leía el libro en voz alta. Mientras leía, incluso modulaba un poco la voz, dándole a Matthew Cuthbert una voz grave y a Rachel Lynde una especie de voz chillona que hacía reír a Kathy.

Claire siempre hacía todo lo posible por ayudar a Kathy a estudiar. Pete insistía en que Kathy tenía que volver a la escuela el año siguiente. Claire no estaba segura de que fuera posible, pero había aceptado intentarlo y haría cuanto estuviera en su mano para facilitarle las cosas a la niña. Eso significaba que tendría que ponerse al día con las clases a las que había faltado.

Kathy tenía buena predisposición. Se esforzaba al máximo con las hojas de ejercicios que los profesores de la escuela le habían mandado a Claire. Sin embargo, tenía dificultades para escribir incluso las palabras más sencillas, y escribir frases enteras le resultaba prácticamente imposible. Los números se le daban un poco mejor, así que podían trabajar las matemáticas. Por desgracia, su concentración también era dispersa. Podía trabajar unos quince minutos seguidos, pero luego se le iba el santo al cielo. A veces, el lápiz se le caía de los dedos. Otras, un ruido fuerte la distraía, Claire tardaba un buen rato en calmarla y, para entonces, Kathy ya había olvidado la tarea.

Aun así, se las arreglaban para avanzar lentamente. Además, cuando Kathy trabajaba en los accesorios para sus muñecos, Claire tenía tiempo para sí misma. Lo hacía todos los días, confeccionaba ropa, muebles y herramientas, y los guardaba en su caja de zapatos.

Ahora Kathy volvía a estudiar y se esforzaba para resolver una división larga. Antes del secuestro, Kathy no tenía problemas con las matemáticas. Al igual que Claire y Pete, tenía facilidad para los números y comprendía todo lo que aprendía en la escuela mucho más rápido que la mayoría de los niños de su clase. Ahora, todo iba más despacio. Empezaba a trabajar en un ejercicio, guiada pacientemente por Claire, y luego hacía una pausa y levantaba los ojos, frunciendo el ceño en señal de confusión. Claire hacía todo lo posible por ayudarla, pero, con el silencio de Kathy, todo se volvía mucho más engorroso. Aun así, Claire descubrió que, si se limitaba a repetir los pasos que había que seguir en voz baja y suave, Kathy acababa dominando el ejercicio por sí misma. Superar esta dificultad se convirtió en otra cosa que podían compartir juntas, que las unía más, que le recordaba a Claire que había recuperado a su hija.

Se oyó el ruido de la puerta y Pete entró en casa.

—Hola —dijo, sonriendo y quitándose el abrigo—. ¿Qué estáis estudiando?

Muy alto. Demasiado alto. Claire se estremeció al instante, porque sabía que Pete ni siquiera se daba cuenta de lo alto que hablaba y de lo sensible que era Kathy al respecto. La niña se puso tensa. Los ojos le iban de un lado para otro y tenía los músculos contraídos. La tranquilidad de la habitación se había disipado, sustituida por una tensión que crepitaba como si fuera electricidad.

Pete entró en la habitación y, de nuevo, Claire deseó que se moviera un poquito más despacio, con más suavidad. Kathy se acercó a Claire; los movimientos bruscos la ponían nerviosa.

Pete siempre había sido así, un hombre lleno de energía, intenso

165

y vivaz. A Claire solía gustarle eso de él, su forma de dominar el espacio, de ponerse al mando. Era un líder nato. Y a Kathy también le encantaba, años atrás. Pete era el padre enrollado que le enseñó a montar en bicicleta, que jugaba a la pelota con ella y que rugía gritando que el monstruo de las cosquillas venía a por ella.

Había intentado repetir el juego del monstruo de las cosquillas hacía dos semanas. Fue un desastre.

Claire procuró hablar con él al respecto. Le sugirió que intentara hablar con una voz más suave, que intentara ser más delicado. Él le dijo que estaba usando su voz de siempre, lo cual era verdad, y que ella la estaba mimando demasiado. ¿Cómo esperaba que su hija llevara una vida funcional si siempre la trataban como una frágil muñeca de porcelana?

—Vaya, ¿una división larga? —dijo de pie, detrás de ellas—. Son difíciles. ¿Cómo le va?

Esa era otra cosa que irritaba a Claire. Hablaba de Kathy delante de ella como si no estuviera. Evidentemente, si le preguntaba a Kathy cómo estaba, ella no respondería con palabras. Pero podía sonreír. Podía asentir. Podía encogerse de hombros. Y, sobre todo, podía sentir que era partícipe de la conversación. ¿No veía lo importante que era eso?

—¿Tú qué piensas, Kathy? —dijo Claire—. ¿Cómo va?

Kathy le dedicó una pequeña sonrisa dubitativa. Claire le devolvió la sonrisa.

—Casi lo tenemos, ¿verdad?

Asintió tímidamente.

—¿Qué tal el trabajo? —preguntó Claire.

Era una de las cosas que solía preguntarle en otros tiempos, antes de que su pequeña familia se hubiera fracturado.

—No ha ido mal —dijo Pete.

Fue a su dormitorio a quitarse el traje, mientras le explicaba algo a Claire sobre una reunión. Esto significó, por supuesto, que levantó la voz para que ella pudiera oírle. Y, paradójicamente, esto significó que Claire dejó de escucharle, porque estaba pendiente de la ansiedad creciente de Kathy.

—Oye —susurró a su hija—, ¿quieres tomarte un descanso? ¿Quieres practicar un poco con las burbujas? A lo mejor conseguimos romper el récord del martes.

Para su alivio, Kathy dijo que sí y Claire le dio el pompero. Kathy se concentró en producir burbujas, respirando profundamente mientras lo hacía, relajándose poco a poco. Claire le dio las gracias en silencio a Robin por enésima vez. Una cosa tan sencilla como el ejercicio de las burbujas había supuesto un gran cambio para Kathy.

—¿Quieres que pidamos comida? —preguntó Pete al entrar de nuevo en el salón. Miró a Kathy mientras hacía burbujas y se le dibujó una sonrisa en la comisura de los labios—. Podemos pedir hamburguesas.

—Tenía pensado hacer pasta —dijo Claire.

—Pidamos hamburguesas —dijo Pete.

—Vale —dijo Claire encogiéndose de hombros.

A ella no le importaba hacer pasta, solo le llevaría veinte minutos. Pero si Pete sentía que le estaba «echando una mano» pidiendo hamburguesas ella no se lo impediría.

Pete toqueteó su teléfono para hacer el pedido. Claire puso la mesa, mirando de vez en cuando a Kathy para asegurarse de que todo iba bien.

Llamaron a la puerta y esto la pilló por sorpresa. Pete y ella abrieron juntos, el uno al lado del otro. El hombre que tenían delante se presentó como el detective Nathaniel King.

Capítulo 26

Claire acostó a Kathy. Su hija seguía bien despierta y llevaba los auriculares en las orejas. Últimamente se dormía escuchando el sonido constante de las olas del mar. Le resultaba mucho más fácil conciliar el sueño. Sin embargo, la preocupación en los ojos de Kathy era evidente. El extraño de la habitación de al lado incomodaba a su hija.

Claire salió de la habitación y dejó la luz del pasillo encendida con la puerta abierta. Kathy lo necesitaba para poder dormirse sola. El hecho de que incluso consiguiera irse a dormir sin que Claire se tumbara en la cama con ella era un gran progreso.

Claire regresó al salón. Pete y el detective estaban sentados alrededor de la mesa. El detective tomaba apuntes en su libreta mientras Pete hablaba.

–… arañazos en el cuerpo –dijo Pete–. Los arañazos se curaron bastante deprisa, pero tenemos fotos si quiere verlas.

Claire se sentó y se aclaró la garganta. Pete dejó de hablar y ambos se volvieron para mirarla.

–Siento haber tardado tanto. He tenido que ayudar a Kathy a meterse en la cama.

–Es un proceso bastante largo –intervino Pete, dirigiéndose al detective–. Antes de que ocurriera todo, Kathy se iba sola a la cama. Pero desde que volvió tenemos que ayudarla con todo. Claire lo está haciendo fenomenal. Se pasa horas con Kathy todas las noches.

–Debe de ser difícil –dijo Nathaniel.

–No me importa hacerlo –respondió Claire–. Simplemente estoy contenta de tenerla de vuelta. Pero deberíamos hablar más bajo. Tiene los auriculares puestos, pero sigue despierta. No quiero que esto la altere.

–Por supuesto, lo comprendo –dijo Nathaniel con una voz mucho más suave–. Como le contaba a Pete, es posible que tenga una nueva pista sobre el caso de Kathy y esperaba poder hablar con ustedes sobre ello.

Claire había estado esperando este momento, aunque no se lo reconociera a sí misma. El secuestrador de Kathy seguía ahí fuera, al acecho. A veces le asaltaba un pensamiento terrible: «¿Y si vuelve a por Kathy?». Pero su mente lo ahuyentaba, porque las implicaciones eran demasiado terribles para afrontarlas.

–¿Ya no lo lleva el detective Pierce? –preguntó con la voz rota.

Pierce había sido su contacto en el caso de Kathy durante todos los momentos horribles desde su desaparición. Claire solo había hablado con él una vez desde el regreso de Kathy.

–El detective Pierce sigue trabajando en el caso, con algunos detectives de Jasper –apuntó Nathaniel–. Pero el caso de Kathy podría estar relacionado con otro que estoy investigando.

–¿No será otro secuestro? –preguntó Claire, tragando saliva.

–No, algo totalmente distinto –dijo Nathaniel, levantando las palmas de las manos–. Pero, aun así, podría desencallar también el caso de Kathy. Y nos iría muy bien su ayuda.

–Lo que haga falta –aseguró Pete–. Nos encantaría ver a ese cabrón pudrirse en la cárcel.

Claire no había pensado demasiado en el castigo del secuestrador. No tanto como Pete. Pensaba que si Kathy sabía que quien la había secuestrado estaba entre rejas, se sentiría más segura. Y la propia Claire también se sentiría más segura. Pero no sentía tanto entusiasmo como para prometerle al detective «lo que haga falta».

–Pete me ha puesto al corriente sobre día del secuestro y la semana posterior –dijo Nathaniel–. Y me estaba explicando cómo han sido estos días desde que Kathy regresó. Si he entendido bien, la niña no habla desde que volvió.

–Así es –dijo Claire.

–¿No dice nada de nada? ¿Ni con ustedes… ni con otra persona?

–No –dijo Claire.

–¿Se ha estado comunicando de alguna otra forma? ¿Como, por ejemplo, escribiendo?

–No –repitió Claire–. Según nos han dicho, no hay ninguna razón médica por la que no esté hablando. Tiene una barrera psicológica que le impide comunicarse. Y eso incluye la escritura.

–¿Y con preguntas de sí o no?

–Puede asentir o sacudir la cabeza, pero al cabo de varias preguntas se queda paralizada –explicó Claire–. Reacciona mal ante las preguntas.

–¿Han probado con el lenguaje de signos?

–Yo lo sugerí –dijo Pete.

–Tal vez lo probemos en un futuro. Por el momento nos estamos centrando en ayudar a que Kathy se sienta segura.

Claire mantuvo un tono firme, pero le dirigió una mirada penetrante a Pete.

–¿Cómo están ayudando a Kathy a sentirse segura? –preguntó Nathaniel.

–Está conmigo todo el día –dijo Claire–. Y está viendo a una terapeuta.

Nathaniel asintió.

–Muy bien. ¿Y ha dado Kathy alguna pista mientras estaba con usted o durante la terapia sobre lo que le ha pasado estos últimos meses?

Claire empezó a decir que no había dado ninguna pista, no exactamente, en el mismo momento en que Pete soltaba:

–Sí.

–¿Ah, sí? –dijo Nathaniel volviéndose hacia Pete–. ¿Como qué?

Claire también miró a Pete, confundida y enfadada.

–Tú me contaste lo que dibujó en la primera sesión con Robin –dijo Pete dirigiéndose a Claire. Luego se volvió hacia el detective–. Robin Hart es la terapeuta de Kathy.

–Baja la voz –dijo Claire con firmeza–. Kathy todavía está despierta.

–Vale –dijo Pete enfadado, apenas bajando la voz–. ¿Y no dijo Robin que Kathy estaba representando recuerdos violentos con los juguetes de la sala de juegos?

–Ella no dijo que fueran recuerdos, dijo que era la forma de Kathy de expresar su trauma –rectificó Claire.

–¿Les explicó qué le había mostrado Kathy exactamente? –preguntó Nathaniel.

–Bueno… –dudó Claire–. Me dijo que Kathy representó algunos incidentes violentos. No entró en detalles, pero dijo que había representado de forma bastante fiel el asesinato de Haley Parks. Pensó que Kathy podría haberlo visto en televisión. Le dije que eso no era posible, porque desde su regreso… hemos sido muy cuidadosos. Así que Robin pensó que tal vez Kathy lo viera donde… dondequiera que estuviera retenida.

–Entonces, Kathy representó el asesinato de Haley Parks… –dijo Nathaniel–. ¿Les explicó la doctora Hart, Robin, cómo lo hizo exactamente? ¿Lo hizo con muñecos? Debe de ser un juego bastante elaborado, sobre todo si Kathy no habla.

–No entró en detalles –dijo Claire sintiendo un escalofrío–. Y yo no le pregunté.

–¿Les parecería bien si interrogo a la doctora Hart con ustedes presentes? ¿Sobre las sesiones? ¿Quizá podemos trabajar en tándem con ella respecto a futuras sesiones, para obtener más información?

Claire respondió que no en el mismo instante en que Pete dijo que sí.

Durante un segundo, quedaron en silencio. Luego Claire sonrió fríamente.

–Es evidente que tendremos que discutirlo después.

Pete frunció el ceño.

–Si esto ayuda a meter a ese monstruo entre rejas…

–Lo hablaremos después –insistió Claire.

El objetivo de las sesiones de Kathy con Robin era ayudar a Kathy, no ayudar a la policía a atrapar a quienquiera que fuera la persona que secuestró a Kathy. Evidentemente, a Claire le encantaría poder decirle a su hija que aquel hombre estaba en la cárcel, pero no si eso se interponía en su tratamiento.

–De acuerdo –dijo Nathaniel–. ¿Puede hablarme del dibujo? El que Kathy hizo en su primera sesión.

Claire le habló sobre el dibujo. Sobre cómo había dibujado a un hombre y le había hecho cortes en los brazos y las piernas, convirtiéndolo todo en arte carmesí. Le temblaba la voz al describirlo.

—¿Dibujó cortes en los brazos y las piernas del hombre? —preguntó Nathaniel—. ¿Cortes pequeños? ¿Agujeros?

—Más bien como líneas rojas que atravesaban los brazos y las piernas —dijo Claire.

Nathaniel la miraba, paralizado, mientras abría ligeramente los ojos. Entonces parpadeó. Pasó una página de su libreta y la puso sobre la mesa.

—¿Algo así? —preguntó.

Dibujó con rapidez un hombre de palitos y le atravesó los brazos y las piernas con líneas cortas.

—Sí…, más o menos. Pero las líneas estaban más arriba… —dijo Claire quitándole el bolígrafo al detective.

Dibujó las líneas tal como las recordaba.

—Aquí… y aquí.

—Entiendo.

Nathaniel parecía distraído mirando el esbozo.

Les hizo más preguntas sobre el día del secuestro y sobre los días que habían pasado desde el regreso de Kathy. Volver a recordar todo aquello le estaba pasando factura y a Claire le temblaba la voz al contestar. Tuvo que ir al baño dos veces para lavarse la cara y respirar hondo.

Mientras Nathaniel se ponía en pie para marcharse, preguntó:

—¿Les parecería bien si viniera con un trabajador social para hablar yo mismo con Kathy? ¿Y enseñarle tal vez fotos de algunas personas?

Claire respondió que no en el mismo instante en que Pete dijo que por supuesto.

Claire les dedicó a ambos una sonrisa. Al hombre que no conocía de nada a Kathy y al que solo pasaba una hora al día con ella. Su sonrisa era amplia y fría y los dientes le rechinaban.

—Creo, detective, que esto también tendremos que discutirlo más tarde.

Capítulo 27

Robin estaba sentada en la terraza del Jimmie's Café, disfrutando del suave sol de la tarde y de un trozo de tarta de melocotón y una gran taza de café. Había tenido un día ajetreado, con cuatro pacientes y una consulta con unos padres, y sentía que se había ganado unas horas de relax.

Unas horas que habrían sido mucho más agradables si no sintiera constantemente que la gente la observaba. Y cuchicheaba. ¿Estaba paranoica o la gente cuchicheaba más de lo habitual? No podía evitar sentir que era así y que ella era uno de los principales temas de conversación.

Aun así, hacía todo lo posible por ignorarlo y concentrarse en su teléfono, en el que no paraba de mirar fotografías de perros muy monos. El adorable pequinés que estaba mirando fue repentinamente sustituido por la desagradable notificación de una llamada entrante. Era su madre.

Robin no había vuelto a hablar con ella. No habían hablado desde que se había llevado la casa de muñecas. Había ignorado veintitrés llamadas entrantes. Hablaban mediante mensajes de texto porque Robin sentía que era más seguro. En los mensajes, Robin le había dicho que se había llevado la casa de muñecas, pero añadió que tenía la sensación de que a su madre no le supondría ningún problema. Después de todo, ¿no había manifestado que Robin estaba haciendo un gran trabajo con Kathy? Estaba segura de que no le importaría prestarle la casa para ayudar a la niña.

Robin había aprendido a hacer luz de gas porque había tenido a la mejor maestra. Pero su madre era, en general, inmune a eso. Le escribió que quería que le devolviera la casa de muñecas. Si Robin no podía permitirse una casa de muñecas decente para la sala de juegos, su madre estaría encantada de colaborar y ayudarla a comprar una. Había visto una bonita en la página web de Toys 'R' Us.

Robin le había prometido que se la devolvería. Pero luego no lo había hecho. Y tampoco había ido a verla. Había pasado más de una semana. Se estaba gestando un desastre de proporciones épicas.

Respondería a la llamada y dejaría que su madre se desahogara. A la larga, valdría la pena. Envalentonada por el cielo soleado y el pastel de melocotón azucarado, respondió.

–Hola, mamá.

Ya estaba sollozando.

–¿Tanto me odias? ¿Después de todo lo que he hecho por ti? He dado mi vida por vosotras dos. Y ahora ninguna de mis hijas viene a verme, aunque vivamos en la misma ciudad.

–No, mamá, no te odio –dijo Robin bajando la voz–. He estado ocupada. Mañana iré a verte, te lo prometo.

–¿Qué? –dijo en un llanto–. No te oigo, habla más alto. ¿Dónde estás, que no puedes hablar como una persona normal?

–Estoy en el Jimmie's Café –dijo Robin, dándose cuenta al instante de su error.

–Vaya, creía que estabas ocupada. Parece que no lo suficiente como para sentarte en una cafetería.

–No, solo me he tomado un pequeño…, ¿hola?

Su madre había colgado. Robin se guardó el teléfono en el bolsillo y dio un sorbo a su café, que de repente se había vuelto insípido. Tenía previsto sentarse en el Jimmie's durante una hora o incluso más para entrar en sus redes sociales y quizá leer un libro. Pero ahora cada minuto que pasaba se sentía más culpable. Cada minuto haría que su madre tuviera un minuto más de razón. No estaba ocupada. Porque acababa de pasar otro minuto, y en lugar de visitar a su madre, estaba ahí fuera haciendo literalmente nada.

Llamó la atención de Jimmie y él se acercó.

–¿Qué tal la tarta de melocotón, Robin?

–Buenísima, como siempre –dijo sonriendo.

–El secreto son los melocotones frescos.

–Pues está riquísima. Oye, puedes traerme…

Se detuvo. Pasaron dos mujeres y la miraron, cuchicheando entre ellas. Además, habría jurado que una de ellas la había mirado con desprecio.

—¿Va todo bien? —preguntó Jimmie.

—Yo no... ¿Has visto eso? —preguntó Robin—. ¿Has visto cómo me han mirado esas dos?

—¿Qué? —Jimmie miró a las dos mujeres—. No estaba prestando atención. Pero yo no me preocuparía. Es gente a la que le gusta meter las narices en asuntos ajenos.

—¿Cómo? ¿De qué estás hablando?

Jimmie frunció el ceño.

—Nada. Ignóralas. ¿Otro café?

—Es sobre... —dijo Robin dubitativa—. ¿Qué has querido decir con eso de asuntos ajenos?

—¿Estáis hablando de lo de Kathy? —preguntó Ellie, acercándose—. No entiendo por qué todo el mundo se está poniendo nervioso.

—¿Todo el mundo se está poniendo nervioso? —repitió Robin.

—¿No tienes mesas que atender? —espetó Jimmie a Ellie con enfado—. Te lo juro, la mitad del tiempo está con el teléfono y la otra incomodando a mis clientes. Estos *millennials*... No tenéis nada de tacto.

—No soy *millennial*... ¿Y qué pasa, que los *millennials* no tienen tacto? —preguntó Ellie—. Además, ¿acaso los *boomers* tenéis mucho más tacto?

—Al menos sabemos cuándo hay que mantener la boca cerrada —dijo Jimmie, cruzándose de brazos.

Ellie puso los ojos en blanco.

—¿Qué problema hay? Robin tiene que saber si la gente habla de ella.

Robin parpadeó.

—¿La gente habla de mí?

—No la escuches —refunfuñó Jimmie—. Solo algunas chismosas. Y, de todas formas, son solo tonterías.

Robin miró a Ellie, enarcando una ceja.

—Es por lo de Kathy —dijo Ellie, bajando la voz.

—¿Qué es lo de Kathy? —preguntó Robin.

Empezaba a encontrarse mal. Ahora se arrepentía de la tarta de melocotón, por muy frescos que fueran los melocotones.

–La gente dice que, en lugar de ayudar a Kathy a superar su trauma, eres una mala influencia para ella –dijo Ellie sacudiendo la cabeza–. Como si estuvieras haciendo que lo reviviera otra vez, ¿sabes? Y de repente todo el mundo es experto en psicología infantil y saben cuál es la mejor forma de ayudar a Kathy. Ah, y alguien dijo que lo único que has conseguido es que Kathy se vuelva más agresiva por culpa de… tu sobrino. El de la puñalada.

La voz de Ellie se fue disipando al darse cuenta de la mirada furiosa de su tío.

–¿Has terminado? –gruñó.

–Pensé que Robin debía saberlo –masculló Ellie.

–Hay que sacar la basura de la cocina –dijo Jimmie con brusquedad.

–Sí, claro –respondió Ellie, y se alejó.

–No te preocupes por lo que ha dicho –le dijo Jimmie a Robin–. Todos sabemos que estás haciendo un trabajo fantástico con Kathy. Claire y Pete hicieron bien en llevártela.

–Gracias, Jimmie –dijo Robin con tristeza–. Creo que debería…

El chirrido de unos frenos la interrumpió cuando un gran todoterreno verde subió una rueda sobre la acera a unos metros de distancia. A punto estuvo de atropellar a un atónito transeúnte, que dio un salto hacia atrás gritando una obscenidad. Robin tardó unos segundos en percatarse de que era el coche de su padre.

Se abrió la puerta del conductor y su madre salió del coche.

Parecía un gigante. De hecho, parecía más alta de lo habitual. En casa, siempre iba descalza o llevaba unas cómodas y refinadas zapatillas. Ahora andaba sobre unos tacones de doce centímetros. Llevaba un vestido azul sin mangas con una larga abertura que mostraba sus piernas. Una ráfaga de viento sopló en ese preciso instante y su espesa cabellera ondeó en el aire. Era casi como si el sol la iluminara de una forma distinta a como iluminaba su alrededor y esto la hacía parecer más vibrante.

Su madre ya casi no salía de casa por miedo a la COVID. No obstante, en ese momento no llevaba mascarilla.

Se alejó del hombre al que casi había atropellado y se acercó a la cafetería.

—Diana —exhaló Jimmie—. ¡Bienvenida! Estoy muy contento de verte aquí. ¿Te sentarás con tu hija?

«Por Dios, no».

Su madre le dedicó a Jimmie una sonrisa digna de una reina.

—Sí, gracias, Jimmie. Y tomaré lo de siempre.

No había estado en la cafetería de Jimmie desde que había empezado la pandemia. Que diera por hecho que Jimmie sabría a qué se refería con «lo de siempre» resultaba ridículo.

—Un cruasán con mermelada de fresa y mantequilla aparte, y un zumo de naranja recién exprimido. Enseguida lo traigo.

Jimmie le sonrió como un colegial enamorado. Si Robin no siguiera en estado de *shock*, se habría escandalizado.

Su madre se sentó frente a Robin con la sonrisa todavía fija en el rostro y la mirada pétrea.

—No creo que puedas aparcar aquí —dijo Robin con una voz frágil.

Se quedó mirando el todoterreno de su padre que literalmente invadía la zona de terraza de la cafetería.

—¿Jimmie? —dijo su madre con voz cantarina—. ¿Puedo aparcar aquí?

—No hay ningún problema —gritó Jimmie desde detrás del mostrador.

Teniendo en cuenta que había estado llorando y sollozando por teléfono hacía solo diez minutos, su maquillaje estaba impecable.

—Yo… No hacía falta que vinieras —dijo Robin—. Sé cuánto te preocupa la pandemia.

—No me has dejado otra opción —dijo su madre con un temblor en la voz—. ¿De qué otra forma puedo ver a mi propia hija? Ya no vienes a visitarme.

—Estuve en tu casa la semana pasada.

—¿Sabes qué?, no pasa ni un solo día sin que, al levantarme y ver el lado de la cama donde dormía tu padre vacío, me sienta absoluta y completamente sola —dijo su madre con los labios temblorosos.

Robin suspiró. Sabía que su madre estaba intentando que se sintiera culpable. Pero, por supuesto, saber lo que estaba haciendo no evitaba que funcionara.

—Mamá, voy a verte tan a menudo como puedo.

—Supongo que ahora que eres una terapeuta tan respetada, con una paciente tan importante, ya no tienes tiempo para tu madre.

—No tiene nada que ver con...

Su madre hizo un gesto de desaprobación con la mano.

—¿Cómo podría la policía resolver el caso sin la ayuda de la gran Robin Hart?

Robin se quedó boquiabierta, tanto por cómo se había acercado a la verdad como por lo retorcido y equivocado que era lo que había dicho.

—¿Qué? Eso no es para nada lo que está pasando.

¿Cómo se había enterado?

—No importa —dijo su madre—. No te he educado para que te aproveches de la desgracia de una familia para sentirte más importante. Pero es tu vida, Robin. No puedo vivirla por ti.

—Mamá, ¿de dónde has sacado todo esto? No es verdad.

Su madre resopló y se secó una lágrima.

—Ojalá tu padre estuviera vivo. Entonces, no me sentiría tan sola. Y tú y tu hermana vendríais a verlo a él. Siempre lo quisisteis más, a pesar de que fui yo quien os crio.

Jimmie se acercó y dejó el cruasán y el zumo de naranja delante de su madre. Una flor decoraba su plato.

—Aquí tienes, Diana. ¿Algo más?

—No, gracias Jimmie —dijo su madre sonriéndole, agradecida.

—¿Sabes? Tu hija tiene tu voz —apuntó Jimmie mirando a Robin.

—Sí, ¿no es maravilloso? —respondió clavando los ojos en Robin—. Ojalá la hubiera utilizado. Le sugerí que estudiara periodismo en la universidad. Podría haber sido reportera de noticias.

—Bueno, supongo que ha hecho su propio camino —dijo Jimmie sonriendo—. Y las universidades de hoy en día ya no son lo que eran. Mi sobrina acaba de terminar la universidad, y, por lo que veo, ha malgastado años de su vida estudiando Bellas Artes. ¿De qué sirve eso en el mundo real?

Robin se sintió como una niña que escucha cómo los mayores hablan de ella sabiendo que no se le permite intervenir ni defenderse.

—Robin ha hecho sin duda su propio camino.

La voz de su madre bajó de tono, volviéndose más fría. Jimmie no pareció darse cuenta.

–Bueno, es estupendo tenerte aquí de nuevo. Esperamos verte más a menudo.

Jimmie le dedicó una última sonrisa y volvió a entrar.

Su madre se volvió hacia Robin.

–Entonces, ¿has comprado una nueva casa de muñecas para tu consulta?

–Lo haré pronto.

Su madre frunció el ceño.

–¿Sabes? Lo correcto hubiera sido decirle a Claire Stone que debería llevar a su hija a una clínica de verdad que tuviera los recursos y el personal para darle a su hija el mejor tratamiento posible.

–Mamá –dijo Robin con la voz temblorosa. La punzada de dolor y tristeza que sintió la sorprendió. Incluso después de todo este tiempo, sabiendo lo que su madre podía llegar a decir, aquella mujer seguía siendo capaz de infligirle dolor–. No puedo hablar de esto y lo sabes. Pero yo les doy a mis pacientes el mejor trata-miento…

–Ni siquiera puedes permitirte una casa de muñecas para que la niña juegue en tu pequeña sala –dijo su madre, cogiendo el bolso–. Por lo menos déjame ayudar. La casa de muñecas que vi en internet cuesta ciento cincuenta dólares. Te daré la mitad, aquí tienes ochenta…

–No necesito tu dinero –dijo Robin, apretando los dientes.

–Qué curioso, no pareció importante cuando te ayudaba con la matrícula de la universidad. Y eso fueron mucho más de ochenta…

Robin se levantó.

–¿Te vas? –preguntó su madre con estupor.

–Si no paras, me voy –dijo Robin.

Odiaba notar las lágrimas en su garganta. Qué pequeña la hacía sentir su madre.

–¿Si no paro de qué? Solo estamos hablando.

Robin dio un paso para alejarse.

–De acuerdo –espetó su madre.

El tormento era evidente en su rostro. Si Robin la dejaba allí comiendo sola, sería humillante. No podría soportarlo.

—No hablaré de darte dinero. Ni de tus sesiones con Kathy Stone. Veo que es un tema delicado.

Robin volvió a sentarse. Su madre la miró con el ceño fruncido y apretando los labios. Luego cogió delicadamente el cruasán y lo cortó por la mitad.

—Entonces —dijo, cambiando su tono de voz—, ¿hay alguna novedad en tu vida amorosa?

Capítulo 28

A Robin le dio un vuelco el corazón al abrir la puerta principal y ver que Kathy llevaba la caja de zapatos en las manos.

Desde la tarde del día anterior en la cafetería de Jimmie, su cabeza no había dejado de dar vueltas intentando procesar todo lo sucedido. ¿Tendría razón su madre? ¿Debería derivar a Kathy a alguien con más experiencia en el inusual trauma que había sufrido? De hecho, ¿podría haber algo de verdad en lo que la gente decía, que estaba obligando a Kathy a revivir su trauma en lugar de superarlo?

Pero, por muchas vueltas que le diera, estaba segura de que hacía lo mejor para Kathy. Darle a la niña la oportunidad de comunicar su trauma bajo su control absoluto era la mejor manera de gestionarlo. Y ella ni siquiera la guiaba sutilmente. Todo lo que Kathy hacía en la sala de juegos provenía de la propia niña. Robin solo la ayudaba prestándole atención y empoderándola.

Para asegurarse de ello, lo consultó con un colega por teléfono, un profesor que había tenido en la universidad. El profesor estuvo de acuerdo con Robin y le parecía que estaba actuando correctamente. Fue un alivio oír a un colega decir esas palabras.

Y, en cuanto a la policía, el detective King había llamado a Robin aquella misma mañana, preguntándole si podía acompañarle al día siguiente a hablar con el grupo de trabajo encargado del caso de Haley Parks y explicarles lo que Kathy le había mostrado durante las sesiones. Robin se negó en redondo.

En cierto modo, Robin deseaba que pudieran hacer algo distinto durante esta sesión. Tal vez podrían esculpir con barro. O jugar juntas en el puesto de médicos y que Kathy atendiera a Robin.

Sin embargo, parecía que Kathy había venido preparada con

su propio atrezo. La niña tenía la intención de jugar con la casa de muñecas.

—Robin, ¿podemos hablar un segundo? –preguntó Claire después de saludarla.

—Claro –dijo Robin, ignorando el malestar creciente en su estómago–. Kathy, ¿quieres esperar en la sala de juegos?

Kathy asintió y se apresuró a ir a la sala de juegos. Era tranquilizador ver lo relajada que parecía entrando sola. Kathy había interiorizado completamente el cuarto de juegos como un lugar seguro.

—Ha habido algunos progresos en el caso de la policía... Ya sabes, sobre el secuestro –dijo Claire.

—¿Qué tipo de progresos?

—Hay un detective nuevo involucrado. El detective King.

—Nathaniel King –dijo Robin–. Quería hablar contigo sobre ello...

—¿Ha hablado contigo? –preguntó Claire.

—Sí. De hecho, lo llamé yo.

—¿Tú lo llamaste?

Claire se quedó mirándola con perplejidad.

—Hace más o menos una semana –dijo Robin aclarándose la garganta–. ¿Recuerdas que te llamé para preguntarte si Kathy había visto las noticias? Luego lo llamé a él. No le dije nada de Kathy. Solo quería información oficial sobre estos casos que han salido en las noticias.

—Entiendo –dijo Claire despacio–. ¿Esto es como... un protocolo habitual en un caso como el de Kathy?

—No existe un protocolo habitual –dijo Robin–. El caso de Kathy es..., bueno, único. Y quería que alguien me ayudara con las piezas que faltan.

—Entonces, ¿por qué vino a hablar con nosotros? –preguntó Claire–. ¿Por qué lo relacionó con Kathy?

—Simplemente, ató cabos por su cuenta –suspiró Robin–. Investigó mi perfil, vio que era terapeuta infantil en Bethelville y lo relacionó con el reciente regreso de Kathy. Lo siento mucho. Debería haber hablado contigo antes de llamarle. Pero realmente no pensé...

—Sí, deberías haberlo hecho —dijo Claire con una voz más fría—. Pero no importa. Como has dicho, no nombraste a Kathy. ¿Le contaste lo que pasó en las sesiones?

—Desde luego que no. No rompería así la confidencialidad de Kathy. Se lo dejé muy claro cuando vino. —Robin tragó saliva—. Y él quería que yo hablara con algunos colegas suyos de la policía. Le aclaré que eso no iba a ocurrir.

Claire asintió lentamente.

—Sí, bueno…, creo que quizá deberías hacerlo.

Robin parpadeó.

—¿Cómo?

—Lo he hablado con Pete —dijo Claire—. El detective King está buscando al secuestrador de Kathy. Y si lo atrapan, bueno…, ¿no se sentiría Kathy mucho más segura sabiendo que ese hombre está en la cárcel?

—Tal vez —dijo Robin indecisa—. Probablemente ayudaría. Pero…

—Pete quería que el detective se sentara a observar las sesiones. O que las grabaras en vídeo para que el detective pudiera verlas después.

—Ni hablar.

Robin estaba atónita.

—Eso es lo que yo dije. El detective King sugirió que trabajarais juntos para obtener información de Kathy y le dije que no.

—Bien. Ese no es el objetivo de estas sesiones.

—Exacto —dijo Claire—. Pero… si ves algo que pueda arrojar luz sobre la identidad del secuestrador…, algo con lo que la policía pueda trabajar…, deberían saberlo.

—No sé si es una buena idea —dijo Robin despacio—. Las cosas que Kathy me enseña son abstractas. Podrían interpretarse de forma errónea.

—Eso podemos dejarlo al criterio de la policía.

—Y podría tener consecuencias —dijo Robin—. Imagina que la policía detiene a alguien. Es posible que el fiscal del distrito necesite presentar las sesiones confidenciales de Kathy como prueba… No tengo ni idea de adónde podría llevarnos.

—Quiero que Kathy duerma una noche entera sin despertarse a

183

gritos –dijo Claire con voz temblorosa–. Si meten en la cárcel al cabrón que se la llevó, eso la ayudaría, ¿verdad?

Robin se encogió de hombros, resignada. Claire respiró hondo.

–A mí también me ayudaría a dormir mejor por la noche. Y es lo que he acordado con Pete. Le dije que te lo pediría y él estuvo de acuerdo en no hacer nada más por ahora. No quiero que la policía interrogue a Kathy ni que le enseñen fotos. A mi entender, este es el mal menor.

–De acuerdo. –Robin tragó saliva–. Si Kathy me muestra algo inequívoco, se lo haré saber al detective. Y si no estoy segura, hablaré contigo antes.

–Gracias –dijo Claire–. Vale, lo siento, ya le he quitado demasiado tiempo a la sesión de Kathy.

–No te preocupes por eso –dijo Robin enseguida–. Luego no tengo ninguna otra sesión. Puedes recogerla diez minutos más tarde.

–Gracias.

Claire se dio la vuelta y se fue.

Robin entró en la sala de juegos y se sorprendió al ver que Kathy no estaba allí. Al oír correr el agua en el cuarto de baño, echó un vistazo a la mesita de plástico. Como era de esperar, sobre ella había un folio manchado de rojo y manchas de pintura por todas partes. Al parecer, Kathy había empezado su ritual de limpieza sin esperar a Robin.

Robin se acercó despacio a la hoja empapada de pintura. En la esquina inferior izquierda de la hoja, Robin vio la huella de la palma de la mano de Kathy en el remolino carmesí. Era una huella muy pequeña.

Se podía adivinar lo que la niña intentaba conseguir con estos rituales. Kathy había experimentado encuentros violentos durante los meses en que había estado desaparecida. Al parecer, había visto una ingente cantidad de sangre, algo imposible de procesar para una niña pequeña. Pasar las manos por la pintura roja mientras estaba en un lugar seguro era su manera de asimilarlo. Podía decidir qué hacer con ella, qué cantidad verter, cuándo y cómo tocarla. Y luego se lavaba y observaba cómo desaparecía por el desagüe. La niña estaba desensibilizándose intuitivamente contra los recuerdos violentos.

Ahora que Robin sabía que Kathy podría haber sido testigo de un asesinato, la pintura roja esparcida en la página le parecía ominosa, aterradora. Casi podía notar el olor metálico de la sangre emanando de las manchas rojas. Luchó contra el impulso de tirarlo a la basura y frotar la mesa hasta quitar toda la sangre... La pintura, no la sangre. Era pintura de dedos roja.

Respiró hondo. Lo limpiaría después. Quizá la propia Kathy querría tirar el papel. Y Robin no podía dejar que la niña sintiera de ninguna manera que las cosas que mostraba la perturbaban. Lo más importante era que Kathy se sintiera libre de compartir sus sentimientos y recuerdos con Robin.

Se acercó a la puerta del baño, que estaba medio abierta. Kathy tenía las manos bajo el agua corriente y caía espuma rosada de sus palmas. Robin carraspeó suavemente y Kathy la miró antes de volver a concentrarse en el lavabo.

–El agua está quitando toda la pintura roja –reflexionó Robin–. Está limpiando tus manos.

Kathy tardó unos minutos en asegurarse de que sus manos estaban del todo limpias. Una vez de vuelta en la sala de juegos, se dirigió directamente al estante de los muñecos, buscando los que siempre escogía. Sin dudarlo, dejó atrás a la bailarina y al granjero. Ya no estaban.

Kathy colocó los muñecos en diferentes habitaciones de la casa. El hombre del Monopoly en la cama y la Mujer Maravilla en la cocina. La niña estaba en la bañera, con la mujer de la tarta a su lado. El payaso malvado fue el último en aparecer, como siempre, sentado en lo que Robin empezaba a entender como su guarida, la sala de estar. Durante un rato, Kathy se dedicó a mover los muñecos de un lado a otro. Disfrutaba lavando la muñeca de la niña con una pequeña esponja y cepillándole los dientes con un cepillo diminuto.

Entonces abrió la caja de zapatos y sacó algunos accesorios nuevos. Una pequeña alfombra redonda para el baño. Cortinas amarillas para la habitación de los niños, que pegó cuidadosamente en las ventanas con cinta adhesiva. Platos diminutos con comida de plastilina, que colocó en la mesa de la cocina. Su madre se horrorizaría si viera plastilina dentro de la casa de muñecas.

Luego, Kathy sacó el bote de Play-Doh. Robin se puso tensa, pensando que, si Kathy empezaba a usar figuras de plastilina como atrezo, tal vez tendría que decirle que no lo hiciera. Pero, cuando Kathy abrió la tapa del bote, Robin se dio cuenta de que no contenía en absoluto plastilina. Lo que había dentro parecía una mezcla acuosa. Era de color verde-marrón y tenía algunos trozos flotando en ella.

La niña colocó el bote delante de la casa. Si el agua que contenía no hubiera sido tan repugnante, podría haber representado una piscina exterior para los muñecos. Pero Robin no se hizo ilusiones. Aquello no era una piscina.

En esta ocasión, el payaso malvado agarró al hombre del Monopoly y lo arrastró afuera. Kathy entrecerró los ojos y empezó a respirar más deprisa mientras hacía caminar al payaso arrastrando al hombre del Monopoly hacia la piscina de agua sucia.

–El payaso malvado lleva al hombre del traje a la piscina de agua sucia –dijo Robin–. El agua tiene un aspecto muy desagradable.

Después de poner los dos muñecos en pie junto a la piscina, Kathy metió al hombre del Monopoly de cabeza en la porquería. Se desparramó agua verde alrededor del bote de Play-Doh cuando el muñeco se hundió en él. Del barril solo sobresalían sus piernas. Kathy manipuló los brazos del payaso para que sujetara las piernas del hombre del Monopoly.

Luego, en un movimiento inquietante, sacudió las piernas del hombre del Monopoly. Lo hizo claramente con toda la intención. Estaba representando el forcejeo del hombre mientras el payaso lo mantenía sumergido.

–El payaso malvado está sujetando al hombre del traje bajo el agua –dijo Robin–. ¡El hombre del traje no puede respirar!

Kathy siguió sacudiendo las piernas del hombre del Monopoly unos segundos más y luego lo soltó.

El hombre del Monopoly se inclinó dentro del bote. Todo se volcó y el agua se derramó sobre la mesa, salpicando la cocina de la casa de muñecas.

–¡Oh, no! –exclamó Robin en voz alta, agarrando el recipiente. Fue un acto reflejo, resultado de su consternación al ver la casa de muñecas de su madre manchada con esa mugre. Pero se había movido demasiado deprisa y su grito angustiado había sido demasiado fuerte.

Kathy se alejó corriendo de la casa de muñecas y salió disparada hacia el baño. Cerró la puerta de un portazo.

Robin quería darse un puñetazo. No era la primera vez que un niño hacía un mal uso de un juguete en la sala de juegos. En aquella sala, los juegos eran a menudo emocionales y los juguetes a veces incluso se lanzaban contra la pared. Robin siempre mantenía la calma.

Sucedió porque se trataba de la casa de muñecas de su madre. Eso la había hecho reaccionar así. De hecho, había estado tensa desde el momento en que Kathy había abierto la tapa del bote de plastilina. Le preocupaba que esa asquerosa mezcla pudiera manchar de algún modo aquella casa inmaculada, que, como había aprendido de niña, era un templo sagrado.

El agua goteaba desde la mesa, chorreando sobre la alfombra. Robin agarró unas cuantas servilletas y secó el pequeño charco de suciedad. Al mirarlo más de cerca, estuvo casi segura de que Kathy había creado el agua añadiendo pintura verde y cucharadas de tierra al agua del grifo.

Una vez hecho esto, se dirigió al cuarto de baño y se sentó junto a la puerta.

—Nadie ha resultado herido —dijo, con una voz lo bastante fuerte para que se oyera a través de la puerta—. No ha pasado nada malo. Ha sido un pequeño accidente. No ha pasado nada.

No oía ningún movimiento detrás de la puerta. Robin repasó mentalmente el baño de su consulta, intentando pensar si Kathy podía hacerse daño allí dentro. No parecía probable. El objeto más afilado del baño era la lima de uñas, y Kathy no podría hacerse daño de forma significativa con ella. Además, la ventana no se abría lo suficiente como para que la niña pudiera salir por allí. Sin duda, Kathy se sentía segura allí dentro y Robin no necesitaba forzar la puerta. Dejaría que la abriera cuando estuviese lista.

—He limpiado el agua —dijo Robin, procurando mostrar una voz firme y reconfortante—. Si quieres, puedes salir a verlo.

Al cabo de un rato, añadió:

–Puedes quedarte ahí hasta que estés preparada para salir. No hay prisa. –Robin miró la casa de muñecas y el desahuciado hombre del Monopoly, que todavía tenía la cara verde por el agua tintada–. Cuando salgas, podemos pensar un final distinto para la historia. A lo mejor alguien podría detener al payaso antes de que le haga daño al hombre del traje.

Se oyó un trasiego en el baño. La puerta seguía cerrada.

Robin pensó en los accesorios que Kathy seguía haciendo para los muñecos y la casita.

–A lo mejor podemos construir juntas una cárcel –dijo–. Para encerrar al payaso malvado cuando se porte mal.

La puerta se abrió con un chasquido. Kathy asomó un ojo por una pequeña rendija. Robin le sonrió.

–¿Te apetece? Creo que tengo una cajita que podemos convertir en una cárcel.

Pudo ver cómo Kathy asentía tímidamente a través de la ranura. Robin se levantó y abrió el armario, rebuscando en su interior hasta encontrar una pequeña caja de cartón donde guardaba algunas pelotas antiestrés. Vació la caja y volvió a la puerta del baño.

Le mostró la caja a Kathy.

–¿Qué te parece?

Kathy abrió la puerta y salió. Se sentaron en la alfombra. Robin le dio un rotulador a Kathy, proponiéndole que marcara el sitio donde quería que estuviera la puerta. Kathy dibujó un rectángulo en una cara y Robin le dio unas tijeras.

–Pero no lo recortes todo –dijo Robin–. Deja un lado intacto para que podamos abrir y cerrar la puerta.

Kathy puso los ojos en blanco y eso la hizo sonreír. Era lo máximo que la niña podía acercarse a decirle: «Pues claro».

Kathy recortó la puerta. Luego añadieron una pequeña ventana al otro lado de la celda. Robin también recortó una ventana diminuta en la puerta, con barrotes. Para terminar, prepararon una tira grande de cartón que pudiera hacer de barra para mantener la puerta cerrada. Robin hizo dos cortes a ambos lados de la puerta y le enseñó a Kathy cómo podían hacer pasar la barra a través de esos cortes para que la puerta quedara bloqueada.

–Puedes escribir «cárcel» encima de la puerta –dijo Robin–. Así el payaso malvado sabrá adónde va.

La boca de Kathy esbozó una pequeña sonrisa, pero al sostener el rotulador sobre el cartón pareció paralizarse. Escribir una palabra todavía era demasiado para ella. Demasiado verbal.

–Te diré las letras –dijo Robin con delicadeza–. C…

Kathy escribió una gran C.

–Á… R… C… E… ¿Y sabes qué viene después?

Kathy dudó antes de añadir la L al final de la palabra.

–¡Bien hecho! Ahora busquemos algunos policías para meter al payaso en la cárcel.

Robin tenía tres figuras de policías, pero Kathy no parecía satisfecha. En última instancia, los policías obtuvieron los refuerzos de He-Man y un tiburón. Aquel gran comando llegó a la casa de muñecas en brazos de Kathy. Una vez allí, apiló todas las figuras sobre el payaso y golpeó el montículo con el tiburón unas cuantas veces, por si acaso.

–Los policías y sus amigos detienen al payaso malvado porque le ha hecho daño al hombre del traje –dijo Robin enérgicamente–. Eso está bien. Ha sido un payaso malo y ahora irá a la cárcel.

El comando policial llevó al payaso a la cárcel de cartón sujeto entre las mandíbulas del tiburón. Kathy lo metió dentro y cerró la puerta, y luego, con un poco de ayuda de Robin, la atrancó.

Kathy respiró hondo. Entonces, se dirigió a la vieja casa de muñecas, cogió varias sillas de plástico y una cama de dentro y las apiló delante de la puerta. Luego puso al tiburón enfrente, por si acaso.

–El payaso malvado no saldrá de ahí durante mucho tiempo –dijo Robin.

Kathy miró por la ventanilla al payaso, que yacía dentro. Luego se incorporó y le dedicó a Robin una gran sonrisa de felicidad.

Robin se tragó el nudo que tenía en la garganta.

Kathy se pasó el resto de la sesión jugando con la casa de muñecas. Solo se tomó un pequeño descanso para enterrar al hombre del Monopoly en el arenero.

Cuando Claire vino a recogerla, Kathy sonreía. Claire miró a Robin.

—¿Cómo ha ido?

—Ha sido una buena sesión —dijo Robin—. Creo que hemos avanzado mucho. Ya lo comentaremos en detalle hoy durante vuestra sesión.

—Lo siento —dijo Claire cabizbaja—. Tenemos que anularla otra vez.

Robin apretó la mandíbula. No era raro que los padres evitaran las sesiones de orientación, pero Claire parecía estar más comprometida con la terapia de Kathy.

—Es vital que tengamos estas sesiones, Claire.

—¡Lo sé! Buscaremos otro momento. En un par de días. Hoy hemos tenido una especie de emergencia.

Robin suspiró.

—De acuerdo. Avísame cuando podamos hablar.

—Lo haré. —Claire vaciló—. ¿Tendrás en cuenta lo que hemos hablado antes? ¿Lo de la policía? Es importante.

—Sí, lo tendré en cuenta.

Robin observó cómo se alejaban. Menny se acercó y la miró con la lengua fuera.

—¿Quieres dar un paseo, amigo?

Menny empezó a correr de un lado a otro entusiasmado.

—Un momento. Tengo que hacer una llamada.

Sacó el móvil y repasó las llamadas recientes. Puso el dedo sobre la de aquella mañana.

Contestaron en menos de un segundo.

—¿Sí?

—Detective King, soy Robin —dijo, frunciendo los labios—. Puedo hablar con sus colegas del grupo de trabajo mañana.

Capítulo 29

Robin miraba por la ventanilla del pasajero y veía pasar los árboles a toda velocidad. El trayecto hasta Indianápolis duraba dos horas y ya empezaba a arrepentirse de viajar con Nathaniel King. El día anterior, cuando él le propuso recogerla, se había sentido aliviada. Conducir no le gustaba mucho. Al parecer, la reunión con el grupo de trabajo podía durar varias horas, lo que significaría volver cuando hubiera oscurecido, cosa que odiaba profundamente.

Pero ahora se daba cuenta de que tendría que pasar cuatro horas con este policía al que no conocía y con un gusto musical un poco ofensivo.

Su lista de reproducción había empezado bien con una canción de Leonard Cohen. Sin embargo, la siguiente fue una de Ariana Grande. Luego sonó Ray Charles seguido de… algo demasiado digital y con muchos agudos. Después, Jimi Hendrix, que a Robin no le disgustaba, pero, luego, una canción veraniega que definitivamente no podía tolerar.

—Vale, ¿qué es esto? —espetó por fin.

—¿Qué?

Nathaniel la miró de reojo.

—Esta lista de reproducción no tiene ni pies ni cabeza. ¿Qué estamos escuchando?

—¡Ah! Comparto mi lista de reproducción con mi sobrina. Tiene diez años. Así que a veces es un poco variopinta.

—¡Y que lo digas! —Robin miró las siguientes canciones de la lista—. Dios mío, ha puesto «Baby Shark».

Nathaniel enarcó las cejas.

—¿Y cómo sabes que «Baby Shark» no es una de mis canciones?

Robin se rio.

—¿Podemos apagar la música?

—Como quieras. Pero nunca oirás a James Brown de telonero de Dua Lipa en ningún otro sitio.

Nathaniel la apagó.

—Gracias.

Condujeron un minuto en feliz silencio.

—Bueno, probablemente, debería prepararte para esta reunión —dijo Nathaniel—. Hay un grupo de trabajo dedicado a investigar el caso de Haley Parks. Cuatro policías del estado, dos detectives de homicidios y un federal. Y también hay un grupo de trabajo que investiga el asesinato de Gloria Basset. Esta reunión es con ambos grupos de trabajo.

—¿Y quién está en el grupo de trabajo de Basset?

—Bueno, estoy yo… —Nathaniel se detuvo—. Y nadie más.

—¿Lo dices en serio?

—Me temo que sí —dijo, frunciendo el ceño—. Por cierto, hay algo que me ronda la cabeza. ¿Por qué te pusiste en contacto conmigo? Pensaste que tenías información que relacionaba los casos de Basset y Parks. ¿Por qué no llamaste a quienes investigaban el asesinato de Parks? Supongo que eras consciente de que tendrían más recursos.

—Yo… lo intenté —admitió Robin—. Tienen una línea de atención telefónica. Pero cuando llamé no me tomaron muy en serio.

—No me sorprende. Reciben docenas de llamadas todos los días. Cualquier oyente de pódcast sobre crímenes reales está seguro de poder resolver el asesinato de Haley Parks.

—Sí —dijo Robin—. Apenas había pronunciado unas palabras cuando el tipo al otro lado del teléfono me preguntó sin rodeos si había sido testigo de algo o si tenía alguna evidencia concreta. Y no era el caso.

—Y entonces me llamaste a mí.

—Bueno, tardé casi quince minutos. Llamé al Departamento de Policía de Indianápolis y transfirieron mi llamada unas cuantas veces hasta llegar a ti.

—Tiene sentido —dijo Nathaniel con una exhalación—. Bueno, en cualquier caso, con tu ayuda y los informes forenses, conseguí convencer a una persona del grupo de trabajo de Parks de que estos asesinatos podían estar relacionados. Por eso quieren hablar contigo y oír de primera mano lo de tus sesiones.

—No puedo contarles…

—Lo sé, lo sé —dijo haciendo un ademán con la mano—. La confidencialidad. Pero podrás decirles algo, ¿verdad?

Robin suspiró.

—Sí. Acordé con la madre de Kathy que les hablaría de aquello que crea que está relacionado con el caso de una manera directa.

—Esa mujer es increíblemente fuerte —dijo Nathaniel con admiración.

—¿Quién, Claire? —preguntó Robin, sorprendida.

—Sí, Claire Stone. Pensé que me iba a pegar un puñetazo la primera vez que fui. Solo pregunté si podía observar las sesiones… Deberías haber visto cómo me miró. Me he enfrentado a narcotraficantes que no infundían la mitad de miedo.

Robin sonrió para sí.

—Pues muy bien. No sabía que era así.

—Creo que es algo que tienen las madres, ¿sabes?

—¿Las madres?

—Sí. Como las gallinas, que se hacen más grandes y dan miedo cuando sus polluelos se ven amenazados.

Robin sacudió la cabeza, sin decir nada.

—Tengo la sensación de que lo que he dicho ha sido de alguna manera ofensivo —murmuró Nathaniel al cabo de un momento.

—¿Por qué? —preguntó Robin en tono inocente—. ¿Porque has generalizado a todas las madres del mundo y las has comparado con las gallinas? ¿O porque has trivializado la respuesta de Claire y la has convertido en un acto reflejo como abrir las alas y cacarear?

—Bueno, dicho así, parece ofensivo. Lo que quería decir es que la mayoría de las madres tienen una conexión especial con sus hijos. Y pude ver eso en Claire, ¿sabes?

—En fin.

Se quedó mirando al frente, pensando en todas las madres distintas que había visitado como terapeuta. En Claire y Kathy. En Melody y sus cuatro hijos.

En aquellos pocos meses en los que pensó que estaba a punto de convertirse en madre.

–Pues, cuando era pequeño, algunos niños se metían conmigo en el autobús escolar –dijo Nathaniel.

Su tono de voz era suave.

–¿Qué?

–Te estoy contando una anécdota. Sobre madres. Los niños se metían conmigo en el autobús.

–¿Cómo se metían contigo? –preguntó Robin.

–Simplemente se metían conmigo, ¿sabes? Me insultaban, me tiraban cosas. Sé que ahora parezco fuerte, alto y guapo, pero ya sabes… de pequeño no era tan grande ni tan fuerte.

–¿Guapo sí? –dijo Robin, sonriendo.

–Increíblemente guapo. Ya te digo. En cualquier caso, siempre llegaba a casa llorando. Y mi madre me interrogaba hasta que le decía toda la verdad. Que sepas que todo lo que sé sobre interrogatorios criminales lo aprendí de esa mujer. –Nathaniel sonrió–. Así que fue al colegio, irrumpió en el despacho del director y le gritó a todo el mundo. Al director, a su secretaria, a un profesor que pasaba por ahí… Gritaba sin parar, hecha una furia. Yo estaba esperando fuera, en el pasillo, y los demás niños se reunieron a mi alrededor, escuchando todos los gritos. Me moría de vergüenza.

Dejó de hablar, sonriéndose a sí mismo.

–¿Sirvió de algo?

–Qué va, claro que no. No hizo más que empeorarlo. Al cabo de una semana, al llegar a casa, intenté esconder mis lágrimas porque sabía que mi madre montaría una escena si lo veía. Pero era imposible esconderse de ella. Y me dijo que lo arreglaría, pero que mientras tanto me llevaría y recogería siempre del colegio. Para que no tuviera que estar con esos matones en el autobús.

–Qué bonito.

–No sabes hasta qué punto. Mi madre no tenía coche. Me acompañaba andando hasta el colegio y me esperaba al salir. Era un paseo de media hora. Y, cada día, cuando caminábamos de vuelta a casa, yo le contaba todo lo que había pasado en la escuela y ella me contaba cómo había ido su día. Llegó un punto en que me preocupaba que consiguiera arreglar el problema del acoso en el autobús y dejáramos de pasear juntos, ¿sabes?

–Parece una mujer increíble.

–Sí –dijo Nathaniel–. Al cabo de dos años, di el estirón. Ya nadie se metía conmigo. ¿Sabes por qué?

–¿Por qué?

–Porque era grande y fuerte y guapo.

–Claro.

Robin le dedicó una sonrisa de satisfacción.

–Así que volví a montar en el autobús escolar. Me estaba haciendo demasiado mayor para que mi madre me acompañara.

Robin asintió.

–Así que lo que decía antes sobre las madres… Estaba pensando en la mía.

–De acuerdo. Y tienes razón –admitió Robin–. Muchas madres tienen lo que tú dices que tienen las madres. Solo que es más complicado que…

–¿Las gallinas?

–Exacto.

–¿Y qué pasa con tu madre?

–¿Qué pasa con ella? –preguntó Robin.

–¿Tuviste buenos momentos así con ella?

–Sí, claro, supongo –dijo, encogiéndose de hombros.

–¿Supones?

Robin se frotó los ojos.

–Mi madre y yo tenemos una relación complicada. Pero hubo grandes momentos.

–¿Como cuáles?

–Ella tenía un programa de entrevistas muy popular en la radio local. Todo el mundo lo escuchaba.

–¡Oh, eso es genial! ¿Una celebridad local?

–Exacto. Se llamaba *Es personal, con Diana Hart*. Lo emitían tres veces a la semana. Y cada vez que se emitía, a las cuatro de la tarde, mi hermana y yo nos sentábamos junto a la radio y la escuchábamos. Duraba una hora entera. No nos perdimos un solo programa. Ambas esperábamos a que llegara a casa. Y, cuando volvía, hablábamos sobre el programa. Ya sabes, sobre lo que nos había gustado, sobre cómo había estado ella... Era como nuestro momento especial con ella.

–Qué bonito.

–Sí –dijo Robin de forma monótona.

Las cosas que no había dicho le pesaban. Nathaniel pareció darse cuenta de que ya no quería hablar y se concentró en la carretera.

Buscando una distracción, sacó su teléfono y tocó la aplicación de Facebook. Se desplazó hacia abajo, dando a «me gusta» a fotos de cachorros, ignorando una diatriba política, leyendo las dos primeras líneas de un post sobre un escándalo en el mundo de la psicología...

Y entonces vio su nombre.

Se dio cuenta al desplazarse por la pantalla, un segundo demasiado tarde. La publicación ya había desaparecido. Se detuvo y retrocedió hasta encontrar la publicación en cuestión. Era una de esas publicaciones sobre Kathy, con el retrato de Kathy que casi todo el mundo utilizaba en las noticias. La publicación era de alguien llamado Sherry Nelson. Robin recordaba vagamente a esa mujer. ¿No era la organizadora de una venta local de pasteles en Bethelville? Al parecer, eran amigas en Facebook, aunque Robin no recordaba haber mantenido nunca una conversación real con ella.

La publicación empezaba como todas las demás publicaciones sobre Kathy. Lo feliz que estaba de que Kathy hubiera regresado, que había rezado por la niña durante meses. Los ojos de Robin se deslizaron hacia abajo ignorando el texto anodino para encontrar finalmente su nombre.

... me ha molestado descubrir que la terapeuta que está tratando a Kathy, Robin Hart, está más interesada en su propia fama que en el bienestar de la pequeña...

El resto del texto quedaba oculto por el enlace «Ver más» de Facebook. Durante una fracción de segundo, Robin se resistió a abrir el enlace. No necesitaba ver más. Ver más no haría que su vida fuera mejor. Ver más no calmaría los fuertes latidos de su corazón ni aliviaría la tensión de sus músculos.

Sin embargo, desplegó el post entero.

Según parece, Robin ha estado obligando a Kathy a revivir su traumático año una y otra vez como parte de una especie de técnica psicológica experimental. Kathy ha sufrido por ello y gente próxima a la familia dice que está incluso peor que antes, arremetiendo agresivamente contra otros y negándose a ir a ningún sitio público. Si yo fuera la madre de Kathy, estaría muy preocupada por esto. Es solo mi opinión.

–¿Qué narices?

Robin explotó.

–¿Qué pasa?

–Una imbécil está hablando mal de mí en Facebook.

Robin miró horrorizada las estadísticas de la publicación. Tenía treinta y dos «me gusta», reacciones de «tristeza» y reacciones de «abrazo». Y doce comentarios.

–Puedes bloquearlo –sugirió Nathaniel.

–Es una mujer. Pero, aunque la bloquee…, ¡la gente está viendo su publicación!

Robin abrió los comentarios. Estaba bastante segura de que no conocía a ninguna de aquellas personas, pero los comentarios eran en general de indignación. Una de ellas escribió: «Tú serías mucho mejor terapeuta que ella».

–Ignóralo –dijo Nathaniel–. No es más que Facebook. En las redes sociales, la gente habla mal de otros constantemente.

–No tienes ni idea de cómo me hace sentir esto.

–¿Que no tengo ni idea? –dijo Nathaniel, mirándola–. ¿Perdona? ¿Tengo que recordarte que soy policía? ¿Has visto mucho amor por mi profesión en las redes sociales últimamente?

–Pero ¿ha habido alguien que escribiera personalmente sobre ti?

–Claro, varias veces. Lo ignoré. Quedó en el olvido.

Tenía ganas de contestar. Le diría a Sherry Nelson dónde podía meterse su opinión.

Pero no lo hizo. Nathaniel tenía razón.

Guardó el teléfono. Tenía la respiración agitada. Apretaba con fuerza la mandíbula y, para su horror, pudo sentir cómo una lágrima amenazaba con salir.

—¿Quieres oír una historia divertida? —preguntó Nathaniel.

—No.

—Te distraerá de esa estúpida publicación de Facebook.

—Lo dudo.

—Déjame intentarlo.

Robin exhaló.

—De acuerdo.

—Hace unos años, cuando aún llevaba uniforme, recibí una llamada. Un tipo llamó al 911 para decir que alguien había entrado en su casa. Así que mi compañero y yo fuimos hacia allí. Era un tipo que vivía solo. Y, efectivamente, alguien había roto una ventana y había entrado en su casa.

—Por ahora no es una historia muy divertida —dijo Robin con voz distraída y todavía echando humo.

Maldita Sherry Nelson. Robin escribiría su propia publicación en Facebook sobre la zorra de Sherry Nelson.

—Espera, ahora viene lo mejor. Entonces, le preguntamos lo de siempre. ¿Estás herido? ¿Has visto a alguien? ¿Echas algo en falta? En ese momento empezó a ponerse esquivo. De repente no respondía a nuestras preguntas. Mi compañero y yo intercambiamos una mirada. Sabíamos lo que significaba. Lo más probable es que le hubieran robado droga o algo parecido. Así que nos acercamos de forma un poco agresiva y le dijimos que tenía que decirnos la verdad. Finalmente, nos dijo que tenía que enseñarnos algo. Nos llevó al cuarto de atrás. Nunca adivinarías lo que tenía allí.

—¿Una vaca? —dijo Robin.

—¿Qué? ¡No! ¿Por qué iba a tener una vaca en el cuarto de atrás?

—Bueno, has dicho que no lo adivinaría nunca, así que lo he intentado.

—Estás estropeando la historia. No. Lo que tenía ahí eran estantes llenos de figuras de My Little Pony.

—¿En serio?

Robin se echó a reír.

—Lo juro. Había cientos de aquellas cosas. Filas y filas de figuras de My Little Pony. Y, al parecer, el tío que había entrado le había robado cinco. Las más caras.

—Pero ¿cuánto valen? Tengo una My Little Pony en mi sala de juegos. Me costó unos diez dólares.

—Eso pregunté yo. Le pregunté si eran de oro y el tío me dijo que no, pero que eran ejemplares muy raros y cada uno costaba más de quinientos dólares. El más caro, Sweet Scoops, costaba ochocientos dólares.

—¡Oh, joder!

Robin se preguntó si alguno de los juguetes de su sala de juegos tendría algún valor. Ejemplares raros o algo así. Era poco probable.

—Increíble, sí. La colección entera valía casi tres mil dólares. Así que fui a la casa de empeños más cercana y pregunté: «¿Alguien ha intentado empeñar unas figuras muy valiosas de My Little Pony?». El tío me miró como si estuviera loco. Supongo que My Little Pony no es material de casa de empeños. Entonces me imaginé que el ladrón tenía que saber cuáles eran las más valiosas. Había cientos en esa habitación y solo se llevó las cinco más caras. Así que busqué en internet y encontré a un experto en My Little Pony en Indianápolis.

—Tengo que decir que pusiste mucho empeño en el caso de My Little Pony.

—A esas alturas ya era un asunto personal —dijo Nathaniel, sonriéndole—. Así que fuimos a ver a ese tío, nos abrió la puerta… y adivina qué llevaba en la mano.

—¿A Sweet Scoops? —se aventuró Robin.

—¡Correcto! Estaba sujetando la figurita de ochocientos dólares, Sweet Scoops. Nos vio con nuestros uniformes, cerró el pestillo y salió corriendo por la puerta trasera.

—Te lo estás inventando todo.

—Te juro que no. Así que lo perseguimos, ¿vale? La calle estaba llena de gente y el tipo intentó deshacerse de nosotros. Tal vez lo hubiera logrado si no fuera porque se trataba de un hombre adulto con una camiseta rosa de My Little Pony. No se ven muchos por ahí. Así que lo atrapamos, pero Sweet Scoops había desaparecido.

El tipo dijo que no sabía de qué le estábamos hablando. Que nunca había visto un Sweet Scoops.

—¿La había tirado?

—Qué va, mucho peor. La seguía llevando encima.

Robin tuvo que asimilarlo. Entonces miró a Nathaniel, horrorizada.

—No.

—¡Has acertado! El colega se metió el poni en los calzoncillos. Era un día caluroso, estaba corriendo… Bueno, supongo que quizá no quieres todos los detalles.

—¡No! —Robin ya estaba muerta de la risa—. De verdad que no los necesito.

—Encontramos el resto de los ponis en la casa del tipo. Resulta que llevaba años intentando hacerse con un Sweet Scoops y, cuando vio en un foro de internet que alguien de la ciudad lo tenía, no pudo contenerse. Así que recuperamos los ponis de aquel tío, pero tuve que explicarle por qué Sweet Scoops olía tan raro. No le hizo ninguna gracia.

—¡No tenías por qué decírselo!

A esas alturas, unos grandes lagrimones corrían por las mejillas de Robin.

—No, supongo que no. Pero quería decírselo.

Robin se rio hasta que empezó a dolerle la barriga, mientras Nathaniel continuaba conduciendo con una ligera sonrisa dibujada en los labios. Aun después de tranquilizarse, cada pocos minutos la imagen de la pequeña figurita de Sweet Scoops escondida en la ropa interior del ladrón de My Little Pony volvía a su mente, arrancándole otra risa involuntaria.

Capítulo 30

El Departamento del *Sheriff* en Bethelville, donde Robin había estado unas cuantas veces, era una estructura bastante grande. Durante los días posteriores a la desaparición de Kathy, se había convertido en el centro de las operaciones de búsqueda y solía albergar a más de sesenta personas al mismo tiempo, algo nada desdeñable para un pueblo con poco más de cinco mil habitantes.

Pues bien, la sede del Departamento Metropolitano de Policía de Indianápolis lo hacía parecer un cobertizo pequeño y decrépito.

Era un edificio enorme e imponente. Robin se alegraba de estar con Nathaniel y de no tener que atravesar sola la entrada principal. Nathaniel la condujo hacia el interior con decisión, pasando por delante del mostrador principal con apenas un gesto. Llamó al ascensor y, al entrar, pulsó el botón de la planta catorce.

La llevó a una gran sala de reuniones con ventanas encaradas hacia la ciudad. Dos pizarras blancas de gran tamaño estaban apoyadas contra la pared. Había algunas fotos pegadas y varias columnas de notas con garabatos. Robin reconoció una de las fotos: el retrato de Haley Parks que había circulado en las noticias. Había varias fotos de la escena del crimen, incluida una foto del cuerpo de Haley tal como lo habían encontrado, colgado de un árbol, con la ropa manchada de sangre. Robin apartó la mirada rápidamente, sintiendo que la imagen se quedaba impresa en su retina. A diferencia de las fotos que solían emitir en las noticias, en esta no había censura. Pudo ver la cara de la chica y el evidente deterioro de su cuerpo. Deseaba poder borrar esa imagen de su mente.

Habían llegado unos minutos antes de tiempo, por lo que la sala estaba vacía. Nathaniel se sentó en una silla frente a las ventanas.

–¿Podemos sentarnos al otro lado de la mesa? –preguntó Robin. Estaba algo mareada por las vistas. Robin no tenía en realidad miedo a las alturas, pero sí le generaban cierta desconfianza. Y si evitaba mirar la pizarra, no le quedaría más remedio que fijar la vista en las ventanas.

–Claro –dijo Nathaniel, encogiéndose de hombros–. ¿Quieres un poco de agua?

–Sí.

Tenía la garganta reseca. Empezaba a estar nerviosa. Dentro de unos minutos, un grupo de detectives y agentes federales entrarían en esa sala y tendría que explicarles por qué creía que una niña pequeña que jugaba con la figura de un villano de Batman podría haber sido testigo de dos casos de asesinato.

Los agentes empezaron a llegar poco después. Nathaniel la presentó a cada persona que entraba, pero tenía la mente tan aturdida que no pudo retener la mayoría de los nombres. De los siete agentes que le presentaron, solo había una mujer, una policía estatal. Robin retuvo al menos su nombre: la agente Tyler.

Mientras tomaban asiento, hablaban entre ellos como suelen hacer los compañeros de trabajo. Robin captó fragmentos de conversaciones que no tenían ningún significado para ella. Uno de ellos habló sobre un correo electrónico que todos habían recibido, otro le comentó a su compañero en voz baja algo sobre un turno que se había alargado demasiado y, en un momento dado, la mujer murmuró algo sobre un aprieto que había tenido con alguien llamado Abernathy, lo que hizo que dos de los policías estatales se rieran con complicidad. Todo esto hizo que Robin se sintiera aún más incómoda, como si se hubiera colado en una fiesta privada. Nathaniel la miró y le sonrió para tranquilizarla. Ella le devolvió una sonrisa impostada.

Por fin, uno de los detectives de homicidios, un tipo mayor, calvo, que se parecía a Anthony Hopkins, se aclaró la garganta. Los demás dejaron de hablar poco a poco. Parecía estar al mando. ¿Cómo se llamaba? Intentó recordarlo desesperadamente. Detective… ¿Claflin? ¿Era eso un nombre?

–¿Señora Hart o doctora Hart? –dijo fijando la vista en Robin.

–Doctora –respondió ella con una voz ligeramente aguda–. Pero puede llamarme Robin.

–Muy bien. Doctora Hart, como sin duda le ha explicado el detective King, la información que usted ha proporcionado ha generado cierta polémica.

–Esto no es lo que me ha contado –dijo Robin–. Solo me ha dicho que querían escucharme.

–Correcto –dijo Claflin–. Entonces, ¿puede explicarnos con sus propias palabras por qué se puso en contacto con el detective King? ¿Qué le reveló Kathy en sus sesiones?

Robin repitió lo que le había visto representar a Kathy durante las dos primeras consultas. Le resultó relativamente fácil, estaba acostumbrada a resumir las sesiones de juego. Lo hacía de manera regular en sus propios informes de progreso. Mientras hablaba, su voz se volvió más firme y relajada. Ese era su campo de especialización y tenía más conocimientos que cualquiera de los presentes en aquella sala. Al principio, algunos de aquellos hombres parecieron mostrar cierto desdén. Pero aquellas miradas de descrédito fueron desvaneciéndose poco a poco. Quizá no lo consideraban una evidencia, pero escuchar a alguien hablar sobre una niña de nueve años que recrea asesinatos violentos con juguetes no era algo que nadie pudiera ignorar por completo.

Cuando terminó de hablar, Claflin se aclaró la garganta.

–Yo tengo dos niños y uno de ellos tiene varios muñecos de superhéroes –dijo–. Juega con ellos a menudo y, en ocasiones, suele emplear bastante violencia. ¿Es posible que se trate simplemente de una niña que juega con muñecos?

–Tiene razón, se trata de una niña que juega con muñecos –dijo Robin–. Pero no desarrolla un patrón de juego común. Su intención está fuera de toda duda: está representando algo muy específico y es crucial para ella hacerlo bien. En particular, lo del taladro de juguete. Lo repitió varias veces. Estaba intentando procesar y comunicar algo que le generaba malestar.

–¿Ha visto otros casos como este? ¿Hay otros niños que representan momentos violentos que han presenciado?

–Algunas veces. En casos de maltrato doméstico. Los niños

representan momentos difíciles que han visto o experimentado ellos mismos –dijo Robin–. También tuve el caso de una superviviente de accidente de tráfico que volvía a representar una y otra vez el accidente con coches de juguete.

–¿Y qué puede contarme sobre el dibujo? –preguntó uno de los policías estatales.

Robin frunció el ceño.

–¿Qué dibujo?

–El detective King nos contó que Kathy Stone había hecho un dibujo –dijo Claflin.

–¡Ah! Eso no se lo conté.

–Me lo contó Claire Stone –dijo Nathaniel.

–No sé si es relevante. Kathy dibujó un hombre con heridas en brazos y piernas. Y luego esparció un montón de pintura roja sobre la hoja, que supongo que representaba la sangre.

–¿Heridas en brazos y piernas? –Claflin frunció el ceño–. ¿Cómo exactamente? ¿Nos lo puede mostrar?

Se dio la vuelta y cogió un rotulador de la repisa que había debajo de las pizarras.

Robin se levantó, le cogió el rotulador de la mano y se acercó a las pizarras intentando evitar las fotos con la mirada. Encontró un hueco limpio y dibujó el hombre que había dibujado Kathy lo mejor que pudo, según lo que recordaba.

–Hizo algo así. Y luego cogió pintura roja… –Robin encontró un rotulador rojo– y trazó unas líneas por sus brazos y sus pies. Así. Luego dibujó cómo goteaba la sangre y finalmente embadurnó todo el dibujo con pintura roja.

–Entonces no parece que tenga heridas en los brazos y las piernas –dijo Claflin–. Parece que se los hayan cortado.

Robin lo miró con la boca abierta, atónita. Luego volvió a mirar el dibujo que había hecho.

Las cuatro líneas le amputaban por completo las extremidades.

–Yo no lo interpreté así –dijo. Se recordó a sí misma diciendo que el hombre se había hecho daño en la mano y luego en la pierna–. Creo que Kathy dibujó un esbozo. El dibujo es plano, por lo que parece una amputación…

–Podría haber dibujado pequeños agujeros o arañazos por las extremidades –dijo la mujer policía–. Pero no lo hizo. Dibujó las heridas horizontalmente.

–¿Por qué piensan eso? –preguntó Robin–. Es una interpretación. No se trata de un dibujo hecho con precisión.

–Lo pensamos porque podría estar relacionado con un tercer caso –dijo Nathaniel.

–¿Un tercer caso?

Robin sintió un mareo.

–Hay un asesinato sin resolver en Kentucky –dijo el agente federal–. Encontraron el cuerpo de Cynthia Rodgers, de veintiún años, enterrado en un bosque. Los detalles del caso parecen coincidir con ese dibujo.

–¿Los detalles? –Robin se quedó mirando el dibujo–. ¿Qué detalles?

–Los miembros amputados –dijo Nathaniel tras unos segundos de silencio.

–Quieres… quieres decir que encontraron…

–Quizá sea mejor no comentar todos los detalles –dijo Claflin–. Hay elementos que no encajan del todo. Kathy dibujó a un hombre, y en este caso la víctima es una mujer. Así que no necesariamente están relacionados.

–Algunos detalles del informe forense coinciden –apuntó el agente–. Los trofeos que el asesino se llevó…

–Hablaremos de eso más tarde –interrumpió Claflin con firmeza.

–¿Tres casos de asesinato? –dijo Robin, con el ceño fruncido–. Entonces…, ¿estamos hablando de un asesino en serie?

Kathy había metido seis muñecos en la casa. Y el payaso los mataba, uno a uno…

–Es una posibilidad –admitió Claflin–. Pero todavía no tenemos ninguna certeza.

–Podría haber más víctimas –dijo Robin, con la voz cargada de incertidumbre.

–¿Qué quiere decir? –preguntó Claflin, mirándola con atención.

Robin les explicó cómo Kathy sacaba un muñeco tras otro, enterrándolos en el arenero una vez que eran asesinados. Les relató cómo el tercer muñeco, el hombre del Monopoly, había muerto ahogado. Y les expuso su teoría de que los seis muñecos iban a morir uno tras otro.

Robin terminó de hablar y la sala quedó en silencio. Miró los rostros a su alrededor y vio escepticismo en algunos. Otros, como Claflin, parecían serios y preocupados.

—Si los tres asesinatos de los que hemos hablado los cometió la misma persona, es razonable suponer que también sea el secuestrador de Kathy Stone —dijo finalmente Nathaniel—. Y es posible que Kathy fuera testigo de otros asesinatos. Como el que nos ha comentado Robin.

—Entonces, esto significaría que estos asesinatos ocurrieron en los últimos quince meses, ¿no es así? —dijo uno de los detectives de homicidios, frunciendo el ceño, extrañado—. No recuerdo ningún asesinato por ahogamiento sin resolver en Indiana durante ese tiempo.

—Podría haber ocurrido en otros estados, como el asesinato de Rodgers —apuntó el agente federal.

—O el ahogamiento pudo interpretarse como un accidente —añadió un policía estatal.

—O todavía no han hallado el cuerpo —intervino Nathaniel—. Pasó un tiempo antes de que se descubrieran los cuerpos de Basset y Rodgers.

—Incluso si esos tres asesinatos estuvieran relacionados, no significa necesariamente que fueran obra de la misma persona…

—Oh, por favor, para mí las evidencias…

—¿Evidencias? ¿En serio? ¿Estás dispuesto a llamar a la policía estatal de Kentucky y decirles que tenemos un dibujo de un muñeco que coincide con su víctima?

Mientras los agentes alzaban la voz, nadie prestaba atención a Robin. La conversación había pasado a ser asunto de los adultos. Ya la habían escuchado y ahora la ignoraban. Robin asentía de forma automática mientras los policías discutían, tratando de mantenerse integrada en la conversación.

—Esto no cambia nuestro enfoque. Tenemos que centrarnos en Haley Parks.

–Podríamos estar hablando de una niña perturbada que juega a cosas extrañas, y nosotros aquí, perdiendo un tiempo valioso –dijo la oficial Tyler, visiblemente irritada–. Quiero decir, ¿qué tenemos en realidad? ¿Una niña jugando con figuritas de plástico? ¿El Joker matando al hombre del Monopoly?

Robin apretó los dientes, sintiendo cómo aquella nueva voz emergía dentro de ella, esa misma que la había impulsado a llevarse la casa de muñecas de la casa de su madre, esa que no cedió cuando el detective King la presionó. ¿Para qué demonios la habían traído si no tenían intención de involucrarla?

–Tenemos los trofeos que relacionan los asesinatos –dijo el agente federal–. No ha habido otras muertes en los últimos dos años en Indiana en las que se hayan llevado pelo de las víctimas. Lo hemos comprobado.

–¡Por favor! ¡Cadáveres sin pelo! Todas fueron muertes violentas. El pelo se pudo haber desprendido durante el forcejeo. Y el *modus operandi* de estos asesinatos es muy diferente. ¿Los asesinos en serie no suelen matar siempre de la misma manera?

–No siempre –dijo el agente federal–. Está la firma y el *modus operandi*...

–Disculpen –dijo Robin bruscamente.

Todos se volvieron para mirarla. Se aclaró la garganta.

–Yo no sé si es un asesino en serie o una coincidencia. Pero sea cual sea el caso, mi opinión profesional es que Kathy Stone fue testigo de un crimen violento real. Y está haciendo lo que puede para comunicármelo y para procesarlo. Así que no se trata simplemente de una niña pequeña que juega con figuras de plástico. No es algo que puedan ignorar.

Nathaniel asintió.

–Estoy de acuerdo. Esto merece nuestra atención.

–No discuto que la niña haya vivido cosas horribles –dijo Tyler–. Pero ¿tenemos que abandonar nuestra línea de investigación para centrarnos en este nuevo enfoque? Porque es una gran apuesta. Haley Parks merece justicia.

–También Gloria Basset –dijo Nathaniel con brusquedad.

–¡Estoy de acuerdo! Y no sabemos si podemos dársela siguiendo esta teoría descabellada –dijo Tyler, cruzándose de brazos–. No podemos saber si esto es lo que la niña vio realmente. Ella no habla, ¿verdad?

–No –dijo Robin–. No habla. No desde que regresó.

Capítulo 31

El día de la desaparición

La historia estaba llena de grandes artistas que no fueron apreciados en su momento. Evan no tenía previsto ser uno de ellos.

¿Cómo se había sentido Vincent Van Gogh sabiendo lo increíble que era su arte, sin que nadie lo apreciara? Evan podía imaginárselo. De vez en cuando, subía una foto a Instagram y obtenía unos cuantos me gusta y un par de comentarios. Así de miserable debía de sentirse Vincent.

De hecho, tal vez fuera incluso peor. Vincent tuvo la suerte de que en su época no existiera Instagram. Cómo sería subir *La noche estrellada* y obtener siete «me gusta» y un comentario de tu primo diciendo que «es muy bonito», con un emoticono con corazones en los ojos.

Algo así era suficiente para diezmar el alma.

Y Evan no tenía ninguna intención de que las cosas siguieran así. Tras años de frustración, con Robin siendo el principal sostén de la familia y él complementando sus ingresos con trabajos a veces monótonos como fotografiar bautizos, bodas y comuniones, había visto su oportunidad y la había agarrado con las dos manos.

Para casi todo el mundo, la pandemia fue una maldición. Para Evan, una auténtica bendición. Su arte empezaba a ser reconocido. Y una vez que terminara este proyecto… el cielo sería el límite.

Y esta sesión de fotos… sería su mejor trabajo. Atrevido, inusual. Nadie había hecho antes nada parecido.

Sacó otra foto de su joven modelo. Los últimos rayos del sol poniente se filtraban a través de las nubes y le iluminaban perfectamente el rostro. Le quitó el aliento.

Cuando sonó su teléfono, lo ignoró. Pero siguió sonando,

incesante, invasivo. Estropeó el momento. Se sacó el teléfono del bolsillo, apretando los dientes. Era Robin.

–Hola –respondió, con un tono un poco brusco.

–Evan...

Se aclaró la garganta.

–Dime, ¿va todo bien?

–La hija de Pete Stone ha desaparecido.

Por un momento, no dijo nada, apretando el teléfono en la mano. Finalmente, bajó la voz y miró a su modelo.

–¿Qué quiere decir «desaparecida»?

–No la encuentran por ninguna parte. La están buscando. Pensé que querrías saberlo. Quizá Pete agradecería una llamada.

–Sí..., sí, por supuesto. Gracias por avisarme.

–Deberías volver antes. Pete podría necesitar apoyo. Y yo... –Su voz vaciló. Él pudo oír las lágrimas en su garganta–. Yo también te lo agradecería.

–Claro –dijo, frunciendo el ceño–. Haré todo lo posible.

–Gracias –susurró Robin–. Si la encuentran, te avisaré.

Evan dijo «adiós» y colgó.

–¿Qué ha pasado? –dijo su modelo con voz aguda.

La voz de Evan se había vuelto ligeramente inestable.

–No es nada. Terminemos con esto. Unos pocos disparos más y habremos terminado.

Capítulo 32

Robin estaba sentada en su cocina, bebiendo vino tinto. Sabía que no debía. Durante las últimas semanas, apenas había podido pegar ojo. Y el alcohol no hacía más que empeorar su sueño.

Pero su día había estado lleno de aristas y necesitaba algo para suavizar su impacto. Siempre había tenido una mente visual, y aquella reunión con el grupo de trabajo le había proporcionado combustible para sus peores pesadillas. Durante todo el viaje de vuelta, no dejó de recordar la foto de Haley Parks. Y cuando intentaba ahuyentar ese recuerdo, su mente evocaba imágenes de otras mujeres. Gloria Basset con un agujero enorme en el cráneo. Cynthia Rodgers, cuyos detalles de la muerte eran demasiado horribles para entretenerse en ellos. Y quizá otras víctimas, cuyos cuerpos aún no habían sido descubiertos.

Nathaniel había tratado de distraerla, pero, aunque se esforzaba por escucharlo, perdía el hilo de sus palabras a mitad de frase, mientras los ojos sin vida de una mujer muerta parecían mirarla fijamente.

Al llegar a casa, abrió una botella de vino y se sirvió una copa grande. Después de bebérsela, se sirvió otra, agradeciendo la pesadez cerebral que acompañaba la bebida y la leve niebla que empezaba a formarse en su cabeza.

Aun así, no era suficiente. Esos fragmentos imaginarios seguían atormentándola como un terror constante que la acechaba.

Decidió distraerse mirando el móvil. Abrió Facebook y, para su disgusto, se topó con la publicación tóxica de Sherry Nelson. Había recibido algunos «me gusta» más y alguien incluso la había compartido. Intentó enfadarse para reemplazar su miedo con ira, pero no lo consiguió. Aquello le parecía insignificante. Una mujer despotricando contra ella en las redes sociales, ese frágil sustituto de la conexión humana real. Robin vio las palabras de esa mujer por lo que eran en realidad: bits de datos almacenados en algún servidor en alguna parte del mundo, junto a billones de otros bits. Y todos esos «me gusta» y comentarios eran lo mismo. Nada más que bits. Unos y ceros. No eran tangibles. No eran reales.

En algún lugar, ahí fuera, un hombre asesinaba mujeres usando métodos despiadados y espantosos. Y la pobre Kathy había sido testigo de sus actos. No había nada más real que eso. ¿A quién le importaba Sherry Nelson y su ridícula opinión?

De hecho, no hubo nada en Facebook que consiguiera distraerla. Necesitaba contacto humano.

Marcó un número.

Melody respondió al cabo de unos segundos.

–Hola.

Parecía exhausta.

–Hola –dijo Robin con la voz temblorosa–. ¿Estás… ocupada?

–¿Qué ocurre?

–Me vendría muy bien un poco de compañía.

–¿Quieres acercarte?

Acercarse. Robin echó un vistazo al exterior. La calle estaba plagada de sombras.

–No puedo conducir. He bebido vino. Y… no quiero caminar sola en la oscuridad.

Hubo una breve pausa.

–Voy para allá –dijo finalmente Melody.

Tardó diez largos minutos en aparecer y Robin sintió un inmenso alivio cuando los faros del automóvil de Melody brillaron a través de la ventana de su cocina. Se dirigió a la puerta. Menny ya estaba allí, meneando la cola.

–Hola –dijo Robin al abrir la puerta.

Y entonces empezó a llorar.

Los brazos de Melody la envolvieron, sumiéndola en un cálido abrazo. Robin dejó que su hermana la llevara otra vez adentro mientras Menny daba vueltas a su alrededor, casi haciéndolas tropezar un par de veces. Se dejaron caer en el sofá, Robin apoyada en el hombro de Melody.

—Creo que he dejado mocos en tu jersey —dijo, secándose los ojos.

—Quedarán bien disimulados con los mocos de mis hijos —bromeó Melody.

—Gracias por venir. Yo solo… No quería estar sola.

—Muy bien —dijo Melody en un tono delicado—. ¿Preparo algo para beber?

—Claro. Yo ya había empezado.

Melody se levantó y se dirigió a la cocina. Volvió con el vino y dos copas.

—Falta casi la mitad. ¿Me equivoco al pensar que te lo has bebido todo esta noche?

—Ha sido un día duro.

Melody sirvió dos copas.

—A ti te pongo menos. No quiero repetir aquella noche en el instituto con el vodka de arándanos rojos.

—Si no me falla la memoria, fuiste tú quien perdió la cabeza aquella noche.

—Ni hablar. Recuerdo claramente haber limpiado el vómito de mi habitación, rezando para que papá y Diana no entraran a ver qué era ese ruido.

—Ah, es verdad —dijo Robin sonriendo—. Tu habitación olió a vómito dos días enteros.

Melody levantó su copa para brindar.

—Por el vodka de arándanos.

—Por no beberlo nunca más.

Robin y Melody entrechocaron las copas.

—Hablando de Diana… —dijo Melody.

—¿Qué pasa con ella?

—Tienes que ir a visitarla, Robin. Y devolverle su dichosa casa de muñecas. Me ha vuelto loca. Me ha estado llamando varias veces al día.

—¿Por qué no vas tú a visitarla?

—No puedo —le recordó Melody—. No me deja, tiene miedo a la COVID.

—No me puedo creer que estemos hablando de esto otra vez. Nada te impide ir a verla. ¡Tus hijos están vacunados, Melody!

Melody dio un sorbo a su copa.

–Diana no lo sabe. En cualquier caso, no estamos hablando de mí. Estamos hablando de ti y de tu pequeña rebelión.

–No hagas esto –dijo Robin, levantando un dedo–. No hagas el papel de madre conmigo.

Melody abrió los ojos de par en par. Parecía desconcertada.

–Yo no hago… No puedes compararme con Diana. No me parezco en nada a ella.

–Lo que acabas de hacer es exactamente lo que haría mamá. Echarme la culpa a mí. Esto es tanto cosa tuya como mía.

–A mí déjame. ¡Yo no le robé la casa de muñecas a Diana!

–No puedo mantener el fuerte yo sola, Melody. Tienes que empezar a visitarla.

–No seas tan dramática. Hablo con ella por teléfono constantemente. No he desaparecido de su vida.

–No es lo mismo que ir a visitarla, y lo sabes –dijo Robin apretando los dientes–. No volveré a hacer lo mismo.

–¿Lo mismo? ¿De qué estás hablando?

–Es como cuando éramos pequeñas. Con el programa de radio…

–Oh, venga ya. Eso fue tu estúpida decisión. No te hagas la víctima.

–¡Hice lo que tenía que hacer!

Robin ya estaba gritando. Los recuerdos le empezaron a venir a la memoria. Tener que levantarse en mitad de la noche, con la alarma sonando… La radio, tenía que acercarse a la radio…

–¿Lo que tenías que hacer o lo que Diana quería que hicieras? –cuestionó Melody–. No es lo mismo, Robin.

Robin estaba a punto de estrangular a su hermana.

–No pienso volver a tener esta discusión. Aquel programa de radio…

–El programa de radio fue otra forma de Diana de torturarte.

Escuchar la radio, cada palabra, memorizando los detalles, cada momento importante…, crucial… No podía hablar de esto. No en este momento, después del día que había tenido. Apartó aquellos recuerdos, se cruzó de brazos y bajó la barbilla.

–Si no le dices a mamá que tus hijos están vacunados, lo haré yo.

–No lo harás.

Melody parecía genuinamente sorprendida.

–Sí lo haré. Se enterará de todas formas en algún momento.

–Dame un poco de tiempo, ¿de acuerdo? Las vacaciones de verano están a punto de empezar…

–¡No puedo, Melody! Estoy a punto de desmoronarme. No duermo, están pasando cosas en el trabajo, mamá me está volviendo loca y ya no aguanto más. ¡Ya no puedo más!

Ambas respiraban de forma agitada. Robin tenía el rostro enrojecido y su corazón latía con fuerza. Ella y Melody casi nunca se gritaban la una a la otra. De vez en cuando se lanzaban pullas y se trataban con frialdad, por supuesto. Pero esto era otra cosa.

–Está bien. –Melody fue la primera en romper el silencio que se había creado entre ellas–. Se lo diré. Incluso iré a visitarla, ¿vale? Y si me llama por la casa de muñecas, le diré que me dijiste que la necesitabas unos días más.

–Gracias.

Robin dejó escapar un suspiro tembloroso. Dio un sorbo a su vino, haciendo todo lo posible por mantener firme su mano temblorosa.

–Lo siento, no sabía que las cosas estaban tan mal –dijo Melody.

–No es nada. Bueno, sí lo es. Pero pasará.

Melody se acercó un poco más a ella.

–¿Qué ha pasado hoy?

–Creo que no puedo hablar de ello.

–¿Es lo que te está afectando en el trabajo?

–Sí.

–¿Tiene que ver con Kathy?

Robin dudó.

–No puedo hablar de ello.

Melody asintió con seriedad.

–¿Tú también vas a decirme que debería dejar de tratarla? –preguntó Robin.

–¿Quieres dejar de tratarla?

–No.

–Bien. –Melody dio otro sorbo–. Dudo que pudieran encontrar una terapeuta mejor que tú.

–Necesitaba de verdad que alguien me dijera esto –dijo Robin con los ojos llenos de lágrimas otra vez.

–Pues… cuando he llegado parecías aterrada.

–Estaba un poco asustada.

Melody exhaló.

–Cuando la secuestraron, estuve siempre asustada. Y nos preocupaba que quien se la hubiera llevado viviera cerca. Tenía pesadillas con los niños. Que los había perdido, que los llamaba y no me contestaban.

Robin se frotó los ojos.

–Yo también tuve miedo. Pero debió de ser aterrador para ti. Sobre todo, con Amy.

–No pude dormir durante días después del secuestro –dijo Melody, dando vueltas al vino en su copa–. Fred me abrazaba por la noche para que dejara de temblar.

–Ojalá pudiera decir lo mismo.

–¿Quieres decir que ojalá Fred te hubiera abrazado por la noche? –dijo Melody enarcando una ceja.

–Que ojalá Evan lo hubiera hecho –dijo Robin, negando con la cabeza–. Estaba fuera la mayor parte del tiempo, en sus sesiones fotográficas. La noche después del secuestro de Kathy dejé que Menny durmiera en nuestra cama para sentirme más segura. Después Evan se quejó de que las sábanas olían a perro.

–Sí, el tío no era un gran partido.

–Eso díselo a mamá. Ya sabes, estaba siempre fuera. En todo el planeta, por una vez, todo el mundo se quedó en casa. Tal vez no fuera por elección, pero la gente se quedó con sus familias. Evan no. Porque era una gran oportunidad.

–Bueno, tal vez sea un desgraciado, pero en eso tenía razón. Era una oportunidad para él –señaló Melody–. Fue su gran oportunidad.

–Yo lo necesitaba aquí, Melody. Y cuando Kathy desapareció yo estaba embarazada. Lo necesitaba más que nunca. Pero incluso en aquel momento venía un par de días a casa y volvía a marcharse.

–Lo sé, cielo –dijo Melody, rodeando a Robin con el brazo–. Por mi parte, me alegra que le dieras una patada en el culo. Te mereces a alguien que te cuide.

–Sí. –Robin se acurrucó, acercándose un poco más a Melody–. Bueno, te tengo a ti.

Capítulo 33

Estaba sentado en el coche, esperando a que la mujer despertara. ¿Cómo sería el guion de esta escena? La tensión tendría que ser insoportable. El espectador tendría que saber que estaba a punto de ocurrir algo atroz.

Ruidos típicos de la vida nocturna en el bosque: chirridos, crujidos en los arbustos. LA CÁMARA SE DESPLAZA PARA MOSTRAR UN COCHE APARCADO JUNTO A LOS ÁRBOLES.

En el guion de una película, la mujer ya estaría despierta, gritando en el maletero. Pero en la vida real no era así. Ahora mismo estaba inconsciente. Se había asegurado de eso. No le gustaba drogarlas. Sentía que era como hacer trampa. Pero no tenía opción. Lo había aprendido con esa chica, Parks. Todas parecían, sin duda, inofensivas. Las elegía por eso. Pequeñas, delgadas, las víctimas perfectas. Pero si uno las asustaba lo suficiente, si la adrenalina empezaba a correr, eran capaces de presentar batalla, de luchar. Podían hacerle daño. Incluso podían escapar. Parks casi lo logró después de ver su cara.

Era muy complicado mantener el equilibrio. Las necesitaba despiertas, al menos, para que pudieran defenderse. Pero también las necesitaba débiles y aturdidas, para que no pelearan demasiado. Por eso las drogaba y luego esperaba pacientemente hasta que empezaban a despertarse.

La noche era tan oscura que no podía ver más allá de dos metros. Había apagado los faros, por supuesto. Lo último que necesitaba era que una patrulla de policía se preguntara qué hacía un coche allí estacionado, junto a los árboles. Así que esperó en la oscuridad, sentado, con el móvil en el regazo, pasando el rato. Esperando.

Abrió sus fotos y repasó las más recientes. Se las sabía de memoria. Las fotos de la niña en el jardín de entrada con su madre. La mujer jamás apartaba los ojos de la niña, estaba siempre pendiente.

En las últimas semanas, se había pasado varios días vigilando la casa de la niña y siguiendo a la niña y a su madre a todas partes. Kathy nunca estaba sola. Y vio cómo su madre revisaba las ventanas por la noche y conectaba la alarma. La puerta principal tenía una cerradura nueva y robusta. Aquella mujer había aprendido la lección.

Fue deslizando el dedo por la pantalla. Tenía que conseguir acercarse a la niña. Pero no era tan fácil como se había imaginado en un principio. Tendría que ser paciente y aguardar el momento propicio.

Siguió deslizando más fotografías, hasta llegar a las más recientes. Unas cuantas mujeres más a las que estaba vigilando.

No todas se daban cuenta, como la madre de Kathy, de que el mundo era peligroso.

Como la mujer que tenía ahora en el maletero de su coche, por ejemplo. Tenía un montón de fotografías de ella corriendo por el parque. Sola. Siguiendo el mismo horario y las mismas rutas. Dos días a la semana a primera hora de la mañana y dos por la tarde, ya entrada la noche. Miró la última fotografía que le había sacado. Llevaba el pelo recogido en una coleta, una camiseta blanca y unos pantalones cortos de yoga de color rosa. Todos sus pantalones cortos eran rosas o morados. Colores de niña, pasados de moda. Eso le gustaba.

Al ver la fotografía en el teléfono, notó la tirantez en sus pantalones. Consideró la posibilidad de aliviar la tensión, pero luego sacudió la cabeza. No, todavía no. Podía esperar un poquito más.

En lugar de eso, fue pasando fotos hasta llegar a las de Robin. Paseando con su perro por el parque. De pie en la cocina, enmarcada por la ventana. Haciendo cola en el supermercado local. Faltaba poco. Ella sería su próximo proyecto.

Oyó un repentino golpe en el maletero.

Se había despertado.

Apagó la pantalla y salió del coche. Se detuvo un minuto para saborear el momento. Para imaginarse el guion.

El hombre lleva una sudadera gris, ESTÁ DE ESPALDAS.
Se oyen MÁS GOLPES.
Un grito desesperado de ayuda.

Rodeó el vehículo y abrió el maletero.

La mujer estaba tumbada en el interior, con los ojos abiertos de par en par, llenos de terror.

Le enseñó el cuchillo.

–Si te portas bien, no tendré que cortarte –dijo–. Te portarás bien, ¿verdad?

Asintió con un gesto breve y aterrorizado.

En realidad, no estaba mintiendo. No tenía ninguna intención de usar el cuchillo. Esta vez el guion era completamente distinto.

Capítulo 34

Mientras Nathaniel avanzaba por el estrecho sendero que llevaba a la escena del crimen, el hedor a muerte era inconfundible. En condiciones normales, esta parte del parque olería a tierra mojada, árboles y musgo. Pero el asesinato lo había transformado todo. No solo por el olor. También por la cinta de la escena del crimen que bailaba entre los árboles. Por las ramas rotas y las huellas fangosas que revelaban la presencia de los detectives, el equipo forense y el médico forense. Por las luces rojas y azules del coche patrulla que tenía detrás, parpadeando sobre el follaje circundante.

Un graznido le hizo levantar la cabeza. Dos cuervos, posados en una rama, lo miraban fijamente. Uno de ellos inclinó la cabeza y volvió a graznar.

El sendero giraba bruscamente a la derecha y se abría a un claro junto a un arroyo. Ahí estaban todos, procesando la escena del crimen. Nathaniel recorrió con la mirada todos los elementos con las que estaba demasiado familiarizado. Los marcadores amarillos de las pruebas colocados en el suelo. El destello de la cámara del fotógrafo policial. Un miembro del equipo forense, agachado, metiendo algo en una bolsa de pruebas.

El médico forense estaba arrodillado junto al cuerpo en descomposición de una joven. El barril de agua turbia en el que la habían encontrado estaba cerca.

–Señor –dijo un policía uniformado con una libreta de notas, acercándose a él–. Esto es la escena de un crimen. Por favor…

–Detective Nathaniel King –dijo, mostrando su identificación–. El detective López me está esperando.

–Déjele pasar –dijo un hombre alto con gabardina.

Estaba de pie a pocos metros del barril, anotando algo en su libreta. A diferencia de sus compañeros, casi parecía un hombre sacado de la época de las películas de cine negro, en la que los detectives bebían *whisky* en sus oscuros despachos mientras algunas mujeres vestidas de rojo les contaban sus penas. Nathaniel firmó el registro de la escena del crimen que el agente tenía en la mano y se acercó al detective López.

—Ha llegado muy rápido –dijo López.

—Por desgracia, llevo varios días esperando esta llamada –dijo Nathaniel.

López asintió.

—Ya me lo han contado. Entonces, ¿cree que se trata de un asesino en serie?

—Es posible. –Nathaniel advirtió que había varios cuervos posados en los árboles circundantes. Sus ojos brillantes escrutaban la escena con interés–. ¿Qué tenemos?

—La víctima es Mandy Ross. Su carné de conducir está en su bolso, que estaba tirado en aquellos arbustos. La encontró el agente Cole. Como probablemente sabe, los agentes estaban rastreando los bosques cercanos. Cole informó del hallazgo a las once y media de la mañana. Estaba metida en el barril. Solo le sobresalían las piernas. –López señaló hacia los árboles–. Unos cuantos cuervos estaban picoteándola.

—Veo que tenemos algunas huellas.

—Sí, tenemos una huella. El suelo estaba lleno de barro –dijo López mientras se acercaba al lugar donde uno de los técnicos forenses estaba arrodillado. Llenaba una huella con forma de bota con un yeso gris–. Si encontramos una bota con la que podamos compararla…

El grito repentino de uno de los técnicos hizo que Nathaniel se diera la vuelta. El hombre perseguía a un cuervo que se alejaba revoloteando. Otros cuervos graznaban ruidosamente, como si se rieran, burlándose.

—Stevens, ¿se puede saber qué te pasa? –espetó López.

—¡El maldito cuervo ha salido volando con uno de los marcadores de pruebas! –dijo Stevens, mirando hacia las copas de los árboles.

—Por el amor de Dios…, ve a buscar otro.

—No sé el número que tiene.

López le lanzó una mirada severa.

–Lo encontraré –murmuró Stevens, alejándose con paso pesado.

–Asegúrate de que coincide con las fotos de la escena del crimen. No quiero que ninguna prueba sea declarada inadmisible porque un pájaro haya sido más listo que tú. –López negó con la cabeza y volvió con Nathaniel–. Estos cuervos me están volviendo loco. Y, cada dos por tres, algún graciosillo afirma que son una banda de cuervos asesinos, como si esto fuera una película de terror.

Nathaniel, que había pensado lo mismo, decidió mantener la boca cerrada.

–¿Ve ese surco en el barro? Probablemente es por donde el tipo arrastró el barril. No lo entiendo. Nos dijeron que buscaban a una víctima por ahogamiento, así que, cuando Cole informó de que la había encontrado aquí, supuse que el cuerpo estaría flotando en el arroyo. Pero en lugar de eso alguien arrastró el barril hasta aquí y lo llenó con agua del arroyo… No tiene ningún sentido –señaló López.

Nathaniel pensó en la última sesión de Robin. La niña pequeña representó el asesinato. Un muñeco ahogando a otro muñeco en un bote de Play-Doh, boca abajo. Si antes le quedaba alguna duda, ahora se había desvanecido. Kathy estaba sin duda recreando los asesinatos.

–Hemos encontrado moratones en sus tobillos. El tipo la sujetó con fuerza. Espero que fuera rápido.

–Lo dudo –dijo Nathaniel. Los moratones indicaban que el asesino había sujetado el cuerpo de la muchacha con firmeza durante un buen rato. Seguía viva y consciente cuando todo ocurrió–. ¿El médico forense ha mencionado si le faltaba pelo?

–¿Pelo? –López frunció el ceño–. Tiene el pelo enredado y lleno de barro. No sabría decirle.

–Deberíamos pedirle que lo compruebe cuando lleve a cabo la autopsia. A las víctimas anteriores les faltaba un mechón de pelo. Pensamos que el asesino los guarda como trofeos.

López lo anotó en su libreta.

–Hay una cosa más –dijo, acercándose al barril al tiempo que señalaba el suelo, donde había otro marcador de pruebas–. ¿Qué opina?

Nathaniel examinó el barro. Podían distinguirse fácilmente tres agujeros simétricos. Estaban a la misma distancia los unos de los otros, formando un triángulo.

—Un trípode —aventuró Nathaniel.

—Exactamente —masculló López—. El malnacido tomó algunas fotografías.

—O grabó toda la escena —añadió Nathaniel.

López se dio la vuelta y escupió entre los arbustos.

—Cogeré el coche para avisar a sus padres. Denunciaron la desaparición hace unos días.

—¿Por qué esperaron tanto?

—¿Qué quiere decir?

—Creo que esta mujer fue asesinada hace al menos dos meses —señaló Nathaniel.

—No, no es así. —López pasó las páginas de su cuaderno—. Hablé con la detective que investigaba la denuncia de desaparición. La chica se presentó en el trabajo hace seis días.

—Yo… No tiene sentido.

—El cuerpo está relativamente en buen estado —señaló López—. No he hablado con el médico forense, pero puedo asegurarle que no llevaba meses aquí. Además, en esta zona, un cadáver habría atraído a los animales carroñeros.

Un escalofrío recorrió la nuca de Nathaniel. Era evidente que López tenía razón, pero…

—Tengo un testigo que vio cómo asesinaban a esta mujer. Hace unos meses.

—Pues debería tener una larga charla con su testigo, porque eso es imposible.

Hacía seis semanas que habían encontrado a Kathy. Nathaniel había dado por hecho que todas las sesiones de Robin con la niña estaban relacionadas con lo que había ocurrido antes de su regreso, durante el tiempo que estuvo secuestrada. Esta era la teoría: el asesino había secuestrado a Kathy dieciséis meses atrás, y, durante el tiempo que pasó con él, fue testigo de sus asesinatos.

Pero si a Mandy Ross la habían asesinado hacía una semana esta teoría no encajaba con la realidad. ¿Era posible que Kathy hubiera sido testigo de los asesinatos después de su regreso? No, por supuesto que no. Haley Parks, Gloria Basset y Cynthia Rodgers habían muerto antes de que apareciera.

Esto podía significar que este asesinato no estaba relacionado con los demás.

Pero tampoco podía creérselo. La niña lo había representado con tanta precisión que era imposible que fuera fruto de su imaginación. Tenía que haberlo visto. ¿Era posible que siguiera en contacto con su secuestrador? El secuestrador tal vez fuera un familiar. Quizá Kathy había estado con él incluso después de que la encontraran. Y entonces habría presenciado el asesinato de esta mujer. Excepto que…

–Un momento –dijo Nathaniel–. Ha dicho que apareció en su trabajo hace seis días. ¿Cuándo exactamente?

–El martes pasado, es decir, el 7 de junio. Trabaja en un bar, en Logansport.

Nathaniel negó con la cabeza. Era imposible. Sacó su libreta para asegurarse, aunque se sabía las fechas de memoria. La última sesión de Robin con Kathy, donde la niña había representado el ahogamiento en el barril, había sido el 6 de junio.

Al menos un día antes de que se produjera el asesinato.

Capítulo 35

Robin no estaba segura de cómo se sentiría durante la siguiente sesión con Kathy. Kathy ya no era solo una niña traumatizada que necesitaba ayuda para sanar sus traumas. Ahora también era una superviviente, una testigo. La persona que podía arrojar luz sobre una serie de asesinatos. Después de que los policías le confirmaran los espantosos actos violentos que la niña había visto, después de haber visto las fotografías, Robin estaba doblemente ansiosa por lo que Kathy podría mostrarle la próxima vez.

Sin embargo, para lo que no estaba preparada era para el pequeño vuelco de felicidad que dio su corazón al abrirle la puerta a Kathy.

La niña la miró con aquellos ojos grandes y atentos, una ligera sonrisa en los labios y la misma caja de zapatos con accesorios en las manos.

–Volveré en una hora para recogerla –dijo Claire.

Parecía distraída.

–Claro, no hay problema –respondió Robin.

Kathy le entregó la caja de zapatos a Robin y abrazó a su madre. Luego, Claire se fue y Robin condujo a Kathy hasta la sala de juegos. Como siempre, Kathy se acercó primero a la mesa de dibujo. Vertió pintura roja sobre la hoja y pasó las manos por encima.

–Tienes las manos llenas de pintura roja –dijo Robin–. Tú eres la única que decide dónde va la pintura.

Kathy finalmente se detuvo y se puso en pie. Robin se preparó para acompañar a la niña al cuarto de baño cuando, para su sorpresa, Kathy le tocó la mano con cierta indecisión. Un dedo de Robin se manchó de pintura roja.

–También hay pintura roja en mi mano –dijo Robin.

Apartó suavemente la mano de su ropa. Era una pintura de base acuosa y estaba bastante segura de que podía limpiarse fácilmente…, pero le gustaban demasiado sus pantalones para arriesgarse.

En ese momento, Kathy agarró la mano a Robin, que notó el tacto pegajoso. Tiró de su mano, acercándola a la hoja de papel.

—¿Quieres que toque también la pintura roja? —preguntó Robin.

Kathy asintió, con preocupación en los ojos. La niña se estaba preparando para una decepción.

Robin se arrodilló y colocó ambas palmas sobre la pintura roja. Las movió por toda la página como había hecho Kathy. Evidentemente, sus manos eran mucho más grandes que las de la niña, así que tenía mucho menos espacio para maniobrar.

—Me estoy manchando las manos de pintura roja —dijo Robin.

Durante unos segundos se limitó a mover las manos por la hoja en movimientos circulares. Era un ejercicio hipnótico. Para Kathy, la pintura representaba sangre. Robin estaba pasando las manos por la sangre. Tragó saliva, siguió moviendo las manos, aunque de pronto experimentó el deseo de apartarlas.

Kathy puso una mano encima de la de Robin y tiró de ella. El papel se quedó pegado en la palma de la mano de Robin, que tuvo que despegarlo con los dedos.

—Tengo las manos pegajosas —dijo Robin.

Kathy sonrió. Y luego entrelazó sus diminutos dedos con los de Robin. Se quedaron mirándose durante unos segundos.

Después, Kathy tiró de Robin hacia el cuarto de baño. Abrió el grifo.

—Podemos lavarnos toda la pintura roja pegajosa —dijo Robin.

Esperó a que Kathy se lavara primero, pero la niña tiró de su mano, acercándola al grifo, así que Robin se lavó las suyas. Entonces, Kathy se unió a ella y se lavaron las manos juntas. Kathy consiguió limpiarse las manos mucho más rápido que Robin y luego intentó ayudar a Robin frotando algunas manchas que se resistían a desaparecer. En un momento dado, Robin se vio obligada a colocarse en un ángulo incómodo debido a lo apretadas que estaban y el agua las salpicó a ambas, mojándolas.

Kathy soltó una carcajada.

Robin hizo lo mismo al cabo de un segundo, sorprendida por

la despreocupada alegría que había mostrado la niña. Terminó de lavarse las manos. Después le pasó a Kathy la lima de uñas del armario. Kathy se limpió la pintura de debajo de las uñas y luego miró a Robin.

—¿Quieres limpiar las mías? ¿O lo hago yo? —preguntó Robin.

Kathy asintió haciendo un gesto con la lima de uñas.

Robin separó los dedos y le acercó la mano a Kathy. Con mucho cuidado, Kathy raspó las manchas de pintura de debajo de las uñas de Robin con la lima. Una vez hecho esto, le dedicó una sonrisa afectuosa a Robin y le devolvió la lima. Robin guardó la lima en el armario. Luego, abandonaron el cuarto de baño.

En la sala de juegos, Kathy volvió a coger a Robin de la mano. La condujo hasta los estantes de juguetes. Sin vacilar, le dio a Robin la figura de la niña y la de la Mujer Maravilla. Kathy cogió la mujer pastelera. Siguiendo las indicaciones de Kathy, Robin cogió las figuras que le había dado y las colocó en la casa. Puso a la niña en la habitación de los niños y a la Mujer Maravilla en el salón.

Kathy colocó la mujer pastelera en la habitación con la niña. Miró a Robin, expectante. ¿Qué quería que hiciera? Robin pensó por un momento en ir a buscar la figura del Joker, pero decidió no hacerlo. En lugar de eso, subió la niña al caballito de madera.

—La niña quiere jugar en el caballito —dijo Robin.

Kathy empujó suavemente a la niña y el caballito empezó a balancearse, meciendo a la niña de un lado a otro. Kathy sonrió, encantada. Luego cogió la figura de la Mujer Maravilla y la llevó a la cocina.

—La mujer alta quiere preparar la comida para todos —dijo Robin—. Quizá debería cocinar guisantes y zanahorias.

Kathy negó enfáticamente con la cabeza.

—No. No les gustan los guisantes ni las zanahorias. Hará pasta.

Kathy sonrió y le entregó la figura de la Mujer Maravilla. Robin cogió la mujer de plástico y representó una elaborada secuencia imaginaria de cocina. La Mujer Maravilla fue a los armarios a por pasta, llenó una olla diminuta de agua y la puso en el fuego. Durante un rato, Robin dejó que una parte de sí misma disfrutara del juego como lo hubiera hecho muchos años atrás. O como lo habría hecho ahora, como madre y no como profesional. La casa de muñecas tenía tantos detalles que era fácil dejarse llevar. Iba describiendo con palabras sus propias acciones y las de Kathy mientras la niña jugaba con los otros muñecos. Era una pequeña familia feliz que vivía en su preciosa casa.

Pero Robin pilló a Kathy mirando un par de veces hacia los estantes. Sabía en qué estaba pensando la niña.

El asesino acechaba desde el otro lado de la habitación.

Entonces, Kathy acostó a la niña en la cama y colocó la mujer pastelera a su lado. Cruzó la habitación y cogió la figura del payaso malvado. Esta vez, Kathy no se llevó a Robin con ella.

Esta parte del juego seguía siendo solo de Kathy.

Había desaparecido toda la alegría de la cara de la niña. Llevó la figura en su puño y la metió en el salón, recostándola contra el sofá frente al televisor de plástico. La guarida del asesino.

—El hombre que da miedo está sentado frente al televisor —dijo Robin—. ¿Quieres meterlo en la cárcel otra vez?

Kathy pareció no oírla. En lugar de eso, se volvió hacia la caja de zapatos. Levantó la tapa y rebuscó en su interior para encontrar lo que Robin pensó inicialmente que era otro bote de plastilina. Pero entonces vio que era uno de esos odiosos *slime*.

Kathy quitó la tapa y, ante la mirada consternada de Robin, vació todo el bote en la bañera en miniatura del cuarto de baño.

Robin se aclaró la garganta.

—El…

Un fuerte golpe la interrumpió.

Kathy pegó un brinco, sobresaltada, y dejó caer el bote vacío. Corrió al lado de Robin y la abrazó por la cintura. Estaba temblando.

—No ha pasado nada —dijo Robin—. Solo es alguien que llama a la puerta.

Sonó el timbre. Luego, vinieron más golpes. Menny ladró desde otra habitación.

—Iré a ver quién es —dijo Robin—. ¿Vale? Tú puedes quedarte aquí.

Kathy sacudió la cabeza.

—Kathy, aquí nada puede hacerte daño —dijo Robin—. Iré a ver quién está en la puerta y le diré que se vaya.

Kathy seguía sin soltarla.

–Solo será un minuto. Y entonces podremos volver a empezar. ¿Quieres practicar haciendo burbujas mientras esperas?

Después de unos segundos, Kathy asintió tímidamente con la cabeza.

Robin sacó una nueva varita de burbujas de su armario y se la entregó a Kathy.

–Toma. Veamos si puedes hacer más de veinte.

Una vez que Kathy empezó a hacer burbujas, Robin salió de la sala de juegos y cerró la puerta tras de sí. Volvieron a llamar al timbre. Menny estaba delante de la puerta ladrando con cara de pocos amigos.

Robin miró por la mirilla. Luego, molesta, abrió la puerta.

–Pete –dijo–. Aún no hemos terminado.

Pete Stone estaba delante de ella con la cara enrojecida y respirando agitadamente.

–Por supuesto que hemos terminado. ¡Kathy! Vamos, nos marchamos.

Menny gruñó a los pies de Robin. Pete dio un paso atrás.

–¡Kathy!

–Pete, estás asustando a tu hija –dijo Robin, suavizando la voz–. Si quieres terminar la sesión antes, no hay problema. Pero hablemos fuera un momento.

Menny volvió a ladrar.

–¡Menny, cállate! –espetó Robin.

Menny la miró ofendido y resopló.

–De acuerdo –dijo Pete enojado.

Dio un paso atrás y Robin salió fuera con él.

–Pareces molesto –dijo Robin.

Usó la misma voz que utilizaba con niños asustados o agresivos. Suave, pero firme. Una voz que transmitía control. La voz de alguien que está al mando y te protege.

–Claro que estoy molesto –gruñó Pete–. Has seguido con estas sesiones a mis espaldas.

Robin parpadeó, sorprendida.

–No sabía que quisieras que termináramos con las sesiones.

Ahora caía en la cuenta de por qué Claire había ido anulando las sesiones de seguimiento conjunto.

–¡Se lo dije a Claire! Quería que cooperaras con la policía, que dejaras que le hicieran preguntas a Kathy y obtuvieran información para atrapar al hijo de puta que se la llevó. Así ella podría cerrar esta etapa y no tendría que volver a pensar en esas horribles experiencias.

–Pete, interrogar a Kathy durante estas sesiones habría tenido un efecto terrible en el bienestar de tu hija...

–¡Pues muy bien! –dijo levantando las manos en un gesto de exasperación. Robin se dio cuenta de que ya había oído eso antes–. Eso es lo que decía Claire una y otra vez. Si no se la puede interrogar, no hay razón alguna para que reviva estos recuerdos violentos. En lugar de dejar que nuestra niña se comporte como una persona normal, la obligas a representar esas terribles escenas todo el rato, una y otra vez. ¡Y sin ninguna buena razón aparente! ¿Cómo podrá superar todo esto si la obligas a revivirlo constantemente?

–Como ya te dije en nuestra sesión, Kathy necesita aprender a lidiar con estos recuerdos para poder seguir adelante con su vida. No la obligo a revivirlos, te lo aseguro. Estoy haciendo lo contrario. Ahora mismo los revive cada vez que los recuerda. Pero con tiempo y trabajo...

–¿Por qué tiene que recordarlos? –La voz de Pete se rompió, llena de angustia–. No debería. Si Claire y yo la ayudamos a volver a la rutina, a hacer las cosas como antes, no tendrá por qué hacerlo.

–Entiendo lo que dices. Pero...

–La única razón para rebuscar en el pasado es para ayudar a la policía a atrapar a su secuestrador. Hasta que no sea capaz de hacer eso, prefiero que no recuerde nada.

–Estos recuerdos traumáticos se desencadenan por sucesos cotidianos. Seguro que has visto...

–¡Yo tengo recuerdos horribles! –dijo Pete levantando la voz–. Apuesto a que tú también. ¿Y qué? No nos mortificamos por ellos. No nos obsesionamos con ellos. No como le estás obligando a hacer a Kathy.

–No la estoy obligando a hacer nada –dijo Robin con suavidad–. Las experiencias de Kathy no son simplemente recuerdos horribles. Son experiencias traumáticas. Y su cerebro está programado para reproducirlas cada vez que algo despierta el recuerdo. Estoy intentando cambiar eso.

–Estás haciendo que sigamos anclados en el pasado. Mi hija necesita volver al colegio. Necesita volver a quedar con amigos. Tiene que dejar de dibujar cosas espantosas y de representar asesinatos con muñecos. –Pete dejó escapar un sollozo–. Y entonces empezará a hablar de nuevo. Era una niña feliz. Puede volver a ser la misma niña maravillosa y feliz si tú no te empeñas en meterte en medio.

La diferencia fundamental entre Pete y Claire resultaba ahora evidente. Por eso Pete no quería estas sesiones.

–Pete, no se puede retroceder en el tiempo. Lo que le pasó a Kathy ahora forma parte de ella. Tienes razón en que puede ser una niña feliz, seguir adelante y vivir una gran vida. Pero esto no ocurrirá ignorando lo que ha pasado. Ocurrirá cuando supere todo lo que ha sufrido.

Pete apretó la mandíbula.

–Te equivocas. Y estas sesiones han terminado.

Dio un paso al frente apartándola con un ligero roce y entró en la casa. Ignoró a Menny que corrió tras él ladrando furiosamente. Abrió la puerta de la sala de juegos y dijo:

–Kathy, vamos. Tenemos que irnos a casa.

Robin observó impotente cómo Kathy y Pete se marchaban cogidos de la mano. Kathy tenía los ojos muy abiertos y ansiosos.

–Adiós, Kathy –dijo Robin, forzando una sonrisa en su rostro. Se despidió con la mano.

Kathy le devolvió el saludo, vacilante.

Robin volvió a entrar y cerró la puerta tras de sí. Luego, se dirigió a la sala de juegos.

Kathy se había dejado la caja de zapatos. Robin tendría que llamar a Claire para devolvérsela. El bote de *slime* estaba tirado por el suelo y Robin lo recogió. Luego, se acercó a la casa de muñecas con la esperanza de poder quitar el *slime* sin dejar ninguna mancha en la bañera en miniatura.

Se detuvo frente a la casa y tragó saliva.

La figura de la Mujer Maravilla estaba sumergida en la bañera, cubierta por el *slime* naranja. Solo le sobresalían los pies.

Capítulo 36

Por extraño que pareciera, ser psicóloga no le resultaba de mucha ayuda a Robin cuando tenía que lidiar con sus propias crisis psicológicas.

No era ninguna novedad. Es lógico pensar que debería ser de utilidad. Al fin y al cabo, si Robin fuera mecánica de coches y su coche no arrancara, abriría el capó y descubriría que el carburador o el pistón estaban defectuosos. Luego se iría alegremente a su taller, donde repararía también los coches de los demás. En un mundo ideal, si sentía que su cerebro no funcionaba correctamente tendría que poder decir: «Ajá, estoy estresada, lo que, alimentado por mis recuerdos de la infancia, me está llevando a percibir la realidad de una manera retorcida». Y entonces solo tendría que arreglarlo y todo iría bien.

Qué felices serían todos los psicólogos si así fuera.

Pero no era así. Los terapeutas no pueden tratarse a sí mismos. La mayoría de los terapeutas van a terapia, porque saben que no pueden tratarse a sí mismos. Robin también había ido a terapia. Fue una gran experiencia. Como buena psicóloga, sabía exactamente lo que se esperaba de ella. Así que tuvo unas charlas estupendas y Robin aportó las historias y recuerdos justos para mantener el interés de su terapeuta, para que sintiera que estaban haciendo progresos. Quería hacer feliz a su terapeuta. Por supuesto, para ello no era necesario ahondar en recuerdos y emociones complejas e incómodas.

En resumen: dejó la terapia al cabo de un tiempo. Su terapeuta estaba segura de que había hecho grandes progresos, pero, en realidad, no había hecho ninguno.

Ella era sabedora de que si una paciente adulta le dijera que durante los últimos dos meses había estado durmiendo un promedio de tres horas por noche; que estaba en medio de la peor crisis que había tenido nunca con su madre narcisista menos de un año después de la muerte de su padre y después de su divorcio; que estaba tratando a una niña que podría haber sido testigo de horribles asesinatos y tenía que debatirse sin cesar con lo que debía hacer moralmente al respecto; que luego había sido acusada en las redes sociales de ser poco profesional, después de lo cual el padre de la niña la había culpado de estar haciéndole daño a su hija... Robin tendría algunos buenos consejos para esta persona. Porque tenía la ligera sospecha de que estaba soportando mucho estrés. Tal vez debería tomarse un descanso. Y ver a un especialista del sueño. Y había muchas cosas que podía hacer para identificar aquello que estaba bajo su control y aquello que no. Y, tal vez, si realmente lo necesitaba, podría tomar algunos sedantes suaves. Tendría que asistir a sesiones regulares, porque había mucho que desentrañar.

Sin embargo, cuando se trataba de ella, lo que decidía hacer era ignorar todo lo anterior y dedicarse a la contabilidad. Después de todo, a Hacienda no le importaba que estuviera pasando por un momento de mierda. Los impuestos tenían que pagarse.

Casi funcionó.

Estaba encantada con ella misma, con lo serena y concentrada que estaba. Lo estaba llevando bien hasta que volcó accidentalmente su taza de café medio llena sobre el talonario de recibos. El café se derramó sobre los recibos y sobre sus pantalones y perdió el control.

Chilló y lanzó la taza contra la pared. Esta se hizo añicos y dejó tras de sí una salpicadura de color marrón. Menny, que dormitaba en un rincón, se puso en pie de un salto y huyó de la habitación. Luego, Robin tiró todos los papeles del escritorio al suelo, se levantó y dio una patada al escritorio, lo cual fue una estupidez porque llevaba zapatillas.

Acto seguido, rompió a llorar.

Fue una llorera prolongada, sentada en el suelo en un rincón de su habitación, agarrándose el dolorido dedo del pie. Se sentía desgraciada y sola.

Menny volvió y la olisqueó con preocupación. Robin le rascó la oreja y le dijo que sentía haberle asustado. No podía dejar de sollozar. Las lágrimas le obstruían la garganta y corrían por sus mejillas.

El timbre de la puerta hizo que se detuviera.

Decidió ignorarlo, pero sonó una y otra vez.

Tal vez fuera Claire, que había venido a por la caja de zapatos de Kathy. Quizá Kathy había enloquecido sin ella. No era algo que Robin pudiera ignorar por mucha autocompasión que sintiera. Si era Claire, le daría la caja de zapatos y cerraría la puerta, y eso sería todo. Y si era cualquier otra persona, podría volver otro día. O nunca.

Se acercó a la puerta y miró por la mirilla. Era Nathaniel.

Se aclaró la garganta.

—Lo siento, no es un buen momento.

—Oye, Robin, necesito hablar contigo sobre una cosa —dijo a través de la puerta.

—Te dije que llamaras si querías venir.

—Lo he hecho. Tres veces.

—Oh. Tengo el móvil en silencio.

Lo dijo en un tono acusatorio, como si fuera culpa de Nathaniel que su teléfono estuviera en silencio. Bueno, en su opinión, en ese momento había muchas cosas que eran culpa suya.

—Por favor, ¿puedes abrir la puerta?

—Yo… De verdad que no es un buen momento, Nathaniel.

Nathaniel bajó la voz y Robin casi no podía oírle a través de la puerta.

—Robin…, ha habido otro asesinato. Es él.

Mierda. Cerró los ojos y respiró profundamente.

—De acuerdo, dame unos minutos.

Fue al baño y se examinó en el espejo. Un horror. Tenía la nariz enrojecida, los ojos ensangrentados e hinchados y el pelo hecho un lío. Aquello era una pesadilla.

Se dio una ducha rápida siendo consciente todo el rato de que Nathaniel estaba en el umbral de su puerta. Tal vez, si tenía suerte, perdería la paciencia y se marcharía. Una vez duchada, se vistió rápidamente con ropa limpia y echó los pantalones manchados de café y la camisa llena de lágrimas a la ropa sucia. El estado del cesto de la ropa sucia, rebosante hasta el punto de desbordarse, la habría puesto de nuevo al borde del abismo si no supiera que Nathaniel seguía esperándola.

Finalmente, regresó a la puerta y la abrió de un tirón.

–Lo siento –dijo con la voz entrecortada–. Es que... no me encuentro muy bien.

En época de pandemia, las palabras «no me encuentro muy bien» solían bastar para que cualquiera se marchara. Pero Nathaniel no parecía dispuesto a irse. Le dirigió una mirada larga y firme y dijo:

–No pasa nada. No te habría molestado si no fuera importante.

–Pasa. –Robin lo condujo hasta la cocina–. ¿Quieres algo de beber? ¿Galletas?

–No bebo galletas.

Robin le dirigió una mirada cansada.

–Lo siento, una broma tonta. Agua me va bien –dijo Nathaniel, levantando las manos.

–Yo tomaré té.

–El té también me va bien.

Robin preparó té para ambos mientras se sosegaba. Le contaría que el padre de Kathy le acababa de decir que sus sesiones con Kathy habían terminado. Y, en consecuencia, Robin ya no era importante para la investigación. Y todo habría terminado. Sería la última vez que tendría que hablar con Nathaniel.

¿Por qué sintió una repentina punzada de tristeza?

–Así que... –dijo sentándose frente a él y entregándole la taza–, ¿has dicho que se ha producido otro asesinato?

–Han encontrado a una mujer llamada Mandy Ross en el bosque estatal Frances Slocum –dijo Nathaniel–. El asesinato... coincide con uno de los juegos imaginarios de Kathy.

–¿Cómo?

–No estoy seguro de cuántos detalles quieres oír.

Robin se lo pensó un poco y apretó la mandíbula.

–A estas alturas, supongo que acabaré imaginándome lo peor, así que será mejor que me des los detalles.

–La ahogaron en un barril de agua. Coincide con tu descripción del… Lo del hombre del Monopoly.

Robin tragó saliva recordando cómo Kathy había sacudido al hombre del Monopoly en el barril. Como si estuviera forcejeando.

–¿Podría ser una coincidencia?

–No. A esta chica le falta un mechón de pelo. Es la firma del asesino. Su trofeo.

–Así pues, se trata de otro de los asesinatos que Kathy presenció –dijo Robin en voz baja.

–No exactamente. –Nathaniel dio un sorbo a su té–. Mandy Ross murió hace menos de una semana. Después de la sesión del… hombre del Monopoly.

–Entonces no puede estar relacionado –dijo Robin, frunciendo el ceño.

–Está relacionado, eso seguro.

Robin lo miró boquiabierta.

–¿Estás sugiriendo que Kathy puede predecir de algún modo el futuro? ¿Que sus juegos violentos son… qué? ¿Paranormales?

Nathaniel enarcó una ceja.

–No. Claro que no. Una explicación es que no es el primer asesinato en un barril de agua que comete este tipo. Kathy vio el anterior.

Robin exhaló.

–Eso tiene sentido.

–Más o menos. El perfilador de la oficina no cree que sea probable. Yo tampoco soy partidario de esa teoría.

–¿Tienes otra explicación?

Nathaniel se quedó mirando su taza.

–¿Y si Kathy no vio el asesinato? De hecho, tal vez no viera ninguno. ¿Y si el asesino le hubiera contado sus planes?

–¿Sus planes? –dijo Robin, frunciendo el ceño–. ¿Crees que le dijo que iba a meter a esta chica en un barril? ¿Y por eso me lo enseña?

–Algo así. Mira, según el perfil, el asesino en serie actúa según sus fantasías. Supongamos, pues, que este tío tiene una fantasía muy concreta sobre ahogar a una mujer en un barril. Habla de ello sin parar. Kathy ha sido su prisionera durante más de un año. Lo oye hablar de ello. Una y otra vez. Las veces suficientes para que ella pueda casi imaginar que sucede. Y ahora estos recuerdos de sus monólogos dementes son lo que te está mostrando.

Robin sorbió su té pensando en ello. Podía encajar…, pero no del todo.

–No lo sé. Los momentos que representa… Reproduce pequeños detalles que no podría imaginar por sí misma. Como por ejemplo en este asesinato. Hizo que el muñeco forcejeara mientras lo metían en el barril de agua. No es un detalle que se le ocurriría a una niña de nueve años.

–Bueno, si el tipo realmente desvariaba sobre su fantasía, podría hablar del forcejeo en concreto. Podría ser una parte importante de la fantasía.

Robin se estremeció.

–No lo sé. Supongo que es posible.

–Sería mejor para la niña, ¿verdad? Quiero decir, significaría que ella no vio todos esos horribles asesinatos.

Robin se encogió de hombros.

–Aunque no los viera, el recuerdo es increíblemente vivo. Pero quizá sí la ayudaría más adelante, en su tratamiento.

–¿Te mostró algo Kathy durante la última sesión? –preguntó Nathaniel.

–No tuvimos mucho tiempo, pero sí representó algo. Aunque yo no estaba en la sala para verlo. Lo hizo mientras yo hablaba fuera con su padre.

Le contó lo que había encontrado en la casa de muñecas al regresar: el juguete ahogado en el *slime* de la bañera.

–Entonces…, tenemos a alguien ahogado en la bañera –resumió Nathaniel, anotándolo–. Segunda víctima de ahogamiento.

–Al principio jugaba con seis muñecos además del que representaba al asesino –dijo Robin–. Como ya te conté, cada vez que muere uno de ellos, lo entierra en el arenero y no vuelve a jugar con él. Ahora solo nos quedan dos.

–¿Así que crees que solo le quedan dos asesinatos por recrear?

–Es posible. O tal vez solo uno. Tengo la sensación de que la figura de la niña representaba a Kathy.

–Vale, supongo que tendremos que esperar a la próxima sesión para verlo.

Robin se aclaró la garganta.

–No habrá una próxima sesión.

Nathaniel dejó la taza.

–¿Por qué no?

–El padre de Kathy no quiere que la siga tratando –dijo Robin con una voz ligeramente temblorosa–. Vino durante la última sesión y se la llevó.

–Vaya. –Nathaniel la observaba con atención–. ¿Por qué?

Robin le miró a los ojos.

–Bueno, para empezar, quería que dejara que la policía interrogara a Kathy durante las sesiones, lo cual era una petición imposible.

Nathaniel parpadeó con culpabilidad.

–Oh, maldita sea, Robin. Nunca pensé… Eso no es exactamente lo que sugerí…

Robin sacudió la cabeza.

–No importa. Tampoco es la razón principal. Mi planteamiento es que tenemos que afrontar lo que le pasó a Kathy. Tenemos que curar sus heridas para que mejore. Pero el señor Stone no quiere eso. Quiere retroceder en el tiempo. Cree que si arrestan a su secuestrador y Kathy deja de pensar en lo que pasó, la vida volverá a ser como antes.

–Lo comprendo. Es una idea atractiva –dijo Nathaniel.

–Sí. Si pudiera agitar una varita mágica y deshacer todo lo que le ha pasado a Kathy en el último año y medio, lo haría. Pero es imposible. –Robin se mordió el labio–. Kathy necesita ayuda para superar esto. Pero no seré yo quien la ayude.

–Siento oírlo. Tenía la impresión de que estabas haciendo un buen trabajo. Su padre es un idiota.

Robin dio otro sorbo a su té. La mirada inquebrantable de Nathaniel la hacía sentirse extraña. Vulnerable, pero también… comprendida. Tenía unas pestañas largas y muy bonitas.

–Lo único que quiere es hacer lo mejor para Kathy –dijo por

fin Robin–. Es… Está absolutamente desconsolado. Pude ver lo desesperado que estaba por que Kathy mejorara.

–Bueno, pues supongo que es un idiota bienintencionado.

Robin dejó escapar una pequeña risa, vacilante.

–Es duro ser padre.

–Supongo que sí. Mis padres siempre hicieron que pareciera sencillo. Parece que los tuyos también.

–¿Los míos? –preguntó Robin, sorprendida.

–¿Recuerdas lo que me contaste? Sobre tu madre, cuando volvía a casa y hablaba contigo y tu hermana sobre el programa de radio. Eso es ser una buena madre. Te hizo sentir que formabas parte de su vida. Y es tiempo de calidad. La mayoría de los niños no lo tienen.

–Sí –dijo Robin sin emoción en la voz. Levantó su mirada para encontrar la de Nathaniel. Tenía una mirada suave, llena de empatía. Se sintió un fraude–. Hay algo más en esa historia –murmuró al cabo–. Sobre mi madre.

–¿Ah, sí?

–Como te conté, ella tenía ese programa de radio. Terminaba a las cinco de la tarde. Llegaba a casa sobre las cinco y media y mi hermana y yo la esperábamos. Esto duró unos tres años. Pero entonces… cambiaron la hora de su programa. Bueno, la verdad es que creo que querían acabar con él, pero ella montó una escena y decidieron cambiar el horario. Lo pasaron a medianoche. Lo llamaron *Conversaciones nocturnas con Diana Hart*.

Dio otro sorbo a su té. Estaba tibio, pero necesitaba una pausa. Nathaniel no dijo nada.

–Seguro que piensas: «Oh, qué putada, nos quedamos sin nuestro tiempo de calidad», ¿verdad? Pero mi madre no funciona así. –Robin esbozó una sonrisa rota. Era la primera vez que hablaba de esto con alguien que no fuera Melody. Alguien de fuera. En terapia ni siquiera se había acercado–. La primera noche que dieron el programa, estábamos dormidas. Cómo no íbamos a estarlo: yo tenía once años y mi hermana, trece. Era mucho más tarde de nuestra hora de acostarnos. Mi madre volvió a casa después del programa y me despertaron unos gritos. Mis padres estaban discutiendo. Mi madre prácticamente chillaba. Y mi padre le decía que estábamos dormidas, que teníamos que dormir.

Robin se levantó y abrió un cajón. Rebuscó en su interior para encontrar el paquete de cigarrillos que sabía que tenía ahí.

—No te importa, ¿verdad?

—No, adelante —dijo Nathaniel.

—Solo fumo dos al día —dijo Robin justificándose. Se puso el cigarrillo entre los labios, lo encendió y dio una larga calada—. Las dos semanas siguientes fueron… Es difícil de explicar. No conoces a mi madre. Puede hacer que tu vida sea un infierno. Solo con palabras, con pequeños comentarios agresivos. Podían ser mezquinos y despiadados y estaban dirigidos a todos nosotros. Mi hermana y yo, mi padre…, todos éramos sus enemigos. Y nunca cesaba. Nunca. Siempre que ella estaba cerca, recibíamos un aluvión de toxicidad sin parar. Al final no pude soportarlo más. Así que la siguiente vez que emitieron su programa, puse el despertador. Me desperté cinco minutos antes de la medianoche. Fui a la cocina y encendí la radio. Puse el volumen bajo para no despertar a mi padre. Y escuché el programa. Y luego la esperé. Y cuando llegó a casa y me vio, se sintió muy feliz. Y nos sentamos a hablar sobre el programa. Como solíamos hacer.

Robin dejó caer un poco de ceniza en su taza de té y luego dio otra calada.

—Al día siguiente, fue como un milagro. Yo ya no era un objetivo. Mi madre seguía comportándose de forma horrible con mi padre y con Melody…, mi hermana. Pero fui la mejor hija del mundo. Le conté a Melody lo que había hecho y le sugerí que hiciera lo mismo, pero no quiso. Me dijo que estaba loca si pensaba que se despertaría por la noche para escuchar el programa de mi madre. Así que seguí haciéndolo sola. Al cabo de unas semanas, mi madre dejó de atacar a mi hermana y a mi padre. Fue como si hubiera salvado a la familia.

Robin dejó caer la colilla en la taza. Cerró los ojos.

—Una noche no me desperté. Estaba agotada. Tenía once años y me levantaba en mitad de la noche tres veces por semana, quedándome casi dos horas despierta. Al día siguiente, mi madre me trató como si fuera basura. La peor hija de la historia. A Melody no, ella estaba a salvo. Era yo la que había sido incapaz de despertarme para escuchar su programa. Así que, después de unos días así, me volví a levantar para escuchar el programa y recibí su perdón.

Robin navegaba sobre las olas de sus propios recuerdos. Las palabras fluían, imparables. Casi había olvidado que Nathaniel estaba allí.

—Su programa de medianoche duró cuatro años. Tres veces por semana. Yo estaba siempre agotada. Papá se comportaba como si no lo supiera… Pero ¿sabes qué? Creo que lo sabía. Hubo algunas veces en las que sentí que él estaba a punto de decir algo. Pero jamás lo hizo. A veces no me despertaba y el resultado siempre era el mismo. Mi madre volvía a atacar. Finalmente, cuando tenía quince años, cancelaron el programa. Y así terminó.

Abrió los ojos. En algún momento, mientras ella hablaba, Nathaniel había movido su silla para acercarse a Robin. Ahora estaba sentado junto a ella. Robin se estremeció en un suspiro. Se dio cuenta de que estaba temblando.

Él cogió su mano entre las suyas, sosteniéndola hasta que dejó de temblar.

—Lo siento.

—Ahora ya estoy bien —dijo ella—. O sea…, en circunstancias normales. Pero, cuando estoy muy estresada, me despierto en mitad de la noche y pienso que vuelvo a ser una niña y que no he oído el despertador. Y que me he perdido su programa. Entonces me desvelo completamente y luego no puedo volver a dormir. Y en los últimos tiempos me pasa más, así que estoy un poco cansada.

—Está bien —susurró Nathaniel.

Robin se acercó más a él. Sus manos se sentían muy cálidas y firmes alrededor de las suyas.

—Nunca le he contado esto a nadie.

—¿Cómo te sientes ahora que lo has hecho?

—No lo sé. Agotada. —Una lágrima resbaló por su mejilla—. Mejor. Mucho mejor.

Nathaniel le secó suavemente la lágrima.

—Me alegro.

Robin miró su otra mano, que aún estrechaba la suya. Era grande y fuerte, pero suave y cálida. Se imaginó hundiéndose en sus brazos y dejando que la envolviera, que la mantuviera a salvo. Sorprendida por su propia reacción, estuvo a punto de apartarse, pero una parte de ella no se soltó y se quedó dónde estaba, sintiendo el alivio de su contacto.

Capítulo 37

Robin estaba sentada en su habitación, cepillándose el pelo.

Nathaniel no había tardado en marcharse después de su charla. Le dijo repetidas veces que ojalá no tuviera que marcharse, pero tenía una reunión del grupo de trabajo a la que debía asistir. Que, si hubiera sido cualquier otro día, se habría quedado, pero que en el momento actual de la investigación...

Robin le interrumpió y le aseguró que no pasaba nada, que estaba bien.

Y lo estaba. Las últimas horas habían sido como una montaña rusa acelerada de emociones y se alegraba de estar sola. Para procesar sus sentimientos, para separarlos y reflexionar sobre ellos. En parte, esa era la razón por la que se cepillaba el pelo. ¿Qué tenía el acto de cepillarse que hacía mucho más fácil la reflexión? Era como si aquellos leves tirones en su cuero cabelludo aflojaran los pensamientos pegajosos de su interior y los dejaran revolotear libremente en su mente.

Había disfrutado del contacto y la presencia de Nathaniel. Le gustaría volver a verle sin que el caso de este asesino en serie se interpusiera entre ellos. Eso lo tenía claro. Se atrevió a imaginar lo que sentiría al besarle. Su altura la obligaría a inclinar la cabeza hacia atrás, como si besara el cielo. Sus brazos la rodearían.

Su mente huía de las cosas que habían sucedido antes de que Nathaniel la tranquilizara. Su teoría de que el asesino le había contado a Kathy sus planes la inquietaba. Y la forma en que Pete había irrumpido, interrumpiendo su sesión con Kathy, todavía le resultaba demasiado dura para examinarla de cerca.

Sonó su teléfono. Dejó el cepillo a un lado y miró la pantalla. Era Claire.

Robin suspiró y contestó la llamada.

–Hola, Claire.

–Hola, Robin. Mmm… Me he enterado de lo que pasó. Lo siento mucho.

–No te preocupes.

–Pete no tenía ningún derecho a…, quiero decir…, es mi culpa… –La voz de Claire mostraba tensión y frustración–. Escucha…, ¿puedo ir a verte?

Robin prefería hacerlo por teléfono.

–Tengo la casa un poco hecha un desastre.

–De acuerdo. Bueno, no. De verdad que me gustaría hablar contigo en persona. Fuera. ¿Te va bien si te paso a recoger?

Robin gimió para sus adentros.

–Sí, claro. También podemos quedar en Jimmie's o…

–No, te pasaré a buscar. Quiero enseñarte algo.

–Vale, nos vemos en un rato.

Robin colgó y volvió a suspirar. Claire había sonado como la chica que Robin recordaba de sus días en el instituto. No la madre rota y traumatizada de antes. Sino la chica que organizaba fiestas y reuniones de clubes y siempre tenía opiniones sobre todo. La chica que no escuchaba otros puntos de vista porque ella sabía más. Robin siempre la había encontrado agotadora. Y este era un ejemplo perfecto de ese comportamiento. Robin no quería reunirse con ella, pero Claire tenía que salirse con la suya y Robin acabó accediendo.

De todos modos, era una buena señal para Kathy. Su madre se estaba reponiendo del último año y medio. Y Kathy estaba recuperando a su madre de antes. Fuerte y obstinada. Kathy necesitaba un padre o una madre poderosa a su lado. Una madre que le diera la sensación de que estaba a salvo. De que estaba protegida.

Cuando Claire llamó desde el coche, Robin ya se había cambiado la camisa y se había puesto las botas. No estaba segura de adónde quería ir Claire, pero supuso que sería una cafetería o un bar, así que optó por un estilo arreglado pero informal.

–Estás guapa –le dijo Claire mientras subía al coche.

–Gracias. –Robin miró a Claire, que iba vestida con sus

pantalones de yoga, una camiseta ancha y unas zapatillas deportivas–. ¿Adónde vamos?

–Ya lo verás –dijo Claire en un tono misterioso, arrancando el coche.

Mientras iba conduciendo calle abajo, Claire se aclaró la garganta.

–De verdad que me gustaría disculparme otra vez. No sé lo que te dijo Pete exactamente…

–Me dijo que no sabía que yo seguía tratando a Kathy –dijo Robin.

–Sí, pero vi lo enfadado que estaba cuando llegó a casa. Me imagino que no fue nada amable.

–No lo fue. Interrumpió la sesión, lo cual no fue ideal. Y, por lo que dijo, vosotros dos nunca acordasteis que yo pudiera hablar con la policía si tenía alguna información, como tú me habías dicho. Lo que dijo es que te había dicho que, si yo me negaba a incluir a la policía en mis sesiones, él quería que terminaran.

–Bueno…

–Me mentiste.

–No te mentí. –Claire apretó los labios–. Tuvimos una discusión. Y nunca lo llegamos a resolver. Dejamos la discusión en un punto en el que no estaba claro lo que habíamos acordado. Y yo elegí interpretarlo como si hubiéramos llegado a un acuerdo. ¿No lo hacías nunca con Evan?

Robin pensó en ello por un momento.

–Supongo que sí, pero no metía a otras personas en nuestras peleas.

–Vale, tienes razón.

–Y permíteme recordarte que Evan y yo nos divorciamos, así que no sé si somos un buen ejemplo.

–Yo tampoco sé si Pete y yo somos un buen ejemplo.

Robin no supo cómo responder.

Claire frunció el ceño.

–No debería haberlo hecho a sus espaldas. Pero la cuestión es que no somos capaces de ponernos de acuerdo en nada desde que Kathy volvió.

–Es una situación muy complicada. Es comprensible que…

—Antes siempre estábamos de acuerdo en todo –dijo Claire con firmeza–. ¿Sabes? Éramos la típica pareja insoportable que decía lo mismo a la vez. Casi nunca discutíamos. Poníamos los ojos en blanco cuando veíamos discutir a otras parejas, porque no podíamos entender por qué la gente seguía en una relación si había tanta fricción.

—Debió de ser bonito –dijo Robin con sorna.

Claire le dedicó una breve sonrisa de cansancio.

—Sí, lo fue. Pero, cuando Kathy desapareció, lo afrontamos de formas distintas. Casi de formas opuestas, en realidad. Ambos cambiamos. Y ahora que ha vuelto es como si ya no pudiéramos sincronizarnos. Esa noche, Pete dijo que, si la policía no podía estar presente durante las sesiones, quería que terminaran. Yo entonces le sugerí que tú podrías avisar a la policía si surgía algo importante. Él dijo que eso no era suficiente y yo dije que para mí sí lo era. Y entonces creo que Kathy tuvo una pesadilla, así que fui a su cama. Y decidí no retomar la discusión donde la habíamos dejado. Era más fácil actuar como si él hubiera llegado a verlo desde mi punto de vista. Por supuesto, sabía que no era así.

Robin sacudió la cabeza.

—Pero al final se acabaría enterando. Lo sabías, ¿verdad?

Claire se encogió de hombros.

—¿A quién le importa lo que pase al final? Lo estoy dando todo para poder llegar simplemente al final del día.

—Sé lo que quieres decir. –Robin miró por la ventanilla. Estaban saliendo de la ciudad–. Claire, ¿adónde vamos?

—Está un poquito más lejos –dijo Claire.

Robin había adivinado su destino antes de que llegaran. Un diminuto camino de tierra, apenas perceptible, que se adentraba en la espesura de los árboles a su derecha. Claire redujo la velocidad y condujo suavemente por el camino hasta llegar al final. Frente a ellas había una valla de alambre y una puerta cerrada con candado. Y, más allá, la casa decrépita y abandonada en la que la policía había encontrado los zapatos de Kathy hacía tantos meses.

—Esto es un buen ejemplo de lo diferentes que hemos llegado a ser Pete y yo –dijo Claire en un tono suave–. Cuando Kathy no estaba, él ni siquiera podía soportar pasar con el coche por aquí. Pero yo no podía alejarme.

—Estaba segura de que lo habían derribado unos meses atrás.

Claire asintió.

—Querían hacerlo. Les supliqué que no lo hicieran. Era mi último vínculo con Kathy. Pensé que, si lo echaban abajo, perdería cualquier esperanza de volver a verla. Es difícil decirle que no a una madre en duelo medio demente. Sobre todo si no deja de llamar. Así que al final lo vallaron.

Salió del coche y cerró la puerta de un golpe detrás de ella. Robin hizo lo propio, mirando a su alrededor. Era un lugar lúgubre y espeluznante. La casa estaba en ruinas: la mitad del tejado había desaparecido, la puerta principal estaba podrida y las paredes estaban llenas de grafitis. El hecho de que aquel lugar la conectara con su hija desaparecida hacía pensar en cuál debía ser el estado de Claire en aquel momento.

—Espera —le dijo Claire a Robin. Sacó su teléfono. Marcó y se lo puso en la oreja. Un minuto después, con un tono de voz helado, dijo—: Hola, soy yo. Sí. Llamo para asegurarme de que Kathy está bien. Sé que está… ¿Puedes echar un vistazo y decirme que está bien? Sí, ahora mismo.

Robin observaba a Claire en silencio. Aquella mujer estaba rígida por la tensión.

—Gracias —dijo—. No sé cuándo volveré. Adiós. —Colgó y se guardó el teléfono en el bolsillo—. La verdad es que no puedo alejarme de Kathy sin sentir ansiedad —le dijo a Robin mientras rodeaba el coche—. Necesito llamar a Pete y asegurarme de que Kathy está bien. Incluso cuando estoy furiosa con él.

Abrió el maletero y, para sorpresa de Robin, sacó seis botellines de cerveza. Claire cerró el maletero de un golpe y miró hacia la casa.

—Venga, deja que te haga una visita guiada —dijo en un tono sarcástico, como si fuera la orgullosa propietaria de una casa nueva.

Robin dudó. Había una línea que, como terapeuta, no debía cruzar. Un terapeuta debía mantener cierta distancia. Desde luego, los seis botellines de cerveza y la visita a aquella casa tenebrosa cruzaban esa fina línea. Pero, una vez más, Robin no estaba segura de que Claire y Kathy todavía fueran sus pacientes. Una parte de ella quería saber adónde iba todo aquello. Al final decidió seguir a Claire.

–Había visto este sitio en fotos. Una vez Evan hizo una sesión de fotos aquí –dijo Robin.

–Ah, ya me acuerdo –dijo Claire con un aire distraído–. Algo así como una serie de fotos pretenciosas con la luz del sol filtrándose por las ventanas, ¿verdad?

Cuando llegó a la valla, empezó a caminar bordeándola, pasando los dedos por los alambres metálicos.

Robin sonrió.

–Es cierto. Creo que pretendía demostrar que la belleza se encuentra en cualquier parte. O quizá algo sobre la naturaleza recuperando su espacio frente a la civilización.

–Menudo imbécil –dijo Claire.

Robin soltó un bufido.

–Es la descripción perfecta.

–¿Sabes que una vez le encargamos que hiciera una sesión de fotos de Kathy? Hace unos años.

–No lo sabía.

–Decía que era la modelo perfecta. Las fotos son preciosas. Mientras estaba desaparecida, las miré más veces de las que puedo contar.

–Bueno, sabe hacer su trabajo –concedió Robin.

–Sigue siendo un imbécil.

–Desde luego, sigue siendo definitivamente un imbécil.

Rodearon la valla hasta llegar a la parte trasera de la casa.

–Les pedí que me dejaran la llave del candado –dijo Claire–. Pero supongo que mis habilidades persuasivas no llegaron tan lejos. Así que hice mi propia puerta.

Cogió una parte recortada de la valla y la sacó.

Robin se agachó y entró por el agujero de la valla. Claire la siguió. Condujo a Robin hasta la puerta principal y la abrió de un empujón. Las bisagras crujían como cabría esperar de una casa encantada o un castillo de Transilvania. El interior era aún peor.

Había grafitis y basura por todas partes. Agujeros en las paredes. En una esquina, los restos de una hoguera. El olor a orina impregnaba el aire. Robin vio un condón usado en el suelo. ¿Quién podría encontrar este lugar remotamente excitante?

Claire entró y se dirigió a un rincón de la habitación.

—Uno de los zapatos de Kathy estaba aquí —dijo, señalando la pared opuesta—. El otro lo encontraron debajo de una caja de cartón húmeda por ahí.

—¿Te lo enseñaron? —preguntó Robin horrorizada.

—No, claro que no. Al principio no. Pero después de ir a la comisaría día tras día tras día, al final se rindieron y me enseñaron las fotos de la escena del crimen.

—Oí que habían descubierto otras cosas aquí. Mmm…, una cuerda o un cuchillo…

—No fueron más que inventos de los mejores cotillas de Bethelville —resopló Claire—. Solo encontraron los zapatos.

Se paseó por la casa y Robin caminaba a su paso. Se detuvieron ante las ruinas de una bañera con tuberías oxidadas por todas partes. Las paredes habían sido alicatadas en otro tiempo y todavía quedaban restos de la cerámica aquí y allá. Había más azulejos esparcidos por el suelo y dentro de aquella mugrienta bañera, rotos y dentados.

—Después de descubrir aquí los zapatos de Kathy, la investigación cambió completamente de rumbo —dijo Claire—. Trajeron a los perros para rastrear el bosque. Y también interrogaron a varios adolescentes conflictivos que a veces venían aquí. Creyeron que algún pervertido de la zona se la había llevado y la había traído aquí.

Robin se aclaró la garganta.

—Pensaba que habían dado por hecho que era alguien a quien ella conocía.

—Al principio, sí. Porque no había signos de forcejeo y parecía que ella había subido voluntariamente a su coche. Pero la investigación no condujo a ninguna parte. Entonces encontraron aquí sus zapatos y supusieron que el tipo debía conocer este sitio, ¿no? Porque la casa no se ve desde la carretera. Incluso es difícil ver el camino. Pero la mayoría de gente de esta zona había venido en algún momento o, por lo menos, conocía a alguien que había venido.

–Yo nunca había venido.

–¿De verdad? Yo estuve en este cuchitril un par de veces mientras iba al instituto –dijo Claire–. Unos cuantos veníamos aquí a beber.

Robin decidió no señalar que nunca la habían invitado a ninguna de aquellas reuniones.

–Entonces, ¿pensaban que era alguien de la zona? ¿Alguien que la acechaba o algo así?

–Sí. Investigaron a varios agresores sexuales de por aquí, pero tampoco obtuvieron ningún resultado.

Robin entró en la habitación dando sin querer una patada a una baldosa rota. La baldosa emitió un desagradable sonido al deslizarse por aquel suelo irregular.

–Después de que Kathy desapareciera, venía aquí una vez a la semana –dijo Claire en voz baja–. Miraba por todas partes. Buscaba algún indicio que la policía o yo hubiéramos pasado por alto. Tal vez alguna pista en los grafitis o algo oculto bajo un trozo de chatarra. Intentaba imaginar qué le había pasado a Kathy aquí y dónde la había llevado después.

Robin se estremeció. Podía hacerse muy bien a la idea de las cosas que Claire se había imaginado en este lugar sórdido. Nada bueno. Siguió a Claire afuera y se sintió aliviada de poder respirar sin tener la sensación de que estaba inhalando las excreciones de otras personas.

Claire se acercó a un viejo árbol que había cerca del agujero de la valla y dejó el paquete de seis cervezas en el suelo. Cogió una de las botellas, la abrió y se la ofreció a Robin.

Robin vaciló y luego la cogió.

–Gracias.

–Gracias por dejar que te enseñe este sitio –dijo Claire, abriendo otra botella para ella. Se apoyó en el tronco y dio un trago largo–. No he estado aquí desde que Kathy regresó. Menudo vertedero de mierda.

–La verdad es que sí.

Robin dio un sorbo a su botella.

—Después… después de un tiempo renuncié a encontrar alguna pista sobre Kathy. Pero seguí viniendo a este lugar. Me quedaba aquí mismo. Me emborrachaba y me limitaba a mirar el bosque.

—Debió de ser horrible.

—Lo fue.

Robin bebió otro trago.

—No te lo tomes a mal, pero… ¿por qué querías enseñarme este sitio?

Claire parecía avergonzada.

—Francamente, más que nada quería alejarme de Pete. Y ver este lugar ahora que Kathy ha vuelto. Y disculparme contigo… cara a cara. Es muy importante para mí que sigas tratando a Kathy. Quería preguntarte si te parece bien.

—No puedo hacerlo a espaldas de Pete.

—No, claro, por supuesto. Lo convenceré, te lo prometo. Pero una vez que lo haga, ¿la volverás a tratar? La has ayudado mucho. Pete no lo ve. No deja de repetir que todavía no habla. Pero yo veo lo demás. Duerme mejor. Sonríe más, incluso se ríe. Juega… Mucho de eso es gracias a ti.

Robin le sonrió.

—Te lo agradezco. Significa mucho para mí. Estaré encantada de volver a tratar a Kathy, claro que sí. Es una niña maravillosa.

—De verdad que lo es. —Claire le dedicó una sonrisa rota—. Muchísimas gracias.

Dio un largo trago y vació la botella. Luego se dio la vuelta y la arrojó contra una piedra cercana. La botella se estrelló contra la piedra y sus fragmentos salpicaron el suelo. Había otros fragmentos de vidrio más antiguos esparcidos por todas partes. Robin tuvo la sensación de que era un ritual para Claire.

—Creo que también quería traer a alguien aquí. Y hablar de aquella época, antes de que Kathy volviera —dijo Claire—. Por aquel entonces, cada vez que intentaba mantener una conversación con mis amigos o mi familia, veía esa mirada en sus ojos. Pensaban que Kathy había muerto y que yo tenía que aceptarlo. Así que dejé de hablar de ella con la gente. Y no le conté a nadie que venía aquí. Les parecería otra locura mía para evitar afrontar la verdad.

—Yo no creo que sea una locura —dijo Robin en voz baja—. Era un mecanismo de superación.

—Tú eres terapeuta. —Claire le dedicó una sonrisa torcida mientras abría otra botella. Se bebió la mitad de un trago largo—. Pero a la gente normal puede parecerle una locura.

—Tal vez un poco —admitió Robin.

—Y ahora la gente no quiere hablar conmigo de la época en que Kathy estuvo desaparecida —continuó Claire—. Siempre que lo menciono, enseguida dicen: «Pero ahora ha vuelto, debes de estar muy feliz». Y claro que estoy feliz, pero esa no es la cuestión.

—Necesitas procesar el último año y medio desde tu nueva perspectiva —sugirió Robin.

—Sí, exacto.

Robin se terminó su botella.

—Y tal vez querías procesarlo con un profesional —dijo, dedicándole una sonrisa a Claire.

—Bueno, es posible... —Claire se quedó con la boca abierta—. Oh, Dios. Parece que haya intentado conseguir una sesión gratis. Lo siento mucho, no era mi...

—No te preocupes, solo te estoy tomando el pelo. —Robin se rio—. Aunque no es mala idea que hables con un profesional.

—Lo sé, lo sé.

Robin apuntó y lanzó su botella contra la piedra, pero falló por un palmo como mínimo.

—Menuda aficionada —dijo Claire, lanzando su botella y estrellándola contra la piedra—. Quédate conmigo, puedo enseñarte mis métodos.

—Creo que paso. —Robin miró cómo Claire iba a por una tercera botella, ya un poco tambaleante—. Y creo que conduciré yo hasta casa.

Capítulo 38

Un ruido despertó a Robin.

¿Había sido el crujido de una puerta? ¿Algo que se arrastraba por el suelo? No estaba segura, pero había sonado dentro de su casa. Probablemente era Menny dando uno de sus paseos nocturnos. Sin embargo, no podía ignorar la inquietante sensación de que no era su perro. Era otra cosa.

Se levantó de la cama y se dirigió en silencio hasta el umbral de la puerta del dormitorio. Al fondo del pasillo, la puerta de la sala de juegos estaba entreabierta. Siempre la cerraba. De lo contrario, Menny podía dañar los muñecos, sobre todo el estetoscopio de plástico. ¿No se había acordado de cerrarla? ¿Era eso el ruido? ¿Menny estaba mordisqueando sus caros juguetes?

Recorrió el pasillo hasta la puerta y se asomó al interior. No, ni rastro de Menny. Pero había algo en el suelo, en medio de la sala. Entró y se agachó para recogerlo. Era el televisor de plástico que Kathy había sacado de su casa de muñecas y había colocado en la de su madre. ¿Qué hacía en el suelo?

Se acercó a la casa de muñecas y volvió a colocar el televisor en el salón en miniatura. Al hacerlo, su mano rozó algo pegajoso. Dio un paso atrás y se miró el dorso de la mano.

Estaba manchada de rojo.

«Tienes pintura roja pegajosa por toda la mano».

Al observar de cerca la sala de estar de la casa de muñecas, se le cortó la respiración.

Estaba todo cubierto de pintura roja. El pequeño y precioso sofá en miniatura, la pequeña alfombra cuadrada, el reloj de pie…

La figurita de la niña yacía en el suelo de la casa de muñecas, boca abajo, en medio de un charco de pintura roja.

Robin reprimió un grito. Alguien había entrado en su casa y había manipulado todo aquello. Quienquiera que fuera, podía seguir allí. De repente, se dio cuenta de que no sabía dónde estaba Menny. No había ladrado. Giró sobre sí misma, recorriendo con su mirada la oscura sala. Había algo más. Una caja de herramientas de plástico estaba volcada en el suelo. Los juguetes de las estanterías estaban desordenados. Había un armario abierto.

Tenía que llamar a la policía. Se volvió hacia la puerta, dio un paso y entonces se quedó paralizada.

Notó un movimiento en el pasillo. El intruso estaba justo fuera de la sala de juegos.

Se alejó de la puerta con mucho cuidado. Una opción era encerrarse en el baño. Pero la puerta podía abrirse fácilmente con un simple destornillador. No, necesitaba protección. Examinó los estantes.

Y vio la muñeca sin cabeza.

Era el muñeco de un bebé con el que les encantaba jugar a algunos de sus pacientes. Le habían arrancado la cabeza y la habían colocado a su lado. Y, junto a ella, estaba la figura de la Mujer Maravilla con los dos brazos arrancados.

Robin tropezó con la mesa de plástico. Estaba cubierta de dibujos. Dibujos horribles de figuras gritando, mujeres torturadas, monstruos de ojos rojos… Los ignoró y cogió las tijeras. Luego se movió lentamente hacia un lado de la sala. Podía esconderse allí y permanecer en silencio hasta que él se hubiera ido.

Se agachó junto al sofá, escondiéndose en su sombra, donde él no pudiera verla. El sofá. ¿Qué hacía un sofá en la sala de juegos? Examinó su entorno. Claro. Estaba en la casa de muñecas. Estaba escondida en la casa de muñecas. A él nunca se le ocurriría buscarla allí. Miró los muebles a su alrededor, ahora a tamaño natural. La alfombra, el televisor de plástico, las cortinas amarillas que había hecho Kathy, el reloj de pie.

La figurita de la niña yacía a su lado, pero no era en absoluto un juguete. Era Kathy.

La sacudió y, para su alivio, Kathy se movió lentamente. Estaba viva. Levantó su rostro pálido y atormentado. Tenía manchas de sangre por todas partes. Robin posó un dedo en sus labios. Kathy parpadeó. El silencio era su estado natural. Vio una sombra en la puerta. No en la puerta de la sala de juegos, sino en la puerta de la casa de muñecas. Había alguien en la cocina de la casa de muñecas. Una figura alta y delgada. Una horrible cara pálida con una sonrisa antinatural.

El payaso malvado había venido a por ellas.

Robin cogió a Kathy de la mano y se apresuró hacia las escaleras. Subieron corriendo a toda prisa. La risa enloquecida del payaso las seguía y las escaleras crujían con su peso a medida que se acercaba. Llegaron a la habitación de los niños y Robin intentó bloquear la puerta con algunos muebles, pero no eran más que juguetes diminutos, no lo detendrían. El payaso abrió la puerta y las miniaturas se esparcieron por toda la habitación.

Volvían a correr a toda velocidad por las habitaciones y el payaso se iba acercando.

Y entonces vislumbró a Nathaniel a través de una ventana. Miraba a su alrededor en la sala de juegos, buscándola. Tenía que llamar su atención.

Pero no podía. No tenía voz.

Se arrodilló junto a Kathy, señalando a Nathaniel. Tendría que llamarlo ella porque Robin no podía. Pero Kathy sacudió la cabeza violentamente. Entonces, Robin lo comprendió todo. Eso era lo que hacía el asesino. Le robaba la voz a la gente. Le había robado la voz a Kathy y ahora había robado la suya.

Volvían a correr y consiguieron salir de la casa de muñecas. Estaban en el arenero, pero era una trampa. Un cementerio de juguetes en el que sobresalían extremidades amputadas. Ella misma se hundía en la arena. A su lado, Kathy ya había desaparecido. Y el payaso se acercaba, sonriendo, con los ojos mirando de un lado para otro. Nathaniel deambulaba por la habitación, sin percatarse de nada. Ojalá pudiera llamarlo. Pero, por mucho que lo intentara, no tenía voz. Y ya tenía al payaso encima.

Robin se despertó empapada en sudor, con la respiración agitada y los dedos en garra, como si estuviera a punto de arañarle la cara a un asaltante. Miró a su alrededor. A Menny, que dormitaba en un rincón.

—Mierda —dijo.

Encendió la luz, solo para asegurarse de que estaba despierta de verdad. Miró la hora. Las tres y cuarto de la madrugada. Por una vez, no tenía ningún interés en volverse a dormir. Recostada en la cama, respiró hondo tratando de calmar los latidos de su corazón. Aún recordaba el sueño tan vívidamente como un recuerdo real. Se veía a sí misma dentro de la casa de muñecas mirando a su alrededor como si fuera un juguete, con todos los muebles a tamaño natural. Todos los muebles que su madre había ido adquiriendo para la casa. Y todas las cosas que Kathy había hecho.

Como las cortinas.

Robin dio un largo suspiro.

Las cortinas.

Capítulo 39

Caja de cerillas, cordel, bola de algodón, canicas, perro de plástico.

Los dedos de Robin rebuscaron entre el surtido de trastos, buscando algo, cualquier cosa, que tuviera sentido.

Cubos de madera, piezas de LEGO, pegatinas moradas, retales de tela.

Durante las últimas semanas, Kathy había ido acumulando un montón de pequeños ornamentos que supuestamente iban a ser accesorios para la casa de muñecas. La mayoría seguía sin tener un uso, pero eso no significaba que no estuvieran relacionados.

Un palo, tornillos, guijarros, un trozo de cristal verde.

Si podía encontrarles sentido, tal vez... tal vez...

Sonó el timbre.

Robin se dirigió hacia la puerta y la abrió sin ni siquiera comprobar quién era. Nathaniel estaba en el umbral con dos bolsas de papel en la mano.

—Hola —dijo, sonriendo con torpeza—. Me alegro de que hayas llamado. Estaba a punto de...

—Qué bien —dijo Robin—. Ya estás aquí. Pasa.

Se dio la vuelta y volvió a la sala de juegos sin molestarse en comprobar si Nathaniel la seguía. En su cabeza seguía revolviendo los objetos que sabía que estaban allí. Una concha, una moneda, un rubí de plástico.

—Quería llamarte esta mañana —dijo Nathaniel detrás de ella—. Tú llamaste primero. Tengo la sensación de que ayer me fui con un poco de prisa. Pero tenía una reunión de seguimiento. Me hubiera gustado quedarme.

—No pasa nada.

Robin regresó a la mesa donde estaba la caja de zapatos y se dio la vuelta para mirar a Nathaniel.

Parecía nervioso. Robin sonrió.

—Todo esto ya lo dijiste ayer.

—Es verdad —dijo examinando la habitación—. Así que esta es tu sala de juegos, ¿eh?

—Sí. ¿Qué te parece?

—Es genial. Si tuviera diez años, habría dado un riñón por jugar con todos estos juguetes, te lo aseguro. He traído café y bollos de canela de una cafetería cercana. —Puso las bolsas sobre la mesa, sacó un vaso de cartón y se lo dio a Robin—. No estaba seguro de qué tipo de leche tomabas…, pero el tipo del mostrador me dijo que solo tenía leche normal. Y luego me dio un sermón sobre la industria láctea. En fin, le dije que sin leche.

—Perfecto, gracias. —Robin sonrió al coger el vaso.

—¿Me has dicho que querías enseñarme algo importante?

—Esta es la casa de muñecas con la que juega Kathy cuando viene —dijo Robin con el dedo extendido.

Nathaniel la miró de cerca y dio un silbido.

—Es increíble. No sabía que las hicieran tan realistas.

—Normalmente no son así. Se podría decir que esta es una antigüedad. Es de mi madre. En cualquier caso, ¿ves la sala de estar, aquí abajo?

—Sí.

—¿Hay algo que te parezca raro?

—El televisor. No encaja con el resto. Parece un juguete de plástico de mala calidad.

—Eso es porque Kathy lo puso ahí. La casa de muñecas victoriana de mi madre no tiene televisor. Pero Kathy claramente necesitaba uno allí.

—¿Por qué?

—Supongo que porque la casa en la que estaba retenida tenía televisor. Es una parte crucial de sus recuerdos. Añadió otras cosas. Como esta manta de aquí, ¿ves? Creo que esta es la manta que ella tenía allí. Y esta alfombra… Todas estas cosas las hizo a propósito para esta casa. Para que coincidiera con sus recuerdos.

–Vale –dijo Nathaniel–. Es interesante, desde luego.

–Hay algo aún mejor –dijo Robin–. Kathy hizo estas cortinas amarillas para la habitación de los niños.

–De acuerdo –dijo Nathaniel, frunciendo el ceño–. Tenemos cortinas amarillas.

–Dijiste que, si Kathy me enseñaba cualquier cosa que pudiera ser una pista para ayudar a encontrar al tipo que se la llevó, debía decírtelo –dijo Robin–. Las cortinas pueden verse desde el exterior.

Nathaniel asintió despacio.

–Es... Está bien. No es mucho. Entonces, podría ser una casa con cortinas amarillas en una de las ventanas.

–Podríais buscarla, ¿verdad? –dijo Robin–. Creéis que estuvo retenida en Jasper, así que podríais comprobar las casas de Jasper.

–Robin..., hay miles de casas en Jasper. Y las cortinas amarillas no son precisamente poco habituales. Tampoco serían una prueba concluyente.

–Lo sé. Por eso te pedí que vinieras. ¿Ves todo esto? –Señaló el desorden que había encima de la mesa–. Son los accesorios de Kathy. Bueno..., creo que son accesorios. Algunos de ellos pueden ser cosas que decidió quedarse como recuerdo. Pero he pensado que, si los revisamos, podemos intentar descifrar lo que representan. Y tal vez haya otras cosas que puedan verse desde el exterior de la casa. Como por ejemplo..., no sé, un espantapájaros. O una caseta de perro. O lo que sea. Si encontramos varios elementos de este tipo, será más fácil encontrarla.

–De acuerdo.

Nathaniel miró con escepticismo aquel montón de cachivaches.

–Yo ya he empezado. En este montón hay objetos que sé para qué son –dijo, señalando el bote de Play-Doh, la pulsera y el resto de los accesorios que Kathy había usado en los juegos anteriores–. Esto no nos ayudará.

Nathaniel sacó el árbol de plástico del montón y lo miró entrecerrando los ojos.

–Ya veo.

–En este montón de aquí obviamente hay objetos para el interior de la casa. Ropa de muñecas y mantas. Y estoy bastante segura de que esto pretende ser un ventilador eléctrico. Así que, probablemente, también sean objetos irrelevantes para nuestro propósito. Ahora tenemos que descifrar el resto.

—Robin, no creo que podamos usar todo esto. Es decir, ¿quieres que ponga a varios agentes a conducir por Jasper y buscar una casa con un gran bloque de LEGO en el césped? ¿O un…? —dijo Nathaniel ralentizando sus palabras mientras cogía un objeto del montón.

—Dame solo media hora. Usa tu imaginación. Tal vez haya algo que puedas aprovechar. —Miró lo que Nathaniel tenía en la mano, un anillo pegado a un cuadrado de papel–. Sí, creo que es una especie de sombrero o algo así. No estoy segura.

—Es una canasta de baloncesto –dijo Nathaniel–. ¿Ves? Incluso ha dibujado el recuadro naranja en el tablero. Y hay cinta adhesiva en la parte trasera. Debía de estar pegado a algo…

Cogió un palo largo de plástico y lo presionó contra el tablero, pegándolo de nuevo.

—Tienes razón –exhaló Robin–. Es una canasta de baloncesto. Claramente, es algo que podría estar en el jardín, ¿verdad? Algunas casas tienen canastas en la entrada.

—Claro, si hay niños. ¿Crees que la persona que la retuvo tenía hijos? –dijo Nathaniel en tono dudoso.

Robin se encogió de hombros.

—No sé nada sobre psicología criminal. Es posible.

Nathaniel colocó la canasta de baloncesto junto a la casa de muñecas.

—¿Cómo sabemos que la canasta de baloncesto está relacionada con la casa y no con uno de los asesinatos?

—No lo sabemos –dijo Robin–. Pero si tenemos suficientes elementos, tendrás algo con lo que trabajar, ¿verdad?

—Sí. –Nathaniel rebuscó entre los cachivaches–. Aquí hay muchas cosas.

—Llevaba tiempo coleccionándolas. Claire me dijo que era una de las pocas cosas en las que Kathy podía concentrarse de verdad. Fueron juntas a comprar material a una tienda de manualidades y Claire le enseñó a coser. –Apartó con delicadeza unos cuantos palos de plástico–. Algunos de estos objetos le costaron mucho trabajo. Las mantas y la ropa que hizo están muy bien hechas.

Nathaniel cogió una canica naranja.

–Si eso es una canasta de baloncesto, esto podría ser una pelota de baloncesto tirada por el jardín.

–Podría ser –dijo Robin despacio–. Pero hay cinco canicas como esta. Además, Kathy dibujó algo encima, ¿lo ves? Esto parece un rostro.

–Tal vez compren una pelota nueva cada vez que la anterior se desinfla. Hay gente que lo hace.

–Es posible… –Robin cogió rápidamente las otras cuatro del montón–. Pero si imaginamos que es algo que podría estar en un jardín…

Colocó las cuatro canicas juntas al lado de la puerta principal de la casa. Le quitó de la mano la quinta a Nathaniel y la puso allí también.

–¿Qué es eso?

–A mi padre le encantaba adornar la casa en Halloween –dijo Robin–. Le gustaba más que la Navidad. Nos compraba unos esqueletos muy horteras, tenía una araña de plástico muy fea… y eso. –Señaló las canicas.

–Calabazas –dijo Nathaniel.

–Calabazas de plástico. Hay gente que nunca llega a guardarlas en el garaje cuando termina la celebración.

–Esto vuelve a ser una señal de que había niños. El perfilador al que consultamos dijo que, con toda probabilidad, el asesino vivía solo.

–¿No había un asesino muy famoso que tenía familia? Mmm… –dijo Robin con el ceño fruncido, intentando recordar si lo había visto en un documental.

–BTK –dijo Nathaniel–. Es verdad. Muy bien. Canasta de baloncesto, calabazas y cortinas amarillas. ¿Qué más?

–¿Y el cordel? –preguntó Robin–. Podría ser algo.

–Podría ser una cuerda. Pero eso, en todo caso, estaría relacionado con los asesinatos.

–Podría ser una manguera. O hilo para el tendedero.

Nathaniel enarcó una ceja.

—Eso es aventurarse demasiado. Tenemos que ignorar los falsos positivos. Ya tenemos suficiente con no saber realmente si algo de todo esto está relacionado con el lugar donde la retuvieron.

—Vale, vale —masculló Robin.

Rebuscaron entre los objetos, de un lado a otro, tratando de encontrar otras equivalencias. Nathaniel cogió una estructura hecha con arcilla amarilla y dijo que parecía una boca de incendios. Robin discrepó. Ella había dado por hecho que se trataba de algún tipo de comida. Al final, Nathaniel dijo que él tenía razón y que ella estaba equivocada, lo que molestó sobremanera a Robin.

—¿Qué es esto?

Nathaniel cogió una pieza recortada de color rojo. Era una especie de trapecio.

—No lo sé —dijo Robin, denotando cansancio.

El subidón de café y azúcar se había disipado. Empezaba a notar la falta de sueño. Se había pasado horas rebuscando entre aquellos pequeños trastos y ahora solo veía manchas que bailaban frente a sus ojos.

—Parece un sombrero.

—Todo te parece un sombrero.

—Todo es un sombrero. Mira —dijo colocándose un cubo en la cabeza.

—Muy bonito. Te queda bien. Creo que está pegado con cinta.

Nathaniel lo desdobló suavemente. Tenía razón. No era un trapecio. Era un hexágono rojo.

—Una señal de *stop* —dijo Robin.

—No dice *stop*.

—Kathy tiene problemas de expresión verbal, ¿recuerdas? Para ella es muy difícil escribir palabras. —Robin encontró otra varilla de plástico y la pegó al hexágono—. Es una señal de *stop*. Tenemos una boca de incendios y una señal de *stop* en la calle, cerca de la casa.

—Entonces, ahora admites que es una boca de incendios.

—Lo que tú digas —masculló Robin.

Nathaniel se frotó los ojos y luego se inclinó hacia delante para sacar algo de la pila de accesorios que Robin había separado como elementos para el interior de la casa.

–No lo toques, nos haremos un lío –refunfuñó Robin.

–¡Has dicho que es irrelevante!

–Es una manta. No puede verse desde fuera.

–Es una bandera de Estados Unidos.

–¿Ah, sí? Oh. –Robin parpadeó–. Mi familia no era de las que izaban una bandera en la puerta de entrada.

–Incluso la cosió para poder ponerla en un pequeño mástil, ¿ves? Pásame esa cosa de ahí.

Encontró una pequeña varilla de metal y se la entregó. Cuando Nathaniel la cogió, sus dedos volvieron a rozarse. Robin no la soltó. Sus cabezas estaban muy juntas, encima del montón de cachivaches. Pudo oler a Nathaniel. Su aroma le recordó a un día lluvioso en el bosque. Levantó la mirada y se encontró con sus ojos. Su respiración se volvió más lenta y profunda. Él se acercó y sus labios rozaron los de ella. Robin se acercó todavía más, el sabor a café y a hombre se entremezclaron y la sumieron en un breve e irreflexivo éxtasis. Finalmente, después de lo que podrían haber sido segundos o minutos, se apartó. Toda la energía nerviosa y la ansiedad que había acumulado en su interior se habían evaporado. Estaba sonrojada.

Seguía teniendo la pequeña varilla metálica entre los dedos. La miró fijamente, intentando recordar por qué la tenía en la mano. Ah, sí. Se la dio a Nathaniel.

–Toma –susurró.

Nathaniel tomó la varilla con la mirada fija en los ojos de Robin. Luego, cogió la pequeña tela que Robin había confundido con la manta de una muñeca y la deslizó por la vara.

–Es una bandera bastante decente.

La colocó junto al resto de los objetos que habían logrado identificar.

–Sí que lo es.

Robin se preguntaba si Nathaniel se había quedado también sin aliento. De repente, observarlo era demasiado abrumador. Desvió la mirada, centrándose en el surtido de juguetes: una

bandera, calabazas naranjas, una señal de *stop*, un aro de baloncesto, una boca de incendios. Y las cortinas amarillas de antes.
¿Sería suficiente?

Intentaron buscar más objetos sin mucho entusiasmo mientras
sus miradas se iban encontrando y apartando sin cesar. Robin tuvo
que usar toda su fuerza de voluntad para mantenerse alejada de
Nathaniel. Sabía que debía tomárselo con calma y pensar bien
las cosas, pero lo que deseaba era algo completamente distinto.

No hallaron más accesorios. Tras media hora de rebuscar un
poco más, estuvieron de acuerdo en que era hora de dejarlo.
Nathaniel se llevó aquellos trastos diminutos. Y entonces, antes
de marcharse, la besó.

Robin no tardó en quedarse dormida en el sofá de su sala de
estar, con el sabor de aquel beso todavía en los labios.

Capítulo 40

Cuando era niño, a Nathaniel le resultaba muy fácil nombrar sus cinco películas favoritas. Eran, en este orden, *Arma letal, Arma letal 2, Arma letal 3, Arma letal 4* y la primera entrega de *La guerra de las galaxias*. *La guerra de las galaxias* hizo que quisiera tener un sable de luz. Las películas de *Arma letal* hicieron que quisiera ser policía, porque parecía un trabajo increíblemente emocionante. Solía tener una imagen clara de cómo sería su carrera como policía. Llegaría al trabajo, se subiría al coche, participaría en una persecución, abatiría a los malos (cuyos coches saltarían por los aires), mataría al malo con inmunidad diplomática y luego tendría una conversación sarcástica y divertida con su compañero antes de que lo llamaran para desactivar una bomba con un temporizador led rojo con una cuenta atrás irrisoria.

Era una suerte que algunas de las series policíacas modernas fueran un poco más realistas. Si destruyes los sueños de los niños cuando todavía son pequeños, no tendrás policías amargados y decepcionados en el futuro. Por ejemplo, hoy, en vez de escapar de una emboscada en un almacén lleno de explosivos, estaba conduciendo por Jasper buscando cortinas amarillas. Y calabazas. Y una canasta de baloncesto. Si no fuera por el recuerdo de la sonrisa de Robin, habría sido un día horrendo.

No había conocido a nadie especial desde hacía casi dos años. Desde que Imani lo abandonó y le rompió el corazón. Había tenido varias citas que no llevaron a nada y una noche de borrachera con Imani de la que se arrepentía en exceso. Pero aparte de eso, nadie. Y, aunque probablemente no debería hacerse ilusiones, se sentía atraído por ella.

—¿Por qué sonríes? —gruñó Burke, su compañero, desde detrás del volante.

—Me alegro de tenerte de nuevo a mi lado, nada más —dijo Nathaniel, sonriéndole a su amigo.

—Como tú digas... —dijo Burke, negando con la cabeza.

Ahora que el asesinato de Basset estaba relacionado con un caso que realmente importaba, lo habían reasignado con su antiguo compañero.

—¿Ves esa canasta a la derecha?

—Sí —dijo Nathaniel, marcando la dirección—. Ve más despacio, fijémonos en las ventanas.

Redujeron la velocidad.

—No veo cortinas —dijo Burke—. Solo persianas. Pero podría haber cortinas en las ventanas de atrás.

—Lo comprobaremos cuando subamos por la calle Cuarta.

Nathaniel tenía dificultades para volver a doblar el mapa. Era una hoja enorme, una de las doce que le habían dado en la comisaría local. Era un mapa a gran escala que mostraba cada casa de la ciudad.

La radio emitió un chasquido.

—Delta-Cinco-Dos, aquí Delta-Siete-Cuatro-Uno.

Pulsó el botón del micrófono.

—Adelante.

—Delta-Cinco-Dos, hemos encontrado otro huerto de calabazas de plástico.

—Recibido, Delta-Siete-Cuatro-Uno.

—Solo os informo para que luego no lloréis cuando repasemos la puntuación.

Nathaniel sonrió y volvió a pulsar el botón del micrófono.

—Ya veremos. Acabamos de ver un montón de banderas.

—Las banderas no son calabazas, Delta-Cinco-Dos.

—La verdad es que nos están dando una paliza —dijo Burke.

Nathaniel había conseguido que dos agentes del Departamento metropolitano de policía de Indianápolis echaran una mano en la búsqueda. Por supuesto, para hacerlo más atractivo, lo convirtieron en una competición. Las banderas valían tres puntos; las canastas de baloncesto, cinco; las cortinas amarillas, ocho. Pero las calabazas de plástico, al ser mucho más anómalas en un mes de junio, valían la friolera de veinte puntos. Al final del día, el equipo perdedor invitaría a cenar al ganador.

—Ve más despacio —dijo Nathaniel.

—Tenemos que trabajar más rápido si queremos ganar —señaló Burke.

—Si conduces tan rápido, nos perderemos varias cortinas.

Burke redujo la marcha.

—Ellos patrullan por las mejores calles. La zona oeste es el reino de las calabazas.

Nathaniel abrió de nuevo el mapa para intentar descubrir una manera de doblarlo que le permitiera ver también los alrededores.

—Están buscando por una zona de baja prioridad. Si encontramos el sitio, seguro que está en nuestra zona.

No habían iniciado la búsqueda a ciegas. Kathy Stone fue encontrada en la esquina de la calle Quince Este con Cherry, a las cuatro menos cuarto de la madrugada. El lamentable estado de sus pies sugería que llevaba bastante tiempo caminando. Sin embargo, si hubiera estado deambulando por las calles antes de la una de la madrugada, es probable que alguien la hubiera visto. A medianoche, aún había algo de movimiento en las calles: algún grupo de adolescentes o personas que volvían tarde del trabajo. Por lo tanto, se podía asumir que Kathy había escapado después de la una de la madrugada. Una niña descalza y desnutrida de nueve años no caminaría a más de tres kilómetros por hora, quizá incluso menos bajo la lluvia torrencial. En consecuencia, habría podido recorrer un máximo de nueve kilómetros antes de que alguien la encontrara. Lo más probable es que hubiera llegado a cinco o seis kilómetros. Al trazar las posibles rutas desde la esquina donde fue hallada, era fácil calcular la zona de la que podía haber salido. Esa fue el área que Nathaniel se asignó a sí mismo y a Burke. Aunque todo indicaba que la búsqueda terminaría siendo un fracaso.

Hasta ese momento, habían encontrado casas con banderas, casas con canastas y casas llenas de todo tipo de horteradas. Pero ninguna albergaba más de dos de estos elementos a la vez. Lo más cercano que habían encontrado era una casa vista por el otro equipo, que tenía una bandera y una canasta. Pero no había ninguna señal de *stop*, ni una boca de incendios cerca. Además, Kathy habría tenido que recorrer once kilómetros atravesando las zonas más transitadas de la ciudad para llegar desde allí hasta el lugar donde la encontraron.

Nathaniel tuvo que admitir que esta línea de investigación era una de las más endebles que había seguido en toda su carrera como detective de homicidios. ¿De verdad creía que los objetos de la caja de zapatos de la niña indicaban la casa donde había estado cautiva? ¿O se estaba dejando llevar simplemente porque la teoría venía de Robin y en ese momento todo lo que tenía que ver con Robin le resultaba irresistible?

—¡Mira! —dijo Burke de repente—. Bandera... y cortinas. ¡Esto son once puntos!

Nathaniel levantó la cabeza del mapa, atento.

—¿Dónde?

—No es la misma casa —dijo Burke—. ¿Ves? Las cortinas a nuestra izquierda y la bandera allí, más adelante a la derecha.

—Lo tengo.

Nathaniel suspiró. Miró la casa de las cortinas, en una ventana del segundo piso. La casa no tenía ninguna de las otras características que habían descrito. El lugar tenía muy mal aspecto. El jardín estaba descuidado, lleno de maleza, y la pintura se estaba desconchando de las paredes exteriores. Allí no vivían niños, eso estaba claro. Examinó el mapa, marcando tanto la casa con las cortinas como la de la bandera. Burke redujo la marcha y se detuvo. Nathaniel levantó la mirada para ver por qué habían parado y vio la señal de *stop*.

—Espera. Da la vuelta —dijo, mientras se le ocurría una idea—. Ve a la casa de las cortinas.

Burke dio la vuelta con el coche y condujo de nuevo hasta la casa. Aparcó en el bordillo y Nathaniel bajó del coche de un salto y se acercó a la casa. Tenía el jardín vallado. Atisbó la ventana del segundo piso. Las cortinas eran claramente amarillas. La casa estaba a oscuras. No parecía que hubiera nadie en su interior.

Nathaniel le dio la espalda a la vivienda y miró la casa de la bandera.

Habría sido visible desde la ventana del segundo piso. Igual que la señal de *stop*. Y la boca de incendios de enfrente.

La emoción se apoderó de él. Caminó despacio calle arriba y calle abajo, hasta que lo vio. Una canasta de baloncesto en el patio de una de las casas de enfrente. Quedaba oculta desde la calzada por un gran árbol, pero habría sido fácilmente visible desde la posición elevada de la ventana. Habían estado buscando los accesorios suponiendo que pertenecían a la casa donde habían retenido a Kathy. Pero no era así. Tenían que ver con la vista que había desde la ventana de la casa.

Después de eso, no tardó en encontrar las calabazas. Estaban en el porche vallado de la casa de enfrente. Era imposible verlas desde la calle, pero pudo hacerlo desde la acera más próxima, poniéndose de puntillas.

Lo mejor fue que pudo ver otros elementos que también coincidían con los artículos de la caja de zapatos. Una de las casas tenía una cuerda colgando de uno de los árboles; al parecer era un columpio que utilizaban los niños y que coincidía con el cordel de la caja. Una extraña escultura de jardín se parecía a una forma de arcilla a la que ni él ni Robin habían encontrado sentido. Una de las casas de la calle tenía un *frisbee* morado en el tejado, y Nathaniel recordó unas pegatinas redondas de color morado cuyo propósito desconocía.

Ya lo tenían. Esa era la casa. Kathy debió de observar la calle a menudo desde aquella ventana del segundo piso con cortinas amarillas. Quizá la habitación que había detrás de esa ventana era donde había estado retenida.

¿Y ahora qué? Nathaniel no estaba seguro. Quería averiguar quién vivía allí. Necesitaba una orden de registro. ¿Tenía suficientes indicios para convencer a un juez? En cualquier caso, era mejor esperar. Vigilar la calle hasta que el inquilino de la casa regresara. Tendría que informar al grupo de trabajo.

Burke bajó del coche y se le acercó.

–¿Qué pasa?

–Esa es la casa –dijo Nathaniel, muy nervioso–. Estoy seguro.

–Vale, entonces qué… –Burke frunció el ceño–. ¿Oyes eso?

—¿Si oigo qué? —preguntó Nathaniel.

Burke tenía mucho mejor oído que él.

—No estoy seguro… Parece que venga de la casa.

Nathaniel abrió la valla de la casa y las bisagras chirriaron. Se acercó lentamente a la casa. Sí, podía oír algo. ¿Música? ¿O algo más?

Acercó la oreja a la puerta.

Y oyó, al otro lado, el grito ahogado de una mujer.

Capítulo 41

Otro grito siguió al primero, este largo y retorcido como un berrido agónico. No había tiempo para pensar. Estudió rápidamente la puerta. Se abría hacia dentro y el mecanismo de seguridad parecía rudimentario. Nathaniel sacó la pistola de la funda, dio un paso atrás y golpeó la puerta con el pie, con el talón a unos centímetros a la izquierda del pomo. La puerta se estremeció y la madera crujió, pero permaneció cerrada. Detrás de él, Burke pedía refuerzos por radio y se disponía a rodear la casa en busca de una puerta trasera o una ventana abierta. Quería asegurarse de que no hubiera sorpresas en el patio trasero. Nathaniel dio una segunda patada a la puerta y se abrió de golpe.

El pasillo estaba oscuro. Nathaniel entró con la pistola apuntando al frente. Había una puerta abierta a la derecha. Se giró y recorrió con la mirada la cocina, que estaba vacía, con los ojos atentos a cualquier movimiento. Había platos sucios en el fregadero y una taza en una mesa pequeña. No había lugares visibles para esconderse. No había nadie allí. Estaba despejado. Siguió. Había música en alguna parte de la casa. Y se oyó otro grito. Sin la puerta principal para amortiguar el sonido, se oyó más claro, más agudo. Sonaba distinto.

A tres pasos de donde estaba, en el pasillo, había dos puertas cerradas. En algún lugar, a lo lejos, sonó una sirena. Tal vez eran los refuerzos. No había tiempo que perder. Los gritos salían de detrás de la puerta que tenía enfrente.

La abrió de una patada.

La habitación estaba a oscuras, pero la luz familiar de un televisor parpadeaba en las paredes desnudas. Los gritos y la música provenían del maldito televisor.

Era una especie de película de terror en la que una adolescente chillaba mientras un hombre enmascarado la perseguía con un gancho. Nathaniel miró hacia el otro lado para examinar la habitación. El sofá que había delante del televisor estaba vacío.

Oyó un ruido de pasos detrás de él. Se giró y vio a Burke en el pasillo. Ambos asintieron brevemente con la cabeza y se acercaron el uno al otro.

El televisor estaba encendido, lo que significaba que alguien lo había estado viendo. ¿Habría oído a la policía en la puerta y se habría escondido rápidamente en algún lugar de la casa? ¿Habría ido corriendo a coger un arma?

Solo había otra puerta en esa planta, además de una escalera que llevaba al segundo piso.

Nathaniel y Burke se apoyaron en la pared. Burke apuntó su arma a la escalera mientras Nathaniel abría la puerta bruscamente, con el arma preparada. Era el baño. Entró, dio dos pasos y comprobó la bañera.

—¡Despejado! —gritó.

Había un bote de pastillas en un estante encima del lavabo. Echó un rápido vistazo a la etiqueta. El destinatario de la receta era alguien llamado Jonas Kahn. No había tiempo de mirar más de cerca y salió.

Solo quedaban las escaleras. Burke fue primero y Nathaniel le cubrió la espalda.

Ahora la sirena sonaba mucho más de cerca. Probablemente era la otra patrulla.

El último piso tenía tres puertas. Estaban todas cerradas. Sin intercambiar una palabra, se separaron y cada uno se ocupó de una puerta distinta.

Nathaniel se dirigió a la que tenía a su derecha. Detrás de él, oyó un portazo y Burke gritó:

—¡Despejado!

Giró el pomo de la puerta y la abrió de una patada. Era un dormitorio con una cama doble. Había un gran armario. Se desplazó dentro de la habitación de espaldas a la pared, comprobando rápidamente la zona de detrás de la cama y luego miró debajo. Nada, ningún movimiento. Abajo seguía oyéndose el ruido del televisor. Ahora sonaba algo parecido a una motosierra. Más gritos, música dramática. Abrió de un tirón el armario y su dedo se tensó en el gatillo al ver algo dentro que le pareció un hombre…, pero no era más que un abrigo.

–¡Despejado!

Abandonó la habitación y se acercó despacio hacia la última puerta del segundo piso. Burke ya estaba allí, arrimado a la pared. Aquella era diferente al resto. Tenía un cerrojo de seguridad, pero en el lado exterior. Quienquiera que lo hubiera colocado quería retener a alguien dentro.

Nathaniel abrió la puerta de un tirón mientras Burke ya apuntaba con su arma al interior.

Era la habitación de una niña. La cama estaba hecha con sábanas rosas y había algunos juguetes esparcidos por las estanterías. Burke entró, comprobó la cama y miró a su alrededor.

–Despejado –dijo.

Nathaniel aflojó el agarre de la pistola y la tensión empezó a abandonar su cuerpo. La casa estaba vacía.

Entró en la habitación y se acercó a la ventana, que estaba enmarcada con cortinas amarillas. Miró hacia fuera desde allí. Pudo ver fácilmente las calabazas, la canasta de baloncesto y todo lo demás. Todo lo que Kathy tenía en su caja de zapatos.

Este era el lugar donde la habían retenido. En esta habitación. Nathaniel inspeccionó el marco de la ventana. Tenía atornillado un grueso pasador de metal que impedía que se pudiera abrir. Aunque Kathy hubiera decidido arriesgarse a saltar desde el segundo piso, no habría podido hacerlo.

Mientras miraba por la ventana, el coche patrulla del otro equipo chirrió al frenar junto al bordillo. Los dos agentes saltaron del coche con las armas preparadas.

–Diles que vuelvan a comprobar el patio –dijo Nathaniel–. Y la calle. A lo mejor nos ha oído y ha conseguido huir.

Burke salió de la habitación hablando por el micrófono.

Nathaniel caminó por la habitación pisando fuerte. Con la cama, apenas había sitio para andar. Bastaban tres pasos para cruzar la habitación de un lado a otro. ¿Había estado Kathy en esta habitación todo el tiempo que estuvo desaparecida? ¿Cómo debió de sentirse una niña pequeña al despertarse cada mañana en esta cama, sola, sabiendo que se quedaría allí todo el día?

Sintió náuseas. Abajo, la música cambió. Se oyeron más gritos y una risa desquiciada. Nathaniel apretó los dientes.

Burke volvió a entrar en la habitación.

–El patio trasero está hecho un desastre. Está lleno de trastos. Y hay un cobertizo.

–¿Has comprobado si estaba dentro?

–Está cerrado con candado por fuera.

–¿Crees que ha salido corriendo?

Burke se encogió de hombros.

–Las ventanas están cerradas. No hay puerta trasera. Es posible… Pero, si ha huido, ha sido muy sigiloso. En cualquier caso, nuestros chicos están rastreando la calle y tenemos asignado un coche patrulla de la policía de Jasper, que también lo está buscando.

Un estruendo resonó en el televisor del piso de abajo. Se oyeron más gritos. Un rugido. Nathaniel apretó los puños. El ruido le dificultaba la concentración.

–Se nos ha escapado.

Capítulo 42

El día de la desaparición

A Robin le habría gustado tener alguna sesión aquella mañana. O haber quedado con Melody para desayunar. O que su padre hubiera pasado a visitarla.

Cualquier cosa que le permitiera ahuyentar aquel sentimiento de soledad que la asfixiaba.

No solía sentirse sola. Ni siquiera durante las cuarentenas. Ni siquiera cuando Evan se marchaba una semana entera para sus sesiones de fotos. Tenía los niños a los que trataba, tenía una familia con la que hablar y tenía a Menny para babearle los zapatos cuando le rascaba la cabeza.

Pero aquel día, con Kathy desaparecida y todo el pueblo buscándola, sintió una inmensa soledad.

Resultaba extraño lo parecida que era la soledad al miedo. El mismo nudo en el estómago. La misma falta de aliento. La misma necesidad de que alguien la abrazara. Que le hablara.

Se puso la mano en el vientre tratando de tranquilizar al niño que llevaba dentro. ¿Podía sentir su torrente de emociones? ¿Le causaba malestar? Esperaba que no. ¿Qué sentiría si su hijo desapareciera? La pregunta le produjo una sacudida de ansiedad. Había creado un fuerte vínculo con su propio hijo, que aún no había nacido. Kathy ya tenía ocho años, así que el vínculo entre ella y su madre probablemente era mucho más fuerte.

No había nada peor.

Robin había ido antes a la oficina del *sheriff* para ver si podía ayudar. Pero le aterrorizaba entrar sabiendo que, en un espacio tan reducido, aunque todos llevaran mascarillas, existía la posibilidad de contraer la COVID. No podía permitírselo, o por lo menos no ahora, durante su embarazo. Así que se quedó fuera haciendo lo posible por escuchar. Se sentía alejada del resto de los habitantes del pueblo. Sola.

Cuando terminó la reunión y salieron todos fuera, vio a Melody. La saludó con la mano y su hermana se acercó. Le contó que les habían asignado zonas para buscar. Robin quería ayudar, pero Melody le aseguró que el pueblo entero estaba cubierto. Que en aquel momento no había nada que Robin pudiera hacer.

Así que volvió a casa.

Se llevó a Menny al parque y una parte de ella se imaginó que el perro detectaría un olor. Que de repente aullaría y se metería entre los arbustos, como si estuviera poseído. Lo perseguiría y lo encontraría olfateando a Kathy, que de algún modo estaría inconsciente pero ilesa. Y todo iría bien. Pero, por supuesto, lo único que hizo fue ladrar a una ardilla, orinar y olisquear un árbol concreto durante cinco minutos.

Y le aterrorizaba estar allí sola, porque algo malvado había venido a Bethelville y podía imaginarse todas las cosas horribles que podían pasarle allí.

Así pues, volvió a casa y llamó a Evan. Él estuvo escueto, como de costumbre en los últimos tiempos.

Luego se sentó en la sala de estar. Con su soledad. Que se parecía mucho al miedo.

Capítulo 43

En el dormitorio principal, Nathaniel abrió el último cajón del vestidor. Había calcetines y ropa interior. Hurgó en el cajón con cuidado, buscando las cosas que la gente a veces esconde entre su ropa interior. Drogas, porno, un arma. No sabía por qué la gente escogía los calcetines y la ropa interior para esconder sus secretos más oscuros. Nadie guardaba nunca su alijo de cocaína entre camisas o pantalones.

En este caso, sin embargo, la ropa interior no escondía nada más que polvo y pelusa. Al parecer, Jonas Kahn guardaba todos sus oscuros secretos en aquella habitación de abajo.

Nathaniel salió de la habitación y bajó las escaleras. Se encontró con Burke en la habitación del televisor. Burke había silenciado por fin el maldito aparato, pero las sangrientas imágenes de la película de terror seguían parpadeando en la pantalla.

—¿Has encontrado algo? —preguntó Burke.

—Arriba no hay nada —dijo Nathaniel—. ¿Y tú? ¿Algún dato nuevo?

—Hemos conseguido algunos datos básicos de los vecinos —dijo Burke—. Es un varón caucásico de entre veinte y treinta años, pelo negro. Conduce un Honda Civic verde y hemos conseguido una matrícula parcial, así que tengo a gente del grupo de trabajo ocupándose de eso. Los vecinos dicen que solía ausentarse durante días. Ninguno hablaba con él salvo para intercambiar saludos. Un vecino dijo que no parecía muy amigable.

—Muy bien. ¿Tenemos información del grupo de trabajo?

—Nada por ahora. No hay información inmediata de nadie que se llame Jonas Kahn en Jasper.

—A lo mejor no es su nombre real.

—Puede ser. Lo están investigando con los estatales, los federales y la policía metropolitana.

—Es conmovedor que haya conseguido unirnos a todos.

Nathaniel miró alrededor de la habitación, ignorando el televisor. En una esquina había una caja fuerte. Encima había una estantería con varios libros apilados. Frente a la pantalla del televisor había un sillón. A su lado había una mesita redonda con una caja de pañuelos y un bote de crema hidratante. El olor pegajoso y almizclado de la habitación le revolvió el estómago.

—¿Qué tenemos aquí?

—Mierdas muy raras —dijo Burke—. En primer lugar, por supuesto, tenemos esto.

Señaló el televisor.

—Una película de terror.

—El televisor está conectado al portátil de este tío y esta película no es una película de terror normal.

—¿Qué quieres decir?

—Echa un vistazo.

Nathaniel miró el televisor y la escena cambió. Un adolescente estaba tumbado en una cama dormido, con un pequeño televisor sobre el pecho. De repente, una mano enguantada surgió del colchón, lo agarró y tiró de él hacia la cama.

—Conozco esta película —dijo Nathaniel—. Es *Pesadilla en Elm Street*.

Había visto la película muchas veces cuando era adolescente. Tal como recordaba, la sangre empezó a brotar de la cama, desafiando a la gravedad y cubriendo el techo. Era una película gore, pero también absurda y ridícula.

Pero entonces apareció otra escena. Era otra película. No la reconoció, pero la cantidad de sangre era abrumadora. Se quedó mirando fijamente la pantalla, incapaz de apartar la vista de aquella violencia… y entonces volvió a cambiar. Otra película, esta vez en chino.

—¿Qué es esto? —preguntó Nathaniel.

—Por lo que veo, es una selección —dijo Burke—. Son todo escenas de películas de terror. Y todas bastante repugnantes.

—¿Alguna idea de cuánto dura?

—Seis horas y cuarenta y siete minutos.

–¿Casi siete horas? ¿De esto? ¿Quién vería algo así? –Le vino a la cabeza una pregunta aún más inquietante–. ¿Quién haría un recopilatorio como este?

Burke se encogió de hombros.

–Jonas Kahn, supongo.

Nathaniel volvió a observar de cerca el sillón, con los pañuelos y la crema hidratante. Empezó a comprenderlo. Jonas Kahn había hecho una selección de sus momentos favoritos de películas de terror, una sucesión interminable de repugnantes y excesivas escenas de asesinato, y se sentaba ahí a mirarlas. Se excitaba con ellas. El bote de crema estaba medio vacío. Era una rutina habitual.

–No he querido toquetear demasiado el portátil –dijo Burke–. Lo dejo para el equipo forense. Los cajones del mueble del televisor están llenos de DVD, y no te lo pierdas: cintas viejas de VHS. También he encontrado un reproductor de VHS lleno de polvo en el cajón de abajo. Por lo que he visto, todo son películas de terror. Algunas las conozco. Tiene muchos clásicos. *Viernes 13, Elm Street, El muñeco diabólico, Tiburón…* Pero la mayoría no las he visto. *Bloodbath in Psycho Town, Antlers, Alone in the Ghost House…* ¿Te suenan?

Nathaniel negó con la cabeza.

–Un auténtico fanático de las películas de terror.

–No lo sé. –Nathaniel se acercó al estante–. A mí me gusta ver alguna película de terror de vez en cuando. Pero esta recopilación no va de eso. Es solo gore. No hay tensión, no hay miedo.

–Es el porno de este tío –dijo Burke.

–Exacto. Y nadie mira porno por el diálogo entre el tío de la *pizza* y el ama de casa solitaria.

El dedo de Nathaniel recorrió los lomos de los libros. Había títulos como *Cine gore, Cine de terror* o *Cómo escribir una película de terror.* También algunas biografías: Hitchcock, Stephen King, Wes Craven.

En la pared, detrás de los libros, había unos cuantos cuadernos de espiral.

Los cogió de la estantería y abrió el primero. Había frases

garabateadas a mano por toda la página. Fechas. Notas. La letra era apenas legible. Hojeó algunas páginas.

–Burke, mira esto.

Burke se acercó y miró por encima del hombro de Nathaniel. Dejó escapar un largo silbido.

–¿Qué tenemos aquí?

–Parece un cuaderno de bitácora de las mujeres a las que acosaba –dijo Nathaniel.

Algunas de las anotaciones con fecha describían hechos. «MK ha salido con su marido a las diez y cuarto y ha regresado a las doce y cuarenta y cinco». O «RP se ha quedado en la habitación toda la mañana y ha cerrado las cortinas a las once y cuarenta y cinco». En otras anotaciones parecía haber escrito párrafos enteros, con letra errática y apenas legible. Parecía que escribía algunas de las entradas en forma de guion cinematográfico.

EXTERIOR: CASA

LA CÁMARA SIGUE A HP cuando sale por la noche. Lleva una falda corta que muestra sus largas piernas. LA CÁMARA HACE UNA PANORÁMICA y vemos a un hombre que la observa. SALTO HACIA DELANTE: HP vuelve con un tío al que se ha ligado. Tarda mucho en abrir la puerta porque está borracha. El tío le está TOCANDO EL CULO todo el tiempo.

–HP –dijo Burke con una expresión grave.

Nathaniel asintió.

–Haley Parks. La estuvo siguiendo antes de secuestrarla.

–Y, al parecer, escribió un guion con ella de protagonista.

En algunas de las páginas, Kahn había hecho garabatos en los márgenes, como si hubiera estado pasando el rato. Los garabatos eran, en su mayoría, dibujos mal hechos de mujeres torturadas o muertas. Uno de ellos era claramente un dibujo de Haley Parks después de su asesinato.

Nathaniel dejó los cuadernos sobre la mesa redonda. Luego tendrían que leerlos con detenimiento. Al hacerlo, algo llamó su atención. Se agachó y observó de cerca una de las patas de la mesa.

—Burke —dijo, con los ojos fijos en la pata—. ¿Puedes, por favor, coger unas pinzas del maletín?

—Sí, claro.

Había dos pelos largos pegados a la pata que ondeaban con suavidad. Nathaniel no les quitó los ojos de encima, preocupado por si se soltaban de la pata de madera y caían sobre la moqueta.

—Y una bolsa de pruebas.

Burke se agachó a su lado y arrancó con cuidado los pelos con las pinzas.

—Pelo largo. No creo que pertenezca a Kahn. Se supone que tiene el pelo negro y, sin duda, más corto. Este es rubio.

—¿Qué es eso? —Nathaniel señaló el extremo por donde estaban pegados los dos pelos. Parecía más oscuro y costroso—. ¿Es sangre?

Burke sacó una pequeña linterna y la encendió, proyectando su haz sobre los pelos.

—Eso parece.

Dejó caer el pelo en la bolsa de pruebas.

Nathaniel se levantó y miró la caja fuerte. El asesino se había llevado un trofeo de cada víctima, un mechón de pelo. ¿Guardaba sus trofeos en esa caja fuerte?

—Deberíamos abrir esa cosa.

—Les he dicho a los forenses que tenemos una caja fuerte —dijo Burke—. Pero, bueno…, no creo que sea una casualidad que hayamos encontrado estos pelos aquí.

Una sensación empalagosa le recorrió la piel.

—Así que el tío se sienta en este sillón.

—Ve su porno de terror.

—Se pone cachondo.

—Y, a veces, decide darle un toque especial. Abre la caja fuerte.

—Mira sus trofeos. Mechones de pelo.

—Escoge uno y se lo lleva a su maldito sillón.

—Es muy probable que los tenga en bolsas de plástico para mantenerlos intactos.

—Exacto. Lo saca de la bolsa, juega con él, lo siente en sus manos, con la otra mano en los pantalones…

—Vale —dijo Nathaniel de forma abrupta—. Necesito que me dé el aire.

Se dirigió a la puerta principal a grandes zancadas y conteniendo la respiración, como si el aire de la casa estuviera infectado por los actos depravados cometidos en ella. Una vez fuera, respiró hondo, enfadado consigo mismo. A lo largo de su carrera había visto cosas mucho peores. De hecho, había visto cosas peores durante la última semana. ¿Por qué dejaba que esto le afectara?

Por un lado, era por el hecho de saber que este hombre había retenido aquí a Kathy, una niña de ocho años. Según Robin, durante una de las sesiones, en uno de los juegos imaginarios de Kathy, ató el muñeco de la niña en el salón, delante del televisor. ¿Habría obligado a Kathy a ver su recopilatorio con él, como en una especie de retorcida noche de cine entre padre e hija?

Nathaniel se acercó al patio trasero mientras pensaba en eso. Allí tenía que haber algo, un detalle que, tal vez, simplemente quedaba fuera de la vista. Algo que lo aclararía todo.

El patio estaba lleno de desechos: latas de cerveza tiradas por el suelo, algunas herramientas de jardinería oxidadas, un montón de tejas rotas y muchas más cosas. En una esquina había un cobertizo decrépito con paredes de madera descoloridas. La puerta, como había dicho Burke, estaba cerrada con candado.

Nathaniel cruzó el patio hasta el cobertizo y lo inspeccionó. Algo atrajo su mirada. El cobertizo estaba cerca de la valla, pero había un pequeño hueco entre la valla y la pared de madera del cobertizo. En el hueco, la parte inferior de la pared de madera del cobertizo estaba rota.

Y el suelo de debajo estaba escarbado.

Nathaniel se agachó y se metió en el estrecho espacio entre el cobertizo y la valla. Miró a través de la pared rota del cobertizo utilizando la linterna de su teléfono.

El haz de luz de la linterna iluminó lo que parecía un colchón sucio. Junto a él, había un cubo.

Nathaniel tragó saliva y retrocedió. Quizá, de vez en cuando, Kathy era trasladada de la habitación cerrada de arriba a este cobertizo. A lo mejor como un castigo. Y entonces, una noche, desnutrida y desesperada, consiguió romper algunos tablones rotos de la pared del cobertizo. Luego escarbó a su alrededor hasta que hubo el espacio suficiente para escabullirse. Recordó que Kathy tenía las uñas rotas cuando la encontraron. Y arañazos en la espalda, que podría haberse hecho, por ejemplo, al arrastrarse por debajo de las tablas rotas. Los bordes dentados le habrían desgarrado la piel.

Y así fue como, tras quince largos meses, pudo liberarse al fin.

Sacó algunas fotos del interior del cobertizo y de la pared rota con su teléfono. Tenía que enseñárselo a Burke.

Su compañero seguía en la sala del televisor, hojeando una de las libretas.

—Oye, Burke —dijo Nathaniel—. Creo que he descubierto cómo escapó Kathy…

—Un momento —dijo Burke—. Tienes que ver esto.

—¿Qué?

Nathaniel se acercó y examinó la página que estaba mirando Burke. Le costó un poco descifrar aquella caligrafía errática. Eran entradas cortas, cada una de ellas con su fecha y hora. Las había escrito hacía menos de dos semanas.

K se ha quedado en casa todo el día. K ha ido al parque. Hoy K ha visitado a RH. RH ha tenido tres clientes esta mañana. RH ha ido a la cafetería esta tarde.

—K probablemente sea Kathy —dijo Burke.

—Sí —dijo Nathaniel, mientras el corazón le latía con fuerza—. Y RH es Robin Hart.

Capítulo 44

Nathaniel se llevó el teléfono a la oreja. El tono de llamada le pareció interminable mientras esperaba, impaciente, a que Robin contestara. Era la tercera vez que intentaba localizarla en la última hora y hasta ese momento no había contestado.

Saber que probablemente estaba en mitad de una sesión no resultaba de mucha ayuda. Desde el momento en que había visto sus iniciales en aquel diario, no había podido dejar de pensar en ella. Se la imaginaba en su casa, sola, ignorando que un asesino en serie la estaba acechando. Tal vez estuviera allí en ese mismo momento, observándola a través de la ventana o siguiendo su coche por la ciudad.

Sacudió la cabeza. Estaba siendo un idiota. Se había puesto en contacto con el Departamento de Policía de Bethelville y con el *sheriff* tan pronto como lo habían descubierto. Les pidió que vigilaran a Robin y a Kathy y que patrullaran sus calles, asegurándose de que estaban a salvo.

Mientras tanto, el grupo de trabajo estaba coordinando la búsqueda de Jonas Kahn. Tenían una matrícula y una descripción general. Era solo cuestión de tiempo.

Aun así, la última página del diario era de hacía tres días y en ella relataba con cierto detalle un paseo de Robin con su perro. Las notas dejaban claro que Kahn la había seguido desde lejos mientras caminaba hacia el parque. Y no había ninguna otra libreta. Esto probablemente significaba que la siguiente, la actual, la tenía Kahn consigo. Y si ese era el caso, entonces Kahn estaba ahí fuera, acechando a alguien.

Dejó el teléfono, cogió una de las libretas y volvió a hojearla. Al fondo, los miembros del equipo forense hablaban entre ellos mientras revisaban la casa entera, catalogándolo todo.

Jonas Kahn había seguido a cada una de sus víctimas durante meses antes de atacar. Era meticuloso y esmerado, pero había algo más. Era como si hubiera querido escribir el guion de un largometraje para cada una de ellas antes de pasar a la siguiente fase. Las notas sobre Robin apenas cubrían dos semanas y media. Kahn no tenía ningún motivo para romper su rutina en este momento. Robin no estaba en peligro inminente. Pero ojalá cogiera el teléfono.

Algo llamó su atención y levantó la vista de la libreta para echar un vistazo a la pantalla. La escena que se reproducía era una especie de ritual caníbal, sangriento y obsceno. Pensó en las escenas que se habían estado reproduciendo desde que había llegado. Había varias que reconocía, de películas que había visto, sobre todo cuando era adolescente. Pero le vino una a la cabeza. Una escena de *Viernes 13*.

¿En qué momento la había visto? Hacía unos veinte o treinta minutos. Se acercó al portátil e hizo retroceder la película. Iban saltando fotogramas ante sus ojos. Un miembro cortado. Un Chucky sonriente. Una chica corriendo por el bosque… ¿Dónde estaba? ¡Ahí!

Un hombre con traje… Nathaniel recordó vagamente que se suponía que era un profesor. El profesor estaba tirado en un callejón con la cara ensangrentada. Y entonces Jason se acercó y lo cogió. Y lo ahogó en un barril de residuos tóxicos, sujetándole los pies mientras el profesor se resistía.

Igual que el asesinato de Mandy Ross.

Apareció otra escena, pero Nathaniel volvió a ponerla para verla una segunda vez. Y una tercera. Era idéntica a la muerte de Mandy, con la excepción de que, en esta escena, el personaje era un hombre con traje…

Dios mío. Un hombre con traje. Igual que el hombre del Monopoly que Kathy había usado para representar el asesinato. El asesinato que había ocurrido después de que Kathy se lo mostrara a Robin durante la sesión. Kathy no había visto a Kahn ahogar a nadie en un barril. Y Kahn no le había contado sus planes. Había visto la escena en el televisor.

¿Era esto lo que le había enseñado a Robin? ¿Escenas del recopilatorio de Kahn? ¿Escenas que veía cuando Kahn la obligaba a mirar?

No, no era probable. Hasta ese momento, Kathy había representado cuatro asesinatos, tres de los cuales coincidían con asesinatos reales. Cuatro, si incluía también el dibujo que hizo. En aquel recopilatorio había cientos y cientos de escenas. Lo más probable era que Kahn tuviera otro recopilatorio en el ordenador, mucho más corto, solo con algunas de las escenas. Un recopilatorio que veía repetidamente mientras planeaba reproducir aquellas escenas con víctimas reales. Y Kathy lo había visto haciendo eso. Mirando aquellas escenas una y otra vez hasta quedarse grabadas en la mente. Un asesinato con un taladro. Una víctima con los miembros amputados. Una mujer apuñalada y luego ahorcada. Una mujer ahogada en la bañera. No era extraño que no hubiera ninguna coherencia entre cada uno de los elaborados y monstruosos asesinatos de Kahn. Estaba reproduciendo escenas reales de películas de terror.

Nathaniel se giró y gritó:

—¡Burke!

Luego se detuvo.

Y volvió a girarse, despacio. Por primera vez, se fijó en el pequeño indicador led del portátil.

El portátil había estado encendido desde que habían llegado, pero, en aquel momento, mientras se había quedado mirando la pantalla grande, pensativo, sumido en sus reflexiones, se había apagado. Y cuando se movió para llamar a Burke, volvió a encenderse.

—Mierda —murmuró, mirando atentamente el portátil.

Burke entró.

—¿Qué pasa?

—Vamos afuera —dijo Nathaniel de forma imperiosa.

Agarró a Burke, lo sacó de la habitación y cerró la puerta.

—¿Qué demonios?

—Dos cosas —dijo Nathaniel—. Acabo de darme cuenta de que Kahn asesina a sus víctimas replicando escenas de películas. Esto es lo que Kathy vio. Lo vio mirando esas escenas mientras planeaba los asesinatos. Por eso Kathy supo lo del asesinato de Mandy Ross antes de que ocurriera.

—Tiene sentido. —Burke agarró el brazo a Nathaniel—. Un momento… ¡Haley Parks!

—¿Qué pasa con Haley Parks?

—La apuñalaron y luego la ahorcaron, como a la chica de *Scream*, ¿te acuerdas?

—No —dijo Nathaniel, sintiendo náuseas—. No me acuerdo.

—He visto esa película un montón de veces. Seguro que es esa escena, yo…

—Ahora no importa —dijo Nathaniel—. La segunda cosa que he descubierto es que el indicador led de la cámara web del portátil estaba encendido. Se ha apagado cuando me he quedado quieto y se ha encendido cuando me he vuelto a mover.

Burke frunció el ceño.

—Entonces…, ¿se pone en marcha cada vez que detecta movimiento?

—Graba cada vez que detecta movimiento. Y probablemente el propietario reciba una alerta. Tal vez le mande una notificación con la transmisión.

—En ese caso, Kahn sabe que estamos aquí. —Los hombros de Burke se desplomaron—. No volverá.

—Si está recibiendo la transmisión acompañada de audio, también sabe todo lo que hemos dicho ahí dentro. —Nathaniel intentó recordar de qué habían hablado—. Y sabe que le estamos buscando. Tendrá más cuidado. Y estará más desesperado.

—Tenemos que comunicárselo a Claflin —dijo Burke.

Nathaniel asintió y sacó su teléfono. Le sonó en la mano. Era un número desconocido.

Contestó.

—¿Hola?

¿Detective King? Hola, soy Jeff Price. El *sheriff* de Bethelville.

Un escalofrío le recorrió la columna vertebral.

—Sí, ¿qué pasa, s*heriff*?

—Verá, he pasado varias veces por casa de Robin Hart y no ha habido respuesta. Tampoco contesta al teléfono.

—Yo también lo he intentado. Pensaba que tal vez estaría con un paciente.

—No lo creo –dijo el *sheriff* con voz tensa–. Han visto a su perro en la cafetería del barrio caminando solo.

Los dedos de Nathaniel apretaron el teléfono.

—Entiendo.

—Y todavía tenía la correa atada al collar.

Capítulo 45

A Robin le retumbaba la cabeza, le rugían las tripas y la invadían las náuseas. ¿Había bebido demasiado? Seguro que sí, casi una botella entera con Melody. Pero no, un momento, de esa noche hacía ya tiempo. ¿Qué había pasado? ¿Estaba enferma? Tenía frío, le dolía el cuerpo. Se movió en la cama...

Algo no iba nada bien.

No era su cama. Y era como si sus manos estuvieran enredadas en algo. Las tenía en una posición antinatural, detrás de la espalda, y no podía moverlas.

Parpadeó y el mundo se sacudió violentamente. Estaba oscuro, tenía que encender la luz. Pero seguía sin poder mover las manos. Se movió un poco y su tobillo chocó con algo. ¿Qué estaba pasando? ¿Y qué era aquel ruido espantoso? Era como un rugido... Le resultaba familiar, pero no podía precisarlo.

Necesitaba descansar. Era incapaz de hilar pensamientos.

Aquel rugido era el ruido de la lluvia sobre una cubierta de hojalata. Por eso le resultaba tan familiar. Cuando era pequeña, la ventana de su habitación estaba junto al cobertizo del jardín. A veces se quedaba despierta por la noche escuchando la lluvia que caía sobre el tejado de hojalata del cobertizo. ¿Había vuelto a la cama de su infancia?

No, su padre había desmantelado el cobertizo. Ya no había cobertizo, ni techo de hojalata. Y su padre tampoco estaba.

Intentó sentarse, pero era difícil sin poder mover las manos. Se golpeó la cabeza con algo. ¿Qué...? Asustada, intentó cambiar de posición y volvió a golpearse la cabeza. Luego las piernas. Estaba en algún lugar estrecho y no podía mover las manos.

La lluvia caía sobre el tejado de hojalata que tenía justo encima. ¿Qué estaba pasando?

Empezó a recordar fragmentos. Había salido a pasear con Menny, ¿verdad? Había salido más temprano de lo habitual, porque el cielo amenazaba lluvia. Tenía que ser un paseo rápido. Recordó cómo se aplastaban las hojas bajo sus zapatos con cada zancada. El parque. Una ligera llovizna. Intentaba tirar de Menny para volver, pero el perro había husmeado una ardilla o algo así, y luego…

¿Algo la había agarrado? ¿Le habían cubierto la cara? Recordó un olor químico…

Estaba mareada y muy cansada.

La lluvia seguía cayendo sobre el tejado de hojalata del cobertizo. Se acurrucó en la cama. No se encontraba muy bien, a lo mejor estaba enferma. Se lo diría a papá y a mamá. Mañana por la mañana no iría al colegio.

La oscuridad la envolvió.

Capítulo 46

Nathaniel aparcó junto a la camioneta del *sheriff* y apagó la sirena. Había conducido lo más rápido que había podido, pero aun así había tardado casi tres horas en llegar a Bethelville.

Tres horas eran mucho tiempo. Demasiado.

Salió del coche y bajó deprisa por el camino embarrado que conducía al parque. La lluvia lo empapó en cuestión de segundos. Siguió el sonido de las conversaciones y el crepitar de una radio, hasta que los localizó. Encontró al *sheriff* y a dos policías uniformados.

—Soy el detective Nathaniel King —dijo, acercándose al *sheriff* con pasos largos.

El *sheriff* asintió y le ofreció la mano.

—Jeff Price. Me alegro de que haya podido venir.

—¿Aquí es donde encontraron su teléfono?

—Sí —dijo Price, señalando un arbusto cercano—. Seguimos la localización que obtuvimos de la compañía telefónica. Cuando la llamamos, oímos cómo sonaba desde aquel arbusto de allí.

—¿Tienen alguna idea de cuándo desapareció?

—Según los datos del móvil, salió de su casa sobre las tres y media. Desde allí hasta aquí hay un paseo de quince minutos. Su perro apareció a las cinco menos cuarto en la cafetería del barrio. Supongo que, sea lo que sea lo que le ha pasado, ha sido alrededor de las cuatro.

—¿No hay testigos?

Nathaniel sintió náuseas. Hacía muchas horas que había desaparecido. Demasiadas.

—Es una zona del parque bastante apartada y a las cuatro la lluvia se había intensificado, así que no había ninguno de los corredores y ciclistas habituales que suelen pasar por aquí. —Price hizo un ademán a Nathaniel para que lo siguiera. Lo llevó a un lado y le señaló unas huellas de botas embarradas y rebosantes de agua–. ¿Ve esto de aquí? Las huellas de las botas bajan por la pista, pero aquí son mucho más profundas. Así que parece que el tipo de las botas vino por aquí y luego se marchó cargando algo pesado.

–Cree que atacó a Robin y luego arrastró su cuerpo desde aquí.

Nathaniel miró a su alrededor, imaginándose la escena. Un sabor amargo le llenó la boca.

–Las huellas llevan de nuevo hacia la carretera y tenemos huellas de neumáticos frescas aquí, en el barro.

–¿Han identificado las huellas de neumáticos?

Probablemente se corresponderían con un Honda Civic.

–Hemos mandado fotos al laboratorio.

–¿Han mirado en su casa?

–Tengo a un hombre allí en este momento. La hermana de Melody tenía una llave. Ella nos abrió.

–¿Han encontrado sangre? ¿Signos de forcejeo?

–No que hayamos visto.

–¿El equipo forense está en camino?

–Sí, hablé con su contacto, Claflin. Hay un montón de gente en camino. También los federales.

Los truenos retumbaron sobre sus cabezas. La lluvia parecía intensificarse aún más. En aquel lugar, al abrigo de los árboles, Nathaniel estaba a salvo de la lluvia torrencial, pero del follaje caían gotas gruesas que le salpicaban la cabeza.

Sacó el teléfono y llamó a Burke.

–Hola –respondió Burke. De fondo se oía el sonido del motor de su coche. Burke conducía–. ¿Has llegado?

–Estoy aquí ahora mismo. –Nathaniel se secó la lluvia de la cara–. Se la llevaron en el parque. Al parecer, no hay testigos.

–Voy de camino a Indianápolis. Me uno al grupo de trabajo. Dentro de veinte minutos estaré allí.

–Muy bien. Avísame cuando llegues.

–De acuerdo –dijo Burke–. He estado revisando los diarios de Kahn. La primera vez que mencionó a Robin fue hace cuatro semanas. Estaba acechando a Kathy. La siguió a ella y a su madre hasta la casa de Robin. Tres días después ya empezó a seguir a Robin. Al parecer, dividía su tiempo entre Robin, la niña y Mandy Ross, nuestra última víctima.

—Entiendo.

—Pero, una vez muerta Mandy Ross, solo aparecen Robin y Kathy. Y las entradas más recientes son solo sobre Robin.

—Estaba perdiendo su interés por Kathy —dijo Nathaniel—. Y una vez muerta Mandy Ross se centró en su siguiente asesinato. Su próximo objetivo.

—Tiene sentido —dijo Burke—. Pero, escúchame…, en los diarios aparecen unas veinte mujeres distintas. Y suponemos que solo ha matado a cuatro. Y se tomó su tiempo. Siguió a cada una de las víctimas durante meses. Se aprendió sus rutinas. No ha estado siguiendo a Robin tanto tiempo. Parece un cambio en su *modus operandi*, ¿no crees? ¿Se está volviendo descuidado?

—No lo sé, es posible.

—Tal vez haya algo sobre Robin que le haya hecho actuar más rápido —sugirió Burke.

—No. —La sangre no le llegaba a la cabeza. Se inclinó hacia el árbol—. Somos nosotros. No tenía previsto actuar. Aún no. La estaba vigilando, como había estado haciendo últimamente. Pero entonces recibió la notificación de su aplicación de seguridad.

—Mierda, puede que tengas razón —dijo Burke—. Entonces, Kahn estaría acechando a Robin como cualquier otro día en la oficina. Pero luego nos ve en la grabación entrando en su casa. Se da cuenta de que sabemos quién es y de que no le queda mucho tiempo.

—Y entonces se desespera —dijo Nathaniel—. Para él es ahora o nunca. Así que la coge y se la lleva. Y la matará tan pronto como pueda.

—A ver…, podría haberla matado allí mismo en el parque.

—Pero él quiere hacer lo suyo. —Los pensamientos de Nathaniel se agitaron—. Quiere reproducir la escena de terror, ¿no es así? Hay como mínimo una escena que creemos que no ha llevado a cabo. La escena en la que ahoga a la víctima en la bañera. Así que esto es lo que quiere.

—No creo que quiera ahogarla en la bañera —dijo Burke.

—¿Por qué no?

—Avancé rápido su asqueroso recopilatorio intentando encontrar las escenas que coincidían con los asesinatos y con las cosas que la niña le había enseñado a Robin. Esto es lo que tengo: el asesinato de Haley Parks sale, como dije, en *Scream*. Y tenías razón sobre Mandy Ross, es la escena de *Viernes 13*. Cynthia Rodgers coincide con una escena de *Sin City* que tiene ahí. Extremidades cortadas, todo. Y Basset viene de algo que se llama *El asesino del taladro*. Pero solo hay una escena con bañera en todo el recopilatorio.

—Vale —dijo Nathaniel con impaciencia—. Entonces, ¿qué...?

—Es de una película que se llama *Baño de ácido*.

Nathaniel cerró los ojos, apretando los puños. No era el momento de dejarse llevar por sus emociones. Necesitaba su buen juicio. Robin necesitaba su buen juicio.

—De acuerdo —dijo—. Eso es bueno.

—¿Bueno? ¿Lo dices en serio? ¿Me has oído? ¿Quieres saber lo que pasa en la escena? No podré dormir por la noche.

—Creo que pillo lo esencial —dijo Nathaniel—. Pero recuerda que suponemos que aún no estaba preparado para matarla. Necesitará una bañera, ¿no? Y ácido. Es un asesinato complejo. Por eso es bueno.

—Cierto —dijo Burke—. No puede usar la bañera de su casa.

—Y no ha ido a la de Robin —dijo Nathaniel—. La policía ya está allí. Así que necesitará otro sitio. Y necesitará ácido. Tenemos que averiguar dónde podría conseguir el ácido. Y la bañera.

—De acuerdo, me pondré con esto con el grupo de trabajo. Pero, bueno..., es posible que tenga previsto matarla de otra forma. Hay muchas escenas en este maldito recopilatorio.

—Esta es la única que Kathy le mostró a Robin y para la cual no tenemos ninguna coincidencia.

—Sí, pero... puede que haya un asesinato que la niña no le haya enseñado todavía a Robin.

Nathaniel había pensado lo mismo. Robin le había contado que, al principio, Kathy tenía seis muñecos, incluida la figura de la niña. Kathy había recreado las muertes de los muñecos, uno tras otro. Ahora solo quedaban dos. La niña y la mujer de la tarta. Uno de los asesinatos seguía siendo desconocido para ellos y podía ser cualquier cosa.

—Si tenemos suerte —dijo—, lo encontraremos antes de que consiga actuar. Tenemos a policías estatales y federales buscándole por toda la zona. Pero si no…, la bañera y el ácido es la única pista que tenemos.

—Sí —dijo Burke—. Te avisaré en cuanto tengamos algo.

Nathaniel colgó y se guardó el teléfono en el bolsillo. Habían pasado más de cuatro horas desde la desaparición de Robin.

Capítulo 47

Robin abrió los ojos parpadeando. Le dolían los hombros por la posición incómoda de los brazos. Forcejeó unos segundos intentando soltarlos y sintió un pellizco en las muñecas. Tenía las manos atadas a la espalda.

El pánico se apoderó de ella, agudizando sus sentidos. Lanzó un grito y sus pies golpearon las paredes que se cerraban a su alrededor. Chilló durante una eternidad sin dejar de patalear, intentando salir, escapar de dondequiera que estuviera, desesperadamente. Estaba atrapada. Al retorcerse, se golpeó la cabeza contra algo y un dolor agudo la cegó.

Se desplomó agotada, gimoteando.

Recordaba vagamente haberse despertado antes. Pero estaba demasiado ida, sin duda había vuelto a perder el conocimiento. Ahora no había ninguna posibilidad de que volviera a suceder. ¿Cuánto tiempo llevaba aquí? ¿Dónde estaba?

La lluvia seguía cayendo sobre el tejado de hojalata. No, no era un tejado de hojalata.

Era la tapa de un maletero.

Estaba en el maletero de un coche.

Se obligó a calmarse. Poco a poco, consiguió concentrarse. Temblaba de frío y miedo. Pero al menos podía pensar con claridad.

Hoy en día, los coches tienen asas de seguridad dentro de los maleteros, ¿verdad?

Tanteó a su alrededor, buscando, palpando las paredes del maletero con los dedos. Tenía que estar ahí. Tenía que…

¡Ahí! Pudo notar algo. Tal vez fuera un asa. Tiró de ella.

La cosa no se movió.

Tiró más fuerte. Intentó agarrarla y empujarse con los pies. El asa crujió, pero no se movió.

La negrura que la rodeaba era abrumadora. Le costaba respirar cada vez más. Gritó de nuevo. Le caían lágrimas por el rostro. No dejó de dar patadas y se golpeó con algo en la espinilla.

El maletero se abrió de golpe.

Por un segundo, pensó que había logrado mover el asa.

La lluvia le cayó encima mientras parpadeaba. Miró el cielo, cubierto de nubes negras como la tinta.

Una figura oscura se alzaba sobre ella. Era la persona que había abierto el maletero.

—Ah, qué bien. Ya estás despierta. No falta mucho, creo que ya está casi listo.

Se inclinó hacia delante.

Ella le dio una patada en el estómago.

Él soltó un gruñido de sorpresa y se tambaleó hacia atrás. Robin ya estaba maniobrando para levantarse. Se equilibró con las manos en la espalda mientras se sentaba con los pies fuera del tronco y se puso de pie.

Un puñetazo se estrelló contra su cara. La mejilla le estalló de dolor y se golpeó la cabeza con la tapa del maletero. Su visión se duplicó. Un débil gemido escapó de su boca.

—Muy bien. —El hombre seguía respirando con dificultad—. Volvamos a intentarlo.

Sintió un dolor ardiente en el cuero cabelludo. La cogió violentamente del pelo.

—Vuelve a intentar algo así y te arrepentirás. ¿Entendido?

Robin sollozaba.

Le sacudió la cabeza de un lado a otro, agarrándola por el pelo.

—Te he preguntado si lo has entendido.

—¡Sí! —gritó ella.

Notó un agarre férreo en el brazo mientras una mano todavía le sostenía el pelo. La empujó hacia delante, lejos del coche. Ya estaba empapada. Empapada y helada. Por un momento, sus pensamientos fueron a la deriva, hundiéndose en la inconsciencia, pero un tirón de pelo despiadado la despertó.

¿Dónde estaban? Era imposible ver con claridad bajo la lluvia. Pudo vislumbrar una luz delante de ellos. Una estructura. Un relámpago iluminó el cielo. Identificó la silueta de las copas de los árboles. Estaban en algún bosque.

El hombre no dejaba de empujarla, guiándola hacia la luz. Le pasaba algo en el pie, cojeaba, pero el agarre de su brazo se mantuvo firme. Entraron en la estructura. Era una casa pequeña. Las paredes se estaban desmoronando y el tejado estaba roto. El suelo estaba mojado. Goteaba agua del techo por todas partes. Parpadeó al ver las pintadas en las paredes.

Era la casa en ruinas en la que había estado con Claire. El lugar donde la policía había encontrado los zapatos de Kathy.

Él siguió tratándola con dureza y empujándola por las habitaciones hasta la parte de atrás, el cuarto de baño de la casa. Un gran foco iluminaba la habitación con una luz blanca muy dura. La bañera se había llenado de agua de lluvia y había varios centímetros de suciedad fangosa. El hombre empujó a Robin hacia la bañera.

Robin sabía quién era. Sabía lo que estaba a punto de ocurrir. La ahogaría en la bañera, como le había mostrado Kathy. Se sacudió e intentó patearle la pierna mala. Él apartó el pie con facilidad y le soltó el brazo para agarrarla por la garganta. Apretó.

Robin se quedó sin aire. Se le nubló la visión y todo se oscureció. Intentó forcejear, pero ya no le quedaba energía. El hombre la empujó, obligándola a entrar en la bañera. Pronto terminaría todo.

Entonces, la soltó.

Inspiró, resolló, tosió, se revolvió en el agua turbia. Solo había unos centímetros de profundidad. Le caló la ropa, helándola hasta los huesos.

El hombre retrocedió y se dio la vuelta con desinterés. Robin seguía tosiendo y todo le daba vueltas. Se revolvió en la resbaladiza bañera, intentando sostenerse. Era casi imposible, pero finalmente consiguió apoyarse en el borde de la bañera con la cabeza justo por encima del borde.

El hombre jugueteaba con una especie de hornillo. Encima había una gran olla a presión. El fuego estaba encendido y ardía debajo de la olla. Al lado había un trípode con una gran cámara de vídeo. Examinó la olla durante unos segundos y luego la cámara.

Robin intentó pensar. Tenía la mente nublada y los restos de la droga que el tipo había usado para dejarla inconsciente fragmentaban sus pensamientos. Aún no la había matado. No estaba tan lejos de su casa. Necesitaba ganar tiempo. Tal vez la policía la encontraría. Tal vez alguien pasaría, vería la luz de la casa en ruinas y se preguntaría quién había allí.

Tal vez podría hacerle hablar. Conseguir que se explicara. Estaba claro que lo movía una retorcida y extraña obsesión. Y a muchas personas con obsesiones les encantaba explayarse sobre ellas.

Tenía que empezar por algo concreto. Algo que dejara claro que sabía muchas cosas sobre él. Respiró entrecortadamente.

–¿Cynthia Rodgers fue la primera persona que mataste?

La miró con la boca abierta, con el cuerpo rígido. El hecho de saber el nombre de una de sus víctimas lo había pillado por sorpresa. Bien. Necesitaba que estuviera inseguro, fuera de juego. Quería que quisiera saber más. Atraerlo. Darle a la policía el tiempo necesario para encontrarla. Lo miró fijamente, apretando los dientes, deseando que sus labios dejaran de temblar. Aquel hombre le resultaba vagamente familiar. ¿Había visto su foto cuando estuvo en la comisaría de Indianápolis? No, no era eso.

–¿Cómo sabes eso? –preguntó.

Tenía que conseguir que se preocupara. Que se preguntara hasta qué punto habían seguido su rastro.

–Me lo dijo la policía.

Cambió la expresión de sus labios y movió los ojos de un lado para otro mientras procesaba la información. ¿Qué le pasaba por la cabeza? ¿La desesperación empezaba a apoderarse de él? ¿Podría usar eso?

–¿Sabes cómo me llamo?

Su voz se volvió cruda.

Su nombre. ¿Lo sabía? Seguía sin saber dónde lo había visto antes. Dudó. No quería que se diera cuenta de que todavía no sabían quién era.

–No me lo dijeron. Yo solo soy consultora.

Él le sonrió, mostrándole los dientes.

–Me llamo Jonas. Jonas Kahn.

El miedo le heló el estómago. El tipo no había mostrado

vacilación. Jamás le habría dicho su nombre si no tuviera intención de matarla muy pronto. Intentó pensar en una respuesta, pero tenía la boca entumecida.

Él frunció el ceño.

—Entonces, si no te han dicho mi nombre, ¿qué te han dicho?

Tenía que conseguir que siguiera hablando. Necesitaba más tiempo.

—Mataste a otras mujeres. Haley Parks. G… Gloria Basset… Mandy Ross. —Le castañeteaban los dientes, en parte por el frío y en parte por el miedo—. ¿Por qué las mataste?

Él comprobó la olla a presión examinando la temperatura del dial. No pudo ver lo que indicaba.

—Tú eres la terapeuta —dijo—. ¿Por qué no me lo dices tú?

—N… no lo sé. ¿Puedes contármelo?

Él resopló.

—¿Es esta la escena que crees que estamos representando? ¿La heroica agente secreta está atrapada y el villano le cuenta todos sus planes secretos?

Robin lo miró fijamente. ¿De qué estaba hablando? ¿Escena? ¿Agente secreto? Hablaba de una película. ¿Creía que estaban en algún tipo de programa de televisión?

—No has entendido nada —prosiguió, hablando más deprisa, excitado, con las palabras pisándose las unas a las otras—. Esta no es una película de James Bond, ni *Misión imposible*. No tiene nada que ver con una película de acción. Estamos en otro tipo de película. Ya debes de saber de qué tipo, ¿verdad? Si la policía te ha hablado de las demás, deben de haberte explicado también lo de las películas.

Capítulo 48

Nathaniel estaba de pie en la oficina del *sheriff*, con la vista puesta en el gran mapa que colgaba de la pared. Las numerosas carreteras que rodeaban la ciudad se entrecruzaban en el mapa dibujando un laberinto de posibilidades. ¿Qué camino había tomado Kahn con Robin? Si había subido o bajado por la US 421, lo habría descubierto la policía. Tenían una docena de coches y dos helicópteros rastreando la autopista, buscando el vehículo de Kahn. No había forma de que Kahn hubiera podido pasar por allí. A menos que hubiera cambiado de coche. Y Nathaniel dudaba que hubiera tenido tiempo de hacerlo.

Pero, por supuesto, ese no era el único camino que podía tomar. Toda la zona estaba repleta de pequeños caminos y senderos. Un hombre que estuviera familiarizado con esa zona podría llegar casi a cualquier parte sin utilizar las carreteras principales.

Entonces, ¿por dónde había ido Kahn?

Sonó su teléfono. Con el ruido que había a su alrededor de las constantes conversaciones por radio, los gritos de la gente y los teléfonos de las oficinas, ni siquiera pudo oírlo. Pero vibró en su bolsillo, lo sacó y contestó a la llamada.

−¿Hola?

−Soy yo. −Oyó la voz de Burke.

Nathaniel se cubrió la otra oreja para amortiguar el ruido que le rodeaba.

−Sí, ¿qué tienes para mí?

−Todavía no tengo ni idea de adónde ha podido ir −dijo Burke−. Imaginamos que podía ir a algún motel, así que estamos comprobando los moteles cercanos.

−Muy bien. ¿Y qué pasa con el ácido?

−Esta es la cuestión. No creo que use un tipo de ácido difícil de conseguir. Espera, te dejo hablar con uno de los federales, él te lo explicará mejor.

Nathaniel esperó mientras oía a Burke hablar con otra persona.

—Hola —dijo una voz distinta. Era una voz áspera y cortante—. Soy el agente Armstrong.

—Yo soy el detective King —dijo Nathaniel—. Mi compañero me ha dicho que tienen alguna información sobre el ácido. Yo había pensado preguntar en fábricas químicas de esta zona...

—Sí, pero no, no buscamos una fábrica química —dijo Armstrong—. Detective, ¿sabe quién es Santiago Meza López?

—No.

—Era miembro de un cártel. Hace unos quince años estaba en nuestra lista de los más buscados. Su apodo era El Pozolero...

—Agente, el reloj avanza. ¿Qué tiene que ver este tipo con Kahn?

—El apodo de El Pozolero hace referencia al que se encarga del pozol. Al parecer, este tipo desintegró unos trescientos cuerpos para el cártel.

Nathaniel cerró los ojos.

—De acuerdo.

—¿Sabe lo que usaba este tío? Sosa cáustica. Si se mezclan unos kilos con agua y se calienta lo suficiente, puede disolver un cuerpo. Necesita tiempo. Y si Kahn no tiene cuidado, puede quemarse seriamente la piel, pero sospecho que es así como lo hará.

—Sosa cáustica —dijo Nathaniel.

—No es muy difícil de conseguir.

—No, está claro que no —dijo Nathaniel—. Gracias, agente Armstrong.

Colgó. Se dio la vuelta y agarró a un ayudante cercano que hablaba por teléfono. Señaló el mapa.

—¿Dónde están las ferreterías más cercanas?

Robin observaba atentamente a Kahn. Él intentaba actuar con calma e indiferencia. Pero, cuando le hacía preguntas a Robin, apretaba los puños y entrecerraba los ojos.

Se había equivocado. Kahn no tenía ningún interés en hablar de sí mismo. Quería saber cuánto sabía ella. Seguro que quería saber si la policía lo seguía de cerca. Podía trabajar con eso y seguir contestando sus preguntas. Quizá conseguiría ponerle lo bastante nervioso para que cometiera un error.

De repente se dio cuenta de dónde lo había visto antes. Era el hombre al que su madre casi había atropellado cuando había cogido el coche para ir al Jimmie's Café. El corazón de Robin dio un vuelco. ¿Había sido solo una coincidencia? ¿O había estado acechándola desde hacía más de una semana?

–¿Y bien? –volvió a preguntar, con voz chillona–. ¿Te han hablado de las películas?

Las películas. Sus ojos parpadearon al mirar la cámara. Lo estaba grabando. Y había dicho que no estaban en una película de acción. Cada una de sus víctimas anteriores había sido asesinada de una forma compleja y sangrienta, pero distinta. Por supuesto.

–Sí –susurró–. Me lo dijeron. Películas de terror.

Ahí estaba. El apretón de su mandíbula, el cambio en sus ojos. Había algo que le preocupaba que ella supiera. ¿Qué era? ¿Qué le había dicho Nathaniel sobre la investigación? Era difícil concentrarse con aquel hombre alzado sobre ella y la ominosa olla detrás. Giró la cara hacia la pared y sus ojos se clavaron en las mugrientas baldosas de cerámica.

Las baldosas.

Se acordó de la última vez que había estado aquí, con Claire. En aquel momento se había dado cuenta de que algunas de las baldosas se habían roto y había trozos en la bañera. Ahora, con varios centímetros de agua de lluvia turbia, no era posible verlas. Pero, a menos que ese tipo las hubiera visto y quitado, todavía estaban allí. Afilados fragmentos de baldosas.

–Mírame –gruñó.

Le devolvió la mirada mientras tanteaba el fondo de la bañera con las manos a la espalda, buscando.

–Cynthia, Haley, Gloria, Mandy…, todas salían en tus películas de terror, ¿verdad?

–Así que se dieron cuenta.

–Y ahora estás haciendo otra.

–Supongo que sí.

—La policía lo sabe. Saben que quieres ahogar a una mujer en una bañera.

Kahn sonrió.

—¿Eso es lo que piensan?

Robin apretó los dientes. ¿Se había equivocado? Pero aquel pensamiento se disipó cuando sus dedos rozaron algo. ¡Ahí estaba! Se sacudió en la bañera, como si estuviera perdiendo el equilibrio, e intentó agarrar lo que había notado. Una baldosa rota. Sus dedos recorrieron los bordes. No estaba tan afilada como para usarla como arma.

Pero, con el tiempo suficiente, tal vez podría cortar una cuerda.

—Lo que no entiendo —espetó— es por qué les cortaste el pelo.

Su sonrisa se ensanchó.

—¿Nunca has oído hablar del *merchandising*?

Y entonces, para su horror, se sacó un gran cuchillo del cinturón y dio un paso hacia ella.

—Sí, desde luego, vino un tío a comprar desatascador —dijo el dependiente de la ferretería, hablando despacio—. Insistió en esta marca. Yo se lo dije. Le dije que esta marca era más cara y que tenía algo mejor, pero no quería escucharme. Dijo que tenía que ser cien por cien sosa cáustica.

—¿Qué aspecto tenía? —preguntó Nathaniel con impaciencia.

El dependiente se lamió los dientes superiores, pensativo.

—Joven, supongo. Estaba empapado, por la lluvia. Llevaba un abrigo.

Maravilloso.

—¿Y su pelo?

—Era corto. Negro, supongo, o castaño. Realmente no pude verlo bien.

—¿Viste su coche?

—Sí, claro. Estaba aparcado justo al otro lado de la calle. Un Honda. Verde. Me fijé porque mi suegra tiene un coche exactamente como ese y estoy intentando ayudarla a venderlo. En cualquier caso, le ofrecí ayuda para llevar las cosas, por su pierna, pero dijo que podía llevarlo todo él mismo.

—¿Su pierna?

—Sí, claro. Cojeaba. Y sangraba por todas partes. Se lo dije, le dije que tenía que ir a un hospital si le había mordido un perro, pero dijo que no era tan grave.

—¿Le había mordido un perro?

—Sí, seguro. Llevaba los pantalones rasgados y tenía un buen mordisco. Sangraba por todas partes. Tuve que limpiar el suelo después de que se fuera.

Sin duda, aquello había sido la contribución de Menny. Buen perro.

—¿Viste hacia dónde iba?

—Sí, claro. Se fue hacia su coche.

Nathaniel reprimió su impaciencia.

—¿Y en qué dirección se marchó con el coche?

El dependiente parpadeó.

—No lo sé. Estaba limpiando la sangre. No es higiénico, es así.

Nathaniel sintió la desesperación. No les servía de nada.

—¿Hace cuánto que ha estado aquí?

El dependiente volvió a lamerse los dientes superiores.

—Varias horas, seguro.

Nathaniel se dio la vuelta para marcharse. Ese tío no les serviría de nada. A lo mejor alguien había visto algo desde las tiendas de al lado. Entonces se detuvo.

—¿Cuánta sosa cáustica compró?

—Solo un par de botellas. De un kilo cada una.

—Has dicho que te había dicho que podía llevarlo todo él mismo. ¿Compró algo más?

—Sí, claro. Compró un generador de emergencia, gasolina para el generador y cizallas. —El dependiente volvió a lamerse los dientes—. Y una linterna. Y pilas para la linterna.

—¿Te dijo para qué necesitaba todo eso?

—Se lo pregunté, pero me dijo que tenía problemas con la electricidad en su casa. Entonces se lo dije, le dije que si tenía un desagüe atascado y problemas de electricidad en su casa, parecía que su casa no estaba en muy buen estado. Y me dijo que no sabía ni la mitad, que se estaba desmoronando.

–¿Te dijo algo más?

–Bueno, hablamos sobre la sosa cáustica, le pregunté para qué la necesitaba y me dijo que para desatascar un desagüe. Y le dije que algunas personas usan la sosa cáustica para hacer jabón y eso le pareció gracioso.

–Seguro que sí –dijo Nathaniel en un tono sombrío–. Gracias.

Salió de la tienda y sacó el teléfono. Activó la aplicación de la linterna y apuntó el haz de luz hacia la acera. La lluvia lo había arrasado todo, pero aun así encontró lo que buscaba. Unas salpicaduras marrones junto a la puerta de la tienda, donde la lluvia no llegaba. Era sangre seca. El dependiente no había exagerado. Parecía que Kahn había estado sangrando bastante. Tenía que dolerle como el demonio.

No habría ido muy lejos. No con un mordisco así.

Nathaniel sabía para qué necesitaba Kahn la sosa cáustica. Pero ¿por qué un generador? ¿Y la linterna?

Adondequiera que fuera, no tenía electricidad ni luz. Pero al parecer tenía una bañera. A menos que Kahn hubiera decidido salirse significativamente del guion. Un generador haría ruido, así que, dondequiera que estuviera, tenía que estar lo bastante aislado para que nadie pudiera interrumpirle. Y en algún lugar cercano. ¿Un desguace? Tal vez. Dios sabía que había numerosos desguaces en las películas de terror. Kahn sin duda lo encontraría atractivo. Eso explicaría las cizallas también.

Nathaniel se masajeó el puente de la nariz. Kahn había estado en Bethelville, acechando a Robin como había hecho las últimas semanas. No había planeado matarla. Hoy no. Pero entonces recibió una notificación en su teléfono. La aplicación de seguridad. Comprobó la transmisión, vio que la policía estaba en su casa. Tenía que actuar rápido. Así que decidió coger a Robin y acabar con ella como había estado planeando desde hacía tiempo.

Pero Menny le había mordido y la policía iba tras él. ¿Iría a dar tumbos por un desguace de noche, bajo una lluvia torrencial, en busca de una bañera intacta? Buscaría algún lugar resguardado de la lluvia. Algún lugar cercano. Un lugar que conocía. Un lugar con una bañera, pero sin electricidad. Un lugar en el que necesitara cizallas para entrar…

–Mierda –murmuró Nathaniel, ya abriendo la puerta de su coche. «Dijo que no sabía ni la mitad, que se estaba desmoronando».

Nathaniel había visto fotografías del lugar al revisar el expediente del caso del secuestro de Kathy Stone.

Kahn había ido al lugar que conocía de tantos meses atrás. A la casa en ruinas donde había llevado a Kathy después de secuestrarla.

Robin empezó a gritar y a forcejear cuando Kahn se arrodilló a su lado y levantó el cuchillo. Su otra mano salió disparada, rápida como una serpiente, para agarrarla del pelo. Y entonces, con un fuerte tirón, le cortó un grueso mechón.

–Menos mal que me lo has recordado –masculló, sacudiendo el pelo mojado en su puño–. No hubiera podido cogerlo después de acabar contigo.

Robin se estremeció. Su respiración era errática. Durante unos segundos, pensó que todo había terminado. Pero, al parecer, aún le quedaba algo de tiempo.

Intentó desesperadamente poner el borde dentado de la baldosa rota que tenía en la mano contra la cuerda. Era casi imposible. Ya habría sido bastante difícil de por sí, pero además tenía los dedos agarrotados por el frío y todavía se sentía débil y mareada por la droga que Kahn le había administrado antes.

–Entonces…, ¿qué más te ha dicho la policía sobre mí? –preguntó Kahn.

Se había metido el pelo en el bolsillo y ahora volvía a comprobar la olla a presión, dándole la espalda.

Robin apretó los dientes y encajó el fragmento de baldosa entre sus muñecas, con el extremo dentado contra la cuerda. Si hubiera podido moverla de un lado a otro, habría podido desatarse. Pero no había forma de hacerlo. Su única opción era aplicar la suficiente presión sobre la cuerda. Y tal vez así sería capaz de cortarla. No parecía muy gruesa. Se reclinó sobre la superficie de la bañera, forzando la cuerda contra la baldosa dentada. Esto hizo que la cuerda le apretara la piel con más fuerza.

–Eh… –dijo–, me… me han dicho que tuviste prisionera a Kathy. Durante todos esos meses.

–¿Te lo han dicho ellos? ¿O te lo ha dicho la niña?

Hiciera lo que hiciese, tenía que mantenerlo alejado de Kathy.

–Kathy no habla.

–Oh, créeme, lo sé. Pero pensaba que contigo sí hablaba.

–No habla con nadie.

No estaba haciendo ningún progreso con el trozo de baldosa. La clavó más profundamente entre sus muñecas con la esperanza de que en algún lugar del borde dentado hubiera un punto más afilado. Entonces contó hasta tres y volvió a reclinarse sobre la superficie de la bañera empujando con los pies, con todos sus músculos gritando de dolor.

–¿Así que no te ha dicho nada?

–Kathy no habla –repitió Robin, con la voz tensa por el esfuerzo–. La policía lo dedujo todo por su cuenta.

–¿Intentas protegerla de mí? –dijo con una sonrisa burlona.

Robin tragó saliva.

–Te estoy diciendo la verdad.

Kahn se encogió de hombros.

–No importa. La niña no puede importarme menos. No fue más que un estúpido error. Pero dime una cosa. Si no habla, ¿por qué iba la policía a hablar contigo?

Robin hizo una pausa. Le costaba respirar.

–Es… esperaban que yo pudiera ayudar a que les dijera algo. No pude. Pero no importa. Ya saben lo suficiente.

Kahn negó con la cabeza.

–Pues no lo parece. No saben ni la mitad.

¿De qué estaba hablando? Había algo que le preocupaba que supieran. Por eso la estaba interrogando. Pero no eran los cuatro asesinatos ni el secuestro de Kathy. Era otra cosa.

Tenía que ser su víctima final. La que Kathy había dejado en último lugar. La figura de la mujer con la tarta.

Kahn abrió la tapa de la olla a presión.

Un humo tóxico llenó la habitación. Antes, con el humo que se escapaba por la válvula, no lo había notado. Con aquel enorme agujero en el techo, simplemente se había esfumado. Pero ahora toda la habitación estaba llena del vapor tóxico de lo que fuera que había allí.

A Robin se le erizó la piel. Le picaba la garganta. Tosió y tuvo arcadas.

—Bueno, creo que está listo —dijo Kahn con la voz entrecortada.

Robin recordó lo que Kathy había dejado en la casa de muñecas en aquella última sesión. La figura de la Mujer Maravilla en la bañera cubierta de *slime*.

Estaba a punto de tirarle aquella cosa por encima.

Robin se apoyó desesperadamente contra la cuerda para apretarla contra el trozo de baldosa.

Kahn soltó un gruñido al levantar aquella olla tan grande y se dio la vuelta para mirar a Robin. Tenía los ojos entrecerrados, sin duda para evitar los efectos del humo urticante.

—¡La policía lo sabe todo! —gritó Robin—. ¡Saben lo de la otra persona!

Eso le hizo detenerse. Dejó la olla en el suelo y se agachó frente a ella.

—¿Qué pasa con la otra persona? —gruñó.

—Lo… lo saben. Después de matarme a mí, queda otra. Alguien a quien todavía pretendes matar. Y te detendrán. Lo saben todo.

La miró fijamente, aún agachado, con la mirada clavada en sus ojos.

Luego echó la cabeza hacia atrás y soltó una carcajada histérica.

—¡Casi me lo creo! —gritó—. La niña no te ha dicho nada. ¡Maldita zorra! Se ha librado.

Su risa era maníaca, desesperada, la risa de un hombre al límite.

Robin se empujó contra el borde de la bañera con todas sus fuerzas, sintiendo cómo la cuerda le presionaba y le rasgaba aún más la piel mientras la apretaba contra el borde dentado de la baldosa.

Y se rompió.

Tenía una única oportunidad. Saltó por encima del borde de la bañera. Y cogió aquella olla humeante y tóxica.

Intentó tirársela a la cara, pero pesaba mucho más de lo que se había imaginado. Lo único que consiguió fue volcarla. Una parte le salpicó a Kahn en la cara. El resto le cayó sobre las piernas. Y su risa se transformó en gritos agonizantes.

Se lanzó a la oscura carretera con un rugido de motor. Las siluetas de los árboles se acercaban por ambos lados. Nathaniel se agarraba al volante con las manos tensas y la mandíbula apretada. Su sirena aullaba y las luces de emergencia rojas y azules parpadeaban advirtiendo a los demás vehículos que se apartaran de su camino.

Intentó concentrarse en la carretera y en las instrucciones que le había dado el *sheriff*. Si dejaba que su mente divagara, lo único en lo que podía pensar era en lo que se encontraría cuando llegara a aquella decrépita casa. Kahn había comprado la sosa cáustica hacía horas. Eso significaba que Robin podía estar… podía estar…

No, no podía permitirse obsesionarse con eso. Necesitaba mantener la calma. El camino de tierra que conducía a la casa en ruinas podía pasar fácilmente desapercibido en la oscuridad. El *sheriff* y la policía local también estaban en camino, por supuesto. Pero Nathaniel les había avisado por radio cuando él ya se había puesto en marcha. Tenía unos minutos de ventaja. Y en ese momento unos minutos podían ser la diferencia entre la vida y la muerte.

O no. Quizá llegaba ya demasiado tarde. Quizá Kahn ya se había ido y los restos de Robin flotaban en una bañera rota.

Apretó los dientes para ahuyentar aquel pensamiento errante. Vio cómo las luces traseras de un vehículo se acercaban a una velocidad alarmante. Conducía rápido. Demasiado rápido.

No redujo la velocidad.

Dio un giro brusco al volante y su coche se metió en el carril contrario. Los faros de otro coche venían de frente. Volvió de forma frenética a su carril y las ruedas chirriaron sobre la grava del borde de la carretera. Luchó con el volante y consiguió volver a meter el coche en la carretera, dejando atrás, a lo lejos, los coches que tocaban el claxon.

Tenía que creer que cada segundo importaba.

Porque la alternativa era mucho peor.

Robin salió a trompicones del cuarto de baño dejando a sus espaldas los espantosos gritos de dolor de Kahn. Tosía y le venían arcadas. Los vapores tóxicos de aquel ácido le irritaban la garganta. También le lloraban los ojos y veía borroso.

La piel de la mano le ardía de una forma atroz. Al volcar la olla, algunas gotas del líquido le habían salpicado en el dorso. Sentía como si alguien le hubiera prendido fuego.

Jadeaba y tropezaba en la oscuridad de la habitación. Llegó a la puerta principal y se estrelló contra ella. Una vez fuera de la casa, resbaló en el suelo embarrado y cayó de espaldas. Se quedó sin aire en los pulmones.

Estaba completamente empapada por la lluvia. Levantó su mano temblorosa para intentar lavársela, pero no sirvió de nada. Seguía ardiendo.

Casi fue un alivio no poder verla con claridad en la oscuridad.

Y entonces, detrás de ella, oyó un ruido. Se apoyó para enderezarse y miró hacia atrás.

Gracias a la luz que salía de la puerta del baño, vio una sombra. Era Kahn. Se acercaba torpemente, emitiendo ruidos inhumanos, gruñidos nacidos de la agonía y la rabia, palabras arrastradas e ininteligibles.

Se levantó de un salto. Tenía que escapar.

La valla apenas era visible en la oscuridad. Avanzó a trompicones hasta alcanzarla, con los pies chapoteando en el barro. Sus dedos se aferraron con fuerza a los alambres. Tenía que encontrar el agujero por el que ella y Claire habían entrado la última vez. ¿Dónde estaba?

Apenas podía concentrarse con aquel dolor punzante en la mano. ¿Cómo era posible que Kahn siguiera andando?

Un relámpago iluminó el cielo sobre ella y, por un segundo, pudo ver la valla. La casa estaba a su izquierda, había árboles por todas partes... No pudo ver el agujero. Recorrería la valla hasta encontrarla. No podía estar muy...

El trueno retumbó sobre su cabeza. Fue tan colosal que su vibración le recorrió todo el cuerpo. Se detuvo, paralizada por el miedo.

¿Dónde estaba Kahn?

Se dio la vuelta, pero no podía verlo. El trueno que todavía resonaba y la lluvia torrencial hacían imposible oír nada más. Kahn podía estar en cualquier lado. Avanzó paso a paso por la valla intentando ignorar la agonía palpitante de su mano. Le rechinaba la garganta con cada respiración. Algo le agarró el tobillo y gritó, pero no era más que una rama. La apartó de una patada y siguió adelante…

Otro relámpago iluminó el mundo. Y allí estaba Kahn, a pocos metros de ella.

Cuando la luz del relámpago se desvaneció, su mente había registrado las llagas abiertas que tenía Kahn en la mejilla. Le supuraban y tenía trozos de piel colgando. Y las piernas… Dios mío, las piernas. ¿Cómo podía seguir en pie? ¿Cómo podía caminar? ¿Cómo podía correr?

Se dio la vuelta y salió corriendo. Kahn estaba justo detrás de ella soltando maldiciones ininteligibles y entrecortadas. Robin tropezó con algo, cayó, se levantó y siguió corriendo. Otro relámpago iluminó el cielo. Vio el pedrusco que quedaba cerca del agujero de la valla. Lo único que necesitaba era llegar a él…

Hundió el pie en un hueco lleno de agua y se estrelló contra el barro. Intentó ponerse en pie, pero el tobillo no aguantó su peso y volvió a caer. Avanzó entonces a gatas, tan rápido como pudo, hacia el pedrusco. Kahn seguía detrás de ella y soltó un sonido que podría haber sido una risa, demente, retorcida y fuera de lugar.

Al llegar al pedrusco supo que Kahn la alcanzaría en segundos. Buscó a tientas a su alrededor con las manos, escarbando en el barro resbaladizo. Vamos, ¿dónde estaba?

Notó una superficie dura y suave. Ahí estaba. La botella rota de la noche con Claire.

Algo le agarró el pie. Sus dedos se tensaron y se giró blandiendo la botella rota en un amplio arco mientras gritaba. La botella le cortó la cara a Kahn. Él chilló, la soltó, retrocedió mientras se cubría el rostro desgarrado con las manos.

Un nuevo relámpago iluminó a Kahn. Estaba encorvado y una mano todavía le cubría lo que quedaba de su mejilla. Y, aun así, a través de toda esa sangre, tejido suelto y piel desgarrada, un ojo, sin parpadear, la miraba fijamente.

Levantó un brazo. Robin pudo ver la silueta de un cuchillo alzándose sobre ella. Todo lo que pudo hacer fue retroceder a gatas mientras él se abalanzaba sobre ella.

Hubo un estallido y un destello de luz.

Kahn cayó sobre el barro, boca abajo. Luego se levantó, todavía sujetando el cuchillo.

Hubo otro estallido.

Y Kahn se desplomó.

Robin miró a aquel hombre monstruoso. Se le cortaba la respiración. Entonces levantó la vista.

Vio una silueta que se acercaba. Un relámpago lo iluminó. Era Nathaniel, con el arma todavía apuntando a Kahn, inmóvil.

Capítulo 49

Robin cambió de postura en la oscuridad. Le dolía todo el cuerpo. ¿Qué había ocurrido?

Le volvían los recuerdos en un embrollo confuso de imágenes espantosas. Y Kahn seguía ahí afuera. ¿Dónde estaba? No era su cama. Buscó a tientas, en la oscuridad, un arma, algo con lo que protegerse...

—¿Robin? ¡Robin!

La voz de Melody rompió la ola de terror que se había apoderado de su cuerpo.

Intentó hablar, aferrándose a la tela que la cubría.

—¿Qué? —dijo con voz áspera—. ¿Dónde...?

—Estás en el hospital —dijo Melody con voz temblorosa—. Estás a salvo.

—¿Qué me pasa? —susurró Robin.

Sentía dolor al hablar, le raspaba la garganta.

—Estuviste expuesta a vapores de hidróxido de sodio.

Una mano cálida le tocó la muñeca. Robin tuvo que esforzarse para no apartar el brazo.

—Mis ojos. No puedo...

—Es solo un vendaje. Tus ojos también estuvieron expuestos y necesitan descansar, pero el doctor dijo que te pondrías bien. Te quitarán los vendajes en unas horas.

—¿Estás segura de que mis ojos están bien? —El pánico se apoderó de ella—. No puedo ver nada.

Notó cómo Melody le apretaba la mano para tranquilizarla.

—Confía en mí. El médico me lo aseguró. No le dejé salir de la habitación hasta que accedió a darme una explicación muy detallada.

Robin asintió a ciegas. Había visto a Melody en acción una

vez cuando Amy estuvo hospitalizada por una grave infección de oído. Una enfermera intentó quitarse de encima a Melody con afirmaciones vagas y Melody estuvo a punto de destrozar el hospital hasta que dos médicos se sentaron y le dieron un parte completo sobre la situación de su hija.

—Me duele la garganta —masculló Robin.

—Es por el hidróxido de sodio. Han dicho que son quemaduras leves. También te quemó un poco la mano. Ahí tienes una quemadura fea. Te la han curado con delicadeza, pero quedará una cicatriz.

Robin se tomó un momento para asimilarlo. Aún tenía recuerdos desordenados.

—Kahn…, el hombre que me secuestró…

—Está muerto.

—No lo creo —dijo Robin tragando saliva—. Lo recuerdo. Fue tras de mí. No pude detenerlo.

—Está muerto, Robin. Lo ha dicho el detective King. De hecho, ha dicho que estaba muy muerto. No sé qué ha querido decir con eso.

Robin se relajó un poco. Su hermana le acariciaba suavemente el brazo.

—¿Qué hora es? —preguntó finalmente Robin.

—Son las… cuatro y media de la mañana.

—Oh. ¿Y qué haces aquí? Tendrías que estar en casa.

Melody rio por la nariz.

—¿Estás de broma? No pensaba dejarte aquí sola.

Robin se puso tensa.

—¡Menny! Estaba en el parque…

—Está en mi casa durmiendo en la habitación de Amy. Créeme, Amy está encantada. Sospecho que lo ha dejado subir a la cama. Apareció solo en la cafetería de Jimmie. —A Melody se le rompió la voz—. Yo… estaba aterrada. Fui a tu casa a abrir la puerta para la policía y no estabas. Y encontraron tu teléfono…

A Melody se le escapó un sollozo. Robin buscó su mano a tientas y se la cogió.

—Estoy bien.

–Sí –susurró Melody. Se sorbió la nariz–. Debería decirle al detective King que estás despierta.

–Puedes esperar hasta mañana –dijo Robin.

–Bueno…, está esperando fuera en la sala de visitas, así que probablemente debería decírselo ahora.

–Ah.

Melody le soltó la mano y se levantó. Robin oyó sus pasos mientras se alejaba y una puerta que se abría y se cerraba. Y se quedó sola.

El miedo se apoderó de ella casi inmediatamente. Estaba sola en una habitación desconocida, con los ojos vendados y el cuerpo dolorido. Cualquiera podría hacerle daño en ese mismo momento. No podría detenerle.

Se recordó a sí misma que Kahn estaba muerto. Muy muerto.

Su corazón latía con fuerza. Al diablo con todo, tenía que salir de allí, tenía que llegar a un lugar seguro…

–¿Robin?

Era la voz de Nathaniel.

Exhaló, con la respiración temblorosa.

–Hola.

–Me alegro de ver que estás bien –dijo Nathaniel en un tono suave.

–Melody me ha dicho que Kahn está muerto. –Robin tragó saliva–. ¿Estás seguro?

–Sí –dijo Nathaniel–. Estoy seguro.

–Vale. –Robin intentó calmar su corazón, que seguía acelerado–. Había algo…, cuando estaba a punto de matarme, dijo…, creo que aún ocultaba algo. Era importante. Creo que se trataba de otra mujer a la que quería matar.

–Bueno –dijo Nathaniel–, no volverá a hacerle daño a nadie nunca más. El equipo forense está revisando sus cosas. Si ocultaba algo más, lo encontraremos, te lo prometo.

Robin tragó saliva.

–¿Kathy lo sabe?

–¿Kathy?

–Kathy Stone. ¿Sabe que está muerto?

–No… Todavía no.

–Deberíais decírselo. –Robin se hizo un ovillo, abrazándose a sí misma. Estaba exhausta–. Deberíais decirle que el payaso malvado se ha ido para siempre.

Capítulo 50

Robin abrió la puerta del acompañante del coche de Nathaniel y respiró hondo para poder soportar el dolor que estaba a punto de sentir.

—Deja que te ayude —dijo Nathaniel mientras salía de un salto del lado del conductor.

Rodeó rápidamente el coche, se acercó a la puerta del pasajero y le tendió la mano a Robin.

Se había ofrecido a llevarla a casa desde el hospital. Melody tenía previsto acompañarla, pero la reclamaron desde el campamento de verano de Liam. Su hijo se había metido en una pelea y tuvo que ir a recogerlo. Tenía la intención de regresar al hospital tan pronto como terminara, pero Nathaniel le aseguró que él podía encargarse. Robin le dijo que no se preocupara en absoluto. De hecho, insistió en que podía llamar un Uber. Cuando dijo eso, tanto Nathaniel como Melody la miraron como si estuviera loca.

En ese momento, tener a alguien que la ayudara le resultaba un alivio. No se había dado cuenta de lo mucho que le dolía todo. Se había torcido el tobillo cuando intentaba escapar de Kahn y ahora cada segundo paso le provocaba una punzada de dolor en la pierna.

Le cogió la mano a Nathaniel y él la ayudó a ponerse en pie en la acera. Se mordió el labio al apoyar con delicadeza su pierna lesionada en el suelo.

—Vale. —Respiró—. Ahora necesito mi bolso del maletero.

—No te preocupes por eso —dijo Nathaniel—. Vamos adentro y luego te cojo el bolso.

—Muy bien.

Se apoyó en él para poder andar. Nathaniel se tomó su tiempo con absoluta paciencia mientras Robin cojeaba con él hasta la puerta. Cuando llegaron a la puerta principal, Robin respiraba con dificultad.

–Mierda –masculló–. Las llaves están en el bolso.

–Melody me dio su llave de repuesto. –Nathaniel sacó una llave del bolsillo–. Espera.

Abrió la puerta y la ayudó a entrar. La acompañó hasta el sofá y Robin se dejó caer, aliviada.

–Gracias.

Cerró los ojos. Su tobillo todavía palpitaba de dolor.

–Voy a coger tus cosas –dijo Nathaniel.

Salió y cerró la puerta tras de sí.

En la casa reinaba el silencio. El pasillo estaba a oscuras y las puertas estaban cerradas. Después de un día entero en el hospital, con gente paseando por allí constantemente y el sonido incesante de las máquinas, el silencio era abrumador. Asfixiante. Sin distracción, el miedo que había estado acechando desde los confines de su mente volvió reptando y sus insidiosos tentáculos la envolvieron. Su respiración se volvió errática. Intentó decirse a sí misma que estaba en casa, a salvo, pero era simple parloteo.

Le vinieron a la mente imágenes del día anterior. Kahn con su cuchillo. El dolor del puñetazo. El terror que sintió cuando Kahn se acercaba tambaleándose hacia ella, deforme y con su único ojo bueno sin parpadear…

–Oye. –Nathaniel estaba a su lado–. ¿Estás bien?

–Mmm… –Robin tragó saliva–. Sí, yo… No. No estoy del todo bien.

–Creo que es comprensible.

–Ayer fue… traumático.

Nathaniel asintió, cogiéndole la mano. Apretándosela.

–La mayoría de la gente usa esa palabra sin saber lo que significa –dijo Robin con la voz temblorosa–. En plan, «estuve dos horas en un atasco, fue muy traumático».

–Pero tú sabes lo que significa.

–Sé lo que significa. Sé cómo tratarlo. Pero esto no…, a mí no me ayuda, ¿sabes? Es como…, he leído el manual y conozco todas las teorías sobre cómo funciona el cerebro. Sé que ahora mismo mi amígdala me está secuestrando el cerebro. Pero… –le temblaban los labios–, aun así, siento que…

No pudo terminar la frase. Las lágrimas le obstruían la garganta y le nublaban los ojos.

Nathaniel se acercó a ella y la abrazó. Robin enterró la cara en su pecho y lloró, temblando.

Al cabo de lo que parecieron unos minutos, se separó de él y se secó los ojos.

–Lo siento.

–No tienes que disculparte por nada –dijo Nathaniel con delicadeza.

–Es una tontería, pero ¿te importaría… no dejarme sola? No quiero estar sola. Aún no.

–No es ninguna tontería. Además, no pensaba irme ya. Iba a hacer la comida.

Aquello consiguió arrancarle una pequeña sonrisa a Robin.

–No tienes por qué hacerlo.

–No es ninguna molestia.

–En realidad, no tengo nada que puedas cocinar. Podemos pedir algo. Hay un buen tailandés cerca, o podemos pedir hamburguesas o *pizzushi*…

–Perdona, ¿qué has dicho? –Nathaniel la miró boquiabierto, atónito.

–*Pizzushi*. Hay un nuevo local de Bill's Pizzushi cerca. Enrollan la pizza como si fuera *sushi*. Es algo nuevo.

–¿Es… bueno?

Robin lo pensó.

–No, en realidad no. Es bastante malo.

Nathaniel se puso en pie.

–Tiene toda la pinta. No, voy a hacer la comida. Ya tengo provisiones.

Entonces, Robin se dio cuenta de que había dos bolsas de papel en el suelo.

–¿Cuándo has comprado?

–Esta mañana, cuando estabas en el hospital.

–¿Lo habías planeado?

–Bueno…, había planeado comer pollo con judías verdes y esperaba que comieras tú también conmigo.

–Vale. –El corazón de Robin dio un pequeño vuelco.

–Entonces, si no te importa, ¿voy a la cocina y empiezo a preparar la comida?

–Sí, vale. Iré a darme una ducha.

Nathaniel la miró un momento. ¿Estaba a punto de preguntarle si necesitaba ayuda? Ni siquiera estaba segura de cómo respondería si lo hacía.

Pero entonces dijo:

–Vale, llámame si necesitas algo.

–Lo haré –dijo Robin sonriendo–. Gracias.

Nathaniel llevó las bolsas a la cocina. Robin se levantó con cuidado y fue cojeando hasta su dormitorio. Por alguna razón, el dolor no era tan intenso como antes. Tal vez el simple hecho de estar en su casa y de que alguien cuidara de ella había hecho desaparecer parte del dolor.

Cerró la puerta de su dormitorio. Luego dudó, sintiendo cómo el miedo acechaba desde cada esquina. Abrió la puerta, tan solo un resquicio. Podía oír a Nathaniel en la cocina. No estaba sola. Estaba a salvo.

El espejo del baño fue despiadado. Robin tenía un gran moratón en la mejilla. Tenía la nariz y los ojos rojos de llorar. Pudo ver con facilidad dónde le había cortado Kahn el mechón de pelo. Apretó la mandíbula. Llevaba años pensando en cortarse el pelo. Era tan buen momento para hacerlo como cualquier otro.

Se quitó con cuidado la venda del dorso de la mano. La quemadura tenía un aspecto horrible. Tenía una mancha del tamaño de una moneda de diez centavos con la piel completamente devastada. Le daba náuseas mirarla. El médico había dicho que, una vez curada, una simple cirugía plástica podría hacer que la cicatriz fuera casi inexistente.

–Deberías haber visto al otro tío –dijo a su reflejo en el espejo.

Y luego soltó una risa trémula.

Ajustó la puerta del baño dejándola entreabierta, igual que la puerta del dormitorio. Se estaba comportando como una niña. Si

Nathaniel se daba cuenta de que se estaba duchando con las puertas del dormitorio y del baño abiertas, se moriría de la vergüenza. Pero decidió dejarla abierta. Y se quedó escuchando, asegurándose de que Nathaniel seguía en la cocina. Oyó un golpeteo repetitivo. Estaba cortando algo.

La ducha fue una auténtica bendición. Era como si el agua ardiente se llevara el dolor. Le resultaba difícil mantenerse de pie mucho tiempo sobre el tobillo, pero se obligó a darse una ducha bien larga. Se enjabonó el cabello cuatro veces hasta que ya no pudo sentir el rastro de los dedos de Kahn en él.

Se puso la camisa negra ajustada que se había comprado a principios de primavera y la falda de cuadros que Melody le había regalado por su cumpleaños. Una vez hecho esto, se acercó al espejo y se maquilló un poco, sobre todo para disimular el moratón de la mejilla. Dejó escapar un largo suspiro y salió cojeando del dormitorio.

La casa olía de maravilla debido al aroma que salía de la cocina. Nathaniel estaba allí, esperando, con la mesa ya puesta. Abrió ligeramente los ojos cuando ella entró en la cocina y Robin fue recuperando la confianza en sí misma, poco a poco. Ya no era esa cosa rota que había visto en el espejo. Era la mujer que veía reflejada en los ojos de Nathaniel.

–Esto tiene una pinta… –Se quedó mirando los platos que había sobre la mesa–. Increíble. Cuando has dicho pollo y judías verdes, me he imaginado algo, mmm…

–¿Seco? –dijo Nathaniel, sonriendo.

–Sí, es decir…, algo saludable, claro, pero esto tiene un aspecto estupendo.

–Bueno, es pollo con judías verdes. Cocinado en una sartén con mantequilla de limón y ajo.

–Oh, vaya…

–Y condimentado con perejil.

–Perejil, ¿eh?

Robin se sentó.

–Tiene mucha vitamina K. Eso es lo que decía siempre mi madre.

–¿Qué es la vitamina K?

Nathaniel se encogió de hombros.

–Ni idea. Pero apuesto a que es esencial. Espera, voy a por el vino. Lo he puesto en el congelador, espero que ya esté bien frío. Robin le miró mientras se agachaba y sacaba una botella de vino blanco del congelador. No podía apartar los ojos de él.

–El sacacorchos está en el cajón de la izquierda –dijo, con la voz más ronca de lo que pretendía–. Y, eh…, las copas de vino están arriba, en el armario.

Lo encontró y descorchó la botella. Luego sirvió una copa para cada uno. El gorgoteo del vino al servirlo era un sonido prometedor. Nathaniel le acercó una copa. Robin dio un pequeño sorbo degustando el sabor frío del vino. Dejó la copa, cortó un trozo de pollo, lo acompañó con algunas judías verdes y le dio un bocado.

–Esto está buenísimo –dijo después de tragar.

Él le sonrió.

–¿Mejor que la comida del hospital?

–¿Tú qué crees?

Probó otro bocado.

Comieron en silencio durante unos minutos. Había algo muy relajante en el hecho de estar allí sentada, comiendo lo que aquel hombre había cocinado para ella, sin pensar en nada más allá de si el siguiente bocado debería ser pollo, judías o tal vez ambas cosas.

Se terminó su copa de vino y decidió que necesitaba otra. La botella seguía sobre la encimera, así que se levantó olvidando por un momento su lesión en el tobillo. Siseando de dolor, se apoyó en la mesa.

–¿Estás bien? –preguntó Nathaniel, alarmado.

–Sí –espetó Robin–. Es solo…, he apoyado mal el pie, eso es todo.

–¿Sabes qué? Debería haberte servido la comida en el salón para que pudieras tener la pierna en alto –dijo Nathaniel, acercándose a ella.

–¡No seas ridículo! –Robin cerró los ojos–. Vale, ¿sabes qué? ¿Puedes ayudarme un momento a ir hasta al sofá? Quizá tengas razón, debería tumbarme.

–Claro. –Dejó que se apoyara en él y la acompañó despacio hasta el sofá–. Ahí.

Robin se tumbó en el sofá y elevó el pie. Luego dobló la rodilla y se la masajeó con suavidad.

—¿Eso te ayuda? —preguntó Nathaniel.

—Un poco —dijo, haciendo un gesto de dolor.

—Trae, déjame. —Nathaniel se sentó a su lado y le cogió el pie con cuidado, estirándolo. Le presionó ligeramente la planta del pie—. ¿Qué tal?

—Mmm. —Cerró los ojos—. Genial.

—Muy bien. Dime si te hago daño, ¿de acuerdo?

—Sí.

Le masajeó con los dedos el talón y luego el arco del pie. Sintió cómo se extendía el calor por todo el pie y luego por la pierna. El tobillo dolorido quedó casi en el olvido.

—Qué bien —susurró ella.

Nathaniel movió su pulgar en círculos por la planta del pie.

—¿No te duele?

—No. —Robin respiró hondo—. Me va muy bien.

—¿Y esto?

Le tocó suavemente el tobillo.

—Sí…, con mucho cuidado, por favor.

—De acuerdo. —Su tacto era como el de la seda cálida.

—Quizá un poco más arriba —masculló Robin, cerrando los ojos.

—¿Aquí? —Le masajeó la pierna por encima del tobillo.

—Sí…, un poco más arriba.

Desplazó la mano hasta llegar a la pantorrilla, masajeándola suavemente con la palma de la mano.

Robin sintió que se derretía.

—Quizá… un poquito más arriba.

Ahora tenía las dos manos en el muslo.

—¿Aquí? —preguntó él, en voz baja.

—Sí. —Robin soltó un pequeño gemido de placer—. Esto me va muy bien… para el tobillo.

La mano de Nathaniel siguió masajeándola, acariciando el muslo arriba y abajo, bajo la falda. Rozó un momento sus bragas.

Robin le agarró del brazo y tiró de él. Nathaniel se puso encima de ella. Los dedos de Robin recorrieron la espalda de Nathaniel por debajo de la camisa notando su piel suave y cálida y cómo se movían sus músculos con su contacto. Los labios de Nathaniel rozaron los suyos. El dolor que había sentido antes se le olvidó por completo.

Capítulo 51

Robin había visto a su madre reaccionar ante una crisis más de una vez. Cuando Melody dio a luz a Liam, tuvo una hemorragia posparto. Al cabo de unas horas de haber dado a luz, empezó a sangrar y la hemorragia no cesaba. Le bajó la presión sanguínea de forma alarmante. El personal médico tardó un tiempo en averiguar qué ocurría y tardó aún más en explicárselo a Fred, a Robin y a su madre.

La reacción de su madre fue gritar aleatoriamente a médicos y enfermeras. Luego se desmayó en medio del hospital. Entonces, después de que su padre consiguiera llevarla a casa, cogió el teléfono y llamó repetidas veces a Fred y a Robin para exigir airadamente que la pusieran al día. Hubo un momento en que llegó a hablar con Robin sobre los preparativos del funeral de Melody. Fred y Robin, que deberían haber estado centrados en Melody y su hijo recién nacido, tuvieron, en cambio, que dedicar horas a lidiar con la locura de su madre.

Fue un caso extremo, pero uno de tantos, y dio lugar a un acuerdo entre Melody y Robin. Durante una crisis de cualquier tipo, su madre debía permanecer al margen.

Por eso Melody no le explicó a su madre el encuentro violento de Robin con Kahn. Por supuesto, la llamó cuando Robin desapareció, pero solo para preguntarle si sabía dónde estaba. Una vez que se había asegurado de que su madre no tenía ni idea, terminó la llamada diciéndole que Robin probablemente estaba en medio de una sesión. Y eso fue todo.

Robin no pensó demasiado en ello. Hasta que, tres días después, recibió un mensaje de su madre.

Acabo de descubrir que mi propia hija fue atacada violentamente y todo el mundo lo sabía menos yo. Espero de verdad que estés bien. Si lo hubiera sabido, podría haber ayudado.

Robin releyó el mensaje una docena de veces. Era casi como la ilusión óptica de aquel dibujo de Sigmund Freud que, si se mira el tiempo suficiente, uno se da cuenta de que también es una mujer desnuda. ¿Era el mensaje de una madre preocupada que además estaba dolida porque no se lo habían dicho? ¿O el de una madre narcisista, horrorizada porque no se lo hubieran dicho, pero también un poco preocupada por su hija?

Fuera lo que fuese, Robin sabía que, cuanto más pospusiera la conversación con su madre, peor sería el encuentro cuando finalmente se vieran. Así que fue a casa de su madre por la tarde, anticipando una visita agotadora.

–¿Hola? –dijo al abrir la puerta principal–. Mamá, soy yo.

Durante unos segundos, no hubo respuesta. Luego se oyó un débil «¿Robin?» que venía del dormitorio.

–Sí. Eh… Te he llamado, pero no contestabas.

Robin entró despacio, cojeando. El tobillo ya no le dolía como antes, pero aún lo tenía hinchado y sensible.

–Estaba… durmiendo.

La voz de su madre sonó extraña, como si estuviera ida.

Robin llegó a la puerta del dormitorio y se apoyó en el marco para descansar el pie.

Su madre estaba en la cama, pálida como un muerto. No llevaba maquillaje e iba en camisón, algo absolutamente insólito a esas horas de la tarde. Cuidaba mucho su vestuario.

–¿Estás bien? ¿Estás enferma?

–No –susurró su madre–. Solo… me he tomado un sedante.

–Ah.

Robin entró y se sentó en el borde de la cama.

–Me asusté mucho cuando me enteré… –La barbilla de su madre temblaba–. Glenda me lo contó. Dijo que ese hombre te cogió y te llevó a algún sitio en el maletero de su coche.

–Mamá, estoy bien…

–Ya he perdido a tu padre. ¿Sabes qué pasaría si te perdiera a ti también? Una madre no puede perder a sus hijos. –Se le empañaron los ojos de lágrimas–. Me destrozaría.

Robin tragó saliva. Tenía un nudo en la garganta.

–La policía me encontró a tiempo. No pasó nada. De verdad.

–Y después de eso –murmuró–, ni una sola llamada. Para decirme que estabas bien. Melody no me dijo que fuera al hospital. ¿Sabes? Cuando eras un bebé, tuviste una infección grave de oído y estuviste en el hospital una semana entera. Me quedé contigo en la habitación todo el tiempo. Los médicos no pudieron sacarme de allí. Uno de ellos le dijo a la enfermera que, con una madre como yo, nunca tendrías de qué preocuparte. *Él* sí lo entendió.

Robin se aclaró la garganta. Ya estaba agotada.

–No quería preocuparte. Por eso no te llamé.

–Glenda se quedó muy sorprendida de que yo no lo supiera. Debí quedar como una tonta.

–Estoy segura de que lo entendió.

A su madre le temblaron los párpados.

–Una vez tuviste una infección terrible en el oído. Cuando eras un bebé. Estuviste hospitalizada toda una semana.

–¿Mamá…, estás bien?

–No pudieron echarme de la habitación. Los médicos estaban impresionados. Uno de ellos le dijo a la enfermera lo buena madre que era.

Estaba del todo ida. Robin nunca la había visto tan desorientada. Miraba fijamente la pared y parecía confusa. Su madre, siempre obstinada y dominante, de repente parecía tan frágil. Los medicamentos habían suavizado todas sus aristas venenosas. Robin le apretó la mano y sintió que su corazón palpitaba con fuerza.

–Estoy bien –dijo.

–Me habría destrozado –susurró su madre.

–Lo sé, pero de verdad que estoy bien.

–Sé… sé que a veces soy un poco dura contigo. Pero tienes que entender que lo único que he querido siempre es lo mejor para ti.

Robin se secó una lágrima.

–Sí, lo entiendo…

–Y tú siempre me decepcionabas tanto…

Robin la miró fijamente, atónita.

–A pesar de todo el tiempo y la energía que te dediqué –siguió–, no hacías nada bien. Por eso soy tan dura contigo.

Robin le soltó la mano.

–Entiendo.

–A lo mejor ahora, después de esta horrible experiencia, por fin te pondrás las pilas –dijo su madre, con un tono más ligero y esperanzado.

Se le cerraban los ojos. Se estaba quedando dormida.

–Es posible –dijo Robin, poniéndose de pie–. Diana, voy a preparar un té. ¿Quieres algo?

Su madre la miró a través de sus párpados entrecerrados.

–¿Qué te has hecho en el pelo? –balbuceó–. ¿Por qué te lo has cortado tan corto? Te queda fatal.

Al cabo de unos segundos, empezó a roncar ligeramente.

Robin fue a la cocina y se preparó una taza de té. Luego metió la mano en el bolso hasta que encontró sus cigarrillos. Ya se había fumado dos ese día. No debería fumarse el tercero.

Se lo encendió mientras pensaba en su madre. En cómo entraría más tarde en la cocina y olería el humo del cigarrillo. Su madre odiaba el tabaco. Robin se tragó el humo hasta los pulmones y luego lo expulsó, girando la cabeza de izquierda a derecha mientras observaba cómo la nube de humo se rizaba y se alzaba llenando el espacio.

Evidentemente, no había cenicero. Robin abrió el armario donde estaba la mejor vajilla de porcelana y cogió una de las tazas con ribete dorado que tanto apreciaba su madre. Volvió a sentarse y sacó otro cigarrillo del paquete. El cuarto del día. Lo encendió con el que se estaba fumando y apagó el que tenía empezado en la taza de porcelana.

Cerró los ojos mientras inhalaba el humo del cigarrillo. Ya estaba pensando en el quinto.

Después de ese día, sería el momento para dejarlo.

Capítulo 52

Durante los últimos días, Nathaniel había estado deambulando medio aturdido. Intentaba decirse a sí mismo que era, sobre todo, el resultado de la investigación del caso Kahn. Había puesto fin a la espiral de violencia de un horrible asesino en serie. Era uno de esos casos que le hacían sentirse bien como policía, y Dios sabía que eran pocos. Por no decir que, probablemente, sería un buen caso para su carrera.

Así que sí, estaba satisfecho. Pero también sabía que aquella sensación liviana que impregnaba su día se debía a una razón muy distinta: Robin.

Hablaban todos los días. Había ido a su casa una vez más y había pasado allí la noche. Hacía años que no sentía esto con nadie. Era increíble. Y aterrador. Porque, en algún momento, ella se daría cuenta de que una relación con un policía no era ninguna ganga, como le pasó a Imani. Desde luego, era algo bueno si a una la secuestraba un asesino en serie. Pero ¿y el resto del tiempo?

Existía una razón por la que la tasa de divorcios entre policías era tan alta.

Pero, por el momento, disfrutaría de lo que tenía. Por eso entró en el laboratorio de Vernon Horowitz con una sonrisa dibujada en el rostro, pensando en los últimos mensajes que había intercambiado con Robin.

—¿Por qué sonríes? —gruñó Vernon.

—Por nada. Solo estoy de buen humor.

—De buen humor, ¿eh? Creo que una vez estuve de buen humor.

Vernon estaba haciendo uno de sus ejercicios, agachándose y levantándose alternativamente. Se pasaba el día entero en aquel oscuro laboratorio, casi siempre delante del ordenador, y solía hablar de lo malo que era para su salud. Alternaba entre varios métodos para contrarrestarlo.

—He visto tu correo —dijo Nathaniel—. Entonces, ¿has terminado con el portátil de Kahn?

La investigación forense del caso Kahn había pasado a ser menos urgente tras su muerte, por lo que había tardado más de lo esperado.

—Sí. —Vernon se apoyó en el escritorio y estiró una pierna—. Gran parte de lo que tenía ahí no eran más que fragmentos de películas de terror. Los usó para hacer su peculiar recopilatorio. Tenía distintas versiones.

—Muy bien —dijo Nathaniel—. ¿Algo interesante?

—Bueno, algunas son más largas y otras bastante cortas. La más corta contiene solo cinco vídeos.

Nathaniel se sentó en una de las sillas de oficina.

—¿Cinco vídeos? Déjame adivinar. Hay uno de *Scream*, uno de *Viernes 13*…

—Exacto. Cada uno corresponde a uno de sus asesinatos.

—Entonces no había un sexto —dijo Nathaniel, pensando en lo que había dicho Robin sobre la otra víctima.

—No. Solo cinco.

Probablemente, aquel era el recopilatorio que había visto mientras Kathy estaba retenida en su casa. El que la niña había representado con la casa de muñecas.

—De acuerdo. Bien.

—Creo que usaba el portátil principalmente para eso. He revisado sus documentos y he encontrado algunas cosas que había hecho en la universidad hace unos años. También he encontrado varias listas de películas de terror. Una gran hoja de Excel donde las clasificaba en subgéneros, tipos de asesinato, desnudez, nivel de violencia…, ese tipo de cosas.

—Qué afición tan divertida —dijo Nathaniel con sequedad.

Vernon se sentó.

—Era un tipo divertido en general. Su historial de navegación era un auténtico paseo por la avenida del terror. Se obsesionaba con algún aspecto de las películas de terror y lo investigaba a fondo.

Por ejemplo, la primera semana de abril se pasó cinco días enteros buscando y analizando vídeos de gente ahogándose en arenas movedizas. También tuvo una breve fijación con ratas infestadas de peste. Y algo sobre globos oculares…

—Vale —dijo Nathaniel, levantando la mano—. Me hago a la idea. ¿Has dicho que encontraste cosas que había hecho en la universidad?

—Sí. Entiendo que estudió cine, ¿verdad?

—Empezó una licenciatura en Cine y Comunicación, pero lo dejó hace dos años —dijo Nathaniel.

—Correcto. Encontré varios trabajos suyos. No creo que estuviera muy implicado. Parecían más bien trabajos de copiar y pegar de Wikipedia.

—Probablemente no hurgaban lo suficiente en el terror para su gusto.

—Eso es todo lo que había en el portátil. Ahora podemos hablar de lo que había en el lápiz de memoria.

Nathaniel respiró hondo. Esa era la razón principal por la que estaba allí.

Cuando el equipo forense abrió la caja fuerte que había en casa de Kahn, lo primero que encontraron fueron sus trofeos. Cuatro mechones de pelo que correspondían a sus cuatro víctimas. Coincidían también con el pelo que encontró Burke en la sala y con otros que el equipo forense consiguió encontrar después. Eso indicaba que Kahn sacaba ocasionalmente el pelo de la caja fuerte. El perfilador del FBI explicó las razones de forma bastante gráfica, y Nathaniel desearía poder borrar con lejía aquella información de su cerebro. Saber que, durante la autopsia, encontraron un quinto mechón de pelo pelirrojo en el cuerpo de Kahn lo hacía aún peor. Le gustaba el nuevo peinado de Robin, más corto, porque le daba un aire de hada encantadora. Pero detestaba saber el motivo que lo había provocado.

Además del pelo, habían encontrado un lápiz de memoria protegido con contraseña. Vernon por fin había conseguido desencriptarlo.

—Hay cuatro vídeos en el lápiz de memoria. Películas *snuff*.

La voz de Vernon tembló ligeramente. Eso era inusual. Como experto en informática forense, Vernon había visto un montón de cosas horribles. Tenía que ser algo terrible para que llegara a perturbarle.

–¿Los has visto?

–Sí. Parcialmente. Cuando me di cuenta de lo que eran… –Vernon se aclaró la garganta–. Una cosa es mirar la colección de vídeos de terror de este tío. Es muy distinto cuando es…, eh…

–Real –dijo Nathaniel.

–Sí.

–¿Puedes enseñármelos?

–Puedo ponértelos y… –dijo Vernon dubitativo–. ¿Te importa si voy a dar un paseo? Me va bien para la espalda dar un paseo cada dos horas.

–Claro.

Vernon abrió la carpeta en su ordenador.

–Ahí los tienes. Cuatro archivos. Vuelvo enseguida.

Nathaniel respiró hondo. Ya había visto las grabaciones sin editar que habían recuperado de la cámara de Kahn, de la noche en que secuestró a Robin. Le había revuelto el estómago ver cómo Robin luchaba por su vida. Aunque, al mismo tiempo, sintió una oleada de orgullo al ver cómo se liberaba y le arrojaba la mezcla hirviendo de sosa cáustica a Kahn.

Esto sería peor. Una parte de él se planteaba marcharse. Kahn estaba muerto. No volvería a hacerle daño a nadie. Sabían quiénes eran sus víctimas y sus cuerpos ya habían sido recuperados. No necesitaba quedarse con el recuerdo de aquellos vídeos en su cabeza.

Pero les debía a las víctimas y a sus familias llegar hasta el final. Tal vez alguna de las víctimas había dicho algo que su familia querría saber. O tal vez viera algo que arrojaría algo de luz sobre todo el asunto y daría un poco de paz a las familias. Probablemente, no, pero tenía que verlo.

Hizo clic en el primer vídeo. Era el más antiguo, el de Cynthia Rodgers.

Fue una suerte haber desayunado solo un café. Cuando vomitó

en mitad del vídeo no ensució demasiado el suelo. Cogió papel de cocina y lo limpió lo mejor que pudo.

No le extrañaba que Vernon estuviera deseando salir de allí antes de que viera los vídeos.

Se comprometió consigo mismo y decidió ver el resto con el sonido casi silenciado, justo lo suficiente para poder oír a Kahn y a sus víctimas por si decían algo importante.

Después vino el de Gloria Basset. Había apretado tanto los dientes cuando terminó que casi los pulveriza. Llevaba dos. Quedaban dos más.

Mandy Ross fue la tercera. Empezó a lamentar profundamente su decisión. Aquellas imágenes se le aparecerían por las noches. Se alegraba de que Kahn estuviera muerto. Estaba más que satisfecho de haber sido *él* quien apretó el gatillo.

El de Haley Parks fue el último. Después habría terminado. Iría a casa, se ducharía y…

Un momento.

Lo rebobinó y volvió a verlo. Solo el principio. Kahn forcejeaba con Haley con el cuchillo en la mano y entonces…

Lo vio por tercera vez. Mierda.

Cuando Vernon volvió, Nathaniel estaba sentado frente al vídeo en pausa, ensimismado.

—Oye —dijo Nathaniel—. ¿Te importaría ver una cosa conmigo?

—Mmm…, preferiría no hacerlo.

—No es… una de las partes más horribles. Y podemos silenciarlo. Necesito otro par de ojos.

Vernon parecía pálido mientras se sentaba.

—De acuerdo.

—Fíjate en los árboles del fondo. —Nathaniel desbloqueó el vídeo.

Vernon lo miró con él.

—¡Oh! ¡Ostras!

Nathaniel asintió. Era imposible verlo si uno se fijaba solo en Kahn y Haley mientras forcejeaban. Se movían demasiado deprisa, con movimientos bruscos y violentos. Pero al mantener la vista en los árboles inmóviles del lado derecho del encuadre se veía que…

–El encuadre se ha movido –dijo Vernon–. La cámara no está en un trípode.

–Alguien estaba filmando esto. Kahn no estaba solo ese día. Alguien lo estaba ayudando. Y mira… –Nathaniel adelantó el vídeo–. ¿Ves? Vuelve a pasar.

–Sí, lo veo.

–Estaba pensando que… Haley Parks fue asesinada cuando Kathy Stone estaba retenida por Kahn. ¿Es posible que fuera ella quien sostenía la cámara?

Vernon se inclinó hacia delante para rebobinar el vídeo y mirarlo detenidamente.

–Bueno… Yo no soy un experto, pero no lo veo probable. La cámara es muy estable. Apenas se percibe el desplazamiento. Y además… el ángulo sería diferente si la sostuviera una niña, ¿no?

–Probablemente. A menos que estuviera de pie sobre algo –sugirió Nathaniel.

–Sí… Supongo que es posible, pero parece muy improbable. Esto significa…

–Significa que Kahn tenía un cómplice.

Capítulo 53

Había una cosa que Claire no le había contado a nadie, ni siquiera a su nuevo terapeuta. Lavar los platos le daba pavor.

Hacía un año y medio, habían bastado unos minutos de falta de atención mientras lavaba una sartén para que Kathy desapareciera. Ahora, cada vez que fregaba los platos se aseguraba de que Kathy estuviera en la misma habitación que ella y nunca le quitaba los ojos de encima. Había roto algunos platos, pero era el precio que había que pagar. Solo horneaba con moldes desechables para no tener que limpiarlos. En general, evitaba cocinar recetas que requirieran útiles difíciles de limpiar. Y sugerirle a Pete que fregara los platos había abierto una larga discusión que la enfureció mucho y decidió dejarlo estar.

Y si lavar los platos era difícil, ¿cómo sería estar varias horas separada de Kathy?

Resultó ser mucho peor. Era relativamente fácil si Pete estaba con Kathy. Como había hecho aquella noche con Robin, simplemente, llamaba a Pete para asegurarse de que Kathy estaba bien. Pero cuando Kathy iba a casa de Robin, Claire apretaba los dientes y dejaba que los ataques de pánico la invadieran esperando a que se disiparan.

Su terapeuta le decía que formaba parte del proceso de curación. Lógicamente, Claire sabía que no podría estar con Kathy cada segundo de cada día durante el resto de sus vidas.

Aun así, ya se arrepentía de haber salido a cenar con Pete.

Había sido idea de él. Dijo que necesitaban pasar tiempo juntos, los dos solos. En casa, cada minuto que pasaban juntos tenía que ver con Kathy. Incluso por la noche, cuando Kathy dormía, podían sentir todavía una tensión entre ellos que a menudo se transformaba en desacuerdos, en discusiones susurradas o en ira.

Así que Pete propuso que salieran una noche. Y acordaron que esa noche no hablarían de Kathy. No hablarían de si iba a volver a sus sesiones con Robin, de si volvería a la escuela el próximo año ni de si Claire la estaba mimando o Pete estaba ignorando sus cicatrices emocionales.

Esto iba de Claire y Pete, de intentar averiguar si aún podían quererse, si aún podían ser una familia.

Claire tenía previsto ver a Kathy antes de que se acostara, pero, cuando terminó su sesión de terapia, vio un mensaje nuevo de Pete. Kathy se había dormido pronto, así que era mejor que quedaran fuera de casa. Tenía sentido. Incluso el más mínimo ruido podía despertar a Kathy y, si se despertaba asustada, lo más probable es que tuvieran que posponer la cita. Aun así, Claire hubiera querido ver a su hija solo un minuto. Y ducharse, ya que estaba.

Entraron en el restaurante y la camarera los recibió con una amplia sonrisa.

—Hola, ¿tienen reserva?

—Sí —dijo Pete—. Pete Stone. Mesa para dos. Hemos reservado en…

—La glorieta —dijo la camarera—. Por supuesto, síganme.

Los condujo a la parte trasera del restaurante y abrió una puerta lateral. Claire entró detrás de Pete.

—Oh, vaya —susurró.

El pequeño cenador exterior daba al río. Las paredes estaban cubiertas de enredaderas y el interior estaba iluminado con una cadena de luces que cubría el techo. La mesa estaba repleta de pétalos de rosa.

—Quería que esta noche fuera especial —dijo Pete.

—Ni siquiera sabía que hubiera una glorieta en este sitio —dijo Claire.

—Es bonito, ¿verdad? —dijo Pete, radiante—. Evan conoce al propietario y lo ha organizado todo. Él me dio la idea de venir aquí esta noche.

Robin estaba limpiando la sala de juegos tras un día ajetreado. Donny, su cuarto paciente, había estado especialmente enérgico y parecía querer jugar con todos sus juguetes. Ahora los estaba devolviendo poco a poco a sus estantes. Estaba cansada y le dolía el tobillo.

Recogió juguetes del suelo, donde Donny había colocado su «ejército de monstruos». Un dragón, un trol, un tiburón, el Joker y una ardilla habían formado juntos un ejército con fines malvados. Robin los colocó todos en el estante hasta que solo le quedó en la mano el payaso. Miró fijamente el muñeco. No era la primera vez en la última semana que se planteaba tirarlo a la basura.

Odiaba aquel muñeco. Ahora su sonrisa roja la perturbaba, y a veces hacía que sus pensamientos volvieran a aquella noche. La única razón por la que no se había deshecho de él era por que esperaba que Kathy retomara las sesiones. Claire le había dicho que tenía la intención de convencer a Pete para que accediera. Y, si Kathy volvía, tal vez necesitara el muñeco como receptáculo para sus recuerdos de Kahn.

Pero quizá, por ahora, podía guardar el payaso de plástico en el armario, hasta que Kathy volviera.

Sonó su teléfono. Miró la pantalla y sonrió. El corazón le dio un pequeño brinco cuando vio el nombre de Nathaniel parpadeando en la pantalla.

—Hola —dijo.

Casi se avergonzó de cómo había sonado al contestar. ¿Quién era esa Robin que sonaba como una colegiala enamorada?

—Hola —dijo Nathaniel. Podía oír su sonrisa reflejada al otro lado—. ¿Cómo estás?

—Estoy bien. Ha sido una tarde ajetreada.

—Sí, por aquí también. Sé que te había dicho que estaría en tu casa para cenar, pero no creo que pueda llegar.

—Oh —dijo, decepcionada.

—Haré lo posible por ir más tarde —se disculpó—. Quizá podamos ver Netflix juntos o algo así.

—Vale. ¿Ocurre algo?

—Mmm…, no exactamente. Ha habido una novedad.

—¿Un caso nuevo?

—No, sigue siendo el caso Kahn.

–¿De qué se trata?

–Nada, yo…, no te preocupes por eso.

–¿Había otra víctima, como yo pensaba? –Robin tragó saliva.

–No, no, es solo que pensamos que alguien podría haberle ayudado en algunos de los asesinatos.

Robin tragó saliva.

–Otro asesino.

–Sí, tal vez. Estamos entrevistando a un par de tipos con los que anduvo cuando estudiaba cine. A ver si alguno de ellos encaja en el perfil. Tendría sentido que el cómplice también estuviera interesado en el cine.

–¿Y qué pasa con…? –A Robin le temblaba la voz–. ¿Conmigo? ¿Y con Kathy?

–No tenemos ninguna razón para creer que el otro tipo supiera nada de ninguna de las dos –dijo Nathaniel–. Por lo que sé, solo estuvo involucrado en el asesinato de Haley Parks. Kathy nunca te mostró que hubiera nadie más trabajando con Kahn, ¿verdad?

Robin miró la figura del payaso que tenía en la mano. Casi parecía que su sonrisa se ampliaba.

–No.

–Y estamos bastante seguros de que, cuando Kahn te siguió, estaba solo. Pero si hay algún cambio te lo haré saber.

–Mmm…, cuando termines…, ¿puedes venir igualmente? Aunque sea muy tarde.

–Claro –dijo Nathaniel–. Iré tan pronto como termine.

Claire dio un sorbo de vino tinto mientras miraba al hombre que tenía delante.

Era como mirar a un desconocido.

La Claire que se había enamorado de Pete Stone, la que accedió a casarse con él después de haber estado saliendo durante seis meses, era alguien que pertenecía a un pasado muy lejano. Claire recordaba a aquella otra Claire como quien recuerda a una amiga de la infancia. Una amiga con la que, con el tiempo, había perdido el contacto.

Cuando Kathy fue secuestrada, Claire quedó devastada. Pero

había sido capaz de ponerse en pie y, durante interminables meses, se había obligado a actuar, a salvar a su hija. En ese tiempo, se había convertido en otra persona. Y entonces, después de todos esos meses sin noticias, volvió a sentirse devastada. El tiempo que pasó sin su hija era una nebulosa. Durante ese tiempo, Pete había intentado ayudarla, pero era como si ya no hablaran el mismo idioma. Y entonces Kathy volvió y necesitó a su madre, y Claire se reconstruyó a sí misma una segunda vez.

Pero, como dice la canción, ni todos los caballos ni los hombres del rey pudieron volver a recomponer a Claire. No para ser la de antes.

Todavía seguía intentando averiguar quién era. Quizá, con el tiempo, podría aprender a querer a ese hombre, el hombre que aquella otra Claire había elegido para casarse. Pero tenía dudas de que pudiera volver a amarlo.

Él hablaba del futuro. De empezar de cero. Quería que tomaran ciertas decisiones juntos. Si ella no quería mudarse a Indianápolis, no pasaba nada, podían hablarlo. Estaba muy contento de que Claire se estuviera recuperando. Él creía que ahora eran una familia mejor. Más fuerte. Sabían trabajar juntos.

Ella le escuchaba, perpleja por lo diferentes que veían las cosas. Incluso esa glorieta. Después del impacto inicial, no entendía por qué Pete había llegado a pensar que aquello era una buena idea. Era un lugar pensado para que un chico joven se declarara. No para que una pareja decidiera si seguían juntos.

Sonó su teléfono. Pete frunció el ceño, como si le molestara que Claire dejara que aquel aparato interrumpiera su apasionado discurso.

Era Ellie, la canguro de Kathy.

Claire respondió de inmediato, con la respiración acelerada.

—¿Diga?

—¿Claire? —dijo Ellie en un tono de voz lloroso, asustada.

Claire supo al instante que su instinto no le había fallado. No debería haber dejado a Kathy.

—¿Qué ha pasado? —espetó.

—Es que no lo sé —sollozó—. Estaba bien. Estábamos jugando con sus Barbies y… vio algo…, a alguien. Fuera, a través de la ventana. Gritó y se encerró en su cuarto, y no quiso abrir la puerta…

Claire ya estaba en pie.

–Estaremos en casa en diez minutos. Puedo calmarla. A veces pasa…

–¡No está aquí! –dijo Ellie.

–¿Qué quieres decir?

Las pulsaciones de Claire se desplomaron.

–Al final he conseguido abrir la puerta de su habitación. Ha saltado por la ventana. No la encuentro por ninguna parte.

Capítulo 54

Robin se abrió paso a codazos en la oficina del *sheriff*, con una oscura y tortuosa sensación de *déjà vu* envolviéndole las tripas. La oficina estaba llena de vecinos del pueblo, todos ellos con semblante serio y tenso. La sala bullía con el sonido de las conversaciones susurradas. Se oían frases a medias como «por la ventana...», «creía que estaba muerto...» o «se había ido...».

Los peores recuerdos de Bethelville volvían a hacerse realidad.

Robin había ido hasta allí después de que Melody la llamara para contarle lo que había sucedido. Kathy había desaparecido. El *sheriff* estaba organizando una partida de búsqueda. Robin también había hablado con Nathaniel, que estaba en camino.

Vio a Ellie con la cara llena de lágrimas y se acercó a ella.

—Hola —dijo en voz baja—. ¿Qué ha pasado? Melody me ha dicho que Kathy ha desaparecido.

A Ellie le tembló el labio inferior.

—Es mi culpa. Yo la estaba cuidando. Y... y... había algo fuera. Una sombra o algo. Kathy lo vio y se asustó muchísimo.

Robin tragó saliva. Podía imaginarse a la niña abriendo los ojos de par en par mientras la inundaban, una vez más, recuerdos traumáticos como consecuencia de quién sabía qué.

—Se, mmm..., se encerró en su habitación. Yo intenté hablar con ella para que saliera, ¿sabes? Intenté calmarla a través de la puerta. Fui muy estúpida. Si no hubiera perdido el tiempo...

—¿Qué ha pasado?

—Al final abrí la puerta..., tiene una de esas cerraduras que se abren con un cuchillo de cocina o un destornillador..., ya sabes. Pero ya se había ido. La ventana estaba abierta. Debió de salir a gatas. La busqué... La llamé, pero no estaba. —Ellie ahogó un sollozo—. ¿Y si está herida en alguna parte? O...

–Solo se está escondiendo –dijo Robin, tratando de tranquilizarla–. Ya aparecerá.

–Sí. –La voz de Ellie vaciló–. ¿Sabes…? Cuando la secuestraron por primera vez…, siempre me lo pregunté. Hubo algo que quizá podría…

–No había nada que pudieras hacer –dijo Robin–. Y ahora ya no importa. Tenemos que centrarnos en lo que pase esta noche.

Ellie pestañeó.

–Tienes razón. Tenemos que encontrarla.

Robin no verbalizó sus propios miedos. Kahn había tenido un cómplice. Y ese cómplice podría haber sido la sombra que Kathy había visto a través de la ventana.

Claire escuchó, con la mente en blanco, cómo el *sheriff* indicaba a la gente dónde buscar. La policía había colocado barricadas en las principales carreteras de salida de la ciudad. Claire se repetía a sí misma que esas barricadas eran solo por precaución. Después de todo, el hombre que había secuestrado a Kathy ya no estaba. No había razón para pensar que la historia se repetiría.

Pete había dejado a Claire en la oficina del *sheriff* y había ido directamente a casa por si Kathy regresaba. Ahora Claire lamentaba no haberlo hecho al revés. Kathy seguramente volvería a casa cuando se tranquilizara y necesitaría que su madre estuviera esperándola allí.

Sonó su teléfono. Era Pete. Claire respondió mientras el corazón le daba un vuelco. ¿Habría vuelto Kathy?

–Hola. –El tono de Pete dejó claro que no era el caso.

–¿No hay noticias?

–Todavía no. Estoy seguro de que volverá en algún momento.

–Sí –dijo Claire sin convicción–. Pero es que no lo entiendo. Últimamente estaba mucho mejor. Y no ha habido ningún problema cuando nos hemos marchado, ¿verdad?

–No. Nada importante.

Notó un cambio en su tono de voz.

–Pete –dijo, agudizando la voz–. Me habías dicho que había ido todo bien.

–¡Sí! Lógicamente, se la veía un poco asustada al verme marchar. Pero era de esperar, ¿verdad?

Claire cerró los ojos. No debería haber confiado en Pete. Si Kathy ya estaba asustada cuando él se había marchado, no hacía falta demasiado para que ese miedo se convirtiera en un ataque de ansiedad en toda regla. Colgó el teléfono, asqueada.

–Claire. –El *sheriff* Price se le acercó con expresión delicada–. Deberías esperar a Kathy en casa con Pete. Tenemos esto bajo…

–No –espetó Claire. La idea de ir a casa y esperar, como había hecho durante meses, era inconcebible. Peor aún sería esperar allí con Pete–. No, me uniré a la búsqueda. Si Kathy no vuelve a casa, irá a algún sitio que conozca, ¿no? Debería ir con alguien a buscarla en los lugares a los que hemos ido.

Price parecía tener dudas.

–Bueno…

Los ojos de Claire recorrieron la sala y se detuvieron en un rostro familiar.

–¡Evan! –gritó.

Evan se dio la vuelta y se sobresaltó al verla. Se acercó.

–Acabo de llegar. Me han dicho… Estoy seguro de que Kathy aparecerá enseguida.

–¿Puedo ir contigo? –preguntó Claire, ignorando sus palabras–. Necesito a alguien que me lleve a los lugares donde Kathy podría esconderse.

Evan desvió la mirada.

–El *sheriff* ha dicho que debería ir a comprobar la zona de alrededor de la escuela. Quizá alguien más pueda…

Claire le cogió la mano.

–Por favor. No quiero buscar a Kathy con un desconocido.

–Enviaré a alguien más a buscar en los alrededores de la escuela –dijo Price.

Evan exhaló.

–De acuerdo. Mi coche está enfrente.

–Gracias –dijo Claire, pensando ya en los lugares a los que ella y Kathy habían ido en las últimas semanas–. Deberíamos empezar por el parque que hay cerca de nuestra casa.

Robin conducía despacio recorriendo la calle. Movía los ojos de un lado a otro con frenesí buscando desesperadamente la pequeña figura de Kathy escondida en algún lugar, asustada y sola. El *sheriff* le había pedido a Robin que buscara en la parte sur del pueblo, cerca de su propia casa. Pero a medida que iba conduciendo, más segura estaba de que no encontraría a Kathy. No de esa manera.

Robin conocía bien a Kathy. Aunque la niña estuviera aterrada, buscaría un lugar que percibiera como seguro. Lo más probable es que intentara volver a casa.

A menos que la hubieran secuestrado.

Robin tragó saliva pensando en aquel cómplice desconocido. ¿Y si era alguien que sí conocía a Kathy? ¿Que sabía que Kathy aún podía identificarlo? Para alguien así, Kathy representaba un riesgo. Quizá simplemente había esperado a que las cosas se calmaran un poco antes de decidirse a atacar.

A Robin se le ocurrió que tal vez Kathy no escapó por la ventana. Tal vez se la llevaron por la ventana. Después de todo, no tenía sentido que Kathy saliera de casa cuando había visto fuera algo que la aterrorizaba. Era mucho más probable que se encerrara en la habitación y se escondiera allí.

Debería volver a la oficina del *sheriff*. Hablar con él. Involucrar a Nathaniel.

Pero primero… Si Kathy había huido, había un lugar que Robin sabía que ella consideraba seguro. Su sala de juegos.

Volvería a casa y se aseguraría de que Kathy no estaba allí. Y luego iría a la oficina del *sheriff*.

Tenía la esperanza de que el cómplice de Kahn no se hubiera llevado a Kathy. De que no estuviera cerca.

Claire miraba por la ventanilla del acompañante. Se sentía distante, como una espectadora impotente observando algo que estaba condenado al fracaso. Era la madre que busca a su hija. Conocía bien el papel y sabía cómo iría la cosa. Primero venía la urgencia, luego las acciones desesperadas, después la esperanza menguante y al final… la nada, consumiéndolo todo a su paso.

Dieron la vuelta al parque, mirando, buscando. No había nadie aparte de ellos. Los otros voluntarios buscaban por el resto de la ciudad. Aquella noche nublada había vuelto la calle mucho más sombría de lo habitual, y las farolas libraban una batalla imposible con la oscuridad.

Evan había estado callado durante todo el trayecto. Sus manos agarraban el volante con tanta fuerza que se le habían puesto blancas. En un momento dado llevó el coche a un lado de la calle. Se paró junto a la acera y apagó el motor.

—¿Por qué paras? —preguntó Claire con sequedad.

Él se giró para mirarla. Tenía los ojos muy abiertos. Parecía poseído.

—Claire… Lo siento.

Robin supo que algo iba mal en cuanto puso un pie en su casa. Aunque la casa estaba a oscuras y no oía ningún ruido, podía sentir una vibración en el aire. Una casa vacía genera una sensación determinada. Su casa no estaba vacía.

¿Dónde estaba Menny?

Entró a hurtadillas, conteniendo la respiración, con el corazón palpitándole en el pecho. El miedo amenazaba con arrollarla. Los recuerdos invadieron su mente. De cuando estuvo atrapada en el maletero, de cuando estuvo atada en una bañera rota mientras Kahn preparaba su mezcla de sosa cáustica, de cuando huía de su cuerpo destrozado bajo la lluvia.

Cerró los ojos y se obligó a respirar superficialmente mientras daba un paso más.

Oyó un ruido en la sala de juegos.

Cruzó el pasillo y se asomó.

Kathy estaba en la sala de juegos a oscuras, de pie junto a la casa de muñecas jugando tranquilamente con los juguetes.

Robin dejó escapar un largo y estremecedor suspiro. Abrió la puerta poco a poco y examinó la habitación. Observó la ventana abierta por la que había entrado Kathy. Ah, y allí estaba Menny, en un rincón de la habitación mordisqueando alegremente el estetoscopio de plástico. Cuando Menny la vio, se detuvo y le dirigió una mirada de culpabilidad.

–Hola, Kathy –dijo Robin en un tono suave.

La niña levantó la vista y le sonrió. No parecía asustada. En la sala de juegos se sentía segura.

Robin entró.

–Tus padres te están buscando.

Kathy parpadeó y se volvió hacia la casa de muñecas.

–Voy a llamarles, ¿vale? –dijo Robin–. Les diré que vengan a recogerte.

Al oír eso, Kathy se puso rígida. Miró a Robin y sacudió violentamente la cabeza con la mandíbula apretada.

Robin miró la casa de muñecas. Las tres figuras restantes estaban allí. Kathy había colocado la figura del payaso malvado en el salón. La niña y la mujer con la tarta estaban en la cocina en miniatura.

–Sé que tu mamá te ha explicado que el payaso malo ya no está –dijo Robin–. Está muerto. Y jamás volverá a hacerle daño a nadie. La niña pequeña está a salvo.

Kathy se lo pensó. Cogió la figura de la niña y la sostuvo en la mano.

–Ya no puede hacerle daño a la niña –dijo Robin.

Kathy dio la espalda a la casa de muñecas y miró a su alrededor. Cruzó la habitación hasta la caja donde Robin guardaba todos los camiones y coches de juguete y rebuscó en su interior hasta que encontró un descapotable rojo. Aquel coche de plástico se controlaba con un mando a distancia, pero las pilas se habían agotado y el mando se había perdido como ocurría inevitablemente con este tipo de juguetes. Kathy volvió a la casa de muñecas con el coche en la mano. Colocó a la niña en el coche y luego puso a su lado a la mujer que sostenía la tarta. Y alejó el coche de la casa.

–Eso es –dijo Robin–. La niña y la mujer amable pueden irse. El malvado hombre payaso ya no puede hacerles daño.

Claire se quedó mirando a Evan, confusa.

–¿Lo sientes? ¿Qué es lo que sientes?

Evan la miró con el rostro pálido.

–Yo…, todo esto es culpa mía. Yo convencí a Pete. Él no quería dejar a Kathy sola con una niñera. Dijo que aún no estaba preparada. Pero pensé que era una buena idea para ti y para Pete. Y si no…

—Evan —dijo Claire, apretando los dientes—. Me importa un bledo tu mala conciencia. Ahora mismo lo único que quiero es encontrar a Kathy.

—Eh…, sí. Por eso he parado el coche. He pensado que deberíamos cruzar el parque a pie. A ver si la encontramos.

—De acuerdo. —Claire abrió la puerta del pasajero y salió del coche. Era un plan tan bueno como cualquier otro—. Vamos a buscarla.

Capítulo 55

Kathy hizo correr el pequeño coche rojo de un lado a otro por el borde de la mesa con las figuras de la mujer y la niña sentadas dentro.

—Así es —dijo Robin con delicadeza—. El hombre payaso malo se ha ido. La niña y la mujer son libres para irse.

Kathy agarró el coche con más fuerza, mirándolo fijamente.

—Llamaré a tus padres ahora, ¿de acuerdo?

Kathy negó con la cabeza, con la mandíbula apretada. Movió el coche de un lado a otro, más y más rápido, con los ojos muy abiertos y el cuerpo temblando.

—La niña y la mujer están a salvo —dijo Robin pacientemente.

Sacó el teléfono y le escribió un mensaje rápido a Claire.

He encontrado a Kathy, está bien. La llevaré de vuelta a casa.

Kathy soltó un sollozo y una lágrima corrió por su mejilla. Volvió a mover el coche con fijación.

Robin dejó el teléfono y se quedó mirando lo que hacía Kathy. Había pasado mucho tiempo procesando los avances que había hecho esa niña en los últimos dos meses y sabía que Kathy ponía mucha atención en los detalles.

Conducía el coche con la parte delantera orientada hacia la casa de muñecas. La figura del payaso seguía sentada dentro del salón. Robin le había dicho que se había ido para siempre, pero Kathy no lo había guardado. No lo había colocado en el estante ni lo había enterrado en el arenero. Tal vez Kathy no creyera que realmente se había ido.

—El hombre payaso malo se ha ido. Lo vi con mis propios ojos —dijo Robin—. ¿Me crees?

Kathy la miró y luego asintió.

—Entonces, podemos quitarlo.

Kathy volvió a negar con la cabeza. Condujo de nuevo el coche hasta la casa y luego lo paró. Sacó a las dos figuras del coche, sujetándolas juntas para que parecieran cogidas de la mano, y luego las hizo caminar hacia la casa.

—El payaso malo se ha ido —repitió Robin—. No puede...

Su voz se disipó mientras miraba fijamente los juguetes. Kathy no le estaba mostrando algo que temía que ocurriera. Le estaba mostrando algo que había ocurrido.

Le estaba mostrando el día de su secuestro.

Robin tragó saliva. Habían dado por hecho que Kahn había secuestrado a Kathy. Al fin y al cabo, Kathy había estado retenida en su casa. Pero no había pruebas de ello. De hecho, había indicios que lo contradecían. Robin recordó el trayecto con Claire hasta la casa abandonada donde habían encontrado los zapatos de Kathy. El camino hacia la casa era casi invisible, fácil de pasar por alto para alguien que no supiera de su existencia, alguien que no viviera en el pueblo y no estuviera familiarizado con la casa donde los adolescentes solían acampar y hacer fiestas.

Además, Kahn secuestraba a mujeres adultas y las mataba. Nunca había mostrado interés en niñas pequeñas.

Robin recordó las palabras de Kahn cuando ella le habló de que había otra persona involucrada. En ese momento, pensaba que había otra víctima de la que no sabían nada. Kahn pareció ponerse nervioso cuando mencionó a la otra persona, pero luego, cuando dijo que era una víctima...

«La niña no te ha dicho nada. ¡Maldita zorra! Se ha librado».

Robin había dado por hecho que hablaba de Kathy, que se había escapado. Pero era extraño decir algo así en retrospectiva. Kathy se había escapado hacía tiempo. Hablaba de otra persona que se había librado. Su cómplice. Se había librado incluso después de que la policía lo descubriera a él.

A lo largo de las sesiones, Robin siempre había supuesto que las figuras representaban a las víctimas y a Kathy. Pero la figura de la mujer con la tarta no era para nada una de las víctimas. Ahora que lo pensaba, en cada sesión, Kathy colocaba siempre juntas a la niña y a la mujer. Una figura materna… y una guardiana que se aseguraba de que Kathy no escapara.

Alguien del pueblo. Alguien que hubiera pasado los últimos años fuera viviendo con Kahn y Kathy en su casa.

Kathy volvió a colocar las figuras en el coche y a llevarlas de un lado a otro mientras miraba a Robin, tratando de hacerla entender.

¿Por qué iba Kathy a huir de su habitación por la ventana si había visto alguna amenaza fuera? Kathy era una niña inteligente. Se habría quedado en la habitación. Se habría asegurado de que la ventana estaba cerrada, igual que la puerta.

A menos que el peligro no estuviera fuera. A menos que estuviera huyendo de alguien que estaba dentro de la casa.

Ellie.

Había vivido fuera de la ciudad durante los últimos dos años y había regresado muy recientemente.

Además, acababa de insinuar que había visto algo el día que Kathy había sido secuestrada cuando se suponía que estaba en la universidad. Robin recordó aquel día en la cafetería en que Jimmie les habló de la carrera universitaria de Ellie. ¿Qué dijo? Algo sobre que escribía guiones y rodaba películas artísticas.

Ellie había estudiado Cine y Comunicación. Igual que Kahn. Y estuvo dos años fuera de Bethelville, se suponía que sacándose un título universitario. Había vuelto justo unas semanas antes de que Kathy reapareciera. ¿Había conocido a Kahn allí? ¿Dejó la universidad y se mudó con él?

Y ese día en el supermercado. Robin y Ellie estaban juntas cuando Kathy entró con Claire. A Kathy la inundó el miedo y Robin había dado por hecho que era por la experiencia de encontrarse con ella fuera de la sala de juegos. Pero no fue así. Fue el hecho de ver a Ellie.

Como había dicho Claire, la policía supuso inicialmente que quien había secuestrado a Kathy era alguien a quien ella conocía, ya que no había signos de forcejeo. Casi como si la niña hubiera entrado en el coche del secuestrador por voluntad propia. El coche de su niñera.

Y hoy Claire y Pete habían dejado a Kathy sola con su antigua niñera. La mujer que la había secuestrado. Lo más probable era que lo que había dicho Ellie fuera cierto en parte. Kathy se había encerrado en su cuarto y luego había escapado por la ventana. No para salir y lanzarse a los brazos de una supuesta amenaza. Sino para alejarse de la amenaza.

—Kathy —dijo Robin con la voz entrecortada, señalando a la mujer que iba de la mano de la niña—. ¿Es Ellie? ¿Tu niñera?

Kathy asintió, con la barbilla temblorosa.

—Muy bien —susurró Robin—. Muy bien. No te preocupes. Me ocuparé de esto.

Encendió la pantalla del teléfono. Era hora de llamar a Nathaniel.

Llamaron a la puerta. Robin levantó los ojos. Kathy la estaba abrazando.

—No te preocupes —dijo Robin.

Abriría la puerta enseguida. Primero…

Sonó el timbre. Y luego una voz que llamaba.

—¿Robin?

Era la voz de Ellie.

El dedo tembloroso de Robin tocó apresuradamente la pantalla. La puerta principal se abrió.

Capítulo 56

Nathaniel pensó en Robin mientras conducía hacia Bethelville. Pensó en su voz, tensa y preocupada cuando le llamó para comunicarle que Kathy se había escapado de casa. Esperaba que encontraran a la niña rápidamente. Una brizna de inquietud le recorrió las entrañas. El cómplice de Kahn seguía libre.

Los interrogatorios que había realizado ese día no habían aportado gran cosa. Habló con dos tipos que habían estudiado con Kahn en la universidad antes de que lo dejara. Ninguno de los dos levantó sospechas y Nathaniel intuía que ambos serían callejones sin salida. Uno de ellos recordaba vagamente que Kahn había salido con una chica que estudió con ellos, aunque no recordaba su nombre. Lo investigaría…

Sonó su teléfono. Robin. Tocó la pantalla, sonriendo.

–Hola.

No hubo respuesta al otro lado. Algunos murmullos. Sonaba como si hubiera marcado su número sin querer.

–Hola… ¿Robin? Estoy de camino, estaré en tu casa en una hora. Hola… ¿Me oyes?

Nada. Estuvo a punto de pulsar el botón para colgar.

Pero entonces se quedó inmóvil. Había algo al otro lado de la llamada. El sonido de una respiración errática y aterrorizada.

–¿Hola? ¿Robin? –La voz de Ellie sonó aguda y amistosa. Era la voz de una mujer joven de la que nadie sospecharía nada.

La puerta principal se cerró y luego se oyó el ruido de pasos apresurados. Robin se quedó paralizada al fondo de la sala de juegos. La puerta estaba entreabierta. Y se abrió.

Ellie apareció en el umbral con la nariz rosada y los ojos rojos de tanto llorar.

–Hola –dijo–. Pensé que estarías en casa. He visto tu coche.

–Sí –dijo Robin con voz ronca–. De… decidí volver a casa.

–Supongo que tuviste la misma idea que yo –dijo Ellie.

–Mmm, tal vez. ¿Qué idea?

–Que Kathy podría venir aquí. Quiero decir…, la pobre niña estaba tan asustada por lo que vio… Pensé que podría ir a algún lugar donde se sintiera segura.

–Ah, sí. Se me pasó por la cabeza. Así que pensé que debía comprobarlo.

Ellie asintió, mirando a su alrededor. Se secó la lágrima del ojo.

–Sigo pensando –dijo con voz temblorosa– que, si hubiera abierto la puerta de su habitación antes, nada de esto habría ocurrido.

Robin la miró, asombrada. Estuvo a punto de creer que se había equivocado en su razonamiento. Ellie parecía tan sincera, tan triste…

–No puedes pensar eso –graznó Robin–. No es culpa tuya. Estoy segura de que la encontrarán pronto.

–Sí –susurró Ellie.

Miró hacia la ventana abierta.

–Deberíamos ir a ayudar en la búsqueda –dijo Robin–. Ve saliendo, yo solo necesito coger algo de abrigo del dormitorio.

–Sí.

Ellie se acercó a la casa de muñecas y la miró con detenimiento. La figura de la niña y la mujer con la tarta yacían junto a la casa, olvidadas. Ellie cogió las figuras.

Robin tragó saliva. No se atrevió a moverse de donde estaba, entre la puerta del baño y Ellie.

–¿Y bien? –dijo–. ¿Vamos?

–¿Hola? –dijo Nathaniel–. ¿Robin? ¿Va todo bien?

Subió el volumen y escuchó con atención. Podía oír una respiración junto al teléfono. Temblorosa, teñida de lágrimas. Y muy débilmente, apenas audible por encima del sonido del motor del coche, podía oír una conversación.

–Robin, estoy en camino, pero tengo que saber si estás a salvo.

Escuchó un estremecimiento. Un sollozo.

356

—Robin, ¿estás…?

—No —dijo una vocecita—. A salvo no.

Desde luego, no era Robin. Era la voz de una niña pequeña.

—¿Quién es? —preguntó Nathaniel.

Otro sollozo. Respiraba. Sabía quién era.

—¿Eres… Kathy?

—Sí —susurró la niña.

—¿Dónde estás?

—En casa de Robin. —La voz de Kathy temblaba—. Por favor…, ayúdanos.

Nathaniel cogió el micrófono de la policía y lo pulsó.

—Central, aquí Delta-Cinco-Dos.

La radio crepitó.

—Adelante, Delta-Cinco-Dos.

—Hay un diez treinta y cinco en Bethelville. Requiere asistencia policial inmediata.

—Deberíamos ponernos en marcha —dijo Robin.

—¿No dijiste que ibas a coger algo de abrigo? —preguntó Ellie.

—¿Sabes qué? No importa. No hace tanto frío.

—En realidad hace bastante frío afuera —dijo Ellie—. Por eso me pregunto… ¿Por qué está la ventana abierta?

—Me gusta ventilar la habitación por la noche después de todas las sesiones. Ya sabes, con la pandemia y tal. Oye, me preguntaba…, antes has dicho que viste algo. El día que se llevaron a Kathy.

—¿Qué? —preguntó Ellie de forma distraída, moviendo los ojos de un lado para otro escudriñando la habitación.

—¿Qué viste?

—Oh. Sí. Me pareció ver a Evan con Kathy… ¿Qué hay ahí?

Ellie señaló la puerta del baño.

—Es el baño de la consulta. —Robin se movió, bloqueando la puerta—. Está hecho un desastre. Un niño hoy tenía problemas de estómago y…

—¿Y si Kathy está ahí?

Robin hizo un ademán con la mano.

—Lo he comprobado. No está. Has dicho que viste a Evan…

357

–Quiero comprobarlo yo misma.

Ellie rebuscó en su bolso.

–Realmente me resulta incómodo que lo veas. Como te he dicho, es un…

Una pistola se materializó en la mano de Ellie, con el cañón apuntando a Robin.

–Como he dicho –dijo Ellie–, quiero comprobarlo yo misma. Apártate.

–Ellie –dijo Robin, con los ojos fijos en el arma–. ¿Qué estás haciendo?

–No te lo volveré a pedir –gruñó Ellie–. Apártate. Ahora.

Hizo un gesto con la pistola.

Robin se apartó conteniendo la respiración, aterrorizada. El arma la siguió mientras se movía hacia la esquina de la habitación. Miró a Menny, que había dejado de masticar el estetoscopio y las miraba, confundido.

Ellie dibujó una sonrisa maníaca.

–Menny –canturreó–. Ven aquí.

Menny se levantó y se acercó meneando la cola. Ellie se agachó y le rascó detrás de la oreja, con la pistola apuntando hacia Robin.

–¿Quién es un buen chico? –preguntó–. ¿Quién es un chico estupendo?

Menny cerró los ojos y rodó hacia un lado, esperando un masaje en la barriga. Robin se quedó mirando a su inútil perro y a la mujer trastornada que la apuntaba con la pistola.

Ellie se levantó y, con la pistola apuntando a Robin, se acercó lentamente al cuarto de baño e intentó manipular el picaporte. La puerta estaba cerrada. Suspirando, rebuscó en su bolso con la mano libre y sacó un pequeño destornillador.

–He aprendido la lección de antes –dijo.

Introdujo el destornillador en la cerradura, lo giró y la cerradura se abrió con un chasquido. Abrió la puerta y echó un breve vistazo al interior.

–Hola, Kathy –dijo afectuosamente–. Sal de ahí.

Ellie esperó. Robin contuvo la respiración.

–Kathy. –La voz de Ellie se agudizó–. Ya sabes lo que les pasa a las niñas que no hacen lo que se les dice.

Robin consideró la posibilidad de saltar sobre Ellie en aquel momento mientras su atención estaba en otra parte, pero los ojos de Ellie no dejaban de mirar en su dirección y el arma no se movió ni un centímetro.

Kathy salió del baño, temblando.

–Ya está, no ha sido tan difícil, ¿verdad? –dijo Ellie sonriendo. Sacó una pequeña muñeca de tela de su bolso–. Mira lo que tengo aquí. La segunda muñeca que te regalé. Pensabas que la habías perdido, ¿verdad? Pero te la guardé.

Robin recordó la muñeca que Kathy sostenía cuando la encontraron, la que había llevado a su primera sesión. Esta era parecida. Ambas estaban hechas a mano. ¿Las había hecho Ellie para Kathy?

Ellie le tendió la mano y Kathy dio un paso hacia delante y la cogió con los ojos abiertos de miedo.

–Nos vamos de excursión –le dijo Ellie alegremente a Kathy, entregándole la muñeca.

Empezó a acompañarla lentamente hacia fuera de la habitación, con la pistola apuntando a Robin.

Robin la contemplaba impotente. La cabeza le daba vueltas. Tenía que impedir que se fueran. Tenía que hablar. Hacer hablar a aquella mujer. A Ellie le encantaba hablar. Le encantaba dar su versión de la historia. Disfrutaba de su superioridad moral imaginaria. Esa era la esencia de todas sus discusiones con Jimmie en la cafetería. Intentaría usarlo.

–¿Por qué te la llevas ahora? –espetó Robin–. La abandonaste.

Ellie se detuvo y su rostro se endureció.

–No tienes ni idea de lo que estás hablando.

–¿Ah, no? –preguntó Robin–. Sacaste a Kathy de su casa y la mantuviste prisionera en casa de Jonas Kahn…

–No era una prisionera. Era… Es mi hija. Cuidé de ella.

Así que de eso se trataba. Ellie se percibía a sí misma como la madre sustituta de Kathy.

–¿Cuidaste de ella? –repitió Robin, enarcando una ceja–. Dejaste a Kahn un mes antes de que Kathy se escapara de ese lugar, ¿no es así? Abandonaste a Kathy con ese monstruo retorcido…

El arma se sacudió en la mano de Ellie.

–No lo conocías. No es lo que imaginas.

–La encerró en un cobertizo, Ellie.

–Bueno, ¿qué tendría que haber hecho? –masculló Ellie–. ¡Dejó de hablarme! Lo único que hacía era estar todo el día en su habitación, enfurruñada. Lo sacrifiqué todo por ella y ni siquiera se dignó a hablarme.

Robin tuvo en ese momento el control absoluto de la conversación. Sabía quién era Ellie. A Robin la había criado alguien muy similar. Y podía mantener estas conversaciones con los ojos cerrados. No había que discutir demasiado, ya que eso solo la haría perder los estribos. Había que meterla en la conversación y hacerle un cumplido de vez en cuando. Dejarla que contara la historia tal como ella la percibía.

–Imagino que eso hirió tus sentimientos –dijo Robin.

–No tienes ni idea. No eres madre. Le preparaba la comida, le leía cuentos antes de acostarse. Jugaba con ella. Jonas… podía ser difícil a veces y, cuando se enfadaba, yo la mantenía a salvo. Y así es como me lo pagó. ¿Sabes cuál era el problema? Ella daba por sentado que siempre estaría allí. Así que pensé que le iría bien estar un par de meses sin mí. Así comprendería todo lo que había sacrificado por ella.

–Pero se escapó antes de que volvieras.

Ellie asintió con la frustración grabada en el rostro.

–Pensé que Jonas sería capaz de hacer lo básico. Pero lo único que le importaba a ese hombre eran sus proyectos cinematográficos.

Sus proyectos cinematográficos. Robin sintió náuseas.

–Y Kathy se las arregló para volver con su madre…

–¡Yo era su madre! ¿Tienes idea de cuántas veces se me quejó Claire sobre Kathy cuando le hacía de canguro? –Ellie cambió el tono de voz para imitar a Claire–. «Kathy se ha portado muy mal hoy, Ellie», «Es tan difícil criar a un niño durante el confinamiento, Ellie», «Desearía tener un momento para mí, Ellie». ¿Es así como una madre debe hablar de su hija?

—Y pensaste que serías mejor madre.

—Lo fui. Claire dejaba que Kathy jugara sola en el patio, sin que nadie la vigilara. Así que decidí que, si tan poco le importaba su niña, podía liberarla. Llevarme a Kathy y criarla yo misma.

Y así fue como Kathy desapareció ese día de su jardín. Robin se imaginó a Ellie pasando por delante de la casa, deteniendo el coche y haciéndole señas a Kathy para que se acercara. Por supuesto, Kathy se acercó al coche de su niñera.

—Encontraron sus zapatos en esa casa abandonada.

Ellie sonrió con satisfacción.

—Así es. Me reuní allí con Jonas y decidimos dejar algo para la policía. Para que supusieran que habían sido los drogadictos de la zona. Adivina de quién fue la idea.

Con los narcisistas, las preguntas retóricas no eran necesariamente retóricas.

—¿Tuya?

—Así es. Mía.

—Fue una idea inteligente —dijo Robin—. Funcionó a las mil maravillas. A Kahn no se le habría ocurrido.

—No —dijo Ellie triunfalmente—. Nunca se le habría ocurrido.

—¿Y esa historia sobre Evan que has mencionado?

Ellie se encogió de hombros.

—En ese momento quería un chivo expiatorio. Alguien a quien la policía quisiera investigar. Sabía que Evan no tenía coartada. Vi sus actualizaciones en las redes sociales. Y la policía siempre investiga a personas que conocían a la víctima, ¿verdad?

—Pero ¿decidiste no señalarle con el dedo?

—Hubiera atraído demasiada atención sobre mí. Yo no tenía que estar aquí, se suponía que estaba en la universidad, ¿no? Los policías se habrían preguntado por qué estaba en Bethelville. Al final, me decanté por los zapatos. Y, como he dicho, funcionó. Tuvimos a Kathy para nosotros.

—Tenías a Kathy. Pudiste ser su madre —repitió Robin. Tenía que conseguir que Ellie siguiera hablando—. Pero ¿por qué no funcionó?

—¡Sí funcionó! Fui la madre perfecta. Nunca me quejé. Mi día entero giraba en torno a ella. Pero Jonas realmente no estaba hecho para ser padre. No estaba preparado. Así que, sí, dejó que viera varias veces sus vídeos recopilatorios. Le encantaban las películas de terror cuando era niño y pensó que a ella también le gustarían.

Robin recordó la sesión en la que Kathy encadenó a la figurita de la niña al sofá en la sala de estar. Sospechaba que Kahn había hecho mucho más que simplemente «dejar» que Kathy viera esos vídeos.

—Yo le dije que no a todos los niños les gustan esas cosas, pero él aseguró que la haría más fuerte. Yo quería que mi niña fuera fuerte. El mundo no es un buen lugar, Robin. La COVID, el calentamiento global, las guerras… Cualquier persona que crezca hoy en día debería estar preparada para que la vida se complique. —Los ojos de Ellie parecían perderse, como si estuviera recordando el pasado—. Y, al principio, todo iba bien. Pero un día Kathy se escapó de su habitación mientras Jonas trabajaba en uno de sus proyectos. El de la chica Rodgers.

Cynthia Rodgers, a quien habían encontrado desmembrada en el bosque. Fue la primera sesión de Kathy. Dibujó a una persona gritando con sangre cubriéndolo todo. Y luego vino el ritual de limpieza. Robin tragó saliva. Kathy era una niña lista que había tenido mucho tiempo para pensar. En aquel momento debió darse cuenta de que las películas que Kahn veía no eran solo películas.

—La cogí a tiempo —dijo Ellie con voz aguda—. Casi no vio nada. Y, en cualquier caso, fue su culpa. Sabía que no tenía permiso para salir sola de la habitación. La llevé de vuelta y estuve con ella hasta que se calmó. Tardó horas. Pero, en lugar de agradecérmelo, empezó a hablar menos. Y al cabo de un tiempo dejó de hablar por completo.

Robin adivinó por dónde iba.

—También fue culpa de Kahn —sugirió.

—¡Exacto! —Ellie sonrió ampliamente—. Le dije que no trabajara en sus proyectos dentro de la casa. No era bueno para Kathy. Pero a veces era imposible comunicarse con él.

—Tu fuiste una buena madre —dijo Robin—, pero las circunstancias eran difíciles.

–Exacto. Fui una muy buena…

Ellie gritó de golpe, tambaleándose hacia atrás. Kathy salió corriendo, cruzó la habitación y se escondió detrás de Robin, aferrándose a ella.

–¡Maldita mocosa! –masculló Ellie.

La mano le sangraba. Robin miró a Kathy y vio que sostenía la lima de uñas que siempre usaban cuando se limpiaba la pintura roja de las manos. Debió de cogerla mientras estaba en el baño. La punta estaba manchada de sangre.

Ellie levantó la pistola. Sin pensar, Robin se movió y colocó a Kathy detrás de ella para proteger a la niña con su cuerpo.

–¿Ves lo que hace? –gruñó Ellie–. Después de todo lo que le he dado.

–Estarás mejor sin ella –dijo Robin–. Puedes marcharte sola.

Ellie soltó una risa sarcástica.

–Es mi hija, Robin. Una madre no abandona a su hija. Y no soy estúpida. Si la dejo aquí, no tendré otra oportunidad para llevármela. Kathy, ven aquí.

La niña se aferró aún más fuerte a Robin. Robin puso una mano sobre la de Kathy para tranquilizarla.

–Ellie, deberías irte.

–No sin mi niña –dijo Ellie con voz áspera–. Te dispararé si hace falta, Robin.

Se oyó un ruido desde fuera. Una sirena. Luces rojas y azules parpadearon a través de la ventana. La policía había llegado. Robin exhaló. Nathaniel debía haber entendido que estaba en apuros. Él los había avisado.

Los ojos de Ellie se desviaron hacia la ventana.

–Mierda.

–Se acabó –dijo Robin con suavidad.

Ellie entrecerró los ojos.

–¿Piensas que te creerán? –masculló–. ¿A la psicóloga que todo el mundo sabía que usaba a una niña para sus propios fines profesionales? Si lo cuentas, diré que tú te llevaste a Kathy. Porque querías seguir con tus extrañas terapias experimentales.

–¿Crees que se tragarán eso?

Ellie rio por la nariz.

—Soy una buena persona. En el pueblo todos me adoran. ¿De verdad piensas que creerán tu palabra antes que la mía? Y la niña precisamente no dirá nada. —Se guardó la pistola en el bolso—. Me largo de aquí. No necesito esto.

Se dio la vuelta y se marchó. Robin suspiró y miró a Kathy.

—¿Estás bien?

Kathy asintió.

Robin escuchó cómo la puerta principal se abría y se cerraba.

—¿Dónde está mi teléfono? —preguntó.

Kathy se levantó la camiseta y lo sacó de la cintura de sus pantalones, donde lo había escondido. Robin lo cogió. La llamada con Nathaniel seguía en curso.

Se llevó el teléfono a la oreja.

—¿Nathaniel?

—¡Robin! ¿Estás bien? —dijo él, con alivio en la voz.

—Sí. ¿Lo has oído todo?

—Cada palabra.

—Muy bien. —Robin le cogió la mano a Kathy—. Voy a hablar con la policía antes de que Ellie coja el coche.

Capítulo 57

Robin estaba de pie en la calle mirando con impaciencia a Menny mientras él investigaba una boca de incendios. Estaba completamente fascinado, como si nunca hubiera olido nada tan cautivador.

—Es una boca de incendios —dijo Robin—. Ya has olido una de estas antes. De hecho, esta misma. ¿Es una especie de exposición de arte canino? ¿O es que un perro famoso ha hecho pis aquí?

Volvió a tirar de la correa. Menny resopló ofendido y siguió olisqueando.

Robin suspiró. Era el final de su paseo y quería volver a casa. Por lo menos, a pesar del largo trayecto, no le dolía el tobillo. De hecho, lo único que todavía no se había curado completamente era la quemadura de la mano. Había hablado con un cirujano plástico el día anterior que estaba bastante seguro de que podría hacer que luciera «como nueva».

Los cirujanos plásticos, reflexionó Robin, hacían lo que ella nunca podría lograr en su trabajo. Cubrían la imperfección reparando la capa externa.

Sus cicatrices internas serían más difíciles de sanar.

Estaba haciendo progresos. Ese día había conseguido un récord de tres minutos de paseo con Menny en el parque antes de que el silencio del bosque a su alrededor se volviera ominoso y cada árbol sombrío pareciera esconder a alguien. Mañana intentaría llegar a los cuatro minutos. No dejaría que Kahn arruinara sus paseos.

Finalmente, Menny obedeció y regresaron a casa.

La cafetería de Jimmie estaba cerrada, como lo había estado durante el último mes. Pero ese día vio a Jimmie dentro barriendo el suelo. Dudó un momento, luego se acercó y golpeó con los nudillos en la puerta de cristal. Jimmie levantó la vista y pestañeó un par de veces. Luego dejó la escoba a un lado y se acercó a la puerta.

Se le notaban los años. Para Robin, Jimmie siempre había sido un ser atemporal. Su actitud gruñona y su cabello al estilo Gepetto lo habían conservado en un *statu quo* invariable. Pero ahora no era así. Sus movimientos parecían frágiles y cansados.

Abrió la puerta, sonó la campanilla y le sonrió.

–Hola, Robin. Me temo que está cerrado.

–Sí, lo sé. Solo quería saludar y ver cómo estabas.

–Es muy amable por tu parte –resopló y miró a Menny–. Tú, señor, pareces sediento.

–Hoy hace calor –dijo Robin.

–Hmm… Bueno, vamos a hacer algo al respecto. –Se dio la vuelta y entró en la cafetería–. Entra, le traeré un cuenco de agua.

Robin y Menny entraron detrás de Jimmie. Había un aura de descuido en aquel lugar. Una fina capa de polvo cubría las mesas y las sillas. El aire estaba cargado. ¿Era el primer día que Jimmie venía desde hacía un mes?

Jimmie volvió por la puerta trasera con un cuenco de agua y una galleta para perros en las manos. Menny devoró la galleta de la mano de Jimmie dejando un rastro de saliva y luego procedió a sorber ruidosamente del cuenco.

–¿Puedo ofrecerte algo? ¿Un vaso de agua? –preguntó Jimmie.

–No hace falta, gracias.

–Jamás llegué a hablar contigo después de aquella noche –dijo Jimmie con brusquedad, mirando a Menny–. Siento mucho lo que te hizo mi sobrina.

No se distanció de Ellie. Podría haberla llamado perfectamente por su nombre en lugar de referirse a ella como su sobrina. Y podría perfectamente no haber dicho nada en absoluto.

–No fue culpa tuya.

–Bueno, de quién fue la culpa puede ser una larga discusión. Una discusión que ya he tenido conmigo mismo y con varios miembros de mi familia un montón de veces. –Jimmie frunció el ceño, arrugando sus greñudas cejas–. Preferiría no volverla a tener.

Robin asintió.

–¿Volverás a abrir pronto?

Jimmie frunció el ceño.

–No lo sé. Es difícil, Robin. Cada vez que pongo un pie aquí dentro empiezo a pensar en todo. ¿Sabes? En los últimos años, antes de que Ellie viniera a trabajar aquí, a veces tenía a jóvenes del pueblo trabajando para mí. Y a veces trabajaba solo. Y estaba bien. Pero cuando ella estuvo aquí… –Por un momento, se le fue la voz. Entonces se aclaró la garganta–. Sé que es una mala persona. Pero estuvo muy bien tener familia cerca. Tenerla a ella cerca. Es obstinada y llena de vida. De hecho, había pensado en darle la mitad de este lugar. Convertirlo en nuestro negocio. Un negocio familiar.

Se encogió de hombros.

–Lo siento –dijo Robin con delicadeza.

–La voy a visitar a la cárcel –dijo Jimmie–. Fui hace dos días. Y le dije que volvería la semana que viene. Sus padres…, mi hermana…, no quieren saber nada de ella. ¿Crees que eso está bien? ¿Que una madre abandone a su hija así? Aunque hiciera algo tan horrible como lo que hizo Ellie.

Las lágrimas brillaban en sus ojos.

–Creo que no hay una respuesta correcta para eso. Depende de la madre. O del padre. Quizá ahora están enfadados y luego cambien de opinión. Debe ser difícil para ellos.

–Yo no he sido padre –dijo Jimmie–. Pero me imagino que ahí es donde realmente se demuestra. En cómo actúas cuando las cosas se ponen difíciles.

–Creo que lo cotidiano es igual de importante.

Jimmie dejó escapar un suspiro pesado.

–Mi hermana solía ser muy dura con Ellie. Ellie no dejaba de meterse en problemas en la escuela. Mi hermana decía que Ellie siempre intentaba escabullirse y mentía. Yo siempre la defendí. Ahora pienso que quizá mi hermana tuvo siempre razón. Tal vez Ellie sí mentía todo el tiempo. O quizá se volvió así porque sus padres no la apoyaban…

Su voz se quebró.

–¿Tiene alguna importancia?

–Supongo que no. Las cosas son como son.

–Sí.

–Bueno, quizá todo esto sería más fácil para mí si dejara de visitarla. Al menos por un tiempo. Si me distanciara. --Jimmie sacudió la cabeza–. Pero no puedo. Cuando la dejo allí y me pregunta cuándo volveré, simplemente… siento que no puedo decepcionarla.

Robin sabía a qué se refería, mejor de lo que él podía imaginarse. Le dedicó una pequeña sonrisa.

–La familia a veces es así. Pase lo que pase entre nosotros y nuestra familia…, sigue siendo familia, ¿verdad?

Jimmie soltó una pequeña risa triste.

–Sí. Supongo que sí.

Robin se acercó a Jimmie y le dio un apretón en el brazo.

–En fin –dijo Jimmie, dándose la vuelta y cogiendo la escoba–, no sé si podré abrir este sitio en un futuro próximo. Pero no puedo permitirme mantenerlo cerrado mucho más tiempo. Así que tal vez deje que otra persona lo lleve por un tiempo. Solo para que los vecinos tengan un lugar donde sentarse y tomar una bebida caliente.

–Sí –dijo Robin con entusiasmo–. No es una mala idea. Deja que algún joven se encargue por un tiempo hasta que tengas claro lo que quieres.

–Ajá –dijo Jimmie con un aire indeciso.

–Quizá puedan servirnos bebidas modernas y ofrecernos un pedacito de la gran ciudad. La semana pasada fui con mi novio a Starbucks y tomé un té *chai* con jarabe de vainilla y leche de almendras espolvoreado con especias de calabaza. Sabía genial. Estaría bien tener algo así aquí.

Jimmie la miró, estupefacto.

–O café helado con jarabe de caramelo y espuma de leche de soja fría –siguió Robin entusiasmada–. Como el que tomaba cada semana cuando estaba en la universidad.

–Vamos a ver…

–¡Ah! Y una vez tomé un cortado con caramelo…

–Siéntate –interrumpió Jimmie, señalando con brusquedad una de las sillas–. Y no empieces a hablar así aquí. Este es un lugar respetable.

Robin se sentó con recato en una de las sillas.

Jimmie fue al mostrador sacudiendo la cabeza. Encendió la máquina de café.

—Voy a prepararte un café —murmuró con desdén—. Un buen café. El primero es gentileza de la casa. Solo para asegurarme de que aún recuerdas cómo sabe.

—Solo, por favor —dijo Robin.

—Sí, sí.

Jimmie trasteó con la máquina murmurando para sí mismo. Sus movimientos se hicieron más fluidos y la fatiga desapareció de su rostro.

Robin se recostó en su silla con satisfacción. Un café solo de Jimmie era justo lo que necesitaba en ese momento.

Capítulo 58

Uno de los ejercicios que el terapeuta de Claire le había recomendado era intentar medir su ansiedad en una escala del uno al diez, lo cual era bastante limitado. Porque, cuando la ansiedad arremetía con fuerza, no parecía un diez. Parecía un mil. O un millón. Pero tal vez esa era la cuestión.

Ahora, en casa de Melody, bebiendo limonada fresca y observando a los niños bregar sobre el césped, su ansiedad estaba en un cuatro. No era más baja porque Kathy no estaba a la vista. Estaba en la habitación de Amy. Y, además, le preocupaba que uno de los niños de Melody estuviera a punto de dislocarse el hombro.

–¿Cómo se está adaptando Pete? –preguntó Melody, dando un sorbo a su vaso.

Su limonada estaba mezclada con ron. Le había sugerido a Claire que también probara un poco, pero el alcohol no combinaba bien con su medicación.

–Es difícil de decir –respondió Claire–. No hablamos mucho de eso cuando me llama. Hablamos sobre todo de Kathy.

–Supongo que es normal.

Claire sospechaba que Melody sabía más sobre cómo le iba a Pete que ella misma. Después de todo, él y Fred seguían siendo amigos, ¿no? Aunque, por otro lado, nunca estaba segura de cuánto compartía Pete con sus amigos. Sabía que había amueblado su nuevo apartamento y había dispuesto una habitación para Kathy, para cuando los tres decidieran que la niña estaba realmente preparada para dormir allí.

Y Claire había visto algo que Pete había publicado en Facebook. Era una foto del trabajo en la que había una mujer que parecía estar inusualmente cerca de él. ¿Acaso estaban empezando algo? ¿Y era raro que eso le molestara?

–Quizá los chicos quieran un poco de limonada –sugirió Claire.

–No, vendrán a beber cuando se hayan cansado –dijo Melody.

–Claro –asintió Claire.

Su plan se había frustrado. Lo que ella esperaba era que Melody dijera que sí y luego llamara a los niños para que tomaran limonada. Entonces, Claire podría sugerir inocentemente ir a ver si las niñas también querían un poco. Porque tendría sentido hacerlo si los niños ya estaban bebiendo. Sería justo. Y así podría asegurarse de que Kathy estaba bien.

Tampoco estaba segura de a quién intentaba engañar. ¿A Melody, que había visto cómo Claire se asomaba a la habitación de Amy cada quince minutos? ¿O a Kathy, que empezaba a cansarse de que su madre estuviera constantemente merodeando?

¿O quizá a ella misma?

Su terapeuta le había dicho que estaba haciendo progresos notables. Claire esperaba que fuera cierto. Estaba agotada. Probablemente estaba mejorando, solo que se impacientaba consigo misma. Claire tenía ganas de pasar página de una vez por todas.

–¿Crees que Kathy está lista para volver a la escuela? –preguntó Melody.

–Sí –respondió Claire–. Es sorprendente lo rápido que se ha puesto al corriente de todo lo que se perdió. Una se pregunta qué hacen realmente en la escuela durante todo el día.

–Nada en absoluto –dijo Melody–. Los profesores no pueden controlar a los niños. Por no hablar de que, después de las cuarentenas, muchos de estos niños han quedado completamente rezagados.

–Es horrible –comentó Claire–. Esta generación de niños ha sido la más perjudicada por la pandemia. Tendrán secuelas para toda la vida.

–Ya lo creo. Dicen que explicarán las medidas que están tomando en la próxima reunión de padres, pero nunca hacen nada.

–Podemos obligarles a tomar medidas –dijo Claire–. Esto es importante, ¿no? Es el futuro de nuestros hijos.

Claire estaba hablando por hablar, volviendo a las mismas conversaciones de siempre. Melody ya no la miraba con semblante preocupado, como si temiera que Claire fuera a derrumbarse en cualquier momento. Y el día antes, cuando fue a la cafetería de Jimmie, no vio a nadie cuchichear mientras la miraba de reojo.

Estaba mejorando. Y las personas a su alrededor también parecían estar mejor. Tal vez su ansiedad no fuera realmente un cuatro en ese momento.

Era un tres y medio. La escala del uno al diez era demasiado limitada.

Capítulo 59

–¿Puedes pasarme el tarro de mermelada? –preguntó Robin, señalando el tarro de la repisa superior.

–Claro –dijo Nathaniel.

Se acercó por detrás de ella y estiró su largo brazo para coger el tarro como quien coge fruta de un árbol.

Robin aprovechó la oportunidad para recostarse en él. Nathaniel la abrazó con un brazo mientras le tendía el tarro.

–Aquí tienes –dijo en voz baja, dándole un beso en la nuca.

–Mmm... –Robin cogió el tarro–. Los hombres altos tienen su utilidad.

–Somos irreemplazables.

–Oh, créeme, los hombres altos son fácilmente reemplazables. Con una escalera o una silla.

–¿Una silla podría hacer esto?

–Quita la mano de ahí. Tengo una sesión en quince minutos.

Nathaniel se apartó. Robin cerró los ojos y suspiró lentamente. Podría acostumbrarse a eso. De hecho, ya se estaba acostumbrando. Nathaniel había pasado cinco noches seguidas en su casa. Siempre decía que la próxima noche dormiría en su propio apartamento. Los trayectos eran largos, el tráfico lo mataba y a su jefe empezaban a molestarle sus retrasos en el trabajo. Pero luego, al llegar la noche, siempre llamaba para preguntar si podía ir.

Porque, al parecer, Robin valía la pena a pesar de los largos trayectos, el tráfico horrendo y los jefes descontentos. Lo cual la hacía sentir... increíble. Por no hablar de la felicidad que sentía siempre que estaban juntos. Y, además, Nathaniel podía coger los tarros de la repisa superior, así que no había peros.

Robin untó mantequilla y mermelada en su tostada y se sentó

en la mesa. Nathaniel estaba sentado enfrente, bebiéndose su café matutino.

—Melody me ha invitado a cenar este viernes en su casa —dijo Robin—. ¿Te gustaría venir conmigo?

—Claro. —Nathaniel dio un sorbo a su taza—. ¿Quieres que lleve algo?

—Si tienes tiempo.

—Puedo hacer mi cazuela de calabacín.

A Robin se le hacía la boca agua solo de pensarlo.

—Eso sería increíble.

Nathaniel siempre le advertía que las relaciones con policías eran complicadas. El trabajo no era fácil y a menudo invadía su vida privada. Pero también decía que quería establecer límites claros entre su trabajo y su relación. Porque la quería. Robin estaba dispuesta a afrontar esas dificultades con él.

Un golpe en la puerta interrumpió su reflexión. Miró la hora.

—Probablemente sea mi cita de las ocho.

Se levantó, engullendo el último trozo de tostada.

—Llegan temprano —se quejó Nathaniel—. Yo me voy en unos minutos.

—Muy bien.

Robin rodeó la mesa y se agachó para darle un beso. Un beso de mermelada y migas de tostada mezclado con su café. El desayuno romántico perfecto.

—¿Nos vemos esta noche?

—Puede ser. Tal vez me quede en Indianápolis esta noche. Necesito acostarme temprano al menos una noche.

—Puedo ir yo a tu casa —sugirió ella.

—Sí —dijo Nathaniel, animándose—. Quizá eso sería mejor.

Su apartamento era mucho más pequeño y los vecinos jóvenes de arriba a menudo hacían fiestas hasta tarde, así que definitivamente no sería mejor. Pero estar con Nathaniel valía la pena incluso en apartamentos pequeños con vecinos ruidosos.

—Ningún problema. Avísame.

Pasó su mano por el hombro de Nathaniel, se dirigió a la puerta principal y la abrió.

–Hola –dijo Claire sonriendo.

Robin le devolvió la sonrisa y miró afectuosamente a Kathy.

–Me alegro de verte. Vamos adentro.

–La recogeré dentro de una hora –dijo Claire. Besó a Kathy en la mejilla–. Adiós, cariño.

Robin condujo a Kathy hasta la sala de juegos.

–A partir de la próxima semana, tendremos que empezar a reunirnos por la tarde. Empieza la escuela, ¿verdad?

Kathy asintió.

–Entonces, ¿qué te gustaría hacer hoy? –preguntó Robin.

Kathy miró la casa de muñecas. Allí estaba, el símbolo de la discordia entre Robin y su madre. Cada vez que hablaban, su madre exigía que se la devolviera. Robin le recordaba que había acordado dársela, o prometía devolvérsela en unas semanas, o simplemente cambiaba de tema. Robin estaba decidida a dejar la casa de muñecas en la sala de juegos, donde pudieran jugar con ella niños de verdad. Para ella, su presencia era reconfortante.

–¿Quieres jugar con la casa de muñecas? –le preguntó Robin a Kathy.

Kathy la miró y luego volvió a mirar la sala de juegos.

–Hoy quiero jugar con el puesto de enfermería –dijo finalmente.

–Claro –respondió Robin–. En esta sala, tú decides a qué vamos a jugar.

Agradecimientos

–Escucha –dije a Liora, mi esposa, cuando irrumpí en la casa tras una agotadora hora de *footing*–. ¡Tengo una idea increíble para un libro!

–¿No prefieres ducharte primero? –respondió arrugando la nariz.

–¡No! Necesito hablarlo ahora mismo.

Y así lo hicimos. Esa fue la primera de muchas lluvias de ideas. Por esta razón, este libro no existiría sin la ayuda de Liora: siempre está dispuesta a debatir ideas incluso cuando apesto, echándome una mano con los capítulos complicados y corrigiendo los innumerables errores de mi primer borrador.

Mi editora, Jessica Tribble Wells, recibió ese primer manuscrito y literalmente se puso manos a la obra. Me ayudó a hacer más impactante el inicio, desarrollamos juntos el personaje de Robin y fue crucial para darle la voz al asesino.

Después de escribir nueve libros sobre policías y agentes federales, adentrarme en la vida de una terapeuta infantil fue… un verdadero reto. Al parecer, los terapeutas no frecuentan escenas del crimen ni examinan pruebas forenses. De hecho, parece que no les interesa en lo más mínimo atrapar asesinos en serie. Por suerte, conozco a algunos terapeutas. Christine Mancuso, que fue terapeuta antes de convertirse en una escritora brillante, leyó mi borrador y me dio valiosas notas, más enfocadas en el ritmo y el desarrollo de los personajes que en la terapia en sí.

Luego, mis padres y mi hermana Yael, todos psicólogos, también leyeron el libro y aportaron sus propios comentarios. Mi madre me dio esa maravillosa escena en la que Robin guía a Claire y Pete, mientras que mi padre eliminó algunas acciones cuestionables de Robin. Yael ayudó a hacer que cada una de las sesiones con Kathy y los otros niños fuera más auténtica. Además, Atara Beiserman, una querida amiga y excelente terapeuta infantil, me brindó muchos consejos valiosos. Sin la ayuda de todos ellos, Robin no habría llegado a convertirse en lo que es: una terapeuta extraordinaria y, sin duda, uno de mis personajes favoritos.

Kevin Smith, mi editor de desarrollo, fue esencial para dar forma al borrador final. Crear suspense es como caminar sobre una cuerda floja: necesitas esparcir las pistas adecuadamente mientras distraes al lector con astutas pistas falsas. Kevin me ayudó a perfeccionarlo hasta que quedó impecable.

Elyse Lyon revisó el manuscrito final y corrigió todos esos errores inevitables que se me escapan. Para mí, las líneas temporales son algo maleables, los nombres de los personajes a veces cambian a mitad de párrafo por simple capricho y los adjetivos tienden a desordenarse sin previo aviso.

Mi agente, Sarah Hershman, me apoyó desde el principio. Cuando le envié la sinopsis, me dijo que le había provocado escalofríos, y eso es exactamente lo que todo escritor de suspense sueña con oír.

Finalmente, Stacey Mann ha sido una guía inestimable ayudándome a navegar por el mundo de las redes sociales. Soy muy afortunado de haberla conocido.

Y, por supuesto, mi agradecimiento más profundo es para todos mis maravillosos lectores, que devoran mis libros, me envían correos llenos de amabilidad y apoyo y son, sin duda, los mejores lectores que un escritor podría desear.

Índice